赵树理家乡文学丛书

U1007667

劲　草

张春和　著

山西出版传媒集团　北岳文艺出版社

·太原·

图书在版编目(CIP)数据

劲草 / 张春和著. —太原:北岳文艺出版社,
2021.12
(赵树理家乡文学丛书 / 崔奇主编)
ISBN 978-7-5378-6515-9

Ⅰ.①劲… Ⅱ.①张… Ⅲ.①长篇小说—中国—当代
Ⅳ.①I247.5

中国版本图书馆CIP数据核字(2021)第279680号

劲草
张春和 著

//
出品人
郭文礼

策 划
郭文礼 马 峻

责任编辑
吴国蓉

书籍设计
张永文

印装监制
郭 勇

出版发行:山西出版传媒集团·北岳文艺出版社
地址:山西省太原市并州南路57号
邮编:030012
电话:0351-5628696(发行部) 0351-5628688(总编室)
传真:0351-5628680
印刷装订:山西立方印业有限公司

开本:710 mm × 1010mm 1/16
字数:242千字
印张:16.5
版次:2022年7月第1版
印次:2022年7月山西第1次印刷
书号:ISBN 978-7-5378-6515-9
定价:72.00元

总　序

2021年是中国共产党成立100周年，也是人民作家赵树理诞辰115周年。值此重要时间节点，中共沁水县委、沁水县人民政府特推出“赵树理家乡文学丛书”，旨在传承赵树理文化、弘扬赵树理精神，展示文艺创作新成效、呈现文化强县新气象，以新时代“山药蛋派”新作向赵树理先生致敬、向党的百年华诞献礼。

沁水以其深厚的文化底蕴、淳朴的民风民情、多彩的民俗传统，孕育了开创“山药蛋派”先河的一代文学巨匠——赵树理，赵树理倾其一生都在用心用情书写农民、至真至诚歌颂农民，“铁笔圣手”的名号享誉全国，“山药蛋派”的影响更是历久弥新。

深受赵树理及“山药蛋派”熏陶的沁水人，立足乡村乡情、乡风乡貌，笔耕不辍、钟情翰墨，涌现出了田澍中、潘保安、葛水平等一批有影响力的作家。此次出版的“赵树理家乡文学丛书”正是沁水优秀文艺人才的作品集，更是近年来沁水文学创作的集大成者，全书共7册，其中长篇小说4册、中短篇小说集2册、诗赋集1册。翻读此书，沁水“清凌凌的水，蓝莹莹的天”的秀美环境跃然纸上，沁水厚重悠久、绵延不断的文化底蕴淋漓展现，沁水人民昂扬向上、踔厉奋发的正面形象栩栩如生，这是一套了解沁水、宣传沁水，读之受益、回味无穷的精品佳作。

相信丛书的出版，必将极大地激发广大文艺人才的创作热情，更好地推动沁水文艺事业的蓬勃发展，假以时日，沁水必将涌现出更多的优秀文艺人才和文学作品。

是为序！

2021年11月

一

这地方四周皆山。

人们住在南山和北山。山脚下是南北两坡地，尽是土，肥油油的。顺沟流经的是一条常年不间断的清水河，这河以自身为界，把南北两坡地分得清清楚楚，南是南，北是北，谁也别想吻谁。南北两坡地相互对峙着，各自用臂膀死死扛住背后的大山，让它一动不动。常年，两座山你望望我，我瞅瞅你，头望着头，脚对着脚，不得亲近。据说，这山原为一体，硬是叫这条不讲理的河在中间插了一腿。两山也曾努力过，想试着用流经自身的洪水带来一些泥沙，借以弥缝鸿沟，却都被这清水河带得远远的，只得死了这条心。

两山所能来往的，只能通过鸟儿从空中衔去一些树籽什么的，这样的结果，使各自的山林更加茂盛葱郁，更加寸土难失。

南北两山各有一庄，皆名曰尚家庄。同姓尚，却又不是一尚家，只好各居南北，分北庄和南庄。

尚家庄有些来历。

当初，尚家祖居中原故地，黄河古道。那里土肥水足，日子充裕，倒也安然。不想那年秋，黄河发了威，眼看到口的粮食被突如其来的洪水吞没。尚家为讨命，一条担子挑两头，慌忙登上太行山，望河兴叹，挥泪作别，带着妻儿沿路乞讨。

忽一日，遇上同样一担两挑的落荒人，双方一开口，故乡故音，不禁凄然泪下。再问姓名，尚龙尚虎，同为一尚，各为龙虎，相隔不过三百里，或许五百年前是一家。那尚龙长尚虎一岁，当下称兄道弟，好不亲热。再看担中所挑，尚龙挑的为一男儿，尚虎挑的是一女娃，夫妻各个当下在心中就拂过一丝喜念，看来尚家在他乡异地遇上乡人，嗣后若能男女相配，岂不皆大欢喜，真是天不灭我族人。

尚龙把自己的想法说给尚虎，俩人不谋而合，当下两家夫妻相拥而泣，同是落难人，悲中也有喜。

两家人继续乞讨。一日，走到一依山傍水之地，尚龙突然眼前一亮，连忙叫过尚虎，说这地方紫气凝聚，山水田俱佳，何不就此落脚。尚虎不解，探问尚龙，尚龙说他懂风水，此地绝为旺地一处。

主意拿定，当下尚龙尚虎夫妻一同跪地，朝着东方，朝着中原故地，向家乡已故父老禀报，两尚家同在此处安身。

后来的结果，两家结为同好，子孙满堂，世世和睦，代代相传，两尚结一尚，一尚掰不开。

正是天下大势，分久必合，合久必分。不知道繁衍到哪世哪代，两尚家闹翻了，势不两立，再难同住。尚虎一族愤而过河，在清水河南边另行扎寨，从此便有了南庄和北庄之分。

这北庄有个尚贵秉，一连养了两个男儿，都叫疫病夺了命。生了一女娃取名尚英轩，此后便再无生育。眼看后嗣难继，只得收养一子。他觉得南庄妻兄尚明清有三个儿子，就想去谋来一子。

一日，尚贵秉对女人尚芝花说："咱二人已过四十，看来生儿子的希望也不大了，三十无儿半辈苦，四十无儿一辈空。咱不能眼睁着去吃苦受穷，光个女娃也顶不了啥事。再说尚家大门大户的，总不能在咱这一辈断了后嗣，要那样，列祖列宗决不会答应。"

女人尚芝花听见丈夫这凄凉之辞，早勾起了一肚难言。她问丈夫："那你说咋办？"

尚贵秉吧嗒吧嗒磕了两锅兰花烟后，长长地吐了一口烟雾说："看来只有借儿顶门了。"

"去哪借？"女人目不转睛地盯着丈夫。

"回你娘家借。"尚贵秉抬眼望着女人，以不容反驳的口气说。

女人清楚了。男人两眼盯上她娘家兄长尚明清那仨儿了。女人想想也是，娘家侄儿上门顶儿，总比把这厚实的家业留给别人强。再说毕竟是姑侄，骨子里该是亲的。何况南北两尚家历来就有借子通婚的习俗。

尚芝花忽然想起来北尚家不出五服就有旺丁之家，丈夫为何舍北尚求南尚？想到这里，她觉得应该把话说在前头，免得日后北尚家族里有人说三道四。她把这想法告诉丈夫后，尚贵秉坚决地说："女人家懂啥，只管回娘家跟你兄嫂商议就是了。"

尚芝花那日回到娘家，把这意思给兄嫂说了后，事情倒也很顺利。

尚明清见尚贵秉日子还算富裕，自己儿多难养，又见尚贵秉求子心切，心想，两尚不分，多少年来你中有我，我中有你。况且尚贵秉人缘好，儿子给了他也不会不待见。即便有个啥情况，南庄北庄一河之隔，岂有不晓之事？岂有不解之冤？何况是把儿子送给他妹妹，没多费舌，顺口就依了，仨儿随她挑。

尚贵秉一听大喜，便说要老三。那孩子脑袋瓜好使，嘴上来得了，且一表人才，将来在北尚庄落不到人后，自己把家业交给他该能放心。

事不宜迟。尚贵秉把自己的想法告知族内近亲，见无杂音，择日就把大兄哥之三子引进门，易名尚在轩。

这尚在轩随了姑姑姑夫，自是欢喜。房子一院三座，还有几十亩地，几头牛驴，当下就享了福。

尚贵秉并没有叫他把家业放在眼里。他告诉儿子，眼下念书要紧，要他把已中断的学业再续上，将来以文化立家，以文化强业，要比自己守着这个摊子有出息得多。

尚在轩果然不辱门庭，他聪颖过人，在学堂念书，别人一个早上背不下来的书，他日头刚闪上来就背完回家吃早饭。他妈笑着说，水还不开你吃什么饭，再去背一课。他说先生说一天一课，背完算过，就在家中陪妹妹玩。功课门门五分，得四分的时候都少。他这样一路小学中学地念上去，全不费吹灰之力，全不叫父母操半点心。

望着儿子一天天地有了出息，尚贵秉打心眼里高兴。他常对人说，同是一娘养，妻兄尚明清那老大老二就不如他这老三。看到三儿绝顶聪明，尚明清甚至后悔当初不该装大度，随便仨儿叫妹夫挑，结果挑走俊的。尚贵秉却完全否认他的话，他说那是他尚家的福荫，也是他尚贵秉的造化和能耐。这尚在轩要不是经他调教，难说成才。

为此，尚贵秉常在族内炫耀，说他尚家此门总算有指望了，尚家的振兴指日可待。

这时候在县城上完中学的尚在轩，以优异的成绩考上省立师范。尚贵秉夫妻整天乐得合不拢嘴，登时，一面四处相告，一面精心为儿子准备着，只待儿子荣登新的学府。

尚在轩上学后，其父在家又乐了一阵子，才算平静下来。从此，他更加勤俭治家，一心要把日子过在别人前头。

转眼，尚在轩以优异的成绩从省立师范毕业。本打算在省城谋事，尚贵秉却多了一个心眼，他怕儿子从此远走高飞，弃了这个家，那样，他辛辛苦苦操持起来的这个家，就会无人接管，落得日暮途穷。到那时这儿子不是就成了自己的名誉儿子吗？想到此，他坚决主张儿子返家乡县城干事，免得自己看不见他，摸不着他。

起初，对父亲的主张，尚在轩十分的不理解，他觉得现下已经解放了，国家需要大批人才，自己在省城一定前程无量。哪知父亲百般阻挠，一再拉自己回那个死气沉沉的小县城，实在是老大的不情愿。为这事，他甚至搬出自己的亲生父亲尚明清来讲情，终被一意孤行的尚贵秉挡了回去。他说如今儿子成了自己的儿子，他把儿子养到这步田地着实不易，他为儿子谋划好的途程不容别人参言，不管这人是谁。尚明清见妹夫这般坚决，也只得作罢。

尚在轩最终在父亲的执意下，被召回县立第一中学教书。虽不情愿，也只得如此，毕竟他觉得自己能有今天，全靠老父支撑。俗话说，新杆高于旧杆枝，全凭老杆来扶持。没有父亲，岂有自己之今日，他的两个在农村种地的哥哥就是明证。

尚在轩在县城教书的同时，也在操心为自己择偶。他觉得新社会了，男女都一样，妇女的解放也为她们赢得了工作的机遇。在他们学校就有这样几个同龄的女教师供他选择。他憧憬着，比较着，考量着，范围越来越小，目标越来越明确。他终于大胆地向对方投去了爱的石子，借以观察动静。正如他愿，对方向他反射回了爱波，令他兴奋不已。但他不敢大胆地承诺，他知道父亲的秉性，不经过他的首肯，事情是万难奏效的。他决定把这事禀告父母。

正当尚在轩在外坠入情网之时，父亲尚贵秉在乡下老家也给他紧锣密鼓地筹划着。他托人私下打听，人们看到他殷实的家底，又见尚在轩日渐成才，愿意攀亲的自不愁找。最终尚贵秉把目光落在了邻村的老郝家那二女子身上。听说这女子能说会干，胆子也大，来了能顶住门事，美中不足的是脾气有些倔。他想，这正是尚家所需要的，人要没有个性就成不了气候。否则，他偌大的家业怕是领不起来的。对于儿子的婚事，他初步有了主张，只等儿子回来一句话就能定亲。

尚在轩回家后把自己的想法告诉父亲，希望他能理解和支持自己。没想到他爹支棱着两耳，光听不言语。及至听罢儿子的话，半天也没吭声，也没动一动，把个儿子弄得一头雾水，急于等待父亲的下文，左等右等等不来。儿子知道父亲有所考虑了，急于知道又不便多问，只好把目光转向母亲求救。尚芝花是个夫唱妇随的女人，无论家中大事小事，她一概不去多管，完全听凭丈夫的。倒不是她没多少主意，她坚信丈夫有这份能耐，自己没必要插嘴插手，除非她非管不可的事，她才吭声。

这时候尚芝花知道丈夫的心思在哪，他要在乡下闺女和城里闺女的身上权衡利弊得失，他要在自己家业这一块掂量掂量孰轻孰重，是顾外还是顾内。毕竟他苦心经营了大半辈子，他这还算厚实的家业弃不得，得有人接续。

只见尚贵秉吧嗒着旱烟锅，那兰花老烟在他的狠劲吮吸下吱吱作响，令尚芝花母子更加焦躁不安，屋里静得只有兰花烟嗞嗞的响声。只听他“叭”的一声，把烟锅狠狠地在灶台上磕了一下，随手收起吊着的烟袋子，别进裤腰里，旁若无人地说：“还是要乡下闺女吧，邻村老郝家的二女子叫郝青平，我已差人打听好了。”说罢头也不回地走开去。

愣在一旁的尚芝花和尚在轩母子，一刹那都变成木头人，表情言语全无。

尚在轩的婚事完全按照尚贵秉的思路一步步向前。这中间，两个年轻人也见过面，几乎没看清对方啥模样。虽然也谈过话，但从没往正题上走过。对乡下姑娘郝青平来说，不就是寻个婆家吗？有吃有穿不受穷受罪就成，除此，还有什么好操心的？而对于人称有文化见过大世面的尚在轩来说，尽管父亲给他找的郝青平他十分地不乐意，离他意中的女子相差万里。但父亲的威严是不可冲撞的，那样，他会落个不孝之名。不仅会叫父母伤心，还会在乡人口中落下不然，毕竟父母养活自己一场不容易。想到这些，他忍痛把自己原先的想法扼杀在心底，竭力不让它有一丝的复活。

尚贵秉在按照自己的想法紧锣密鼓地筹办着儿子的婚事。

成亲那天，尚家把儿子的婚事办得出奇的排场。婚宴大摆三天，北庄南庄一个尚字不分你我，一律在请。尚贵秉见客满面含笑，逢人必有礼。他要把儿子这终身大事办得排排场场，热热闹闹，圆圆满满，在族内族外显示自己的气派与能耐。还当众向前来祝贺的妻兄尚明清夫妇鞠躬作揖，以表他对中意儿子这生身父母的感激之情。那尚明清见妹夫把事情办到这份上，也算是给自己长了光，争了气，让他这个寒门之人也算头一回在人前风光了又风光。

相反，尚在轩并没把自己这桩婚事看得有多么重要，他只是麻木地在父亲的操持下应付着。及至在闹罢洞房之后，他实在疲于应付了，就一头倒在他娘的炕头上，呼呼地大睡起来。等到村里来闹洞房的青年人到处找不见他而着急时，才发现他倒在他娘的炕头上，这才连拉带拽地弄起来。只见他哀求他娘道："娘，我实在累了，就让我今夜在您这炕头睡一夜吧。"

一句话把他娘说得哭笑不得，就哄着儿子说，新婚之夜哪有不睡媳妇的道理，要是那青平媳妇也像你这样回家寻娘去，这还结哪门子婚？儿子虽没违拗，却还是一动未动。

正在忙活的尚贵秉一听说儿子懒得去睡媳妇，不由得气不打一处来，上前呵斥："在轩！"

就这一声，尚在轩突然猛醒，乖乖地返回洞房。不过，他回洞房后就哗啦一声闩上门，和衣盖被，呼呼入睡，全然不管这是啥时辰，又全然不顾面前的新人。

这一来，该着新媳妇郝青平流泪哀叹了。

当初媒人登门说媒时，她爹妈像早就有准备似的，一口答应下来，姐姐果平不无羡慕地说：“青平，你这辈子要享富贵了，你比姐命好。爹给姐寻了个老实疙瘩女婿，只知下地干活，从来不懂疼姐。再加上屋里日子过得紧巴巴的，让姐好苦。你不同，女婿有文化，一表人才，屋里房子一院，牛驴满圈，公婆又好，只说是每日里搭上锅，一日三顿把生的做成熟的就算完事。”

姐说的是实话，青平每往这上头一想，心里就像灌上了蜜——甜滋滋的。这样子，她就没再多想，一路随着爹妈的操办，把自己匆匆忙忙嫁了过来。

可眼前的女婿为啥在洞房花烛夜这般对待自己呢？她百思不得其解。她也曾往别处想过，但她没多想。也许他真的累了，男娃都这样，她弟弟比他还能睡呢，睡哪是哪。他好歹还知道睡在媳妇炕头，她没多怪他，她也累了，困了，就吹灯歇息。

谁知睡梦中，隐约听见有人叫，她慌忙坐起，见新女婿嘴里叫着他妈，她好笑。不过，她笑着笑着就哭了。越哭越痛，她两手替换着抹泪，总也抹不完，不知道为啥，那一夜她再也没合眼。

婚后的尚在轩工作一直很忙，很少回家，不过家里也不十分需要他。父母自小对他娇生惯养，屋里地里的活他一概不会，回来干不了活，还直添麻烦。一个白面书生放在家不下地，庄上人怕要笑话的，会落下闲话。这样，儿子不想回来，当爹的也不巴望。好在郝青平身强体壮，里里外外都在行，着实给自己添了个好帮手，令尚贵秉十分满意。小日子过得仍在人前头。

那年学校放了假，尚在轩回家小住，见他爹和青平整天下地干活，累得红头黑汗，他却在边上乱转，帮不上什么忙。他爹倒没十分强求，他说种地的拿鞭杆，教书的握笔杆，各有路数，不能强拿。只是他娘常在儿子耳边吹风，说你不能添斤能添两，总比坐着强。再说你媳妇过门也这么些日子了，肚子总不能一直瘪塌塌的，连个动静也没有，你总不能连这点屁事也干不成吧？

一句话说得尚在轩心中隐隐作痛，他无法在母亲面前张口，扭头便离开。

那次尚在轩在家假期没住完，就提前离开了，家中人没有多问，却都在心中诘问着为什么。后来，尚贵秉问他女人，那在轩同他媳妇这么些日子了，为啥总没个动静？他女人就小声说，我也问过了，在轩总不吭声，许是有啥难吐之言，再等些日子吧。

尚贵秉两口子苦苦挨了几年，每日里斜眼交替着扫着媳妇青平那肚子，却总也没个动静，这可急坏了尚贵秉。难道尚家人首稀疏，到了他这辈竟要断香火了不成？他只得催逼他女人，要她从中周旋，无论如何不能小看了这事。

尚芝花何尝不急？又何尝不愁？为这事，她捎信叫儿子回来三番五次地住，又打发媳妇农闲时进城去找儿子，还找庄上的老中医给媳妇再三调理，忙活的结果仍然是竹篮打水一场空。

尚贵秉这时候像热锅上的蚂蚁，急得团团转，连庄禾都无心作务了。他见了媳妇就斜眼直瞅，不禁一遍又一遍地在心里自问着："莫非这媳妇是个寡蛋？莫非这媳妇是个寡蛋？"

他不敢再多往下想，要真是那样可就糟了！不仅他一世的心血白费了，尚家在他这辈子断了子孙，他算是成了千古罪人，他无论如何担当不起。可又有啥法子呢？他不再多想，他叫回了儿子，他已经顾不了那么多了，便单刀直入："在轩，知道爹当初把你从南庄引来咱家为的啥吗？"

"知道。"儿子不假思索地回答。

"古话说，不孝有三，无后为大。你媳妇如今都不开怀，你急不急？"

"……"儿子没有言语。

"也许你自恃年轻，不上心，你可知道你爹妈整日急得像烤在火上的山药蛋，从外到里都热，你要是再这样，非把你爹烤焦不可！"

见儿子不吭声，他接着又说：

"爹说这话或许有些没大没小，脸臊得像猴屁股。可总是这样下去，尚家要断香火了，你是识文断字之人，想必这点道理总还是懂得的吧？"

"……"儿子仍没言语。

尚贵秉急了，竟一反常态地对儿子说：“轩，就当爹求你了！”

这话把儿子说得满脸通红，头上滚出了汗。

那次单独谈话后，尚贵秉又苦苦等了一年，仍如纸上饼，水中月。这事令他大失所望，他不禁害怕起来，难道尚家真要就此断子绝孙了？他不止一次地诘问着自己，又不止一次地跪在列祖列宗灵位前，声声求救，伏地呜咽。然而，祖先无语，又似满口埋怨他，更使他毛骨悚然起来。

尚贵秉另有所求了。

一天，他叫过他女人，认真地说，看来尚家要在咱手上坏事了。为了不当这千古罪人，我看这事还得你出面救急。

他女人问他咋办，他说：“再回你娘家搬救兵吧。你哥明清那大儿子崇文膝下已有一男一女，我听说崇文媳妇尹枝叶又怀着，将来若是个男娃，给咱。这样，祖上有你这老姑亲，儿子跟给在轩，不就是侄子跟给亲叔叔吗，该是亲上加亲的事儿，我看再合适不过了。”

他女人一听丈夫说得头头是道，想必他动这念头已非今日始。既如此，也只好回娘家试试了。

他女人回娘家把这想法给哥嫂说了后，让哥嫂着实难为起来。他哥明清说：“在轩在你膝下，你和他姑夫待他有一百成，我们不敢说半个不字。可这在轩和他媳妇青平偏偏没有争回这口气，最终还是没给你北尚家挽回这个面子。这事丢了你北尚家的脸，也同样失去了我南尚家的面子。毕竟是我的亲生子，他无后我跟你同样着急。如今崇文和他媳妇是又一辈的人了，一辈不管两辈事，我即便能当了这个家，也不能硬当，孩是崇文和枝叶的，得他俩说了算。再者，尽管说南北尚字掰不开，毕竟不同，我这样给儿又给孙的，叫人家北尚家一族说出闲话来，事情就不好收拾了。为妹你是明白人，你该懂得这里头的利害的。”

兄长这一席话点醒了妹妹尚芝花，她又匆匆返回北庄，给丈夫照直陈述。

尚贵秉可不管那么多，他领着尚芝花返身来到南庄，进门连招呼都没打，就扑通一声跪倒在已故的岳父岳母灵位前，声泪俱下地说：“岳父岳母二老在上，容不孝女婿向二老谢罪，女婿和你芝花闺女连养二子夭折，多亏了明清兄夫妇把在轩过继女婿膝下。现在吾儿在轩婚后多年，一子未生，眼见女儿女婿日渐昏老，却要落得个有子无孙的下场。明清兄救人救到半路上就撒手不管了，连自家人都不救自家人了，叫女婿何处求救？二老快给女婿指指路吧。”

尚贵秉一声比一声凄惨，直说得身后明清夫妇都双膝着地。不知啥时候崇文也来了，他听清了姑夫的一番哭诉后，明白了十有八九。话说到这份上，明清夫妇赶紧拉起来妹妹和妹夫，一口答应他们的请求。当明清看到崇文也在场时，就对儿子说：“崇文，你姑姑姑夫方才的话我听了心上掉泪，没儿孙的人有多难，方才你都看到了。今天这事我当家了，回头和你媳妇商量一下，下一个要是男儿就是他家的。”

崇文听了，似有话要说，他爹明清立刻摆手止住，说他君子一言驷马难追。崇文只好领着姑姑姑夫回家见他媳妇尹枝叶。

尹枝叶告诉她姑姑，虽有一子一女，眼下怀着的老三是男是女尚不清楚，要是男娃，山后庄她表姐已有话，如是男娃她先号住。这样一个娃不能应两家。

尚贵秉说，我可不管你那么长，我就是抢也要抢回去。

等到尹枝叶坐下月子，还真是一个男婴。这一下尚贵秉有指望了。孩子过生日时，枝叶那个表姐也来贺礼，同尚贵秉两家礼都很重，倒叫崇文夫妇难为起来。尚贵秉听枝叶表姐说等孩子再过几个月断奶后就往家抱。尚芝花问他咋办，他示意不提。

后来，那孩子终于叫尚贵秉弄到手了。

原来他来了个先斩后奏。那一日，他随他女人回娘家，见孩子在妻兄家玩，就偷偷抱上孩子前脚窜回自己家，连自己女人都没有告诉。等到明清家发现孩子丢了，又发觉崇文他姑夫贵秉不辞而别，一家人心里就明白了八九分。他们随后就追过来，哪知尚贵秉回家把孩子安顿给媳妇青平后，自己拿上事先准备好的谢礼早来到半路上。生米做成熟饭，碍着亲戚之面，事情也只能这样了。

尚贵秉给自己抢回了孙子，这下子他又算卸了一块压在心头的大石头。他长长出了口气，当下在先祖灵位前焚香叩首，禀告尚家先辈，他又给尚家续了一辈的香火，虽不是亲生，眼下也只能这样了。日后在轩媳妇要能生个一男半女，算是再好不过了。

一家人把那小子惯得不行，整日围着他转。尚贵秉自作主张，他说他孙子大号叫尚锁柱，从此要他牢牢把这孩子锁在他尚家门庭，顶门当差，繁衍子孙。尚贵秉两口子整日抱着孙子不放，也不许别人插手，吃喝拉撒睡都由他们料理。那青平倒在一旁显得自由自在，虽说她是为娘，却一点也沾不上边。

过了些日子，尚贵秉忽然想起该叫城里的儿子尚在轩回来看看他自己的儿子了。他当父亲的也得像那么回事，总不能自己有了儿子还不知道。等到尚在轩从城里回来，发现炕后还真躺了个肉墩墩的小子，模样挺俊，在爷爷奶奶的引逗下一个劲地对他笑，尚贵秉这时对着孙子也是对着儿子说："这是你大（父亲），叫大，往后你们就是父子了，我老两口能跟你们几天？"

他说着这话，底气有些不足，声音有点嘶哑，凄凉凉地，他赶紧背过脸去，狠狠在胡子拉碴的脸上抹了一把，借以缓和感情。

在轩已经注意到了爹的表情。爹说这话时，他就觉得无言以对，他愧对爹娘，愧对尚家。正当他遐想之时，他妈顺手把孙子递给他，说道："给，让你这当大的也抱抱娃。"

在轩第一次听说这话，脸上羞涩得一片红晕。他没敢吭声，连忙接过。那小子不知是真要那样，还是要有意惩罚他这迟到的大，"巴巴巴刷刷刷"地又拉屎又撒尿，弄下在轩一身。在轩哪里经过这阵势，他本能地一松手，差点把儿子掉在地上。他妈赶紧接过，嘴里大声笑着说："见面礼，见面礼。"一面说着，一面唤过青平来给在轩收拾。

小锁柱在爷爷奶奶的呵护下，成长还算顺利。就是有两样毛病改不了，一是贪吃，有了好吃食，两手捞到自己怀里，别人难以拿去，除非爷爷奶奶，这倒更加增添了祖孙之间的感情。二是贪哭，哭起来，面朝天，扯着嗓门，任谁任什么办法都哄不住，搅得一屋里人束手无策。锁柱夜里睡觉只要醒着，从不睡炕，总要在奶奶身上睡，谁也拉不下来。奶奶呢，也乐于这样，她说青平你年轻，没养过孩，防夜里睡熟了把孩压了。就这样，锁柱夜夜睡在奶奶身上，把奶奶死死地缠着，东挪不能西转。

锁柱的到来，还为尚家带来一喜，郝青平终于开了怀，生了一女婴。这女娃的到来，着实叫一家人又乐了一回。毕竟是从尚家炕头上掉下来的，说不定从此再会生第二个第三个呢，尚贵秉同女人尚芝花这样盘算着，希冀着。从此，尚家一老一少俩女人各有其事可干，他们共同为尚家的后辈悉心操持着。这时，尚贵秉的女儿尚英轩已经上了学，除了学习外，有空还照看着她的侄儿侄女。

第二年，尚家遇到好收成。夏季，一阵山风吹来，尚家的一片地泛着麦浪，好一派丰收景象。面对着这丰收在望的麦田，尚贵秉捋着他的山羊胡须会心地笑了，他觉得他尚家的脉气就要转活了。儿孙不缺，媳妇又开了怀，一切都是好兆头，该放开手脚好好干一番了。下地回家时，他家的杏树繁登登结了一树，他摘一颗丢在嘴里，嗨，又酸又甜，于是就给孙子摘了一口袋。

回到家，他把杏子掏给孙子，孙子一个劲地吃，还甜甜地叫他爷爷，更叫他心中乐开了花。

尚芝花也哄着孙子，快吃吧，吃完了奶奶领你去摘。

第二天，她果真领着闺女英轩和孙子锁柱一同去摘杏。

不巧的是尚芝花在摘杏时不小心从树上摔下来，又从高高的地塄上掉下去，当下就没了言语。等到英轩哭喊着叫来爹时，她妈早咽了气。

一家人哭得死去活来，那小锁柱还是一个劲地要奶奶，却被大人们隔开，尚家隆隆重重地安葬了尚芝花，各个心头上像灌了铅，沉重沉重。

尚贵秉突然间失去女人，像做了一场噩梦，当他从幻觉中醒来，确信这是真的后，心头就有说不出的冤屈。他恨不能在妻子坟上大哭一场，每天每夜，都是悲悲切切。从此，他像变了个人，少言寡语。

突然有一天，他把一家人唤到一起，对他们说："在轩，如今你妈这一去，咱家就像塌了半边天，单靠我一个人也难以撑起。我思来想去，这家我得交给你和你媳妇青平了。你们已经是有儿有女的人了，该到撑门庭的时候了，这日子酸甜苦辣的味道也该尝尝了。往后，我干多是多，干少是少，不能添斤能添两。如今已入了合作社，自留地那些活我还能干了，这你放心。我同青平干上一年，怕也顾不住全家人吃喝，再就是想法喂点鸡猪牛啥的，顾个零花钱。我俩真要干得顾不住了，就得你来贴，再不能像以往大事小事靠爹娘了。”

父亲的话就像千斤重担，一下子压在在轩的头上，他突然觉得膀子上很重很重。他恳求父亲，以后家还由父亲来当，自己尽心竭力给他添下手。然而，父亲说，这话该我说。古话说三十年河东，三十年河西，如今日月成了你的日月，该担的担子你必须得担起。

尚贵秉算是正式向儿子尚在轩交了这个家。

二

锁柱七岁时，尚家开始动了送他上学堂的念头。在农村的习惯一般是八岁才上学，有的孩子到了九岁十岁以后才上学，尚家不像他们，尤其尚在轩是读书教书之人，他懂得开启幼儿智力的道理，及早地把锁柱送进学堂。

尚家庄只有一所小学在南庄，虽路程不远，却要过一条河。尚家为了锁柱的安全，特意在北庄上找了几个比锁柱大的哥哥姐姐，让他们负责照顾好小锁柱，千万注意安全。

在一个阳光明媚、和风吹拂、百鸟争鸣、万物葱绿的早上，锁柱由一伙哥哥姐姐领着，向小学堂走去。他身上穿着母亲缝制的新衣新鞋，背着父亲从城里买回来的新书包，上边烫着一行“好好学习，天天向上”的黄金字，在阳光照耀下闪闪发光。在上学前，已上完小的姑姑英轩早已给他多次讲了注意事项，锁柱心中像是已有数。

当他随着哥哥姐姐们兴高采烈地来到南庄小学时，一群陌生娃们都前来观看他，在一旁指指点点，嘻嘻哈哈地说笑个不停。吓得锁柱小手紧紧地拉住那个叫叶叶姐姐的手，小脸堵在她背后不敢露面。叶叶姐姐把他送到老师门前，再一次告诉他先喊“报告”，等到老师答应说“进来”后才敢进去。

不知是被吓的还是咋的，锁柱在老师门前竟把“报告”喊成了“布告”，老师并没答应“进来”，他只得又一次喊“布告”，这一来引得周围观看的同学们都哈哈大笑。这时候，老师掀帘出来，见是个新同学，就热情地摸着他的头，把他引进屋里。老师问他叫什么名字，哪个庄的，父母叫啥，几岁了等等。锁柱两脚并得齐齐的，知道的就答，不知道的就摇摇头，该应承的就点点头。老师发现这孩子怪听话的，就对他产生了好感。只是听到他的名字叫锁柱时，不禁笑着问：“锁柱就是拿大铜锁锁住，怕丢?”锁柱先点点头，继而又摇头，老师又是一笑。末了，老师给他发了新书，又给他安排了座位，让他就坐在叶叶姐身旁，也算是对他的照顾。

锁柱一年级的课就两门，语文和算术。上语文课时，他就写汉语拼音字母和山石田人口手上下来去等字，除此还开始歪歪扭扭地写他尚锁柱仨字。上算术课时，就学从一到十的数字。他把这些在一块石板上反复写，写满了，就吐上唾沫，用手或用袖子擦净，然后再写。有时候写累了，他就抬头看看前后左右的同学，或观察讲台上的老师。有时候老师还走到他面前给他纠正着，末了，在他头上轻轻地拍着告诉他，要多写几遍才会的。

大概是父母嫌他年纪小，每天在北庄南庄的跑不方便，父亲就准备把他接到城里去上学。

那天中午，父亲从城里回来，母亲给他们父子二人炒了香喷喷的鸡蛋炒小米饭，给锁柱满满地端过一碗来，要他吃得饱饱地上路。午饭后，锁柱就坐着父亲推来的自行车，准备进城。庄口上，母亲一再叮咛父亲，除了别打孩子，还是别打孩子，父亲嘴里只管嗯嗯地应着。

尚在轩带着儿子飞快地上路了。他们急驰在乡间崎岖不平的牛车道上，震得锁柱老坐不稳，在背后死死地抓住父亲的衣服，生怕掉下去，屁股蛋儿震得生疼生疼的。这时他一不小心，一只脚后跟就让飞快转动的后车轮辐条给狠狠挂了几下，疼得他哇哇大叫。等到父亲刹住车下来一看，脚后跟早退去一片皮，红咧咧的，疼得锁柱哇的一声哭了。不知是疼，还是第一次离家心中难受，他越哭越痛。父亲本来要责怪他，见他这样，也只好哄着他，并把他抱起来放在前面的横梁上，才又上路。

父子俩天黑之前进了县城，来到父亲所在的中学校。晚上，尚在轩带着儿子到街上饭店吃晚饭。一路上，他告诉儿子，咱乡下是煤油灯，街上这灯叫电灯，那电会打死人，以后可别随便撞着。父子俩来到饭店，尚在轩特意给儿子买了鱼。从没吃过鱼的儿子，叫鱼刺扎了舌头又卡在喉咙里，疼得儿子嗷嗷直哭。尚在轩一边哄着儿子，一边赶紧给儿子灌醋，这一来又酸得儿子嗷嗷直叫。折腾了半天，总算平静下来。吃完饭，父亲带着儿子去洗澡，从未进过澡堂的锁柱一见澡堂冒着热气，里边人说话瓮声瓮气的，像在乡下见过的杀猪场面。他吓坏了，躲着身死活不进去。尚在轩费了半天劲，才哄着儿子进了澡堂。在池子边上，儿子看见热气腾腾的水望而却步，死活拉不进去。好不容易叫他进了两只脚，立刻烫得抽了出去。尚在轩只得马马虎虎地给儿子抹了抹身子，即刻出来。

父子俩路过大礼堂，见里边正唱戏，好奇心又促使尚在轩领着儿子走进戏场。只见那台上的戏唱得正红火，蟒袍玉带挂了满身，儿子看得十分专注，觉得这一切都很新奇。等到戏落幕了，儿子还意犹未尽，问父亲还唱不唱，当得知不唱时，儿子一脸扫兴。父亲为了不使儿子扫兴，带着他走到后台。迎面那个人同尚在轩打招呼，他又让儿子叫伯伯，并说刚才台上那个大花脸就是他演的。锁柱一脸的惊奇，他还以为唱戏的人就是唱戏的人，长得和他见到的人不一样，没想到都是一个样。那位演过大花脸的伯伯抱起锁柱，问他几岁了，叫什么名字，上学了没有。当听到叫锁柱后便哈哈大笑，说在轩啊在轩，你也是个文化人，现如今都新社会了，为啥还信迷信那一套？尚在轩为难地说这是他乡下的老父亲给孙子起的名字，他也多次请示父亲说改，谁知父亲却丝毫不让改，令他十分无奈。

那一夜，锁柱睡得很香很香。第二天，他还在梦里吃鱼、洗澡和看戏，就被父亲推醒，他一看，太阳早进了屋子，于是赶紧穿衣起床。父亲告诉他，今天可以玩一天，给你认识一个女孩，明天送你上学，以后你就同那个女孩一起上学。

早饭后，父亲领着他来到隔壁家，一进门就“韦文”“韦文”地叫。随着叫声，里面出来了一个漂亮的女人，父亲说：“叫韦老师，韦阿姨。”

锁柱怯怯地叫了一声“韦阿姨”。韦阿姨立刻过来抚摸着他的头，不住声地说：“在轩，这好孩子嘛，好孩子嘛，将来把我玉平给你孩子当媳妇咋样？”在轩说：“你这人也太毛糙了吧，哪有不问孩子姓名，不问年龄就给闺女的。”韦阿姨这才问了锁柱的名字和年龄，末了说：“好孩子，和我玉平同岁的，只小玉平两个月，就是名字太顽固。在轩，你满肚子墨水，咋地给孩子取了个这唯心的名字？”在轩只好告诉她是父亲所取，难得违拗。当下男孩女孩拉手相识，在两家大人的引见下，男孩怯怯地叫了一声“姐”，女孩小脸立刻红到耳根，没敢应声。男孩望着她，一脸的茫然。

次日早晨，尚在轩给儿子准备好上学的一切，叫上隔壁的女孩韦玉平一同向城内的小学走去。锁柱有过先前上学的经历，这一次顺当多了。父亲把他送给一个姓马的老师，安置好后就离开了学校。学校的单式班上，他见同学们年龄都一样大，穿戴也好，全不像他在乡下的复式班，有大孩有小孩，穿得破破烂烂。马老师就把他同韦玉平安排到一张桌子上，他上下学都同玉平形影不离。

放学后，锁柱常到公路上去玩，不为别的，只为看汽车。在这之前，他还从未见过汽车，那家伙又大，跑起来又快，拉得东西又多，比他乡下那铁轮牛车可厉害多了。他特别爱拣上坡的地方去看，那大汽车一上坡就跑慢了，锁柱就看得更清楚。他突然想了个好办法，趁着没有车的功夫，往路上横摆一溜石头，汽车司机过来绕不过去，只得停车下来去搬，他这时就走过去，前后左右地看。特别是汽油的味道很好闻，他就使劲闻，他在乡下可没有闻过这东西。等那辆汽车刚过，他就又摆上，下一辆汽车又被挡住，他又能看。他看了白天的，夜晚的汽车瞪着两只明晃晃的大眼，他觉得更好玩，直到看得瞌睡了，才恋恋不舍地回家睡觉。睡在炕上他听见汽车吼，就又赤条条地站起来往窗外看，他父亲问他看什么，他说看大汽车，他父亲就觉得这孩子没见过世面。有时候他正在堂上上课，只要一听见汽车吼，就竖起一双耳朵听，直到听不见为止。有一次他忍不住了拔腿就往外边跑，老师不解忙追出去。只见他站在学校大门外往公路上看，老师问他看什么，他说看大汽车。老师见山里孩子这个样，觉得好笑。告诉他以后上课不准随便出门，要有事，得向老师报告，老师答应了才能出门。他后来就动脑筋，如何能撒谎才能走出教室门。他终于想出来了，有一次他向老师请假，老师问他干什么，他说解手，老师随口答应。其实他并未去厕所，而是去公路边看汽车。老师等不回他来，就打发同学去厕所看，结果找不见。等他返回教室，老师问他去哪里，为啥人家在厕所找不到你？他急了，不敢说是去看汽车，说自己在女厕所里，弄得他在全班同学面前丢了丑。

锁柱和玉平整天形影不离，互相间产生了好感，尤其是他们的爹妈常在一起说话，有时还在一起做饭吃，两家来往更亲密了。一个星期天中午，他俩在一起做作业，玉平很多题都不会，而锁柱脑瓜子很灵，他帮玉平做了很多题。中午，玉平妈妈对帮女儿做作业的锁柱更有好感，就留他在家里同玉平一起吃午饭。午饭后他俩玩累了，就被玉平妈妈放在炕上，用一条被子盖了起来，自己到外边去了。等到一个叫小忠的男孩叫他们玩，发现他俩同睡在一条被子里，很是吃惊。赶忙叫醒他俩，问，你们俩又不是一家人，也不是两口子，为啥敢在一起睡？这一下子把他俩问了个癔症，他俩赶紧掀被下炕，红着脸相互对视着，都在心里问对方什么时候成这样的。

第二天上了学，那小忠早就把锁柱和玉平在一起睡觉的事在同学们中间宣扬开了。等到玉平和锁柱相跟着进了教室门，大家都高声狂叫："噉……噉……锁柱和玉平睡觉，一个是小媳妇，一个是小女婿，噉……噉……"锁柱一听恼羞成怒，他想一定是那个坏蛋小忠说的。于是，他连书包也没有放，就径直到小忠跟前去论理。小忠死活不承认，那边玉平已在哭了，只见锁柱捏紧拳头在小忠脸上揍了两拳，没等小忠还手，他的鼻血早流了满面满身。小忠号叫着像杀了猪似的去找老师。马老师一听气愤地说，锁柱，你这乡下孩子也太野蛮了！就让他在全班同学面前规规矩矩地站了一堂课，把锁柱脸臊得像猴屁股，心里不住地狠狠咒着："小忠，小忠，你这大坏蛋，放了学我非揍死你不可！"

那天放了学，玉平回到家又一次落泪，当她把这件事哭诉给妈妈后，妈妈竟哈哈大笑，还把隔壁的在轩父子叫过来当面直陈原委。末了，各自的爹妈劝慰他们说，这好办这好办，以后你们别在一块睡就好了。玉平妈还一个劲地劝，说那天怨自己，孩子无错，她这样说着，抬眼去看锁柱他爹，俩人会心地笑了。

这以后，锁柱和玉平就不再相跟了。他们见了面也不再说话，唯一的接触就是还在一张桌子上学习。班里的孩子们早忘了小忠说的他们那桩事，不过，他们这种关系被两家大人很快发现，各自笑着劝慰了自己的孩子一番。末了，玉平妈妈韦文还特意上门把玉平送来，叫锁柱帮她做作业，锁柱才老大不情愿地接纳了她。

毕竟是小孩子，相互间心中结的那层薄冰很快就融化了，变成一片热情。他们在桌子上做了一会儿作业，玉平两只小手冻得红红的时不时要到火上去烤。锁柱干脆给她想了个办法，搬过来凳子架在火炉上，当作桌台，各自分坐在两边的小凳子上，这样既取了暖，又不误写作业。玉平越发夸锁柱脑子聪明，总有办法。

也许是受了玉平的夸奖，锁柱不由得变得飘飘然起来，一不小心却把手中的钢笔掉进炉火中。这下子他着急了，他想用筷子在火炉上钳出来，火虽不旺，可几次都没有成功。这时的钢笔已经着了火，闪着蓝火焰，冒着黑烟。锁柱吓坏了，也急坏了，他见从火炉口出来没有希望，就拿起火炷往下边捅，等到那钢笔从炉灰中捡出来，早已面目全非了。

锁柱心痛地抚摸着他的钢笔，眼里扑簌簌掉出泪来，很是伤心。玉平这阵子也好伤心，他知道锁柱这一切努力都是为她，就安慰锁柱，她帮着他想了很多办法。玉平说完后，像惹了祸的孩子赶忙回家。

玉平回到家，总是想着锁柱的那支钢笔，她好伤心，心想这事该咋办，是不是锁柱会挨打。她这点心事全没有瞒过细心的妈妈。在韦文的一再逼问下，玉平只好向妈妈说了实话。这事很快被尚在轩知道，他不动声色，想看看儿子怎样处理这件事。锁柱当晚怕被父亲发现，就早早睡了觉，心中总想着那支笔，辗转反侧，迟迟不能入睡。及至等父亲睡进被窝里来，他赶快躲着，一点也不敢挨着父亲。在轩心中好笑，就装作若无其事地睡着了。

第二天早晨起床，儿子还想着那支笔的事，只见他装模作样地在炕上地下到处找。父亲见势问儿子找啥，儿子说他的笔昨夜还在，为啥今早上就不在了呢？父亲不在意地说，快好好找找，没有笔怎么上学，儿子继续找，那样子装得还真像那么回事。在轩见儿子竟有这般能耐，不由得反在心中乐了。儿子找了个遍，还把属于在轩的抽屉、柜子里也找了，就是找不到。实在无处可找了，他就对父亲说："大，是不是老鼠昨晚拉去了，我夜里好几次听见老鼠叫呢。"在轩觉得儿子那戏演得可以了，就从口袋里亮出那支昨天已烧焦的钢笔来，说你看是不是它？

儿子万没有想到这事情会露馅，就抢先哭喊着求饶说："大，我以后再也不敢了，你别打我，我妈不让你打我！"

看到儿子狡黠的神情，父亲又一次觉得好笑。他再没说什么，随手掏出自己的笔给儿子说，以后再不准丢了，丢了，我非打你不可。儿子赶忙答应，如释重负地逃出门。

不过，他见了正在门外等待他的玉平，不由得牙齿咬得咯咯响。他想，玉平你这个大坏蛋，比那小忠还坏，为啥背地里告诉我大。

玉平在后边见锁柱不理她，心中全明白了，她想对锁柱说她不是故意的，可她总是追不上锁柱。直到进了教室，玉平拿出自己的笔给了锁柱，说你就用它吧，我送给你的。哪知锁柱用力把笔往回一推，说了一句"谁要你的臭笔？"随着掏出自己的笔亮在空中，把玉平委屈得差点流出泪来，小声说："锁柱，是我妈逼我的，我不是故意的，真的。"

不管玉平说的是不是实话，锁柱这次恨透了她！

班上的小忠为了讨好锁柱，有一次从口袋里掏出几棵李子给锁柱吃。锁柱从没吃过这东西，一口咬下去，水灵灵的，又甜又酸，很是好吃，很快就吃光了。锁柱觉得很好吃，就问小忠还有没有，小忠说大街上卖得可多了，一毛钱一斤，足够你吃一肚子。听了小忠的话，锁柱十分向往。可是去哪弄那一毛钱呢？他不敢问父亲要，身边又没有其他的亲人，要是爷爷或者母亲在眼前，那该多好。他忽然想起那次找钢笔时，在父亲抽屉里发现有钱，他想那可能就是一毛钱吧，于是他就想把那一毛钱弄到手。

他说干就干。晚上回到家，趁父亲到隔壁韦阿姨家串门的工夫，他慌忙拉开抽屉，摸出那张钱，又慌忙关好抽屉，心里咚咚直跳。他生平第一次干这种事，心里慌得很。及至顺利到手后，心想还要不要再放回去，万一父亲发现了咋办？但李子那香甜酸甜的好吃劲，一直在诱惑着他，促使他下决心要买到它。他晚上睡觉怕父亲发现，就把装着钱的衣服压在枕头下，早上起来就赶忙上学去。

他路过街上，街旁果然有卖李子的。他二话没说，从贴身口袋中摸出那张钱来递给老头。那老头接过钱，用疑惑的目光看了看他，想问他点什么，他却反催着快秤，他要上课去。哪知老头给他称了满满一秤盘，他一看这么多，自己哪能吃得了，连忙说太多了，太多了。老头反说这还不够，五毛钱呢。他这才知道自己拿了五毛钱，又没买过东西，不晓得还可以找零，以为一张钱只有全买才行，没等老头给他称够，他已装了满满一书包，边跑边说："不要了，不要了。"

他边走边吃，到了学校几乎还是一书包。上课铃响了，他只好把书包放在桌子的兜兜下边，开始上课。谁知那麻绳缠得兜兜被一书包李子压断了绳，哗的一下掉在地上，那李子早已挣脱书包，滚得满地都是。这时同学们都惊奇地看着他，老师走过来，让边上的同学帮着拾起李子，问："你在哪里弄这么多李子？"锁柱这会儿脸红得像个猪肝，老师二话没说，领着锁柱就去他家找他的父亲。

回家见了父亲后，父亲十分惊愕，父亲谢过老师气愤地说，等他把这李子吃完再去上学吧！锁柱能听出来这话不是好话，知道自己惹了大祸，这顿打肯定少不了。果真如此，父亲送走老师，反身关上门，黑着脸，气呼呼地坐到椅子上，大声呵斥着："过来！"锁柱赶快挪了几步，又不敢十分靠前，父亲又大喝一声："往跟前来！"锁柱只好战战兢兢地又往前挪了两步。只听见父亲又喝一声："说，哪来的李子？"

锁柱没敢吭声，他实在无话可说。心想父亲很快就会抡起拳头揍他，不由得想起母亲临走时告诉父亲不让打他的话，又想起自己从小到大没有挨过打，这一次看来是再也躲不过去了，想到这里，他百感交集，不由得"哇"的一声大哭起来。

"好啊你，做了什么把你有理的，谁打你来骂你来，你哭得这样惨，嗯？"

说着，父亲伸手狠狠地按住他的脖子，"啪"的一声把他甩到身边的床杆上，立刻疼得他哭声更大，父亲仍然重复着前面的话，又一次重重地把他甩到床杆上，这一次他没站稳，一下子倒在地上。

他的腰被撞得生疼生疼，坐在地上半天起不来。父亲见他这样，大喝一声让他站起来。等他站起来后，父亲又让他交代李子是哪里来的。他一看这咄咄逼人的架势，知道抵赖不过去了，只好从实交代。哪知父亲拽过他的手，一面狠狠用手在他那小手上拍打，一面咬着牙，从牙缝里反复挤出一句话："我叫你偷，我叫你偷！"接着叫他交代一共偷了几次，还干了哪些坏事。他说就这一次，父亲哪里肯信，父亲说："你都干了哪些坏事，我心里清楚着哩，你老老实实一件一件交代吧，你如不老实交代，我今天就打死你！"父亲的样子越来越可怕。

他想来想去一件也想不出来，心中委屈得不行，就只好规规矩矩地站着。父亲见他拒不交代，就说，不老实说你今天就一直站着，敢动一动，小心你腿折。然后父亲"哐"地一摔门，在外边把门关住，扬长而去。锁柱这下子真被锁住了，他看看锁着的门，再看看那一书包李子，看看那偷过钱的抽屉，再看看摔得腰间此时还疼痛难忍的床杆，眼泪又一次夺眶而出……

直到中午父亲也没有回来。午后他饿得肚子里直打咕叽，李子的酸水味冲着喉咙上来，通过嘴巴和鼻孔时，一股酸臭味，叫他难以忍受。他记忆中从来没有受过这般冤屈，不料这一次这样倒霉。一直到晚上，锁柱又饿又困又伤心，他实在忍受不住了，裤子上已尿过多次，那尿臊味直冲鼻孔，他突然放声大哭，越哭越伤心。末了，冲到门上边摇晃着死死关着的门，边叫喊着要出去。哭喊中门一下子开了，外边天已黑了，趁父亲不备，他拔腿而逃。边没命地奔跑，边大声对随后追过来的邻居和父亲，说他要回去找爷爷和妈，打死也不在城里待了。最后父亲把他追上硬抱回来，隔壁玉平妈又是哄又是给他换裤子洗手洗脸，还对着他父亲说，你尚在轩也太心狠了，这么大个孩子哪能这样整，说着给锁柱端饭吃。

父亲这时也觉得自己有些过分，就在锁柱面前说开了好话，并说以后再也不打他了。任凭父亲怎样感化，锁柱只是死死地咬着嘴唇不吭声。晚上回到家，父亲突然心软了，给儿子炒了三个鸡蛋让他吃，看见鸡蛋，锁柱又想起了那像鸡蛋一样的李子，不禁伤心地直掉眼泪，把父亲好不容易劝说好了让他吃的鸡蛋又放下，一头倒在炕上很快睡着了。睡梦中还直颤栗，直抽泣。

此后不久，在乡下的尚贵秉心中一直惦记着孙子，就抽空进城看。锁柱见了爷爷算是见了亲人，二话没说就哇哇大哭，越哭越伤心，直哭得爷爷老泪纵横。他知道孙子一定有什么冤屈，不然不会这样。他三番五次地问，孙子直哭不答。他气不打一处来，就直接问儿子，儿子说不打不行，在家偷钱买李子吃。爷爷可不管那么多，他对着孙子训斥着儿子：

“儿子不是你生的你就不心疼是吧，不是你养的就能随便打是吧。一个小孩子，有多大的事不能说，非打不可？看你这当大的多牛哩，看你这当大的多狂哩？”

儿子觉得父亲片面袒护着锁柱，仍说，小孩子有了坏毛病不打行吗？

“有了坏毛病就得打？你小时候也干过坏事，记得我打过你几回？你不照样成人了？不照样成材了？”

一番话说得儿子无言以对，孙子这时见爷爷为他出了气，在爷爷怀里一下子止住了哭声。

那次尚贵秉离城返乡时，孙子抱着爷爷的腿大哭，非要跟着回家不可，他无奈，只得依了孙子。

三

锁柱跟着爷爷又回到乡下，又回到他先前的南庄小学。这时候已换了个女老师，很漂亮，很热情，一点也没有吓人的架子。再加上回家后，家中爷爷对他很好，很少打他，他觉得要比在城里舒心得多。

锁柱在城里上过一年学后，城里新奇的东西对乡下孩子自然有极大的吸引力。锁柱告诉他们，城里的大路比乡下宽得多，路上有跑的大汽车。那汽车差不多有他们乡下的小房子那样大。惊奇得孩子们眼睛瞪得溜圆溜圆的。他们问锁柱那得多少头牛才能拉动呀？锁柱见他们完全不懂，就借机会哄着他们说，哪里是牛拉，是马在拉，牛跑得多慢呀，那马跑得可快了。都是一排整齐的大红马，一股劲地往前跑，那马组织纪律性特强，老师说我们当学生的就得像车上的马那样，遵守纪律，不走邪路，一个心眼，奔腾向前。就这还不行，还要快马加鞭，才能一马当先，万马奔腾。你想想，一万匹马呀，该有多威风。只听得乡下的孩子们目瞪口呆。后来，一些孩子在作文中就借题发挥，说他们从小就要树雄心，立大志，像城里汽车上的一万匹马那样，遵守纪律，好好学习，将来做一匹汽车马。以至老师看到这样的文章，啼笑皆非，心想总是城里回来的锁柱胡诌八扯的，于是就在课堂上批评了锁柱，一些同学就说他哄乡下娃，识破了他的瞎话。

尽管如此，仍有一些乡下娃信以为真，下了课就逼着锁柱给他们讲在城里的见闻。锁柱仍然不厌其烦地给他们讲着。他说，在城里人们不点煤油灯，家家都是电灯。煤油灯灯头朝上，电灯灯头朝下，不是更明了吗？那电灯里面不添油，不用火点燃，直吊在屋梁上，一到黑夜把一股细绳一拉，嘭的一声就着了。睡觉后再一拉，嘭的一声又灭了。有人问锁柱那电灯不用油，是用啥在着，锁柱说用电着，要不为啥叫电灯。他们问他电是啥东西，锁柱说没见过，听说电是看不见的东西，在两股皮肤线里藏着，你要是敢用手抓，它就能把你打死。那些乡下的孩子不相信，说他是哄他们。于是他们又刨根问底地说，电是啥做的，锁柱告诉他们电是水和火两样东西做的，有水电也有火电。水电灯泡发着白光，火电灯泡发着红光，这自欺欺人的话把乡下的孩子们说得都深信不疑。于是锁柱说要他们每人回去叫爹妈也给他们买个电灯回来，可亮堂了。后来就听说有人回家逼父母买电灯，也有的家竟然从城里买回了个空灯泡，在庄上闹开了笑话。

这一来庄上的孩子们都不相信锁柱了，说他仗着在城里住过，就胡编乱造地哄人。急得锁柱说你们没有见过的东西多哩，咱乡下杀了猪才往水里泡，城里人还敢把自己泡到热水里洗；咱乡下人都穿长裤，睡觉脱个精光，城里人还穿条短裤，黑夜睡觉都不脱；咱乡下清水河里的小鱼只有指头大小，城里人吃的鱼比胳膊还粗；咱乡下人剃头先用水洗，城里人干理；城里人还刷牙，刷着刷着还能把嘴里刷出白沫，你们没见过的东西太多了。你们要说这些都是假的，到城里打听打听去。他这些话把伙伴们说得将信将疑。

他们南庄学校在一座古庙里，教室是一座北殿，旁边小殿的墙上画着各种老爷神像，常常把他们吓得不敢看。女老师胆子小，晚上自己不敢在庙里睡觉，就每天做着很多好吃的，让同学们去跟她做伴。她把女同学安排在楼下同她自己一起睡，把男同学安排在楼上睡，这样夜里对她形成包围圈，就不十分怕了。哪知有一夜教室所在的北大殿里叮叮咚咚直响，吓得他们拼命往一块挤，蒙着头大气不敢出一声，都说是老爷神鬼晚上出来活动，还有的说阎王爷也给小鬼上课学文化，吓得锁柱他们第二天进到教室，先看看自己的书本还在不在，作业本上是不是有小鬼乱画的东西。后来，锁柱为了借以制造假象，故意制造混乱。他在下午放学后就溜进教室，在一些女生的作业本上乱画些自己也看不懂的符号，在黑板上也用粉笔乱画一气，等到第二天进了教室，他大惊失色道，谁在他本子上乱画，昨天下午还好好的，是不是夜里鬼出来画的？他这一嚷，别的同学也都赶快查看自己的，其中就有几个女同学大惊失色地说她本子上也有神鬼画的，有的女同学就吓得哭出来。锁柱见这情景，知道大功告成，心中暗自作乐。

这样做的结果是把那位不经吓的女老师给吓走了。临走那天，锁柱他们哭得很伤心，都舍不得这位又漂亮又和气又不打人的女老师走，他们很多人把女老师一直送出他们那山沟。女老师劝他们回去，他们就是依依不舍，还问女老师什么时候还回他们的学校教书。女老师不无期望地说，等你们南庄小学啥时候从古庙里搬出来，我就再返回来。说得锁柱他们心中觉得很遥远很遥远。那次他们送走女老师，回到学校被新来的男老师批评了一顿。他说“送人千里，终有一别”，干吗一直送着不回来，就罚大家在毒太阳下站了一晌，气得大家牙齿咬得咯咯响。人人发誓，待他走时一步也不送他。

新来的老师胖胖的，有四十多岁的样子。他很严厉，很多同学都怕他，他治人很残酷，讲台上的教鞭棍时常被他敲得巴巴响，把那些肯睡觉的同学一棍打得慌忙醒来，有的同学头上冒着汗，头发被汗水浸得满脸都是，拨也拨不去；有的同学口里还淌着口水，赶快用手去接，他们狼狈的样子惹得班上同学哄堂大笑。那老师却能不笑，大家都服了他这点本事。

老师每天下午让大家在太阳地里念书背书，下午很毒的太阳专晒大家，一个个汗流满面，只得使劲地念。晒成啥样也没有人敢离开，因为对面就挂着那根主要是用来打人的教鞭棍。别看它不会说话，可大家都怕着它。于是就有人设法扔掉了那根讨厌的教鞭棍，谁知那老师又不声不响地换来一根新的，比原来的那根还粗，据说是花椒木棍，打起人来又疼又麻。这下子大家再也不敢放肆了，心想再要废了这一根，说不定下回会弄来一根更可怕的什么棍来，只得乖乖地躲着那吃人的教鞭棍。

下午的时间总是很长很长，大家嗓子都念哑了天还不黑，天不黑是不能放学的。忽然有一天，班上一个年龄大点的最怕背书的枝枝姐姐有了好办法。她说谁要想天黑得快，就把自己眉毛拔一根，大家放在一起，用纸包着压在厕所墙上，天就黑得快。这样的好事谁不肯干！于是，大家想都没去多想，都争先恐后地拔眉毛交上去。有人一次就拔下来好几根，心想就这样拔下去，够拔几天。为了一次只拔一根，就互相拔，用夹子夹着拔，这样不浪费眉毛。自从压过那眉毛后，大家都觉得天仿佛黑得快了，都为枝枝姐姐能够带来这个办法从内心感激着她。不长时间后大家的眉毛都被拔得光秃秃的了，虽都在心里乐着，可又都在心里愁着等到没有眉毛可拔了可怎么办？都催枝枝姐姐快想个新的办法。有的还试探地问眼睫毛行不行，头发行不行？枝枝姐姐说还没有听说过，显得有些为难。心想，天是短了，眉毛也快完了，大家还是催她快想新的办法，不然那长长的一下午实在难熬，枝枝姐姐就感到重任在肩。没等到枝枝姐姐想出新的办法，这事情就败露了。

那天，一个叫尚叶叶的女孩子被她妈拉着突然气呼呼地闯进正在上课的教室，直问老师她闺女的眉毛去哪了。那老师以为自己听错了，立即反问“你说什么？”等到叶叶妈指着她闺女光秃秃的眉毛再一次让老师看，老师这才发现，他大惑不解。叶叶妈不依不饶，非让老师给叶叶赔眉毛不可。开始那老师被唬住了，一眨眼又立刻反问：“你把闺女交给我来念书，你什么时候把她眉毛交给我了?”这一来把刚才还横得不行的叶叶妈也给问住了,她大张着嘴没话可说,最后自找台阶下,说:“反正我闺女眉毛没有了,你让我这么好看的闺女以后咋寻婆家?寻不上婆家就找你!”男老师被唬得哭笑不得。

叶叶这时也觉得她妈太丢人,就让她妈快回去,不要影响上课。她妈见一下子也说不成个所以然,只得愤愤地走出去。

叶叶妈走后,老师就开始整风,当他突然发现班上的同学眉毛都是光秃秃的后,立刻大吃一惊,嘴里不住地自言自语着:“咋搞的,你们尚家庄的孩子咋搞的,怎么都这样?”老师一时弄不明白,就挨个问同学们。哪知同学们并不感到惊奇,都扭着头把目光偷偷地落在枝枝姐姐身上,枝枝姐姐怕引起老师注意,赶忙低下头。但却躲不过老师锐利的目光。他突然大喝一声:“尚枝枝,站起来,说说是怎么回事!”

枝枝姐姐站起来,说自己不知道,这事情她真的不知道,不信老师可以问其他的同学。枝枝姐姐相信同学们是不会出卖她的。

不过,这事情到底还是让老师弄清楚了。那天,老师就有意找枝枝的茬。他让枝枝在课堂上站起来背书,枝枝记性不好,她最怕背书,别说整课地背,就连一段她也背不下来。还在上学的路上,锁柱就听见她背着“树老根多,人老话多,莫嫌我老汉说话啰唆”那一课。枝枝一路连这么简简单单几句都背不对,恰恰把人老和树老背颠倒。这会老师让她背,只听她背着:“树老话多,人老根多,莫嫌我……”没等她背完,同学们就吃吃地笑,逗得一向不苟言笑的老师也破口笑了。但是他很快板起面孔问:“你背得对不对?对不对?树会说话?人还会生根?你真能死了!”这是大家所见到的男老师难得的一笑,尽管是令人很不舒服的一声哭笑。

枝枝姐姐被当众羞得红了脸,她心中在一个劲儿地诅咒着,觉得大家出卖了她,把她的一番好意当成了驴肝肺,才遭到老师的报复。这一来,大家都觉得对不起枝枝姐姐,要不是她那一招,大家不知道每天下午要多熬多长时间,多背多少书。

那厉害的老师真是变着法子折磨大家。他要同学们每人磨一块方砖,在碗里边泡上烧土,然后在太阳地里用毛笔蘸着练字。大家觉得这倒是个好办法，又省纸墨，又能多练字。锁柱很感兴趣，他回到家里都这样效法，他的字大有长进。只是每天午后老师在睡午觉，让大家一直站在太阳地里一直地练，心里很不平。

在小学里，四个年级就一个老师，啥课都得教，有时候也真难为他，他教大家唱歌时就很吃力。比如他教《二小放牛郎》和《打靶歌》等歌，就很叫人难受。他嗓子先天不足，又嘶哑，加上五音不全，唱出来的歌就很乏味。那“牛儿还在山坡吃草，放牛的却不知道哪儿去了，不是他贪玩耍丢了牛，放牛的孩子王二小”，拢共两段没几句，他唱起来很费力又很难听，可又不能不教，大家就时常站队唱这两首歌。最严重的问题是他领导大家在南庄小学同全国人民唱了一次反调。那是一个星期一的上午，大家刚上学，只见他热汗淋漓地跑来学校。

上课后，他说昨天联区开了会，上级传达指示，要开展向李锋（雷锋）同志学习的活动。他说李锋同志是个当兵的，他全心全意为人民服务，在一次开汽车事故中不幸牺牲，我们大家要好好向他学习。

他口头传达后，让大家写作文，当有同学说不知道是哪两个字时，他拿起粉笔，在黑板上端端正正地写了“李锋”两个字。然后大家就写如何向李锋同志学习，做共产主义事业的接班人。

不几天，联区校长下来视察，当翻开同学们的作文时，不禁大吃一惊，连忙叫过他来问：“李老师，你在哪儿听说是学李锋？”他反问校长：“你不是在联区开大会时传达说全国人民要开展向李锋同志学习的活动吗？”“错了，不是李锋，是雷锋！”校长说着十分生气地在黑板上大大地给他写了“雷锋”两个字。

这一下同学们才恍然大悟，都说亏得联区校长来视察，要不然，大家在这山庄上还不知道要把李锋学到啥时候呢。那个李老师这会儿还在嘴里反复说着：“是雷锋？还有姓雷的？”似乎还有些将信将疑。校长大声说这还有假，你以为你姓李，天下人都姓李？校长一面赶快让他把作文本发下去纠正，一面慌慌张张地说，他还得赶到其他学校去，看看还有没有在学李锋的学校。

这一来大家算是抓住了这个李老师的把柄。原来他也有错的时候，人家别的学校怎么没有错，偏你弄错了，你开会为啥不注意听讲？你不懂为什么装懂？还成天说同学们这啦那啦的。

这件事在南北庄上也引起轩然大波。人们都说这老师人倒是厉害，就是没有厉害的本事。开个会也能听错了，他一天起来还不知道教错学生多少东西哩，连学生眉毛掉光了都不知道，这样的老师误人子弟，赶快找联区辞掉他。于是队长就亲自出马下山去，代表尚家庄全体社员强烈要求辞掉这个不称职的李老师。

不长时间，这个李老师果然扛着铺盖一个人灰溜溜地离开尚家庄小学。临走那天，尚家庄南北两庄人和小学生们都趴在墙头上看，真的没有一个人出来送送他，搞得人家很难堪。

锁柱从城里转学回乡下后，贪玩，耍滑，不努力学习，功课渐渐落在后头。家里人一看这样，就吓唬他说，本来把你转回来是看见你可怜，没想到你回来以为家里人大字不识一个，就耍滑不好好学习。爷爷还说你要再这样不好好学习，就把你再转到城里去上学，叫你大好好管管你。锁柱一想起在城里那些事，仍然心有余悸，他怕再把他转去城里挨父亲的打，就答应爷爷要好好学习。并让家里人给他留一级，他再从三年级开始学，两年之后保证考上完小。爷爷觉得他说的是实话，就应了他。果然，他留级后变化很大，已经成了拔尖生，还光荣地加入了少先队，鲜艳的红领巾在他脖子里整天飘着，一家人又乐得合不上嘴。

爷爷除了紧盯着他上学之外，一回到家，就要他学写字。他说字是出马枪，什么学会“龙飞凤舞家，走遍天下都不怕”。他在那方砖上的字果然有长进，他自己也有了兴趣，一有空就练，爷爷还给他用绵纸缀了大楷本，不仅方方正正地练大字，还在横竖格子上添小字，这样砖上纸上虚的实的大字小字齐头并进。除此，爷爷还教他打算盘，打加减法，打乘除，打三遍三，九遍九，当他把这一切都学会后，一有人，爷爷就叫他给人家表演。他噼里啪啦地打着，爷爷在一旁捻着山羊胡须满意地看着，那笑声就从胡须里不断地钻出来。末了，来人一再赞不绝口，都说这孩子将来定有出息。

也有一次当众败了兴。正当他熟练地打着算盘时，那人突然对锁柱说：“你什么数字都会打，那你打个零给我看看。”这下子把锁柱难住了，他什么都学过，唯独不会打零，把他羞得差一点当众流泪抹鼻子，幸亏那人当场救了他的架。锁柱这才感到自己不懂的东西还有很多，再也不敢当众炫耀了。

爷爷甚至教他讲迷信，怎样叩首，怎样敬神。家里大老爷、爷婆、灶爷、门神爷，院子里的土地爷、中公爷以及石磨为青龙、石碾为白虎等等，似乎人每天被神包围着，无所不在，一一得敬。连他唯一会掐指算的算命术也教他。在爷爷看来，他从小就要把孙子锁柱驯养成七神八鬼的伪道士，好彻彻底底地接上他的班。因为他知道儿子是靠不住的，读的书太多了，懂得的规矩越发少了。这样下去，不规不矩的可不是件小事。

四

转眼锁柱已该上完小了。他父亲尚在轩已升任县城中学副校长，本想把他转去，一则他工作太忙，没精力照顾儿子；二则儿子自从八岁挨打后就一直不想同他接近，感情上总是疙疙瘩瘩的，儿子坚持要在乡下上完小，父亲也只好顺着他。

锁柱要上的是峪村完小，离尚家庄有二十多里路，就只能在校食宿了。临上学之前，母亲郝青平把他一奶同胞的哥尚会山叫来给锁柱剃头，先是给锁柱用钝刀子剃了头，疼得锁柱嗷嗷直叫，几次从哥哥怀里夺身而跑。他哥吓唬他，你留着半个脑袋能上学你就走，我还不想费劲哩。锁柱无奈，摸着疼得火辣辣的脑袋，只好把头又送给哥剃。剃到后来，锁柱干脆嚎得像杀猪。他妈说就剃这一回，以后头发长长了进城找你大去，让他给你想个不疼的办法。

剃完头，换上新衣，他哥给他找过箩头，一头装粮，一头装菜，上边还加个小箱子，算是他上学的全部家当。爷爷和妈把他送出大门外，他就跟着哥哥高高兴兴地去峪村完小上学。走到庄前的清水河口，庄南面路上迎面过来锁柱的亲娘尹枝叶。她叫住会山，快步走过来，亲热地把锁柱从头到脚看了个遍，然后满意地笑了。会山这时对只有十一岁的锁柱说："这是我妈，也是你妈，她来看你上学去。"

锁柱忙说道："不，我有妈，她是我大娘，我妈说的。"尹枝叶会心地笑了，忙对会山说："不要多嘴，锁柱说得对，快送娃上学吧，到了书房好好念书。"说着从怀里把包着的几个窝窝头塞到箩头里，说让锁柱到学校吃。

锁柱一路走着，就一直纳闷，他总觉得刚才他大娘对他有点特别的亲，那笑不仅仅是在脸上，而是发自心头。那慈祥的面孔让他觉得心里老有一种感应，一种说不清道不明的感应。记得他在南庄上小学时，常碰到她，偏偏不是迎面碰上，而往往是他不注意时扭头撞上的。他一见她，她马上惊慌失措地躲开，像是什么也没有发生一样，这让锁柱幼小的心灵常常产生疑惑。他有一次问他妈，他妈显得很吃惊，立刻大惊失色地问："她跟你说啥来？"锁柱摇摇头，他妈又不放心地问："旁人跟你说啥来？"锁柱仍然坚决地摇摇头，他妈这时才放心地说："没事，唤她大娘哩，以后没事别去人家家里，她家有老黄狗，防它咬你。"一提到狗，锁柱就怕，他曾经被一只没有耳朵的狗咬过，咬的部位在大腿根部，因而听他妈这一说，就越发不敢去她家。

他妈曾不止一次担心地说，那次狗差点把他那小当家的东西咬去，要真咬去，就不值钱了。锁柱这会儿跟在哥哥会山背后又想起一件事来，就是那庄上一些老太婆常说他和会山长得一模一样。锁柱想他在南庄我在北庄，他是他爹妈生的，我是我爹妈生的，为啥会一模一样呢？他常常纳闷，又百思不得其解，就把这个想法说给他会山哥哥。

会山一听，原来锁柱都上完小了，还被蒙在鼓里，会山这青年人一时心血来潮就忘乎所以。他这会儿早就把父母的禁令忘到爪哇国里了，就前前后后、一五一十地把他们之间一奶同胞的关系说了个透。锁柱起先还疑疑惑惑，后来才恍然大悟，一遍遍地在心里说，原来如此，原来如此，我说呢，我说呢。

会山还进一步地告诉锁柱，咱今天要去的峪村完小那村里就有咱的亲姐，待会我领你去见姐姐，日后有啥事就去找姐姐。锁柱觉得学校这里有个姐姐当然好，可又一想，妈并没有放话，要是妈知道了怪罪起他来，那多不好。会山告诉弟弟别怕，你大和你妈又不是天天跟着你，你去了他们咋会知道？我保证不跟他们说。再说，都是一大家，你大是我亲叔，你妈是婶，你爷爷是我老姑夫，哪个是外人？说到这里，锁柱从心里打消了顾虑，打算见他亲姐。

兄弟俩相跟着很快就到了峪村。去学校路过姐家，就挑着担子去见姐。不巧姐和姐夫都去地里干活，没见着。会山就对弟弟说，不要紧，我先送你去上学，回头我告诉姐，你大胆见她就是了，姐和咱娘一样的热心肠。锁柱在哥身旁一一应着。

到了学校一看，仍是一座古庙。南北是古殿作教室，东西是古厢房作老师和学生的宿舍，东北角是厨房立着老师和学生的两个灶。会山帮弟弟交了粮菜和伙食费，又安排他住在东厢房楼上的宿舍里，一切安顿就绪后，又带他去见了班主任老师。班主任老师姓王，戴着近视眼镜，很和蔼，只是见他叫锁柱时，不觉莞尔而笑。锁柱又一次觉得爷爷给他取的这名字不太好听了，为啥老想把他锁住呢？难道不锁自己就会飞走不成？

晚上吃过晚饭，锁柱正在宿舍里同大家相识，因他们南庄小学本来四年级有四人毕业，可另外三人父母都不让念完小，其中两人说定不念了，只有一人还在摇摆中。没了同村人，就要在新同学间抓紧认识，以便大家交朋友。

正在大家热情交谈中，外边有人叫锁柱，他急忙来到院内，迎面走来的人说她就是他姐姐，来看他，并要引他到她家转转。锁柱见这个姐姐似曾相识，又见她的面目同自己亲生母亲一个样，说话也像，就跟着姐姐去了她家。

那次以后，锁柱就常被姐姐叫去，给他洗衣服，让他吃饭，姐夫还问他功课学得怎样，原来姐姐姐夫都是上过中学的文化人，锁柱为有这个姐姐而高兴。

完小五年级的课程开始了，班主任是代语文的王老师，刚一开课，他发现班里同学们程度参差不齐，很多同学连汉语拼音都不过关，王老师干脆停课一周，集中过汉语拼音关，谁要过不下来一直过，直到全部过完再开新课。

锁柱的汉语拼音学得还算扎实，他在班里第一个过关，王老师满意地在全班同学面前表扬他，并要求全班同学向他看齐，看谁先过了关。锁柱这时理所当然地被老师指定为小先生，帮助同学过关，协助老师验收。那些没有过关的同学们都很羡慕锁柱。一周之后，全班拼音字母过关大会考，锁柱第一个交卷，并获得满分，为此获得了王老师的赏识，当得知他从小学三年级之后就一直是班长后，就指定他为五年级的班长，每天上课喊“起立”和“坐下”，早中晚喊操，并代表他们班值日打作息铃。锁柱学习努力，工作负责，和同学们友好相处，期中考试再居班首，在全班同学正式投票选举班长时，他顺利当选，得到老师和同学们的认可。

他们五年级班同六年级班的班长轮流值日，每当他喊操时，总觉得自己喊操没有六年级班长喊得浑厚响亮，他就利用休息时间，请六年级班长教他，一声一声地练，直到那班长验收了为止。

他打铃也是认准时间，不早不迟。记得在小学时，老师不按时间上下课，而按课程进度来决定上下课。老师喊上课了，他就去摇那个破铜铃，老师在课堂上说下课了，他又跑出去摇那个破铜铃，回来才喊下课口令。时间长了，他觉得那纯粹就是多余的，因为就只一个班一个老师，如果说上课时同学们还在外边需要打铃，下课时你说下就下，何必还要到门外摇铃，纯粹是搞形式。但老师立下的规矩谁也不准破坏。现在不同了，用闹钟控制时间，以作息时间表严格执行，迟了早了同学老师都有意见，所以他得掌握好，一点不敢出错。一次，他上闹钟发条，错把时针向前拧了一截，时间一下子乱了，他赶忙去找六年级那个打铃的女班长，想请她想办法，没想到她发了脾气，说教导主任又不在，学校再没有人有手表，去哪给你对表？这一下惹了大祸，锁柱急得鼻子上都冒出了汗珠，差点落泪。幸亏那位女班长是个好人，训归训，帮归帮，很快到校外帮他对好了表，才使他如释重负。

锁柱在当好班长的同时，还时刻不忘学好各门功课。他擅长语文课，爱好写字，爱好音乐，但他也牢牢看住自己不太感兴趣的其他课程，比如算术、自然、地理等课，他都努力学好。因为考试是以总分排名次的，一旦落到别人后边，他这班长就保不住了。他知道凡当班长的同学，学习成绩必须领先，否则就没有资格去当。只有劳动委员的学习成绩可以差一点，他绝对看不起那个职务，他觉得学生只能比学习，哪能比劳动。

一次，他父亲尚在轩来学校看他，进了大门，正好碰上他在院子里带领同学们做广播体操。父亲见儿子几年工夫变得这么有出息，完全不能和当年上一年级时那个调皮捣蛋孩子同日而语，不禁满意地笑了。锁柱这时也看见父亲的到来，他想你来得正好，你看看你儿子离开你是变好了还是变坏了，他在心里还暗暗和父亲怄气。等到他们做完操，父亲才亲切地喊过他，递给他作业本子和干粮，还从口袋里掏出两元钱给他，他都一一接了。这时忽然从后面走过来教导主任，口里叫着尚校长，问这尚锁柱是你啥？"娃。" 父亲骄傲地告诉教导主任。"啊？你有这么大的娃？"教导主任显然不相信。尚在轩说："这还哄你，不信你问娃。"锁柱立刻对教导主任笑笑，以示没有错。接着，教导主任夸了锁柱一番，说他学习怎么好，班长当得怎么好，没想到他背后有你这个爹。尚在轩也说了一些请教导主任多多关照的话，这才离开学校。

锁柱还要带领同学们参加很多课外活动，晚上下自习后，他要带着同学们列队，到学校所在地的村子里转村转院地唱歌搞宣传。当他来到姐姐院子里后，姐姐一家人都出来看，她为有这样一个增光的弟弟而高兴，以致很多院子里的人都知道带队的尚锁柱与尚会燕是亲姐弟。所以他挑着歌打着拍子指挥同学们唱歌时，就有人轻声在边上小声议论，说那孩子是尚会燕的亲弟弟。

他还要带领同学们到附近村庄参加劳动，有时老师顾不过来，就委托给他，他总能与同学们合得来，也总能叫大家听他的话。

锁柱毕竟是小孩，他总想干点趣事。一天中午他们同宿舍的孩子们午休，他们都睡不着，就生着法子打趣。有个叫骡子的同学，年龄比他们大四五岁，学习不行，人很老实、很憨厚，叫他们百玩不厌。听说骡子已有了媳妇，他们就时常开他的玩笑。见骡子睡得很沉，锁柱就招来几个同学脱骡子的裤子。他们果真把骡子的裤子脱了，其中一个同学把骡子的裤子藏过，然后他们看到骡子赤着下身直乐，还找来毛笔在骡子身上乱画，等到上课铃响了，他们叫醒骡子后，拔腿就跑。骡子找不到裤子，又见自己腿上不仅被画上了很多符号，而且还有写的他媳妇的名字，骡子一见这样，在宿舍急得大喊大叫。同学们互相对视直乐，等到老师发现并查清了是锁柱的计谋后，就狠狠地批评了他。并说你作为班长，怎么能干这种不文明的事呢？这事在全班以至全校同学中会造成什么样的影响，你还怎么带领大家，叫人家骡子还怎么见人？老师还给他严厉的口头警告，并说要是再做类似的蠢事，就撤掉你的班长，不管你学习有多好。

这下子可把锁柱吓坏了，他向老师写出了深刻检查，还主动请求在班上公开检查。老师说看在你是班长的面子上免你一次，下不为例。后来锁柱还主动向骡子承认错误，这事得到了骡子的原谅，他主动找老师为锁柱说情，他说这事其实也怨他。老师问这话怎么说，他说主要是我睡得太死，要不然，光凭力气，他们几个哪能脱了我的裤子。老师见他这么任性，只好说你还不懂，你也说不清，你走吧。这事才算了结。

不长时间又出了一次麻烦。夏季中午，老师让大家都在宿舍午休，锁柱他们几个睡不着，就想偷偷下河洗澡，反正不误回来打铃起床上课为原则。主意拿定后，他们三个同学偷偷地溜出宿舍门，为防老师听见，仨人脱掉鞋掂在手中，蹑手蹑脚地从楼梯上往下走。他们这举动，吓坏了正在对面灶房偷吃的一条黄狗。那狗见他们朝这边走来，以为要打它，吓得扭头就窜，恰好绊响院里一块木板。住在对面楼上的教导主任听见木板响，从门里往外看，正好把他们仨逮了个正着。教导主任猛地大喝一声："站住！"他们还没有弄清楚声音来自何方，就乖乖地做了教导主任的俘虏。惩罚的结果是在太阳地里站一中午，下午停课检查，听候处理。这一下锁柱的威信和名声降了许多，老师们都说他自恃学习好，太骄傲了，还有的老师说他仗着父亲是中学校长，在班里纵容同学们再三干坏事，学校因此对他提出严厉警告。

这时候锁柱真的吃了一惊，如果说上一次犯错是老师在内部处理还有情面可以袒护的话，但这一次让教导主任逮住，那可不得了。锁柱赶快第一个交了检查，诚恳地向教导主任认识了错误，教导主任才算没有在全校师生面前点他的名。

这以后，锁柱只好夹着尾巴做人，他那惯有的坏毛病收敛了许多。那次过六一节，全公社组织广播体操比赛，锁柱带着他们班的同学们夺得了“峪村联区广播体操比赛第一名”的好成绩，同学老师都非常高兴，学校领导口头表扬尚锁柱同学指挥得漂亮，为学校增了光。这一来算是同他前边所犯的错误扯了个平，锁柱心里才算踏实了许多。

转眼一个学年过去了，锁柱以优异的成绩升了六年级，仍然带领着他们全班同学大踏步地往前迈。

一天，一个突如其来的消息把他们全班同学着实吓了一跳。他们班上有个同学家住县城，星期一他来学校上课时，吃惊地告诉同学们他从县城听来一个消息。他说在县城听到有人喊“打倒刘少奇”的口号。他这一说，当下把同学们吓了一惊，半天胸口压抑得喘不过气来。少顷，大家赶忙说，不可能，不可能，怎么会打倒国家主席呢？你肯定是听错了，快别说了，说错了是要当反革命的，吓得那个同学赶快闭口。不知哪个同学早告诉了班主任，班主任立刻叫过他，问听谁说的，那个同学支支吾吾地也说不清楚。老师说消息既然不可靠，你咋敢乱说，快别再说，小心犯错，那个同学这时也吓得缄口无言了。

这突如其来的风波很快平息下去。大约过了一个礼拜的时间，突然公社耕读中学的同学有几十号人，排着队，打着十多面红旗，高呼着口号，浩浩荡荡地来到学校，说是要从此发动无产阶级“文化大革命”，要学校的同学们紧跟无产阶级革命形势，迅速加入到无产阶级“文化大革命”的洪流中去。随后，他们就到别处去宣传。

他们走后，学校顿时吵吵得沸沸扬扬。校领导因为没有接到上级的正式通知，不便行动，就全力整顿校园秩序，仍然按部就班地照常上课。同学们都是十一二岁的孩子，事情过去就不去多想，只是个别青年教师仍然在不同场合热衷于这个话题，却没起到啥反作用。

过了不长时间，可能是校领导接到了正式通知，得知全国正在开展无产阶级“文化大革命”，让全校师生坚决同封（封建主义）资（资本主义）修（修正主义）做斗争。

“文革”一来，学校上课就不正常了，六年级后学期那半本书几乎没学，语文政治课占了一半。

恰在锁柱他们该上初中的这一年，因“文革”，升中学不再考试了，县级中学已停办，他失去了上县中学的机会，转而响应毛主席“学制要缩短，教育要革命”的号召，完小毕业后就集体转入代替初中的七年制学校上学。

五

锁柱近两年只顾在完小上学，很少回家，家里的事情了解不多，加上他是个小孩，大人们的事情也不愿让他多知道。就在他完小毕业回家后，姑姑告诉他家中的变故。他父母亲感情越来越不好，一见面就吵，就闹，往往因为一件很小的事情就会争论不休，直到争得面红耳赤，不欢而散。这时候家里无人敢吭声，只有爷爷敢说几句，却也只是暂时地停息，过一阵子，不定因为什么就又吵起来。

姑姑这一说，锁柱就留心观察，果然如此。他们除了双方争吵外，有时还把爷爷、姑姑、锁柱和妹妹他们牵扯进去，弄得大家都很为难。有时争吵得连饭也无人做，火也灭掉，一家人只好饿着肚子，一个个有气无力地或坐或躺。每到这时，爷爷只好伤心地站出来，一边劝着他们，一边指使着姑姑、锁柱他们该干啥还干啥。这样，表面上看不出什么，实际上大家心中都翻江倒海，不得平静。

那个春天的一个早晨，锁柱和爷爷一早起来就去牵牛犁地。早饭时，爷爷上楼梯爬到半中间，突然呼喊他的半边身为啥不会动了。随着呼喊，一家人赶忙夺门而出，只见爷爷趴在楼梯上，浑身打战，不得上下。一家人赶快把他抬回屋里，躺在炕上的爷爷半个身子就不会动了。

这下可吓坏了大家。锁柱赶快到公社医院唤医生，姑姑英轩赶忙进城叫她哥在轩。不到中午，锁柱父亲领着医生来了，经诊断，爷爷得的是脑溢血！

锁柱望着一向身体硬朗的爷爷突然成了这个样子，心中满含悲痛，也使早上还说说笑笑的一家人立刻陷入一片痛苦之中。看看炕上躺着的老人，他们个个愁容满面，心如刀绞，热泪不禁夺眶而出。为了不使老人家难过，大家都背过身去，不住地抹着泪水，还强装笑颜地安慰着老人，劝他不要悲伤，很快就会好的。然而，这一切都瞒不过老人，他看在眼里，悲在心上，泪水还是从他昏花的老眼里浸了出来，一家人只好默默地挨着。

最终的商定，鉴于小山庄缺医少药，医疗条件很差，为了不耽误病情，当下就让爷爷进县城住院治疗。

村口上，一家人望着躺在担架上被抬去的老人，视线久久不得移动。老人努力向前来送行的南北庄乡邻们点着头、含着笑，在场的人们都巴望老人能尽快康复归来。

两三个月过后，尚贵秉老人好了许多，他能从炕上下地，拄着拐杖慢慢行走了，他听医生说这已经算好得不错了。这种半身不遂是由于大脑中一根大脑动脉血管突然堵塞所致，要想恢复成个好人，对一个六七十岁的老人来说，几乎是不可能的。听了医生这话，他怅然若失，更加悲伤。看来，他从此后再也不能下地干活了，就要成了个残废，每天让儿女们伺候了。他将是一个无用的人。想到这里，他不禁潸然落泪，长时间不能自拔。

既然不能再有多大治头了，尚贵秉老人不忍心再花费，他觉得在轩作为养子，在自己身上所尽的孝心也算可以了，即便是个亲生子也不过如此。他清楚地知道儿子工资并不高，往后自己这一病，不能给他帮忙还得花钱，一家人都得靠他和媳妇青平养活，担子不轻，省一个是一个，塌下饥荒难还着哩。想到这里，他天天逼着儿子叫把他送回家。

老人总算回家了。虽说不能干啥了，毕竟在自己家，动作起来方便了许多。就是不能干活，每天拄着拐杖站在庄稼地边看一看，心情也会舒畅些。庄稼人就是这样，天天干着总觉得累，离开三天就想，不能干了能看看也放心。

但是出乎尚贵秉意料的是，儿子在轩和媳妇青平越来越不和睦了，他们甚至背着他去公社离过一次婚，幸亏公社秘书是个好人，耐心做了调解后，才好言把他们劝回家。

老人心中清楚，离婚主要是儿子一直占着主动，实际上儿子表面上说的那些都是假象，真正从内心来说，他是相不中青平这个人。他这想法不是今天才有，也不是昨天才有，还在自己硬拿主意叫他跟青平订婚时，他就不愿意。他一嫌青平没文化，二嫌青平没工作，三嫌青平脾气暴太伤情面。可尚贵秉作为一家之主，不得不往家庭长远上多考虑。尚家正因为当初没儿嗣后才过继了他，自己辛辛苦苦一辈子所奋斗的家得有人继承，自己老两口老来得有人能伺候，家中的鸡狗猪牛羊地房等等这些活的和死的都得有人来作弄。这些事情，他找的那有文化又好看，而心从来就不往家事上想过的城里媳妇能顶得起来吗？说到底，还只有靠青平这样的媳妇才能顶得起，撑得开。总不能叫你干个工作，把我一世的家业也毁掉吧，总不能跟上你干个工作把我们大家都带去城里叫家中灯消火灭吧？万一你那工作不牢靠还有这个家顶着，可是这个家要是只有你那点工资，能养活得了吗？

再说，那城里媳妇中看不中用，过日月得实打实地来，好看顶不了饭吃。

尚贵秉老人继续思考着，自从青平过门来，知道孝敬公婆，知道养老顾小，下地干活不在人后，干什么总有一股恒心，不干成决不罢休。只是脾气不好，嘴上不饶人，可也有她的好处，庄上没人敢欺负咱，要是娶个像软面窝窝一样的媳妇，别人一捏就扁了，能干成啥事？总而言之，尚贵秉老人完全有理由说自己这选择没错，上对得起列祖列宗，下对得起子孙后代。

然而，尚在轩多少年了就一直还没有死了他那条外心。还在尚贵秉老人在城里住院看病时，有一天，儿子尚在轩就领了个年轻美貌打扮入时的女人来看他。一进门就甜甜地叫他叔叔，还给他倒水递茶的，那样了她真成了这里的主人，反倒叫老人不好意思起来。等到那女人走后，老人就问儿子那是谁，儿子随口说是他的同事。但是说着脸就红了，赶快避开老人的目光。这一来倒叫老人看出了破绽，在他一再追问下，儿子才道出了实情。他叫韦文，就是他初恋的情人，在自己另有所娶后，她不得已草草嫁过人，等到有了个女儿后，却同对方矛盾愈深，最终他们之间横亘的那道难以逾越的鸿沟没能弥合，还是分手了。现在在他们学校当老师，和女儿就住在隔壁。

尚贵秉这才明白了，原来如此，难为了那女人一番苦心，他立刻对儿子说："在轩，你赶快把人家那东西送去，替我谢谢她。告诉人家我有儿媳妇，她叫郝青平，她已经是我尚家多年的媳妇了，伺候得我好着哩，以后，不敢再麻烦人家了。"

尚在轩听了父亲这话，脸上立刻就臊了起来。说实话，他自从跟了父亲，从小到大，父亲都是有话正面好说，从不会说这不冷不热的讥讽话，看来老人家真是生气了。想到此，他对父亲说：

"大，人家也是好心好意来看你，并没有其他意思，咱再怎么也不能这样嘛。"

"我尚老汉不是见东西就吃的人，我没说人家有啥歪意思，只是我一个乡下老汉领受不起。"父亲仍然固执己见，没有半点调和余地。

面对父亲这难以改变的态度，尚在轩实在束手无策。

"在轩，你去不去？"父亲威逼着。

"……"

"好，如今你成了大校长，翅膀硬了，我管不了你啦，你不去我去。"父亲停了停见他无动静，转眼接着又问他："要不等青平来了去？"

父亲把话说到这份儿上，尚在轩再也无话可说，他只好拿起韦文送来的礼物，出门去了。

儿子走了，东西拿去了，但尚贵秉老汉心里却像打翻了五味瓶，酸甜苦辣咸都有。他一失往日那刚刚强强的常态，心中一阵难过，不听话的泪水就在深陷的老眼里充盈、打转，然后夺路而逃……

这时，女儿英轩进来，父亲赶忙抹去泪水，还是被女儿看见了。她问父亲，为啥这么想不开，人家说病来如山倒，病去如抽丝，有了病慢慢好，现在能下地走路就算好的了，要叫您卧床不起，那该咋办？

“你不懂，你不懂……”父亲摇着头说。

“我不懂，就你懂。”女儿样子有些嗔怪地说。

接着，尚贵秉把刚才同儿子发生的那件不愉快的事，从头到尾地告诉女儿。末了，唉唉地长叹道：“咱家要出毛病哩，要出毛病哩。这边你嫂不服软，不听劝，那边一个女人早住在隔壁等着，你哥就算铁石心肠怕也要溶化哩。我辛辛苦苦闹腾了一世的家业怕也保不住了，保不住了呀……”说着，已是老泪纵横。

半天，女儿英轩也不知道该说啥好，父亲突然问她：“英轩，你说，我这个样，还能不能管了你哥？”

“人家都有儿有女三十大几的人了，你能管了啥？你当面说，人家听，那是对你尊敬怕你犯病。背过身去干啥，你能知道？你能跟上？”

听闺女这一说，尚贵秉老汉想想也是，他立刻就觉得浑身骨头像散了架，懒洋洋地，动也不想再动一下了。

……

往事不堪回首。尚贵秉老人不忍多想，事情照这样发展下去，会走到哪一步，他已是冰上走步，难以把握了。他觉得自己还有眼前这个老小闺女英轩，英轩城里的婆家也催过好几次要办事，如今自己的病也就这样了，不能老连累着闺女，该让她去过自己的日子了。万一自己有个三长两短，也好给她苦命的妈有个交代。

尚贵秉嫁出了老小闺女尚英轩。

英轩走后，他一下子觉得心里空落落地。他整天拖着个病歪歪的身子，闷闷不乐。媳妇青平同儿子在轩越来越相处不下去了，见面就吵闹，他不知道他们十几年的夫妻感情哪去了，怎么就到了水火不相容的地步呢？儿子自从把他送回老家，就很少再回这个家，听说在外边找关系闹离婚。媳妇青平在家把着一方，死活不答应，屋里地里都不管不顾了，一日三餐有一顿没一顿的。连孩子们也失去了往日的快乐，默默地进来，悄悄地出去，这个家看来实在难以维持下去了，怕有一天要妻离子散呢。

尚贵秉老人越想越心寒，他不敢多往下想，又不能不想，怎么办？他想来想去，还是要竭尽全力去维系这个家，他不能眼巴巴地看着这个好端端的家散失。

尚贵秉老人召回了儿子尚在轩，又请来了在轩的胞兄嫂尚崇文和尹枝叶，叫回了女儿尚英轩和女婿郭振业。那个晚上，人们来齐后，他亲自拄着拐杖叫出蒙着头常睡的儿媳郝青平。

看看人都到齐了，他开宗明义：“今夜里我把你们请来，没别的事，是想请你们给我出出主意，想想办法，怎么才能维持住这个家。”他说着，嗓子就有点哽咽。在人们的劝说下，他努力振作起精神，提高着嗓音继续说着：“你们都知道我这一家人是凑合起来的。我尚贵秉老汉不知道前世作了啥孽，这辈子没儿子。多亏我妻兄，崇文你爹——明清兄救了我，赏给我一子。满以为从此可以振兴尚门，子孙满堂了。没料到，我养子在轩膝下仍是空着，又多亏侄儿崇文和我侄媳妇枝叶相救，给我在轩续了后人，有了眼前这个娃儿锁柱。因此上我说，南庄我明清兄和崇文侄儿是我尚家的大恩人，大救主。没有你们，尚家没有眼前这光景。说到这里，咱今天不分老小，姑夫敬你们一礼。”说着尚贵秉老人起身向坐在正位上的崇文夫妇作了一揖。惊得崇文夫妇赶忙起身边制止边还礼。尚贵秉老人坚持行礼，他说：“你们是我尚家的有功人，受我一礼理当应该，受之无愧，我这是掏心窝的。”

停了停，尚贵秉老人又对崇文夫妇道：“可如今，我在轩和青平两口子鬼使神差要闹离婚，不知道放着好日子不过，偏要往斜路上走，是为了啥？我尚家还没有休媳妇的先例，我尚家的为人庄上人和方圆十几里谁人不知，哪个不晓？我说个事实，你们就会知道。当年我爷爷因说了我奶奶一句很平常的话，就让我奶奶想不开，趁着我爷爷去地的工夫关住门上了吊。等我爷爷被人从地里叫回时，我奶奶早没气了。这下子，吓得我爷爷都不敢去给他丈母娘报丧，只好找人随着去。进了大门硬是一步一跪地匍匐着到了他丈母娘跟前。报了丧后，吓得半天不敢起身，等待着惩罚，是打是骂，只能悉听尊便了。接下来的事，你猜咋着，我爷爷听到的回话是：‘是你把她惯的，两口子说个那话就寻短见，那日子还咋过？起来吧，不怨你。’那老妇人竟把我爷爷扶起反倒安慰起他来。事后又无怨无悔地把个小闺女给了我爷爷。你说我尚家的祖先为人咋样？”

在场的人听了都小声唏嘘，颇为感动。尚贵秉老人接着又说："我这人做事也够大。我年轻时盖起我这房子，屋里穷得揭不开锅了，我扛着口袋到处借，是咱山后那个秦老汉借给我二斗米才度过饥荒。秋后打下粮，我赶着毛驴满满驮了两驮还给人家。临走时，人家追出来说我忘了赶驴，我说那驴是谢你们的，当初你救了我一家老少，有救命之恩，现在我谢你头驴说不到话下。感动得秦老汉逢人就宣扬，庄前岭后传了个遍。如今我成了个病秧子，今天不死明天死的，我在病中也给在轩说过，我过去借给亲朋邻里的钱和粮，统统不提，我死了它就随着我一了百了。日后你要过得好我盼望，你要过得不行，自有人来搭救你，不必你去乞讨。在轩你记住了没有？今天你哥嫂也在，我把话说明了，就得叫它算数。"

尚贵秉老人最后说："在轩和青平，我说这意思是说人行事要讲良心，咱们和外人还讲义气，怎么一家人就翻脸互不认了呢？你们想离婚的事，只要我眼目在，在轩你别想做到，这个家也有人家青平一份功劳，你不能昧了良心。"

尚贵秉老人说得有些激动，众人都劝他歇会儿。

尚崇文这时候接着说："在轩，你也知道，自从把锁柱给了你们，我和你嫂都很少再登你的门了。你嫂为想孩子常怨我，不知抹了多少次泪。同在一个村子里，锁柱长到十多岁都不知道他的亲生爹娘是谁，这容易吗？我们这样做为的啥？还不是为的叫你们安安生生过日子吗？还不是为的你家顺顺利利的？爹娘下了世，俗话说除父者长兄，我是你兄长，咱俩有着手足之情，看在咱兄弟一场的面上，今天没外人，我得说你两句。你肚子里有点墨水，就看不起土面之人了，才当了几天副校长，接下去还有校长可当，屁股后头有个把女人追追，也属正常，干吗把不住滑？你也三十多的人了，不是一二十岁的年轻娃娃，干吗这么不稳重。要是离了婚，叫人家说尚副校长连家事都处理不好，还能处理好学校的事？你该咋说？劝你三思而后行，别一时脑晕。"

尚崇文是个直性子人，说起话来不留情面，他妻尹枝叶怕兄弟在轩多心，就悄悄拽他衣服叫停嘴，哪知崇文提高嗓门说："你别怕，我是为他好，俗话说亲不见怪，要不是亲兄弟，要不是他走到这一步，八抬大轿还抬不来我呢!”

尚贵秉忙说：“崇文侄儿说得对，一家人不说两家话，在轩该能想得通，纵然眼下想不通，日后总有想通的时候。”

这时候屋里静悄悄地，还是在轩妹夫郭振业打破沉默，说：“哥，嫂，你俩也说说，汗要出在病人身上，光别人说，你们不吭声怎么行。”

英轩马上制止着振业：“叫人家当大的说，你一个年轻人懂个啥。”

振业说：“我是急性子，再说我也没有歪意嘛。”

众人都说是。

郝青平说：“叫人家说吧，是人家要离，不是我要离。我从小失去爹娘，家里又穷，来到尚家，我就把爹妈当亲的待。我这十来年干得好坏你们都能看得见，我上顾老下顾小中间还管小姑，我哪点没对得起你们尚家？你尚在轩是个文化人，仗着你能说会道，门缝里瞧人，常年不回家，回来也是轻来淡去，你就没想想，这一大家人吃穿是谁管着，开个人门容易吗?”

青平说着就有些伤心，大家劝她往宽处多想，她最后说：“我就两条。一条是坚决不离婚，另一条是你要硬离，我就不离这个家。”

青平亮明了态度，就差在轩没张嘴了，大家都把目光投向了他。在轩觉得再也沉默不下去了，就清了清嗓子说：“今黑夜大家都说了，明摆着就剩下我了。大家刚才说得都对，我感谢你们的一番苦心。可我还是坚持我要离婚这个想法。”

他说到这里，停了停，一屋人都瞪着眼睛，没想到大家劝了大半夜，没起一点作用，尚贵秉老人摇了摇头，就顺势躺下，睁着两只小眼睛在用心听。

在轩又说：“我知道这话不是大家想要听的，可我只能实话实说，因为大家都不是外人，我去哄谁？为什么要离，因为爹妈给的这桩婚事我从来就没得到过一点幸福，反倒成了一块心病、一个包袱。今天对着父亲兄妹我说句没大没小的话，连新婚之夜我都和衣而卧，不信你问问青平。十多年来，我都是怀着一种感恩心理在维系这桩婚姻，为的是报答父母的养育之恩，为的是不让父母生气，也为着尚家列祖列宗。可结果呢，这婚姻只是个安顿人心的外壳，徒有虚名，虚有其表。它给我带来的不是幸福，而是日复一日的痛苦。也许你们也懂得，爱是不附加任何条件的，爱是一种说不清道不明的东西，爱只能体验，不能诉说。那种以家庭巩固，繁衍子孙为责任的婚姻只是一种社会责任和社会道德，而绝非爱的真谛。为了我能够得到爱情自由和婚姻自由，我宁愿背负众人谴责，不惜落得赤身一条。”

尚在轩还要说下去，却被父亲拦住了。他说：“在轩，大家不是学生，你也不要给我们上课了，大家的话你要能听进去，更好，你要真听不进去，你看着办。你要硬离婚，你就走人，你上天入地我也不阻拦你。你享人间荣华富贵我也不眼气。我守着青平和我锁柱，我祖孙能活下去，饿不死。真要活不下去，还有崇文和枝叶他们，大家都不会看着不管的。”

那次的家庭会没开成功，也没解决了根本问题，尚贵秉算是彻底摸透了儿子的心思。不过，他尽管嘴上说着气话，私下里还是千方百计地给儿子做着思想工作，要他看在一家老小的面上，看在他同青平十多年夫妻的面上，不要走那条危险的路，免得落得妻离子散。他甚至给儿子下了最后通牒：我活着就不准你离婚，你要离婚，我就死在你面前！

父亲软软硬硬、硬硬软软，也确实把在轩弄得进退两难。他想到父亲养育他一场不容易，临老拖了个病身还要眼巴巴望着一个好端端的家四分五裂，就犹犹豫豫地，也确实不忍。可是看到青平，一想到自己这桩不幸的婚姻，他就痛苦。他曾一次次对着苍天祈求，祈求帮他解脱这无尽的痛苦。他也曾不止一次地在心里在嘴上哀求父亲，理解理解为儿的苦衷，他说咱们不是一代人，受的教育、生存理念、思维方式完全不同，你咋能叫自己循世固家的那老一套枷锁一直禁锢着儿子呢？大呀！

尚贵秉老人在多次努力下，仍然说服不了儿子，儿子却在外边仍然活动着，还差人来分头做他和青平的工作，要他们能理解他，并转告父亲，在轩日后会给他带来幸福的。尚贵秉越来越生儿子的气了，以致从早到晚肚饱胸闷，夜里连觉都不能睡。他 辈了嗜好的抽烟也被打破了，一抽烟他就咳嗽气喘，就憋得要命。儿媳青平要给他唤大夫，他多次阻拦，他清楚地知道自己已经加了病，而且这种病还不轻，够他受的。他甚至几次在睡梦中梦见爹娘，梦见他女人尚芝花。醒来后，他觉得自己已经离他们不远了。想到这里，他也把世故看淡了。古话说，富不过三代。他记事中他家日子从曾祖父起就没有衰落过，到他这儿已经第四代了，可以了，事情应当公平，好日子都让自家过，那些穷人还能一直苦着？人只能在穷穷富富中起落交替，不然没动力。俗话说，穷没根，富没梢，人总是穷了想富，富了就忘了穷，即使当辈打江山的人记着，两辈三辈后那锐气就渐渐没了。人就这样。

果然，尚贵秉老人卧床不起了。他不让青平给他唤医生，更不叫女儿英轩去叫她哥。他说自己快死的人了，不能再望着儿子生闷气。最终在轩还是回来了。他带着医生，带着担架，要接父亲去医院。

医生说老人是肝腹水，古话叫“鼓症”，难治了。一家人立刻就陷入了悲痛之中。只有尚贵秉老人处在平静中，他已做好了一切准备。他告诉儿子，在自己治病的事情上儿子尽心尽力，他不敢说半个“不”字。如今已经没治了，就不要破费了，治的结果只能是叫他多受几天罪，家人跟着他多受几天累，没用，别花钱买罪受。

此后不久，尚贵秉老人真的就撒手人寰了。

在操办老人丧事的短短七天里，尚在轩和郝青平常常意见不一，争吵不断，甚至动了手。看到这样，亲戚们劝不住，大小队干部说不应，儿女们哭不灵。他们总是各执己见，针尖对麦芒，互不相让，完全置父亲尸骨停丧在地于不顾。

安葬了老人后，他们夫妇失去了先前的约束，更加毫无顾忌了。这时，离婚的事又重提上日程，矛盾愈加激烈，越来越升级。

一天夜里，晚饭后，锁柱父母催已经上七年制学校的锁柱快睡。锁柱预感到要有什么事情发生。果然，大小队干部来了几个。大队革委会主任开宗明义，说是来给他们调解婚姻问题的。之后，父母开了场。

父亲说：

“最高指示——我们最最敬爱的伟大领袖毛主席教导我们说，世界上没有无缘无故的爱，也没有无缘无故的恨。……凡是敌人反对的，我们就要拥护；凡是敌人拥护的，我们就要反对。……下定决心，不怕牺牲，排除万难，去争取胜利。”

接着，父亲历数了母亲所谓的坑老怨小的事，他说母亲待过世的爷爷不孝顺，老人在世时常常饿肚。对领来的儿子锁柱不亲，常常打骂，常常不给吃穿。尤其是他们之间的感情已经破裂，失去了维系婚姻的感情基础，只能离婚。

同样先针对性地应用最高指示，一出口就背了三条。

接下来母亲的发言主要是针对父亲揭发她的几条“罪状”而反驳的。她说：“第一，你说我亏待了老的，他活着你怎么不说？他现在殁了你才说，死人不对口，白说。第二，你说我冤待领来的锁柱，这好说，他就睡在炕上，他已经是中学生了，该懂得好歪。怎么，叫起来问问？”

锁柱这时躺在被窝里，他真怕把自己叫起来，当众发问。那样，一边是妈，一边是大，多难受。他不禁在被窝里怨起父亲来，心想，你说这干啥。幸亏这时大队干部说，小孩子已经睡了别叫了，才算过去。

母亲接着说：“你们说不叫就不叫，反正我敢三打对面对证。第三，你说咱们从来就没有感情，这十多年是怎么过来的？怎么还能生下闺女锁玲？人要凭良心，像你这样说话谁会服气？”

接下来，他们俩又开始争辩，一直相持不下。最后大队革委会主任说：“你们俩水平都很高，各人一口气都能背三条语录，比我们这当大队干部的还强，就别说在轩整天在外教书有文化吧，青平一个农民，没想到也能熟背，而且还很有针对性。你们说的话，我们只能听听，断不了这个官司。刚才我们几个大小队干部也合计了一下，都认为，过了这么多年了，孩子也这么大了，最好别离。如果你们真要离，现在婚姻自由，谁也干涉不了，咱大队给你们出证明，你们往上走吧。”

那夜的调解仍然不成功。

此后，连母亲青平也时常在外不回来了，锁柱和妹妹锁玲吓得在屋子里你望望我，我望望你，都不知该怎么办。

在一个风雪交加的夜晚，披头散发的母亲破门而入，她一进门就对着两个孩子说：“锁柱，锁玲，我和你大离婚了，锁柱跟你大，锁玲跟我。锁柱以后叫你大给你娶后妈，享福去吧。”

这突如其来的事情把锁柱和妹妹吓得差点哭出来，他万没想到父母真的走到了这一步。他赶紧对着母亲说：“妈，我跟你。”母亲说：“跟谁不跟谁不是你们小孩说了算。”

不一会儿，父亲也回来了，大家相顾无言。

父亲站在地上问母亲：“怎么办，今黑夜你还在家住吧，我到外边去。”

母亲接着说：“你总算达到目的了，你在家吧，我到外边去。”

父亲说：“你在家吧，我到外边去。”

结果，他们俩那夜都没有在家住。

第二天，大小队干部来了。革委会主任当众宣读了离婚判决书，接着他们分组行动，分割财产，吓得锁柱和妹妹缩在墙角一动也不敢动。

一个苦心经营了几百年、经尚贵秉老人维系了几十年的家庭自此破败。

六

父母离异之后，锁柱随着父亲到县城上学。他又来到父亲所在的学校居住，又看到自己先前挨过打的那间房子，不过那房子如今易了主人，被另一个老师住着。父亲当了副校长，听说分管着后勤工作什么的。锁柱不懂得什么叫后勤工作，一些老师和一些聪明的同学告诉他，就是吃喝拉撒住行这些课堂以外的东西。锁柱突然觉得这学校奇大无比，教室是那样多，那样整洁。操场又是那样宽阔，还不止一个，有高低杠、篮球场、乒乓球案、羽毛球场地等等。厨房是那么大，吃饭的学生又那么多，学生宿舍是分区管理，全不像他住完小时男女生就住隔壁，一些男同学高兴了就在这边狂嚎，惹得女生们在那边咯咯笑。学校周围有高大的围墙，各种叫不上名字的树木葱郁挺拔，还有花草什么的。总而言之，几年没见，这学校真是变了大样。而据说这一切，都归父亲这个副校长管！锁柱一下子觉得父亲成了个了不起的人物，是一个他们那山庄上任何人都比不了的人。

现在，锁柱才觉得父亲为什么要和母亲离婚，原来是母亲那个虽能干却大字不识几个的乡间妇女不能适应父亲日益高升的职位而已。

想到这里，锁柱已不再为先前那顿挨打而同父亲一直记仇了。他觉得父亲当官后更加豁达，早已不计较小事了，自己何必还要一直记着先前的恩恩怨怨呢？况且以后就要同父亲日夜相处了，怎么能不同他从内心和好呢？想到这里，锁柱就尽可能多地想着父亲对他的好，并把这好看在眼里，记在心上。远在乡下的母亲和妹妹只是被他偶尔想起罢了。每到这时，他就觉出，父母离婚后，父亲之所以选择他而不是妹妹，恐怕只因他是个男儿，能给尚家继续香火。

父亲现在居住的地方是一个独院，两间宽大的房子，很朝阳。家里分里外两间，父亲在里间住，外间墙角放了一张小床，父亲说那是刚给他准备的。锁柱觉得这么大的房子就住两个人，有些宽荡荡，有些浪费。

两天过后，父亲送他进班。接待他的是一位个子很高的老师，那位老师不仅个头高，还姓高，锁柱就很乐。不过那高老师很热情地接待了他，并很快地给他发了新书，把他安排到班上。他进班后，面对全班同学一个个生面孔，立刻觉出自己的孤单来。同学们知道来了一个新同学，都在他身上上下左右地看，看得他有些不好意思，只得低头看课本。

很快他和班上的同学们熟了，大家都围着他问这问那，完全不怀敌意，他才渐渐放下自卫心理。令他激动的是，他这时还在班上发现了他第一次进城上学时的女伙伴韦玉平！一连好几天，他竟没有注意到她！当他不时地注意她时，她也竟有意地瞟了他一眼。他想，玉平可能还认识他，他想问问她现在住哪，他家还是她和她母亲二人吗？他现在才想起，为什么先前一年多，他总没见到她的父亲。他想她该有父亲的，她父亲哪去了，是在外地工作，还是也同她母亲离了婚？她和她母亲就像他和他父亲这样，两个人住着？要不……他想她父亲不可能是死去，因为她母亲还那样年轻。而这时的韦玉平却是更加漂亮了，她那皮肤更白了，眼睛乌黑乌黑的，两条小辫子常常一前一后地摆着。她穿的衣服既漂亮又得体，在女同学中很出眼，锁柱觉得她该是班上最漂亮的女孩了。他不知道他刚进班的时候为什么会突然看到和想到这些。

那个星期天，住在城里的姑姑英轩来看他。姑姑给他带来了很多好吃的，还给他洗了衣服，给他们收拾了家，又同他们一起吃过中午饭才回去。下午，父亲说带他去串门子，他不知道父亲带他去哪里，更不知道去谁家，他不敢问也只是默默地跟在父亲身后走着。其实出了他们的小院子不远处就到了。父亲到了那家门前，边掀门帘进屋，边吆喝着：“韦文，韦文，你看谁来了！”

这时从里间走出的正是那个漂亮阿姨，她非常亲热地走过来，拉住锁柱的手，抚摸着他的头，全身上下打量后，说：“噢，小锁柱，长大了，长高了，也吃胖了，变乖了。还记得阿姨吗？”

“记得。”锁柱小声说。

那阿姨扭身把跟在自己身后的女儿拉到锁柱面前说：“这是玉平，还认识吗？听你大说你们在一个班里，以后你要同她好好玩，你们还做好朋友，同意吗？”

“嗯。”锁柱轻轻应了一声，声音小得只有他自己能听见。

父亲接过话头：“我锁柱现在再不贪玩了，早变成了好学生，在完小就当班长，在班上考第一，在乡下七年制学校仍当班长。以后玉平学习上有不会的地方，找锁柱。”父亲的话是那样自信，那样不容置疑，倒叫锁柱有些不好意思了。

旁边的玉平一直没出声。当两个大人说话时，她就一直含笑听着，顶多点点头。锁柱觉得玉平变成个大姑娘了，变得腼腆害羞了，完全失去了先前那快嘴快舌不惧一切的样子。

那晚，两家人在一起吃了晚饭。饭是韦文做的拉面，尚在轩一直在她周围打着下手。锁柱和玉平被两家大人安排在一起互相探问，彼此了解着。一个下午过后，他们之间已不像开始那样拘束了，彼此都敢抬头发问和听取对方的话了。饭桌上，尚在轩不避讳地同韦文坐在一起，韦文让女儿照顾锁柱，他们也坐在一起。

锁柱边吃饭边想，自从自己八岁离城回家，至今已整整七年了，这七年来自己偶尔也想到过同韦玉平先前的接触和她留给他的美好印象。现在，他们都变成两个半大不小的孩子了，尤其同女孩子这样近距离地接触，在他生平还是第一次。这时，他已明显地感受到玉平均匀的气息，和她身上散发出来的淡淡香气。他注意到玉平两个腮红扑扑地，就像挂着两颗红苹果。她脖子下边还有颗黑痣，尽管很小，只有一颗高粱粒大小。她伸出的手指是那样的纤细，手指尖尖的，指甲长长的，指甲里却干干净净的，全不像自己指甲里边时常有土和污垢。那顿饭，他没用心去吃，只是注意观察了先前的伙伴玉平。

晚饭后，尚在轩提议他们去看电影，他们就一同朝电影院走去。走在路上的两家人，只是各家大人拉着自己的孩子在走。锁柱从没叫父亲拉过他的手，他只记得父亲抓着他的手打过，可这会儿父亲拉着他的手，他太不习惯了。然而父亲的大手自从出门后逮住他的小手，就再也没有放开过。这当然不是怕他逃掉，主要还是父亲借以弥补对他的亲情吧，锁柱这样想。因此，当他努力着几次想抽回手都没有成功后，只有让父亲那温和的大手攥着，他一步不落地跟着。路上，不时也有人同父亲打招呼，父亲还向有的叔叔阿姨介绍了自己。

这时的韦文同样拉着自己的女儿在离他们不远的后面跟着，两家人不再像刚才吃饭时那样近距离地挨着。

进了大礼堂，在黑暗中，尚在轩挨着韦文坐在中间，两个孩子各自坐在自己父母身边。看电影的人很多，人们的情绪随着剧情不断变化着。锁柱在县城尤其是大礼堂里看电影还是第一次。以前在乡下，他们庄上一年也能放上一次或两次电影，不过很费劲。那天要放电影了，一大早队里要派上两辆牛车到外村去拉放映机，回来后下午就要挂好幕布，安好机器，晚上放映前先得发电，机器轰隆隆响过后，灯泡就着了。从四面八方来的庄户人家，都是自带凳子在露天处各自找地方坐。现在他们空着手坐在礼堂里看电影，比乡下人省事多了，也舒坦多了。

换片时，礼堂的灯一下子亮了，锁柱扭头看换片，无意中发现父亲的手立刻从韦阿姨手中抽出来。锁柱赶快扭过头，心立刻咚咚咚地直跳。他赶紧两眼直视影幕，再也不敢朝父亲那边看一眼。他心里豁然明白了，这才知道父亲为什么领他到韦阿姨家吃饭，为什么走在大街上装作若无其事的样子，又为什么紧挨着韦阿姨坐着。他甚至把父母离婚也归咎于这个动作。但他不敢多往下想，他无权怀疑父亲，便强迫自己把注意力转移到荧幕上。

此后，那部电影放的啥内容，他一点也没有看进去。他心里此刻像在做贼，突然觉得自己心慌意乱，连先前电影放的什么内容也全忘记了。他希望父亲没有发现他的视觉，那样，自己也该安然点。他又希望这电影快点结束，那样他会尽快卸掉禁锢着他的枷锁。他心里忐忑不安，突然想起乡下还住在他们家的母亲和妹妹，甚至想起故去的爷爷和奶奶。他不知道自己的思绪为什么一直往乡下老家跑，他就这样在恍恍惚惚中挨过了那场电影。

电影散后，他们两家人还像来时那样各走各的，当父亲再伸手去抓他的小手时，他像触电了一样猛地抽了出来，放缓了脚步跟在父亲身后。父亲不解地问他怎么了，还有意瞟了他一眼。他没有吭气，只是把两手插进裤口袋，紧紧地抓着裤子，生怕父亲把他的手再拽出来，直到走进家门。

那以后，父亲由于工作忙，很少有工夫照顾他，有时送他到学校灶上吃饭，有时就叫他去韦阿姨家吃饭。韦阿姨家的饭当然比灶上饭好，可他宁愿去吃大灶。在那里，他与同学们已相熟，同他们在一起又自由、又快乐。而在韦阿姨家他就显得很拘束，尽管他已去过多次，尽管韦阿姨和韦玉平母女俩对他十分客气，可他总觉得不自然。那地方对他来说，实在是极不想去又不得不去的地方。每一次，打一进门就在想着一个问题：他要尽快离开。

有一次，韦阿姨在给他吃过饭后，就满面笑容地同他攀谈。她问他这些年回到乡下学校后的学习情况、生活情况，还同城里进行比较，问是乡下好还是城里好。锁柱不知该说啥，他只是机械地应对着，很少回答一句完整的话。尽管这样，韦阿姨仍然饶有兴趣。她问家中是爷爷奶奶对他好还是爸和妈对他好。这些问题锁柱都是含含糊糊地，没有明确地说清。韦阿姨突然问他，你知道你爸和你妈为什么离婚？当锁柱摇头未予回答时，她显然感受到作为一个大人，不该向一个十几岁的孩子问这些，像在做贼，面颊上红晕一片非常不安。

在韦阿姨每问一个问题都难住锁柱时，她女儿韦玉平都在一旁制止着她。说她不该问锁柱这些，韦阿姨就笑着说，我随便问问也不碍事，末了正色道："为什么你这闺女老是管我？"直到韦玉平实在没兴趣听她妈打问时，才转而叫锁柱给她补习功课，算是停止了她妈的盘问。这时，韦阿姨就不满地说："这闺女，什么时候学会管起大人来了？"末了，她仍然摸着锁柱的头说："以后你爸常忙，阿姨这里就是你的家，随便来，别生分。"锁柱仍是低着头，或点点头，没吭声。韦阿姨就说："这孩子，老不吭声是咋回事？"

韦玉平真的摊开书本，让锁柱给她补课。一进入书本，锁柱就像换了个人，驰骋书海，侃侃而谈，仿佛一下子进入了自由王国。不过，先前的尴尬场面，总还被他时时想起，他生怕它复还。

这样一来二去，锁柱被玉平的真心感化着，他觉得尽管这么多年过去了，小时候那个可亲可敬的玉平姐姐还在，有很多地方还没变，他也就乐于把自己知道的知识传授给玉平。玉平呢，同锁柱再次接触后，她觉得小时候那个任性的锁柱不见了。再次出现在她面前的锁柱，学业上一下子进步了许多。她没想到这些年，锁柱在乡下比他们城里的孩子学得还好。最使玉平不解的是，锁柱这时一下子懂事了许多，变成了个小大人。她在他面前倒成了个小学生，不像个小姐姐，倒像个小妹妹。

在班上，锁柱优秀的学习成绩一下子显露出来。在一次考试中，他拿了全班第一！这令班主任高老师马上对他另眼相看，同学们也都从内心开始佩服他。高老师听说他在乡下完小和七年制学校就是班长，就任命他为副班长，负责学习的事。

锁柱对老师的信任很感动，对自己分管的班务很负责，老师在会上多次表扬了他。他与同学们相处得很好，大家时常兴奋地向他问这问那，他都把自己感兴趣的事情说出来与他们一起分享。

这时候，他与他的同桌李大桢同学成了很要好的朋友。放学后，他常被李大桢叫去他家玩，有时还在他家吃饭。大桢的父亲在外地工作，他母亲对大桢同他这个学习好又是副班长的同学交朋友很赞同，还说她和大桢的父亲都认识他的父亲尚在轩，当年他父亲曾是大桢姐姐的老师。这一来，更加深了他们之间的友情。大桢有时还留锁柱在他家住宿，他们一同在大桢家楼上的小单间里读书、玩象棋、打扑克。有时还叫来他们班上的李小霞同学一起玩。大桢说他与小霞从小学到如今一直是同学，两家是多年的邻居。小霞家里全是女孩，小霞是老大，她长得漂亮，又能干会说，大桢想叫她将来给他当媳妇。小霞妈说不行，她小霞将来要招亲在家，除非你大桢过来招亲，才可考虑。

锁柱没想到他刚交的这个比他大两岁的同桌朋友，整天心里想着这些事。他马上对大桢亮明观点说："大桢，你今年才刚十八岁，该好好读书，为什么急于谈情说爱，将来自己上了大学有了好工作，何愁说不上个漂亮媳妇？为什么不站高点，看远点，就只能看到自己房子周围这块小天地呢？"

大桢说，也许你现在还小，这些事情你再过两年就想到了。我从小就恋着小霞，她就是我的主心骨，我一天见不到她就心神不安，六神无主。小霞也一直答应着我。现在的问题是小霞要往家招亲，而我爹妈就养我一个男孩，绝对不让我出门招亲，两家大人阻挡着我们。

锁柱可不想听他们这些婆婆妈妈的事，他说咱们是好朋友就玩点轻松的，何必过早地把自己陷进去不能自拔呢？他向大桢坦白地说，咱们尽管是好朋友，可是在这点上我真是无能为力，要在学习上和其他方面还可以互相帮助。

锁柱还是从大桢那繁杂的纠葛中解脱了出来，去寻找他那轻松活泼的事儿。

这时候，学校宣传队在各班招人，锁柱因会吹笛子，会拉板胡、二胡和小提琴，被队长赵娣老师相中，成为二胡演奏者。音乐队演奏者多数是老师，只有几个同学，加上锁柱会演奏好几种乐器，有时候哪种乐器缺人了，他还可以代替，乐队人都乐意他的加入。

那时候，只要中央有新的号召，毛泽东主席发出最新最高指示，哪怕是晚上，也要立即上街宣传。他们学校为了赶得及时，事先按熟套配好了调子，一旦需要上街宣传，只要填上词就立刻可以拉出去。后来，连词也固定下来了。至于那最新最高指示的内容，则是由报幕员单独朗诵。这样，从接到通知到上街演出，不超过半个小时。他们学校这种快速反应法，得到了有关部门和领导的好评，更加鼓舞了他们的士气。

后来，老师们又发现了锁柱还有当演员的才华，就又让他当演员。那是一个偶然的机会，一位男同学扮一老头，那男同学扮演得很不成功，赵娣老师让他下去练习，并让锁柱给他伴奏。锁柱见他基本功太差，怕多耽误自己的时间，就手把手地教他，那同学还是没有学成。眼看要上台演出，这可急坏了赵娣老师，她正发愁，那位同学突然说锁柱可以胜任。当下赵娣老师就把锁柱叫过来试演，一演，果然奏效。赵娣老师乐得在锁柱肩上用拳头捣着说："为什么在那旮旯里装傻，这不一个好小老头嘛!"

从此锁柱就当了演员。他们排演了许多节目，整台晚会准备停当后，学校就组织他们到附近村庄演出。近处就晚上去，远处白天去晚上演，演罢还住在乡下，第二天才能返回。

巧的是，后来赵娣老师还让锁柱同韦玉平二人当报幕员。本来就长得十分好看的玉平化妆后就更加美丽了，她声音委婉动听，样子楚楚动人，动作优美大方，深得师生们和观众的好评。锁柱呢，由于他自小就当班长，练得一副好嗓子，再加上人长得挺拔英俊，同韦玉平配合默契，把赵娣老师兴奋地称他们真是她的两根台柱子。

他们宣传队一到乡下，脱离开学校那个大环境，脱离开平日同学们由于嫉妒而产生出监视的目光后，大家就放松且自由了。像一群欢快而自由的鸟儿，在无忧无虑地飞翔。宣传队无疑是集中了一群俊男靓女，男孩子都很帅气，而女孩子一个个又都是左挑右选出的活泼美丽、口齿伶俐者，用同学们的话说，好看得很，是人精。男女队员们由于各自被选送到宣传队，常常在舞台上展示自己的才华，被同学们称为人上人。平时有些调皮的男孩一见哪个男孩和女孩有过一点什么接触，就立刻把他们凭空配成对儿，一传十、十传百地就都知道了。那些调皮男孩还怪声怪气地把他们配成对儿的男女孩名字互换着叫喊，更叫他们难为情。这样一来，使得原本毫无想法的男女同学反倒隐隐约约地产生了这种念头，有大胆点儿的干脆明着相互追求，互相爱护，互相照顾了。这些男女孩，他们一下子到乡下演出，白天没事就两两成双地去游玩。眼看别人都这样了，锁柱却不能。不过他已被别人公开同韦玉平配了对儿，而且韦玉平也已不在乎这些，但锁柱一想起父亲与韦阿姨那种暧昧关系来，就诚惶诚恐。

正当锁柱在那里摆弄乐器时，玉平突然出现在他面前。她请锁柱也同她一齐到野外去玩。锁柱被这突如其来的邀请慌了手脚，正在他拿不定主意时，玉平已不由分说地头前走了，还不时地扭回头来，用她深邃的眸子一个劲地撩动着锁柱的心。锁柱看看周围人已走光了，只好远远地跟在玉平身后，往野外的小山上走去。

他们来到一棵大松树下，那棵大松树树干很粗，树冠很大，遮天蔽日的样子。玉平走到树下，两只白嫩的小手用力地攀着树枝，那纤细如玉的小手指在抚弄着松针，显得很随便。

锁柱突然问玉平："玉平姐，人家都骂咱俩好，是一对，你不怕吗？"

玉平扭头反问他："你呢？"

对玉平这突如其来的反问，锁柱毫无思想准备，他不知道该说啥好。

玉平见他不回答，就说：

"我觉得没什么好怕的。咱们又没有干过什么见不得人的事情，又没有什么把柄在别人手里，想说就叫他们说去，没什么了不起的。"

锁柱没想到玉平这样想得开，而他总是被别人叫得心中不安。他就对玉平说："要是人家有一天把这话传到我大和你妈耳里，你也不怕？"

"人家爱嚼舌，我有啥法子，总不能堵上人家的嘴巴吧？再说，我也只有两只手，加上你的也才有四只手，能堵几张嘴？"

说得锁柱也笑了。

玉平停了停又说："管他呢，反正被骂成对子的又不只是咱们俩，他们都被配了对，看人家咋办。你刚才没看见，人家都成双成对地玩去了，也没有人说什么。下乡了，自由了，老师们也懒得去管，反正就这样，用不了一天就回校又被关回笼子里去了。"

"这么说，你很想出来了？"锁柱问。

玉平反问："你不想吗？"

锁柱为何不想，只是嘴上没说。

玉平走到一块石头旁，用嘴巴吹了吹灰尘，又从裤口袋里掏出一块小手绢，垫在上边，对锁柱说："锁柱，坐吧。"

锁柱以为她自己要坐，没想到是给他准备的，顿时慌忙推让。

玉平说："客气啥？"那样子还是等着他坐。锁柱无奈，赶快搬了块石头，在她不远处先自己坐下，玉平这才落座。

他们坐下后，玉平问锁柱：

"还记得咱们小时候人家骂咱们是小两口吗？"

锁柱点点头，难为情地笑了笑。

玉平接着说："那时候你烧了钢笔，我回家后，一直怕你父亲回来打你，就设法给你弄笔。但妈妈不给我钱，她非得问我是怎么回事不可，我才告诉了她，还告诉她千万别告诉你父亲。谁知她到底还是说了。"

锁柱接着说："其实那次我父亲并没有打我。"

玉平接着又说："你那次为什么敢偷钱买李子吃，而且一偷就是五毛钱，买下一大书包，不是寻着挨打吗？"

锁柱告诉他，他那时只勉强认得一毛钱，那五毛钱和一毛钱颜色差不多，就自以为是。再说到街上去买，也不知道只买一毛钱的，找回余钱。只以为给多少就非得买多少不可，结果出了丑。说得玉平不由得直笑。

她告诉他，他那次回乡下老家后，她心里很难过，她觉得自己没保护住他，让他受了委屈，挨了打又走了人，很长时间心里都难受着。锁柱全没想到玉平的感受，只是看重了自己的委屈。现在才觉出她说的是真话，不禁对玉平有了好感，还在内心觉得有些对不住她。

玉平接着问了他回到乡下的情况，上学情况，他的家庭情况，尤其问到他父亲为啥同他妈离了婚。这使锁柱很难为情。他自从离开母亲和妹妹，时常想着她们，不知道她们现在过得怎样，妹妹是否还上学。他这些家事从没跟别人讲过，连玉平她妈也没问出个一二来。可是玉平眼下又问起他这事，他立刻警觉起来，是不是他妈妈让她问，他有些戒备了。

玉平见他不说，就问他是不是还在想着妈妈和妹妹，是不是很痛苦？锁柱深深地点了点头。

锁柱这时下意识地拔起身边的小草，用手拽成小截，还放进口里嚼，觉得那味道苦苦的。他这时就想问玉平自己心中一直想知道的事。他说：

"玉平姐，我为什么总没有见到你父亲，他在哪？"

玉平顺口说："我妈说他早就死了。"

"啥时候？"锁柱感到震惊。

"不知道，我没有见过他。"

玉平这简短的话，尽管她自己觉得很平常，却叫锁柱大吃一惊。他在心中猜测着玉平她父亲死的种种可能，或者他根本就没死，反正她的父亲和她的家对锁柱来说始终是个谜。

玉平见锁柱还在思索，就说："你以后放心大胆到我家吃饭好了，我妈常说你好。这些年，你父亲常帮我家干活，我妈有事都离不开他。"

锁柱仍然意犹未尽地问："你妈为啥不再给你找个父亲？"

玉平立刻反问："我哪里知道，那你父亲为啥不给你再找个妈，省得你天天没人做饭。"

锁柱哑然了。玉平贸然说出这话后很后悔，立刻显出少有的沉默。

那天，他们直到开饭的哨子吹响后，才一前一后地返回。

他们演出后回到县城，锁柱上学后，整整一天没见到玉平，他心里在想着各种可能性。放学后，好像有一种责任感在驱使着他，他第一次主动去到玉平家看望玉平。

玉平蒙在被子里睡觉，韦文见是锁柱来了，就立刻叫醒玉平，说锁柱来看她，要她坐起来。玉平一听说是锁柱到来，立刻掀被而起。她头发蓬乱着，有一绺头发还贴在脸上，两眼肿泡着，面颊一片红晕，精神有些不振。韦文阿姨告诉锁柱说玉平在乡下演出时，夜间感了风寒，回来后有些发烧。她说着催玉平赶快吃药。玉平被她妈说得不好意思，她说她妈制造紧张空气，本来没有的事，又是叫她睡觉，又是吃药，没病也让她给弄病了。韦文说："好好好，你要没病，就让锁柱给你补课，明天就上学去，也省得拖累我。"说着，她就真地去上晚自习，把他们两个留在家里。

韦文走后，玉平真的从被子里钻出来，准备补课。锁柱一见她这样，立刻制止她说："快躺下，养病要紧，身子好了再补课，没事的，我保证不让你落下课。"这一下子把玉平说得十分感动。她说，反正是在家里，体温又不高，说着她就把一只手放在锁柱手上说："你看，我不是很好吗？"

锁柱被玉平这突如其来的动作吓得出了一头汗，他赶紧缩回手，不自觉地往后退了一步。他这一来，把玉平反倒弄得不好意思了，玉平说："没想到你还这么封建，我只不过是让你感觉感觉我的体温，你以为我会干什么？放心吧，我还不至于像别人那样。"

锁柱心跳得咚咚的，玉平这话并没给他多少安慰，反倒使他想起父亲那次在电影院握韦文阿姨的手来。他突然想问玉平个问题，但他不知道敢不敢问，能不能问，想来想去，他还是大着胆子问了："玉平，你说我父亲和你妈是啥关系？"玉平的脸刷地一下子红到耳根，她像有什么大祸要临头的样子，怔怔地望着锁柱，一向快言快语的玉平这会儿突然木讷了。看到玉平的反应，锁柱突然觉得他本不该问这些，一个十几岁的半大不小的孩子，为什么在背后打听父亲的事情来了呢？他赶快转移注意力，好逃避自己的冒昧。却又在心里祈求玉平能回答给他，毕竟玉平一直在她妈身边，常见到他父亲，该对他们之间的事情有所知晓。哪知玉平竟一字不答，等她红着的脸稍微缓和了后，锁柱只好服从她，和她一起学习借以遮掩自己方才的唐突。

整整一个晚上，他们内心都不平静。直到玉平做完作业，她妈回来后，锁柱才借口要回家睡觉，逃也似的离开了她们家。

晚上回家后锁柱就脱衣而卧，他很快就进入梦乡。睡梦中，他觉出有人在他的被窝里抓捏他，他十分惊觉地醒来，发现是父亲。父亲竟和他睡在同一条被子里，还小声唤着他的名字。锁柱听到父亲叫他，赶紧应声。父亲这时就在他腿上抚摸着，从脚到小腿，再到膝盖，再到大腿，这样来回地摸着。他不知道父亲为什么这样来回地抚摸着他，他很不情愿叫父亲这样子，可又盛情难却。他心里惶恐着，全身直打战，恨不能掀被而逃。但是不能，只好让父亲这样上下左右地摸着。父亲摸着，就问他："锁柱，你这次进城也这么长时间了，住得习惯吗？"

"习惯。"

"每天吃得饱吗？"

"嗯。"

"你想家吗？"

“……”

“我工作很忙，照顾不到你，你无论在灶上吃，或是到玉平家吃，都随便点，不要饿肚。”

“嗯。”

“我同你妈离婚，是万不得已的事，你们小孩子家别多想，都是大人的事。”

“嗯。”

“现在咱家就咱父子俩，慢慢就会好的。你无论到啥时候，都要把学习看住，以前在乡下考头名，现在在城里也要保住，对吗?”

“嗯。”

“睡吧，时候不早了。”

父亲说完不久就真的呼呼睡去了。锁柱一来不习惯跟父亲同睡一铺，二来还在从头细细回味父亲刚才说过的话。尤其他说“慢慢就会好的”，是什么意思，他想不透，又放不下。那夜他醒来几次，脑子里一直琢磨着这句话。

一个星期日的上午，父亲要他到一个伯伯家中去。锁柱知道他们是亲戚，他以前还在那个伯伯家中吃过饭，便很快就去了。伯伯和伯母对他很热情，他们停了手头的活计，就一边一人围在锁柱左右，问锁柱吃住和上学的事，问他是否想家，锁柱都一一作答。末了，伯伯说：

“锁柱，伯伯告诉你一件事，你父亲找下对象了。”

他说了这以后，就故意停了停，借以观察锁柱对此事的反应。锁柱自然觉得意外，他还没认真想过这件事，更不曾想到父亲要找怎样一个人。他听了这话，就羞赧地低下头，两眼一直盯着他的脚尖。伯母在一旁笑着说：

“孩子大了，觉得不好意思。”

锁柱仍没吭声，他又听伯伯说：“她叫韦文，是个老师，就在你父亲那学校教学，她女儿叫韦，韦什么来着？对，韦玉平，听说和你是同班同学。”

“嗡”地一下，锁柱的脑袋立刻膨胀了，他疑惑和担心的事终于发生了！他心中一下子想了很多很多，两耳嗡嗡叫个不停，就像过年时那震耳欲聋的鞭炮声在耳边不停地炸响。

伯伯接着对他说：

“韦文这人还不错，你别担心，她不会虐待你的。她前边那个男人很早就同她离了婚，现在去了南方。她和你父亲在一起共事多年，双方都很了解，一定能过成一家幸福日子的。”

伯伯还说了许多，他最后说：“你也十六岁的人了，成了个小大人，也不好改口了，称呼的问题，我问过你父亲和她，还叫姨吧，把前面那个阿字去掉，好吗？”

锁柱只是静静地听着，他觉得现在只能俯首帖耳，唯命是从。话虽出自伯伯伯母之口，肯定是父亲已有的安排。

“以后，你们两家刚到一块，互相之间如能平平安安很好，一旦有点什么摩擦，各自多谅解一下对方，那就没有过不去的坎。”伯伯末了问他有什么意见没有，他不由自主地摇了摇头。伯伯说没什么就好，大家好好相处，要有什么不便跟你姨说的，告诉你父亲，或者来找伯伯伯母也行。

最后伯母要留他吃饭，他推掉，说自己要回去，就告别了伯伯伯母。

锁柱走在路上，心里好似翻江倒海。他没想到刚刚平静的家又掀起了波澜，让他毫无思想准备。接下来，他思考着该如何面对他的新组合起来的家庭，如何面对他父亲，还有那已经不知不觉走进他生活中的姨和玉平。他觉得这个家一下子陌生起来，他们仨人该是亲密无间的，而他自己却成了局外人。

他默默地回到家，父亲像有准备地在家等着他，然后他跟随父亲来到韦姨家。他们两家人，不，该是一家人了，就相跟着来到街上的人民食堂，父亲要了很多饭菜，一家人用起午餐来。只是锁柱一声不吭，他注意观察了韦玉平，发现她同自己一样，失去了往日的活泼。整个一顿饭，只是父亲一人张罗着，忙前忙后，给这个夹菜，给那个盛饭。韦姨今天衣着入时，也失去了往日的泼泼辣辣，只是显出一副腼腆面孔，听凭父亲摆布着。锁柱这时在心中一直想，韦姨今天要做新娘了，为啥不像他见过的乡下要新娘一样排排场场、热热闹闹？难道这样就算是结婚了吗？他心中一直诘问着，他们那顿饭就在这似乐非乐中结束了。

晚饭后，锁柱告诉父亲他去同学李大桢家中玩，没等父亲回话，他就逃也似的离开了。

锁柱来到同学大桢家，大桢家锁着门。他觉得满肚子的话要找大桢倾诉。此时，突然觉得自己很悲哀，竟连个倒苦水的地方都没有。他不想返回去，也不想找其他同学诉说，他觉得这话只有找好朋友大桢说合适。大桢厚道、宽容，什么事情到了他这里，都被他不紧不慢地、无忧无虑地排解掉。他佩服大桢，也许因为大桢长他两岁，思维能力比他强，或许是别的什么。他不想多想，就顺着大桢房后的小路信步走向南河边。

他到了南河边，河两边是葱葱郁郁的青蒿，小块地的庄稼也被城里人作务得井井有条。那欢快的河水无忧无虑地躺在河床上向前翻滚着，河水是那样清，那样温柔，那样遂人心愿。他蹲下身子，两手撩着水。他时常到南河边，还因为这南河水里有来自他家乡的清水河的水，像是一直顺着他的足迹不断地追寻着他来的。他自从来到县城后，每天忙忙碌碌，仅来过两次。他站在河边，目光逆水向西，一直追溯着他的故乡。想到故乡生母一家和此刻寡居的养母，不知道他们此时生活得怎样。他想他们一定很苦很累，他知道乡下比不得城里。乡下人循规蹈矩，终日厮守着一家人和几亩地几头牛。城里人让钱把自己变活了，什么都追求新奇，追求刺激，追求自由，追求浪漫。

他这样想着，边望着欢乐的河流，边望着西下的夕阳。猛地，他听到有人叫他，回头一看是李大桢，他正担着两只水桶来到河边。大桢问他到河边来干啥，他无法回答，就说来找他。大桢问他有什么事，他回答说以后再给他说吧。大桢看出了他的心思，就说要同自己一起回家谈，他说不了，你担水桶干啥？当他得知大桢同他妈在河滩浇地时，就二话没说，挑桶担起来。大桢知道他的性格，拦也没用，索性叫他去担。

晚上，他在大桢的劝说下去了大桢家。趁着大桢妈给他们做饭的功夫，大桢领他到自己楼上的卧室，细问缘由。

锁柱开口就说："我有后娘了。"说着，眼泪唰唰流了下来。

一句话把大桢也搞了个愣怔。他不知道该说啥是好，急忙问她是谁，当他知道是韦玉平她妈后，就再也没有吭声。

锁柱定了定情绪，问大桢：“你说我现在该咋办？”

一向多谋善断的李大桢这时也不知道该说啥，他只是安慰锁柱：“不怕不怕，你已经十六了，她敢把你咋样，再说还有你父亲哩。”

“我不想回那个家了。”

“为什么？”

“我也说不清，反正突然这样一直在想。”

“不回家去哪？你现在还念着书，再说你才十六岁，不回家咋行，你以后靠谁？”

“靠我自己。我想回乡下去干农活，挣工分，自己养活自己。”

“你是不是想回你亲妈家去？”

“不，人家就是不想要我，才把我给了人。我从小就是个多余的人，我不知道自己为什么偏要来到这个世界上，又为什么落到这个家。”

“别这样自己作践自己，以后习惯了慢慢就会好的。再说你父亲和人家玉平妈也没有错待你，你只是这样一个人胡思乱想，没必要。你是这样想，那韦玉平是不是也会像你这样想，你一个男孩子能随便，她一个女孩子可咋办？”

他们这样一人一句地说着。听了李大桢的话，锁柱心中宽松了许多。尤其是听到大桢说到韦玉平时，他觉得到底是大桢大他两岁，想得宽广、周全。想到玉平也面临着与自己同样的命运后，他愈加想开了，同时也替玉平在心里设计着她的处境和出路。

那晚他就住在李大桢家。黄昏以后，父亲尚在轩找来时，他已睡了，父亲只好安慰了他一番，才返回家去。

第二天，锁柱同大桢一同上学去。经过大桢的劝慰，锁柱情绪好了许多。他们一同走进教室，见玉平已先他们而来，只见玉平两只眼睛有些浮肿，情绪也不好，大桢悄悄告诉锁柱，看来玉平也受了打击。锁柱看到玉平也有些萎靡不振的样了，以往那无忧无虑的乐天派性格全不见了，想必她同自己一样，也正受着这突如其来的煎熬。这时候，锁柱就从心底里同情起她来，也在心里为她难过着。

最使锁柱难受的是，那天上数学课，老师提问了玉平，玉平站起来后没有回答上来。尽管老师当众没有批评她，但老师或无意或有意地让她多站了一会儿，直到其他同学回答对了后，才让她和别人一齐坐下。这下子大大伤了玉平的自尊心，她坐下后就未抬过头，两肩一耸一耸地，锁柱看得真真切切，他想她一定是哭了，真是屋漏偏遇连阴雨，她哪里受过那样的气？

那天晚饭后，大桢邀约锁柱和玉平一起到他家，他以一个大哥哥的身份做了他们的思想工作。他还动员他母亲做他们的思想工作。他母亲见他俩情绪十分低落，就苦口婆心地说，两个孩子虽都已半大不小了，经过的世事还不多，听我这过来人给你们开开心。无论过去你们关系如何，现在你们到了一个家，就是姐弟俩。尽管玉平仅比锁柱大两个月，锁柱你也得叫玉平姐，玉平你就得像个姐，就得认你这个弟。两家父母合在一起，是他们感情发展的必然结果，你们做子女的无权依据自己的好恶去要求父母怎样怎样。你们这两天好像觉得自己受了委屈，这主要是替自己想得多了些，如果能设身处地地多替各自的父母想想，就会高兴而不是伤心。两家能合成一家，这是件好事。咱们都还不明白，实际上单亲日子难过着哩。所以我说你们应该支持和理解父母的选择，那样他们才会高兴，你们也才会快乐。

李大桢和他母亲讲了这番话后，锁柱和玉平俩人心里顿时亮堂了许多，脸上也出现了阳光。他们不约而同地说大桢真不愧是大哥哥，伯母真不愧是过来人，替他们想得真周到，他们再三感谢着。

随后，玉平叫上锁柱一起回家。

七

锁柱和玉平两家合起来后，在父母亲朋以及同学们的劝解、宽慰下，他俩逐步地认同了这个现实这个家。他们按照大人们的教导，只管好好读书，别的事一概不去多考虑。这样，他们仍然同先前一样，白天上课，晚上排演节目，然后利用晚上或星期天到乡村去演出。县城一些大的活动也叫他们宣传队去助兴。他们还到县广播站去录音。那天一进门就禁止一切喧哗，还要脱掉鞋，人与人的沟通全凭用哑语去领会，这使他们感到很惊奇，也很有意思。当县城喇叭放出他们的录音节目后，他们兴奋地站在话匣子下面一动不动地侧耳聆听。

父母为了使两个孩子能够尽快地接纳他们，努力增加着亲和力，还给他们做好饭，买东西。父亲给他们每人买了一身新衣服，韦姨给他们每人做了一双布鞋。她还亲自搬起锁柱的脚，给他穿上，让试大小，问他做得行不行。锁柱没吭声，仍然以点头和摇头去表达，弄得韦姨很不好意思。而当锁柱和玉平并非过年过节，一下子穿了身新衣服走在街上，走进校园和教室里时，引来很多异样的目光，他们不知所措，又不能把新服装脱去，因为他们知道，这是父母结婚后新的馈赠，穿与不穿这新衣服将会意味着什么。

那天，班主任高老师把他们俩叫去，问了他们父母结合的情况，又微笑着说那你们以后就是兄妹俩了，锁柱立刻纠正道说是姐弟俩，高老师又噢噢地答应着。并说，无论家庭发生何种情况，你们都要努力去适应，决不能因此有什么情绪，更不能因此影响学习。这段时间，你们学习上受到一些影响，这除了参加宣传队排练和演出外，可能与你们家庭的变故也有关。现在同学们都努力往前赶，你们如不努力就有落后的危险。尤其是锁柱，你可是考头名的，一旦掉了队，你怎么向父母、老师、同学甚至自己交代呢？更不要说你还有帮助韦玉平的义务，现在你们成了一家人，你就更加责无旁贷了。

锁柱和玉平当场给老师表了态，说感谢老师的关照，他们决不让自己落后。

从高老师房间出来，一路上他们交谈着，互相鼓励和鞭策着，一定要拼命去赶，争取在最短的时间里夺回他们失去的位次。

果真，他们经过一段时间的发奋努力，终于赶了上来，重新占据了自己的位置。高老师满意地当众表扬了他们，这并没有使他们高兴，反而觉得脸红，犹如芒刺在背，不知为什么。

后来，老师说锁柱心太软，不能胜任工作，就换人来负责。

不久，学校放了秋假，父亲带着他们俩回到老家。他们没回北庄，因为北庄的家由母亲和妹妹住着，所以直接来到南庄，来到锁柱伯父家，这里是父亲和锁柱出生的地方。他们回来后，伯父母就热情地招待了他们。正值秋季，地里的庄稼都熟了，玉米、谷子、豆子、山药、红薯、萝卜、白菜，还有苹果、红果、黄梨等水果，他们每天变着花样吃，又香又甜。锁柱觉得回到乡下，真的又是一番天地。特别是玉平，她长期住在城里，乡下的一切对她来说都很陌生，又很新鲜。父亲住过两天就返城了，锁柱和玉平被留在乡下。他们每天上午做作业，一到下午就去田野里玩。他们帮大人们收割庄稼，帮他们往回运输。锁柱一次能担一百多斤，令玉平很是惊讶。锁柱还上树给玉平摘苹果、黄梨、红果等水果，玉平吃得直流口水，她说乡下真好。先前光觉得城里好，没机会到乡下来，听人家说乡下太穷，太苦，太累，她后来一点也未觉得。那天锁柱同哥哥会山一起去掏獾。他们把麦秸堆在钻着獾的山洞前，点着火，那烟一直顺着獾洞往里钻，等到獾被熏得晕头转向后，就没命地往外窜。它一出口，就被等候在洞口的兄弟俩用木棒结果了性命。然后他们把肥膔膔的獾抬回去扒掉皮吃，嘿，奇香奇香。社员们都说，那獾的油挺多，“十斤獾九斤油，丢下一斤是骨头”。真不假，玉平说她从没吃过獾肉，实在是香。

玉平来到山里，一切都是新鲜的，她整天跟着锁柱，山上山下地跑，总也看不够，总也玩不够。一天，锁柱告诉玉平，自己想去北庄看看母亲和妹妹，想叫她与他一起去。玉平想了想，为难地摆了摆头，尽管锁柱告诉她他妹妹也很可爱，很诚实，不会给她难堪，可玉平还是一个劲地摇头。锁柱对玉平这样做很是失望，玉平这才告诉他，说她妈有吩咐，一定不让她随他同她们娘俩接触。玉平也曾问过她妈为什么，她说小孩子不懂，别去就是了。

锁柱没有再为难玉平，他独自一人去到北庄看母亲。他走进再熟悉不过的家后，才发现这院子这家较以往冷清了许多，母亲对他的到来似乎早有准备，不冷不热的样子，妹妹总也不想同他正面接触，变得扭扭捏捏的，与他生分了许多。母亲正在收庄稼，他帮母亲干了一晌午活，母亲只是有一句没一句地同他说话，中午也没留他吃饭。他觉得受了委屈，他同母亲和妹妹之间已经有了隔阂和别扭，想来想去都是因为父亲，说不定还有韦玉平和她妈韦文在中间起的作用。想到这里，他就十分无聊地走过清水河，走回南庄。

到了娘娘家，他把去北庄的事很伤心地告诉了娘娘，娘娘在同情他的同时也对他母亲的处境给予了同情。她说，你父亲同你妈离婚后，又找了个人在城里享福。可你妈呢，一个人在乡下屋里地里地干，里里外外地忙。你妹妹锁玲还小，整天上学，又帮不了她啥忙，咋能不苦呢，咋能无怨呢？

听了娘娘的话，锁柱才有所省悟。他原以为母亲是把对父亲的怨恨发泄到他身上，才使他无端地受到了冤屈，现在他对母亲的处境开始理解了，他还打算去帮母亲收秋，哪怕母亲仍不理他。

说到母亲，娘娘接着问锁柱："你现在的姨厉害吗？她对你怎样？你每顿能吃饱不能？"

锁柱对娘娘的问题都做了令娘娘满意的回答，她这才放心。锁柱还告诉娘娘，玉平姐对他挺好，挺关心他，很多时候在家里尤其在她妈妈面前给他争面子。娘娘听了脸上就抑制不住地笑了，她说玉平是个好闺女，你们俩好好相处，以后叫玉平给你当媳妇。

娘娘这虽是一句随口之言，却把锁柱说得很难受很难受。他立刻对亲娘说："我同玉平是姐弟俩，一家人咋能结婚，娘娘您就会瞎说。"他娘娘说："小孩子你懂啥，那怕啥，又不是一娘养的，玉平不就是大你俩月吗？你们以后结了婚才好呢，没听说过咱农村信的爹公娘婆吗？"

娘娘越说越离谱，锁柱索性不再跟他这个糊涂娘说了，他返身去找玉平。

那天夜里他躺下后过了一阵，刚有点迷糊，好像听见娘娘在叫他，他没有答应。只见娘娘拿过他的衣裤，在灯下从里到外翻了个遍，翻得很仔细。锁柱立刻警觉起来，他不知道娘娘为啥要翻他的衣裤，待娘娘翻过重又给他放回时，他赶快合上眼，怕娘娘发现。娘娘停了停，又小声叫着

“玉平，玉平。”发现玉平也已睡着后，她又轻轻地拿过玉平的衣裤，也是这样从里到外地仔细翻着。这一次娘娘脸上露出了笑，然后又蹑手蹑脚地给玉平放好。锁柱一直目睹着这一切，她不知道娘娘的用意何在，他翻来覆去睡不着，又理不出个头绪来。他当时一直记着第二天问问娘娘，而第二天他早就忘到脑后了。

他们住了一段时间后，一天，娘娘背着玉平叫来他悄声说：“玉平妈生孩儿了，生了个男娃！”

娘娘说罢一直注视着他，想等待他回话，锁柱却很长时间没吭声，娘娘也没吭声。只见娘娘两眼红红地望着他，又伸手抓住他的手，轻轻地抚摸着，并在他脸上认真地寻找着，像是在寻找那丢失在脸上的什么东西。锁柱没有正视娘娘，他只是低下头在一遍又一遍地看着娘娘抓着的他的手。他想抽出来，却被娘娘紧紧地抓着，只好如此。突然，娘在拉着他的手上就掉了一滴泪。他抬眼看娘，只见娘娘两眼越发红了，他刚想问这是为什么，而又一滴泪水从她眼里掉了出来。锁柱这才发觉娘是哭了，他忙抽回手，说：“娘，你哭啥？”

“娘哭你。”娘娘轻轻地说了这仨字。锁柱就百思不得其解。直到玉平从外边回来，娘娘才慌忙抹掉泪对玉平说：

“玉平，过来平，来娘给你俩说个事。”

玉平走过来依偎在娘娘旁边时，娘娘用手在玉平头上把她那一绺好看的刘海送上去，甜甜地说：

“娘给你们说个事，昨天有人从城里捎回信来，说玉平妈生孩子了。”

说过后，就定定地看着玉平，好像在等待什么反应。玉平被这突如其来的消息震得不知所措，她白皙的面孔立刻泛出红晕，显得非常不自在，看来她也未曾往这方面想过。娘娘末了还未忘告诉他们：“给你们生了个小弟弟。”

说完这句，娘就转身忙别的了。

娘娘走后，玉平仍然红着脸，低着头，两手合十地关着，两只大拇指一直在互相抠着指甲。锁柱在一旁注视着她，见她这样，想对她说句什么，几次张嘴却没说出来。

倒是玉平先开了口："锁柱，你现在是高兴，还是痛苦？"

说实话，直到现在，锁柱仍没空去思索这件事，他说不上来是苦是乐，就反问玉平："你呢？"

"我也说不上来，不过我现在难受。"停了停，她又提高嗓音说，"不怕的，要是我妈以后对你不好了，还有我在，咱俩一条心。"

这话像是及时雨，下在了锁柱久旱的心田里，他此刻实在找不到感谢玉平的话了，他只在心里深深地对自己说："今后不管遇到什么情况，都不能怪玉平，她妈是她妈，她是她。"

就要开学了。临走，娘娘给他准备了很多的土特产，让锁柱给他刚生孩不久的韦姨带回去。还一再叮嘱他回去多干家务，听姨的话，别惹姨生气等话。锁柱临走，又到北庄去看望了母亲和妹妹。他去了后母亲不在家，去地里干农活了，锁柱别了妹妹后，又找到地里见了母亲，同她话别，才同玉平返回县城。

锁柱和玉平扛着很多乡下的山货返回。进了城路过他的朋友李大桢家，他就把自己的东西分给大桢一些，要大桢同他们一同分享。久别的大桢一直扛着东西，帮他们送到家。

父亲和韦姨见他们俩从乡下回来，很是热情。韦姨给锁柱倒了水，还亲自打洗脸水给他抹脸。又看着玉平的样子说她晒黑了、吃胖了，变成了乡下闺女了。末了，还责怪她说，进门这大一会儿了，也不去看看你的小弟弟？这时候父亲也赶紧催促锁柱去看看弟弟。玉平过去，随便看了一眼，并没显出多大的兴趣。锁柱也学着玉平的样子，到床边绕了一圈。然后他们就忙各自的去了。锁柱注意到韦姨用眼神给父亲扮了个鬼脸，父亲会心地笑了。

这次回家来，并没出现锁柱想象的那回事，韦姨虽有了个男婴，却看不出她对自己有什么歪待和偏见，他就把娘娘的担心忘掉了。

锁柱和玉平这次从乡下回城后，父亲和韦姨给他俩在家务上分了工。锁柱每天下学后，要担水，担烧土，调煤，砸炭，扫院，还要到磨房磨面，碾米等。玉平帮她妈看孩子，打扫家中卫生，洗衣服，洗锅碗等。每人都要根据各自所负担的家务，努力干好。既不能误了做家务，更不能因此影响学习，也不能因为各自的家务没做好，而让父母操心。

锁柱想，自己也已是个小伙子了，该替大人干些家务了，于是就乐于去干自己分内的事。有时还帮玉平干，到后来他俩人干脆不分彼此、不分分内分外，合伙干起来。父母对他们的认识和表现甚是满意。他们做完家务后，就在一起做作业，锁柱还是一如既往地帮助玉平，直到她弄懂弄通。

这时候高年级已毕业，他们升级后就成为宣传队的骨干，几乎每天晚上要排节目，搞得锁柱和玉平精疲力竭。父亲发现后，说让他们俩只留一个人在宣传队，另一个人腾出来可干些家务。但他们俩说啥都不同意，还向父亲做了保证，保证哪一头都不误。这样，父亲才暂时同意。

八

秋天过去了，天气越来越冷，几天来一直下着连阴雨，压抑得人心里怪不是滋味。那天晚上，锁柱他们一家人刚睡下，就听有人来急叫父亲。说父亲他们学校出大事了，半夜里，两间女生宿舍在连阴雨中突然倒塌，十个女生都被埋在废墟里，叫他赶快去现场。

父亲听到后，连灯都没有顾上开，黑暗里抓起衣服就冲出门去。正在熟睡的一家人被这突如其来的事故吓得心惊肉跳，赶快起床，锁柱和玉平就急着奔向出事地点。

到那一看，雨地里黑压压一大片人，人们都嘈杂着，急得乱成一团。这时，只听父亲在倒塌的房屋中边刨边吆喝着人们快刨。不一会儿，公安人员赶来，县里的领导也赶来。他们一边询问情况，一边指挥公安警察冲进废墟中，迅速地挖掘着。围观的人们被驱赶到十多米远的外围，不得近前。锁柱这时同玉平打着伞，他想冲进去，帮父亲挖，或者能给他打着伞也好。可是不行，身旁由公安警察挡着，他俩只能在雨地里干着急。

由于整座房子倒塌，人全部被压住，又无机械，只能用人工刨，开始时是打着手电，后来才拉过电灯来。这时，锁柱才在人群中看到父亲。只见他像发了疯似的，在那里手忙脚乱着，嗓子也喊哑了。锁柱知道父亲是学校的副校长，分管着后勤，这事故与他直接有关，万一那十个女生要死了，可就了不得了。锁柱不敢多往下想，他多么巴望那十个女生都能生还。这时，现场已用帆布篷围起来，边上围观的人都被驱走，锁柱这才不得不和玉平返回家。

正在家中焦急的韦文，听了锁柱和玉平的描述，立刻吓得面如土色，束手无策。她让锁柱和玉平在家，她要去现场察看。玉平见她妈一个人去，也随了去，把锁柱一个人留在家。

锁柱在家里又惊又怕。刚才那场面又历历在目，他深深陷入其中，久久不能自拔。这时，天公似乎有意在为难他们，雨越下越大，锁柱浑身一阵阵凉意，心中直打战，牙关不住地嗑着。

好不容易等到韦姨和玉平回来，她们也都吓得失魂落魄，只听韦姨嘴里反复念叨着："你大不得了啦，你大不得了啦。"

他们就这样一直在惶恐中挨到天明，韦姨又打发锁柱去打听消息。锁柱不一会儿从现场返回后，十分惊骇地告诉韦姨，那十个女生全部刨出，无一人生还。外边传得很可怕，他没找到父亲，听说学校好几个领导和管理人员都被集中在一个地方，警察看守着，不让进出。

事情果然严重了，灾难仿佛是一夜间从天而降，锁柱他们仨人一下子陷入极度的恐慌中。

整整一天，锁柱想在关着父亲的地方打探，都未能如愿。学校里哭声一片，有的学生家长还指名道姓地骂学校领导，其中也骂到他父亲。锁柱不敢近前，他怕人家认出他是尚在轩的儿子，而在他身上出气。因为他几次看到一些家长曾多次冲到关着父亲他们的场所，扬言要同他们那些不负责任的校领导拼命。锁柱知道自己在外面再转也无济于事，就只好返回家。直到下午，他们家都没有人喝一口水，一个个望着雨天不住地哀叹。

从下午到傍晚，韦姨的同事一个个都来看望，都劝她别着急，别紧张，别生气，孩子吃奶要紧。锁柱和玉平班上要好的同学也都来看他们。李大桢还告诉他，说班主任高老师知道他家出了事，叫先别来上学，等稳定下来再去。锁柱对高老师和大桢等同学的爱护和关心十分感动，默默地送走了大桢。

晚上，闻声赶来的姑姑边安慰他们，边给他们做了饭，劝他们吃点东西。他们这才端起碗来，韦姨流着泪对姑姑说：“你哥也不知能不能吃上饭?”说得一家人又一次失去食欲。

第二天，乡下老家人也听说了，伯父尚崇文和哥哥尚会山也都急忙赶来探望。他们看的结果仍然是不让见人。大家在一起商讨着，都想不出个万全之计，只好耐心等待。

后来，学校领导易人，新的学校领导告诉他们，这起事故死亡人数多，责任重大，在全县历史上尚未发生过如此责任重大的事故。事故震惊了省和专区两级领导，都派人来办案，学校原领导班子和后勤房管人员全都被关起来审查，要他们听候处置，不要到处打听和活动，那样非但无助于事故的调查处理，对当事人也减轻不了什么责任，反而会招来不必要的麻烦。

这一来，他们一家人更无了主心骨，惶惶不可终日。

锁柱和玉平只得继续上学。他们来到学校后，很多老师都以异样的目光注视着，好些同学好像对他们一下子变得生疏了，还有的同学在一旁对他们小声议论着什么，有些刺耳的话他们甚至可以听得到。只有李大桢和几个要好的同学仍然不避他们，反而更加亲近他们，不住地鼓励他们要挺住。课余时间，班主任高老师同他们谈了话，劝他们一定要镇静，不要被事故击倒。高老师宽慰着他们说，事故固然可怕，即使他们父亲有责任也是领导责任，并非他们故意所为。社会上和学校里以及班上有议论，也属正常，要正确对待，不要去过分计较，这事情好三天歹三天，风平浪静后就正常了。再说，即使有问题，也是你们父亲的事，连你们母亲都无关，更何况你们是尚未成年的子女。

高老师最后说，你们一定不要分散精力，影响了学习可就是自己跟自己过不去了。班上肯定要有同学乱议论，甚至说风凉话，我会给大家讲一下的，让他们不要议论，更不要信谣传谣。事故处理是政府和公检法的事，我们没必要操那么大的心。作为同学，大家所应有的态度，倒是应该理解你们，关心你们，帮助你们；而不应该误解你们，议论你们，讥讽你们。如果谁要还那样做，只能说明是对他人缺乏同情心，说严重点是存心不良。

事后，高老师果然在一次生活会上讲了他的上述看法。此后，很多同学改变了观点，对他们友好起来。锁柱和玉平十分理解高老师的良苦用心，也十分感激高老师能让大家设身处地地替他们着想，他们暗暗下决心，认真学习，努力做好班务工作，以实际行动回报全班师生对自己的厚爱。

回家后，他们把高老师的话讲给韦姨，韦姨也很感谢高老师。只是告诉他们，给学校说说，他们家里出了事，就别在宣传队干了，免得上了台，人家在下边指手画脚乱议论，讥笑他们不自量，不自重，在做自我表演。他们觉得也是，就把这问题说给管宣传队的赵娣老师。赵老师也是个很热情并且善解人意的人，对他们的难处也深表理解和同情。只是觉得他们两个是宣传队的主要演员，是两根台柱子，一下子抽去台柱子，宣传队岂不塌了天？赵老师表示这件事她会尽快请示校领导，给他们个答复。

赵老师请示的结果，仍然是未获准。校方要赵老师做他们的思想工作，说父亲是父亲，子女是子女，要严格区分开来。况且现在事故处理尚未结束，是谁的责任，又有多大责任，谁也说不清，自己急忙从宣传队退下来，会意味着什么？反而给别人制造下新的疑惑和说辞。相反，如能正常参加演出，正确对待这件事，反倒会减去很多负面影响。

经赵老师这么一说，他们觉得也有道理，再也没有理由借口不上台了。但不管怎么说，父亲突然被关，对他们来说，不啻是个十分沉重的打击，无论如何也不会一下子解脱出来。使他们深受感动的是，无论他们上学或放学回家，都有很多要好的同学们在他们周围，有的替他们分忧，有的虽然也不会说什么，就是一直默默地陪着他们，这使锁柱和玉平十分感动。真是患难见真情。他们为了不使同学们失望，就互相鼓励着，一定要在紧要关头挺得住。

父亲被关之后，韦姨一反常态，经常对锁柱发无名火，动不动就摔东西，黑封着脸，有时连饭也不做。这些，锁柱都能理解。他清楚，家里发生了那么大的事，又没个着落，叫人整天提心吊胆。父亲不在家，韦姨就是一家之主，她要考虑的事和要办的事很多，不顺心的时候太多了，难免要发火，这很正常，锁柱都能理解。玉平有时见她妈常常把火气发泄到锁柱身上，觉得很不公平。她说，既然咱们是一家人了，就得一视同仁，决不能两样看待，不能因为父亲不在家，就恶意对待锁柱，这也太说不过去了。她妈在玉平的反驳下，稍稍有了收敛，但一转眼，就又那样。玉平见她妈还那样，一时又无法说服她，就对锁柱说："你别理她，我妈就那样，你要同她计较起来就没个完。再说妈也够难的，咱们都原谅着她吧，啊。"

锁柱何尝不想这样。他告诉玉平说没事的，他会想得通，眼下出了大事，咱们应该多往大事上想想，而不应该在家庭内部论什么恩恩怨怨、亲亲疏疏。玉平见锁柱能够这样，也就放心了。

没过几天，他们家突然来了一帮人，为首的是警察。他们说，根据事故追查情况，尚在轩他们除了主管责任外，还发现有以校长为首的合谋经济问题。为了不使国家财产蒙受不应有的损失，他们决定对尚在轩家实行封门监管。这一下更让他们束手无策，措手不及。韦文说她同尚在轩结合还不到两年。即便要封也只能封尚在轩的，不能封她的东西。办案人员岂能答应？他们说，在事实真相尚未弄清之前，任何人无权随便处置财产。最后交涉的结果，只让他们带了各自的日用品，其余全部封管。无奈，他们只得这样。

当天，他们都被赶出家门。韦文一气之下，带了玉平和男婴回乡下她母亲家住了。韦文让锁柱姑姑英轩把他带过去，暂住她家。临分别，锁柱和玉平好不凄惨，难分难离。最后锁柱坚持要把韦文母子送到乡下去，被韦文准许。

到了乡下，见到玉平姥姥和姥爷。她姥姥是个快嘴利舌之人。一进门她就数落起韦文来，她说当初她就不主张韦文离婚，她离了；后来又坚决不同意韦文嫁给尚在轩，她又嫁了。现在倒好了，刚嫁过两年，就出了这等事，完了完了。在轩少不了判刑，十条人命哩，不是开玩笑哩，他是后勤校长，房产都归他管，他怎么就不知道及早察看，及早发现，及早处理。他当副校长是干啥吃的，那十条人命决不会饶他，十个家庭也决不会放过他。韦文听着这一声声脑麻的挖苦声，一再摇头，忍无可忍时，只好厉声制止了她母亲。过了一会她母亲像是想起什么，又说："咳，也活该你命不好，早不出事，晚不出事，偏这会儿出事。看你一个女人领着三个儿女前一窝后一窝地咋办。我们都已七老八十的人了，还能帮你什么忙？"韦文母亲就一直不歇气地数落着她，韦文几次都没有制止得住她，直到把自己气哭了，她妈才住口。

玉平姥爷又让锁柱帮他干了些家里地里的活儿后，第二天才叫他回到城里他姑姑家。临走，锁柱问玉平上学的事咋办，韦姨说你顾你吧，她再说。玉平不知道自己会落到哪一步，流了泪。锁柱看她很可怜，就说，要不，咱们都到我姑姑家，先上着学再说。玉平忙说，那怎么行，人家那么大个家，能不能容得下你都难说，哪还能顾了我。锁柱只好含泪同玉平分了手，他说一旦有消息就来告诉她，只是不要耽误了上学。

锁柱返回城来到姑姑家。姑姑家里地方小人多，楼上下都住着人，也很不方便，一下子又加了个他，更是难以容纳。

锁柱复学不久，父亲尚在轩从已经被关的县公安局看守所给他伯父尚崇文写来一明信：

哥嫂：

韦文现已带着幼子和玉平回到乡下她母亲身边。锁柱本该她管，但她目前自顾不暇，锁柱生活和上学之事只能暂时拜托你们了。

弟：在轩

当姑姑把这封信转给锁柱时，他反复端详着这简单却又沉重的话语。从中，不仅想到自己日后所要面临的困境，也觉出父亲问题的严重来。尽管姑姑坚持让他留在城里上学，但他觉得这样寄人篱下，并不是短时期的事。他趁一个礼拜天，拿着信回到乡下找到伯父和娘娘。他们看信后，心情同样十分沉重，思来想去，也只能如此了。

第二天，伯父母让哥哥尚会山同锁柱一齐到城里办理转学的事。他们到了县城，去到姑姑家，告诉姑姑他要转学回乡下，姑姑面对此事也无可奈何。兄弟俩又回到学校，找到班主任高老师，说明意图之后，高老师十分不舍，说要帮助他在县城继续上学。如果是生活上的事，他可以设法接济他一些，如果是怕同学们议论他，他可以给大家讲明，不论父亲有多大的问题，与儿子无关，他是他，你是你，不应混为一谈。高老师还向他保证，不让班上同学们议论他，歧视他，让他像以往一样安心学习。锁柱和哥哥从内心实在感谢老师的一番好意，他觉得这样的老师再无处可找，他又何尝不想在高老师门下再读书，又何尝不想与朝夕相处的同学们继续在一起。但生存是非常现实的事情，并非以个人意志为转移。他最后还是谢绝了老师的一番诚意，决定转学回乡下去。高老师实在不能说服他，也只能遂了他的愿，毕竟现实是残酷的。临别，高老师赠给他一个笔记本和一支钢笔，上书：

锁柱同学：

无论何时何地，你都要设法克服一切困难，坚持完成学业。

高老师写完后，郑重地交给他。锁柱一字一顿地看完高老师的勉励，想到为师一年多来，恩师对他的教诲与培养，顿时心酸泪涌出。他紧紧握着笔记本和钢笔，一下子扑进了高老师怀中，不住地抽泣着。他真想放声大哭一场，又想到这是在学校，就竭力控制住自己，任眼泪唰唰地流下。高老师在他背上轻轻地拍着，不住地安慰着他，才勉强使他平静下来。高老师最后勉励他：“锁柱，你是个读书的料，决不能因为半道上受了挫折就自暴自弃。记住，人生的路从来就是坎坷不平的，重要的是，每一脚踏下去都要力图找出一个平面，获取一个支点来。”

锁柱觉得高老师说得太对了，他立刻在心里把高老师的话一字一句地反复默念着，生怕忘掉一个字。

高老师最后还不忘告诉锁柱他哥哥会山，要他转告锁柱的亲生父母也就是锁柱现在伯父母，一定要在乡下让锁柱继续上学。会山也被高老师这教诲感动了，他向高老师保证，一定不让锁柱辍学。锁柱也向高老师保证，要是中断了学业，自己就无颜再见老师。

接着，高老师还问他，临走时，还要不要向班上同学和宣传队的师生们告个别，或合个影什么的，花钱的事有他。锁柱想了又想，总觉得自己家中突然出了这么大的事，对自己的打击太大了。与师生们告别的事他也想过，总没那个勇气，他觉得自己此时的感情太脆弱，怕在大家面前忍不住，弄得自己更难堪，想来想去，他都拿不定主意。他告诉老师，容他考虑考虑再说。说完，他赶忙同哥哥会山告别了高老师。他怕有同学和老师进来，更怕过一会儿下了课，师生们都从教室出来，自己难以出校。不知咋的，他此刻最怕见大家，就像做了贼一样，想尽快离开学校，回到无人知晓的乡下去，回到自己的小山庄去。

别了高老师，锁柱想到他此次回乡下，还得带一些必需的生活用品，他知道门被公安局封着，就想去请示一下看看是否许可。他们到了公安局，找到自己邻村的一个熟人，经请求，人家帮他们找到管事的。答复是，必须要尚在轩配偶韦文在场才可以。这样他们又去乡下找韦姨，正好韦姨说她也要取一些日常用品，就同锁柱一齐来到公安局，人家才派了两名警察同他们一齐去取。到了他家门口，看到昔日自己居住的小院一片狼藉，门上挂着公安局的大铁锁，锁柱心里就一阵阵发酸。到了门口，一名警察正准备拿出钥匙开锁，突然发现他们贴的封条给弄扯了，那人立时黑住脸问锁柱是怎么回事？锁柱忙说自己不知道，谁知那人立刻发了脾气，朝着锁柱腿上就踢了两脚。锁柱被踢得生疼生疼，他一再声明不是自己弄开的，那人气势汹汹地说："再犟嘴，非扇你两耳光不可。"锁柱这时有嘴说不清，只好不再吭声，边上他们几个见这凶警察这般不讲理，也都敢怒不敢言。最后，还是另一位警察为锁柱开脱，那位警察这才开了门。

锁柱无端地受了侮辱，心里窝屈得很。他这时再无心去拿什么东西了。他想我宁愿冻死、饿死、困死，也不要这伤心的东西了。他蹲在门口就再没进门，只是哥哥进去，给他拿了些被褥衣物等，才匆匆离开。临出门时，那个警察边封门，边恶狠狠地说，再敢弄开封条，非关你几天不可，锁柱气得头也不回地在头前走了。

他走出没多远，迎面走来同学李大桢。锁柱见了大桢，满肚苦水就想倒，只是走在路上，他才勉强忍住。大桢知道锁柱要转学后，就满腹难受，急忙来找他。锁柱本就想着最后去见大桢，见他这会儿来了，便要哥哥带着东西头前回家，自己当晚去同大桢谈谈。

锁柱去了大桢家，就把父亲的安排和转学的事一五一十地说给大桢，还把下午无端地被警察踢了两脚的事流着泪告诉了大桢。大桢气得说，这人为啥这样，简直不讲道理。

大桢对锁柱要转回乡下的事一直想不通，他说，你父亲虽然眼下被关，问题还没落实，将来落实了是个啥结果，谁也说不清。反正你回到乡下也在学校食宿，还不如就在县城食宿也一样。要不就在我家住，我跟我妈说了，她同意。当大桢说到这里时，锁柱再也控制不住了，鼻子一酸，眼泪差点流下来。大桢见他这样，忙多方安慰着他，哪知锁柱的眼泪怎么也控制不住，最后就小声呜咽起来。大桢知道他此刻很痛，就随手拿过自己的枕巾递给他说："想哭你就哭吧，痛痛快快哭一场反倒好受些。"

锁柱真的哭出了声，只是把枕巾紧紧地堵在嘴上，生怕露出一点声音。大桢就这样坐在他身边，一直看着他哭，等着他哭个够。

大约有半个小时的工夫，锁柱才算控制住自己，却还不时地叹息着。这时候，大桢让他躺一会儿，大桢随即下楼去。锁柱躺着，想着，他就这样迷糊着了。似睡非睡中，那凶警察的凶恶面孔又出现在他眼前，他腿上又是被狠狠踢了两脚。他猛地惊醒，发现面前除了大桢，还有大桢一直追求的女同学李小霞。他忙向小霞打招呼。这时小霞那美丽的脸上透着笑容，一副好精气神，完全没有他和大桢那种伤心的样子。

小霞张口就说："锁柱，为啥回乡下也不跟我们大家打个招呼，想偷着溜，以后大家会不见面吗？"

锁柱这时也强装欢颜道："我可真没这意思，大家在一起相处这么多日，咋会一走了之。我不仅希望我们同学们关系更加密切，更希望一直在大桢家里见到你。"

小霞是个乐天派，她听了锁柱的话说："这还差不多，看来你心里还有同学们。"

"我锁柱今后不管走到哪里，也不会忘掉你们。"锁柱向小霞保证道。

接着，锁柱对小霞说："咱们玩笑归玩笑，话说回来，作为同学和朋友，我临走还得劝劝你。说实话，大桢十分在乎你，我们每次在一起他都会念叨你，他这人实在得就像一块大石头，他爱你是实打实的。尽管我还不到那个年龄，我不会感同身受地去想象，但我可以看得出他的真诚之心。我希望你能理解并接受他的爱意，别让他的爱付之东流。真要那样，小霞呀，那可真苦了我们大桢一片痴心了。你们从小在一起，你比我更了解他。我自从同他接触后，觉得他对我来说，就像一座山那样稳固可靠，我们已经到了无话不谈的地步。虽然我也还有其他同学是朋友，但相比之下他最值得信赖。至于你们家庭有什么意见分歧，我想这都不是什么大问题，最根本的是你们二人。只要你们齐心了，就没有克服不了的困难。"

锁柱见大桢把目光一直落在小霞脸上，他知道他是等待小霞表态。这时候小霞也一改以往的活泼爽朗劲儿，陷入思考。锁柱见小霞半天没言语，着急地说："李小霞呀，我要是个女的，这事情根本用不着你作难。"

一句话说得他们仨人都笑了。

这时，大桢妈已给他们仨人端来晚饭，小霞有些客气，锁柱就说："李姨是专门给你做的饭，你不吃，叫她心里好受吗？再说，就这样，你觉得好意思吗？"

小霞在锁柱的劝说下只得端起了碗，她边吃边说："桢，你妈做的饭还怪香哩嘛。"大桢说："也不看是给谁做的，还能不香？"锁柱说："那你以后就嫁过来，把它变成一辈子的福分，不是很好嘛。"

小霞边吃着饭边说："桢，我发现一个问题，你总说锁柱小，不懂爱情，你看人家今天说得多在行。"

大桢听了赞同地笑了。

锁柱的脸上就有些不自在。

小霞接着说："锁柱，你这一回乡下，别的不说，真要把大桢苦了，他的魂都要让你勾走。"

锁柱望了望大桢，他见大桢仍不吭声，就说："我不勾大桢的魂，我把他的魂给你留下，但愿你能收留好！"

小霞笑着望着大桢，大桢这时仍不吭声，急得小霞不知所措。她正要问，只见大桢开口道："小霞，咱们的事还在其次，起码咱们每天可以见面，有话可以随时说。现在锁柱就要离咱们而去，你说该咋办，你不觉得我们失去了什么？你不觉得我们太难割舍了吗？”

小霞似乎对大桢的发问没有来得及考虑，她反过来问大桢：“那你有什么好办法？”

大桢说：“我只想留住他，我们就像亲兄弟，亲如手足，手足之情是不能分离的呀！”

小霞说：“我知道你说的是肺腑之言，可是不客气地说，锁柱短时期地在你家可以，一礼拜可以，半个月也行，即使一个月也无妨，可是三个月呢？五个月呢？你还行吗？谁也说不准他爸什么时候会有结论，即便有了结论，能不能获得人身自由还很难说，毕竟十条人命呀。既然是朋友，我就不避讳锁柱，社会上谣传的可怕了，你让锁柱在这个环境里怎么生存。要我说，他选择回乡下避风头，好让自己静下来安心学习，将来有机会再进城上学，倒也不失为一个以退求进的上策。”

大桢仔细听了小霞的话，没想到她会说出与他相反的意见来。

小霞怕大桢误会她，接着又说：“我知道你们关系特别好，一下子难以分离，但是你现在还要靠父母生活，你又有什么本事照顾锁柱？叫我说，最好的办法是以后我们常抽空到乡下看望锁柱，尽我们最大的能力帮助他，才算不忘朋友。”

小霞见大桢仍在思考中，觉得他还没从悲伤之情中解脱出来，就转了话题说：“锁柱现在回了乡下还能适应，毕竟他来城里时间还不长。那韦玉平呢，人家从小娇生惯养地在城里长大，现在倒要随母亲回乡下外祖母家，她不痛苦吗？谁又去可怜她呢？”

大桢立刻说：“人家有母亲，母亲还有工资，不会失学的，也不会受多大罪的。锁柱呢，回到乡下她亲妈家人口多，又都是农民，会好到哪去？”

小霞说：“大桢你说这话可有偏见了，为什么光替锁柱着想，同是落难人，玉平一个女孩子，容易吗？”

“那倒也是，那倒也是。”大桢忙答着。

小霞和大桢俩人都认真地诉说着各自的想法，全然忘了锁柱的存在。这时他们才发现锁柱又陷入了悲伤，连那碗饭也没有吃完。于是，他们又陷入了沉默中。

最后，小霞妈来找小霞，她只好恋恋不舍地走了。

小霞走后，大桢就想再努力想办法去打算打算，但一向有智有勇的他怎么都找不到词，只好与锁柱一同睡去。

第二天早上，大桢要上学，他要锁柱再住一天，到时候他去乡下送锁柱。锁柱说什么也要赶回去，在说服不了他的情况下，大桢同他说好要他下午回，锁柱拗不过他，只好答应大桢。大桢告诉他母亲看住锁柱，中午给锁柱做好饭吃。

大桢走后，大桢妈就同锁柱聊起来。交谈中，大桢妈对锁柱家庭的突然变故和锁柱的不幸遭遇十分同情。因为锁柱一年多来同大桢的朋友关系甚为亲密，大桢妈就待他非常好。只要锁柱一来，她就必留他吃饭，并且做好吃的饭，感动得锁柱心中实在过意不去。现在要分手了，想到昨晚他们朋友俩谈了那么长时间，心中也是难舍难离的。大桢妈告诉他，回到乡下以后常来城里，到城后就来，这里就是他的家，不要生分，否则那样她会觉得锁柱见外，大桢也会伤心的。锁柱在内心一阵阵感激着大桢妈，他觉得她太好了。

锁柱同大桢妈聊了半个时辰，他就想趁同学们上课后，再去看一眼他就读了一年多的母校。大桢妈看他执意要去，就吩咐他快去快回，千万别急着回乡下，大桢放学后还有话要对他说。锁柱满口答应。

锁柱走在大街上，一下子失去了往日的欢乐，胆子也没先前大了。往日那同宣传队员们日夜上街宣传演出的场面一下子失去了，往日带领同学们同公安、工商、卫生部门上街纠察的风光已不复存在。这熟悉的街道一下子陌生了，变窄了，变得生疏了。他甚至不敢在街面上走，就缩到街边的人行道低头走着。他这样走着，眼前就有行人互相告诉着："看，那不是尚在轩的儿子嘛。"锁柱听到后，赶快低头离去。没走多远，又听见有人议论着："听说尚在轩被抓后，家也被军管会封了，老婆孩子赶回乡下去了……"锁柱没有别的办法，只有快步逃离。

走到学校大门口，听见老师正在上课，他就想走进校园，再看看他将要离去的学校。他走到大门口，门房的大伯认识他，问他："你怎么才来呀?”锁柱说:“大伯,我请假了,有事。”说着,他闪身走进校园。

他先是朝着自己班级的教室门望去,门紧闭着,由于离得远,听不到里边的声音。他想起了自己一年前被父亲领着送进教室的情景,父亲当时告诉他:“这下子好了,你可以在县城最好的学校读书,你的高老师又是学校最好的老师,你该专心拿回最好的学习成绩了,其他的事情你都一概别去想。”可现在呢,如果说当初是因了父亲他才走进这所学校的话,现在他又要因父亲不得不离开。这是谁在同他开玩笑?难道说这就是自己从来都不曾相信的命运吗?

锁柱又把目光移向他们晚上时常排练节目的大会议室。在那里,是慧眼识人的赵娣老师发现了他的才能,让他在音乐、演艺诸多方面充分施展了自己的才能。他同玉平二人能成为宣传队的台柱子,全凭赵老师的辅导,正是在赵老师的精心栽培下,他才得以上台,才可以在县城街头、大礼堂、舞台,甚至广播站的录音室里演节目。他们曾多次受到县领导的接见,包括穿着军装,戴着领章帽徽的军管会首长的亲切接见,那时候他们感到无比的幸福和骄傲。可眼前呢,自己那个家都被军管会锁着、封着,父亲成了管制对象。他自己呢,还有那个本不该受牵连的韦玉平,他们如今一下子从受人羡慕的舞台上跌落进万丈深渊,该痛?该悲?该怨?该恨?此刻,他完全理不出个头绪来。

锁柱不忍心多往下想,他想最后看一眼赵娣老师的办公室。他觉得往日赵娣老师那样苦心栽培他,他临走该去向她道个别。但他无论如何也迈不开步,他怕像昨天同高老师分别时的情景那样再去折磨他,叫他束手无策。

他想最后把目光再投向恩重如山的高老师,目光刚一触及,就发现高老师从门里走出来,他一眼就看到了高老师。就在高老师返身关门尚未下楼梯时,他赶忙逃也似的走出学校大门。及至走出一截路站住后,他的心还未平静下来。他不禁扭回头环视整个学校,他实在不忍离开。遐想间,下课铃响了,他不得不离开他心爱的母校。心想这辈子怕是再没有机会返回来上学了。就这样走吗?他像有准备似的,来了个立正姿势,向他的母校深深地鞠了一躬,心里虔诚地说:再见了——不忍离去的母校!再见了——敬爱的老师和可爱的同学！我会永远永远记住你和你们的。

锁柱向大桢家走时，路过自己的家，想到那个被盖着大红印章的封条紧紧封着的门，更想到昨天那个不讲理的警察猛踢了自己两脚，现在腿上还一直痛着，他就一点也不想这个家了。路过时，他只是用眼扫视了一下，心想，这就是父亲梦寐以求了将近二十年，才建立起不到两年的家，也是即将分崩离析的家，走向毁灭的家。这时，他的心情愈加沉重，他感到应该尽快脱离这个本不该属于自己的家，本不该属于自己的学校，本不该属于自己的县城。想到这里，他放弃再到李大桢家去的打算，朝着家乡的方向疾步而去。

这时候已是深秋，天气不时刮起一阵阵令人战栗的秋风，树叶在秋风中纷纷离开树枝，一片片地刮下来，有的一下子飘到很远很远的地方，有的落到路旁在地上沙沙地打着旋，有的落到河里或被水冲到下游或围着河中的石头打转。锁柱踩着石头过河时，发现河水瘦了许多，在秋风吹拂下现出涟漪，不断地向下游涌动。一阵秋风刮来，树枝在秋风中猛地摆动起来，又一拨树叶落下。那冷飕飕的秋风从脚底钻进锁柱的裤管，把两管裤腿灌得很鼓，一阵寒战直袭心头，他赶快跳步过了河，险些闪进河中。

由于天气渐冷，人们都在地里抢收庄稼，路上行人无几，更显得凄凉。通往锁柱家乡的路程，每五里地恰有一个村庄，此时他心里默念着，已走过三个村庄了。再有三个村庄就到家了，此时他肚子有些饿，心想可能快到中午，路两边干活的人们开始回家。

正在他走到接近下个村庄的地方时，听见背后远远有人叫他。回头一看，是大桢，还有班上的唐春建和黎明三个同学骑着自行车朝他走来。他们仨人走近他，来了个急刹车，急忙从车上跳下来。锁柱忙上前抓着大桢的车把问他们为什么来。大桢嗔怪地说："我一再告诉你下午回下午回，你却上午悄悄离开。这不刚一放学，班上好些同学都到我家看你，结果扑了个空，我们想着你很可能返回老家，就仨人骑车子来追。"大桢说着，还喘着粗气。

唐春建说："快跟我们回吧，同学们还在大桢家等着你哩。"

黎明同学还说："我们大家同高老师和赵老师说好，要班上同学与宣传队同学同你照相呢，你怎么能不往回返?”

锁柱听了他们的话，感到实在难为情，就同他们坐在路边商谈。由于天冷，他们还向过路的一位大爷要了火柴点起了野火，大家边烤边催着锁柱返回。锁柱思来想去，觉得他只能辜负老师和同学们的一片心意了。他说他临走之前专门到校园告别，他已下决心，不再返回那个伤心之地了。不管同学们好劝歹劝，他终没松口。他让他们仨人回去告诉老师同学，请大家原谅他的不恭。锁柱在无法打发他们返回时，就说，前面不远处就是我要在乡下上学的七年制学校，你们要有心，就一同到学校看上一眼，也算咱们同学一场，知道我的下落。他们果真来到锁柱一年多前曾经就读过的学校，这时学校已放了学，他们只看了看空荡荡的院子，就灰心地离开了。黎明同学说：“锁柱，乡下条件这么差，你能住习惯吗?”锁柱不无凄凉地说：“没事的，我本来就是个乡下娃。”之后，他们还要送锁柱回家，锁柱千恩万谢，要他们赶快返回。一来同学们还等着，二来早已过了吃饭时间。临别，锁柱请求他们仨人站好，他要向他们深深地鞠上一躬。他们哪里肯依？锁柱再三说，只有这样，他心里才会好受些。无奈，他们仨只得依了。锁柱深深地弯下腰，半天没起身……

九

锁柱转学到本乡南川七年制学校。这个七年级班实行的是军事编制，为一连一排，那是“文革”期间学军的产物。班内还是他六年级时转到县城的那个班，同学还是那些同学，只是班主任换成了栗甘泉老师。锁柱以前不认识他，听说栗甘泉老师也是本乡人，以前在外乡教书，刚调到该校不久。他进班后，同学们就纷纷向栗老师反映，说锁柱以前是完小的班长，升进六年级仍是班长，后随父亲转学进县城。栗老师见锁柱长得精精干干，说话办事很利索，学习又好，又在县城学校里见过世面，就指定他为代理排长职务。

锁柱当了代理排长后，把他在县城学校当班长的经验和派头拿出来，给一连一排这个排头班级，也给栗老师争了光，栗老师很快信任了他。在随后的全排无记名投票中，锁柱以高票当选排长。他当排长后，把县城学校的广播体操、军训科目、文艺宣传、音乐美术等课程的优良做法一一介绍给老师和同学。大家感到锁柱进城一年多来，学到了很多知识，老师同学都热衷于让他辅导。

渐渐地，锁柱有些飘飘然了。排里的同学们甚至个别代课老师他都不放在眼里。上课不注意听讲，对老师的提问不屑于回答。课后在小事上无端地与同学们起争执，这些事情引起了个别老师和部分同学对他的反感和不满。栗老师在下边听到很多这方面的反映。有一次打扫卫生，同学们都能参加，他却在宿舍里组织几个同学玩扑克牌，结果使得那次卫生打扫得很差劲。他们排在全校评比中成为倒数第一，校长在全校师生大会上点了一连一排的名。这一下气坏了栗老师，晚饭后，他叫锁柱到他办公室。

锁柱到栗老师办公室后，栗老师劈头盖脸就是一顿训斥。说他尾巴翘到天上去了，说他忘记了自己姓甚名谁，忘记了自己是怎样从城里回到乡下的。说他辜负了老师同学的一片希望，把良心背在脊梁骨上跑。严厉的措辞直批得他抬不起头来，最后涕泪横流。他从小到大，还没有哪个老师这样批评过他，栗老师严厉的批评使他张不开口，不敢正视老师一眼。

那次挨批后，栗老师给他半个月的考察期，如若改正继续当排长，如若依然我行我素，交出排长一职。这一猛掌一下子把他击醒了，回顾自己近一段的所作所为，确实有些成问题，他下决心痛改前非，将功补过。

在其后不久学校开展的军事演习中，锁柱带着他们全排同学在一座山头执行任务，老师向他们排下了命令，要求他们在十分钟内，冲下前方山沟中，活捉埋伏在那里的“敌人”。锁柱接到命令后，带领全排同学火速执行任务。他冲锋在最前面，由于天气漆黑，伸手不见五指，锁柱在前边一脚踏空，从山崖上滚到沟里，屁股重重地跌在一块突出的石头上，疼得他半天喘不过气来，加上在山崖畔被荆棘刮破脸和手，疼得他周身火辣辣的。他想叫，但一想到有军事纪律约束，只好在黑暗中龇牙咧嘴地直喘息。等到同学们迂回到山后下来解救他时，他竟站不起来。由于负伤，他被同学们轮流背着回到宿舍。

那次演习，由于锁柱的勇敢和全排同学的机智配合，他们排光荣地完成了任务，受到学校的表扬。第二天，锁柱躺在宿舍，屁股肿得连裤子都不能穿，校长和班主任及军训课老师一起来看他，当面表扬了他，让同学们向他学习。

没过几天，学校发展共青团员，同学们纷纷写申请书要求入团。锁柱当然也不甘落后，他十分渴望在政治上进步。向团组织递交了入团申请书，同时更加自觉地去努力争取。

过元旦了，学校组织忆苦思甜报告会，请苦大仇深的老贫农进校做忆苦思甜报告，锁柱没想到做报告的是他舅舅尹枝树。会上，舅舅从自己在旧社会怎么没地种、没饭吃，到处当长工打短工讲起，再到舅舅的母亲如何拉着他和妹妹们讨吃要饭，到舅舅被国民党蒋匪帮带走后，受尽千辛万苦，才辗转回家的苦难生活，直讲得他在台上泪流满面，声音嘶哑。锁柱只知道舅舅是位老党员，没想到他和自己的亲娘在旧社会还这样苦。于是，舅舅在台上流泪，他在台下流泪。因此他发愤一定要努力读书，将来让亲娘享福。

忆苦思甜报告会结束后，全校师生在大灶上吃午饭。每人一块糠窝窝，一个白面馒头。要求各排都在教室当面吃，谁也不准随便缺席，谁都得把一好一坏两种吃食全部吃下去，并且要求先吃糠窝窝，喝野菜汤，后吃白面馒头。这样一来，一些同学对着糠窝窝直苦脸，一口一口吃得实难下咽。锁柱看到舅舅在台上做着示范吃得很自然后，就闭上眼，狠劲地吃下去糠窝头。他觉得这点苦比起亲娘在旧社会吃的苦来就不算个事。

当舅舅走下讲台看望他时，老师和同学们才明白了他同这位苦大仇深的老贫农的关系。栗老师给他舅舅讲了他当排长在军事演习中受伤的事，并说他已向团组织递交了入团申请书。舅舅关切地问了他的伤，并鼓励他争取上进，在政治上一定要追求进步。这些都大大鼓舞了锁柱，他决心不辜负父辈的教诲，一步一个脚印地向前进。

不久，团组织召开了会议，会议批准他们排里三名同学入了团，锁柱没被批准，原因是他父亲尚在轩正受审。锁柱听到后心情十分沉重，但他不气馁，他觉得组织上应当严格把关，青年团既然是青年先锋队组织，团员就应当各方面都胜人一筹才是。于是，他计划努力一段后再向团组织递交申请书，他相信自己追求进步的愿望是会得到组织认可的。

第一场雪不期而至。锁柱回乡时，未带棉衣，他需要棉衣，每月尚需两元钱的伙食菜金洋，可亲娘家十分困难，无力负担，他想到去另一个乡下找找韦姨，看能不能给他解决一下。同时，玉平上学的事一直被他牵挂着，不知她现在情况如何，趁着一个星期日，他徒步去找韦姨。

他见到韦姨她们后，发现韦姨把自己的工作也调至乡下，玉平也跟着她在另一个公社七年制学校上学，她外祖母给韦姨看着孩子。

锁柱见到韦姨后，就把自己需要棉衣的事和每月需要两元钱伙食菜金洋的开销说给韦姨。哪知韦姨说她们娘仨自从那次被赶门在外后也苦得不行，她每月的工资还不够一家人的开销，哪有富余去管他。她说他大把她娘仨甩到社会上没人管，自己反倒在看守所里躲自在，也不管别人的死活。玉平外祖母更是不客气地在锁柱身上出气，仿佛她面前站着的不是锁柱，而是伤了她心肝闺女的尚在轩。锁柱被她娘俩的话说得气怄怄的，只好向韦姨说："那你说我咋办，谁来管我？你该不该管我？"

他们母女俩半晌没吭声，末了，韦姨竟然说："我不知道，你去看守所找你大。"

晚上，锁柱在韦姨家喝了两碗稀饭就被送到别人家休息。那家上冬了还未生火炉，锁柱冻得浑身打战，他后悔不该来找韦姨，又想连夜走开。可外边北风呼号，漆黑一片，伸手不见五指，他也只得在这里冻一夜了。

锁柱白天走了大半天也累了，就和衣躺下。不一会儿，木门吱呀一声开了，一阵凉风立刻顺门吹来，进来的是玉平。

锁柱在昏暗的灯光下见玉平进来，立马翻身下床。他和玉平互相问候了几句后，双方都沉默着。只是努力在昏暗的灯光下注视着对方，仿佛一下子相隔了多少年，相互间都努力在对方脸上追寻着往日心中的彼此。

锁柱关切地问起玉平的上学问题，玉平说她就在母亲所在本公社七年制学校上学，尽管玉平努力装作没事的样子，看得出来，严峻的生活打击得她不轻，她现在的装束已变成了一个道地的乡下女孩。玉平同样问起锁柱的上学问题，他说同她一样，在公社办的南川七年制学校，情况还行。虽说食宿在学校苦了点，但贫寒的伯父母总算让他继续上学了。玉平还问了锁柱的吃穿和花费问题，她说她已向母亲说过几次，说她母亲不让锁柱跟在她身边就够可以了，一切生活花费可不能不管。因为她已经是锁柱事实上的继母，就不能推卸这个责任。

锁柱突然觉得玉平长大了许多。一个同样十六岁的女孩，比别的女孩早熟，考虑问题比大人不差。但考虑到玉平母女目前的处境，尤其想到叫玉平为自己讨公道而去生气，他就没有把下午韦姨的话说给玉平，他觉得还是自己独自承担起来为好。

想到此，锁柱赶快转了话题，他问玉平需要帮什么忙。玉平苦笑着说，需要你帮的忙太多了，可惜隔着几十里，远水不解近渴。锁柱问是不是功课上的事，玉平回答正是。锁柱觉得这件事他实在无能为力了，就说，平时你可以多向老师和同学们请教，如果还有差距，放了寒假就到他伯父家住一段，他保证给她补上，玉平无可奈何地点点头。

锁柱一夜几次冻醒，好不容易挨到天明，他为了不给玉平添麻烦，更为了显示男孩子的骨气，就毅然踏上返校之路。尽管他腹中空空，囊中空空，他告诫自己，看来此路也不通了，今后的生路在哪里，茫然无望。

回到家里，又饥又寒又冤屈的锁柱把这一切告诉亲娘一家人时，娘长长地叹着气说："看来，这家人是靠不住了。"伯父在一边说："猪是猪，羊是羊，猪身上贴不到羊身上啊！"

这样，在寒冬里只有先解决棉衣棉裤的事。亲娘让他先穿上伯伯那达到膝盖的棉衣，自己去借了人家七尺布证，到十多里地以外的供销社买到布，又合并了两个花色不同的布包袱，算是有了棉衣里。再打发锁柱拿着棉衣里表到二十里地远的姐姐家，让她给配上棉花，并找人用缝纫机做起来，这才凑合起了一件棉衣。锁柱穿着这棉衣才又去上学，临走，姐姐悄悄给他往棉衣口袋里装了两元钱，算是又有了一个月的菜金洋。回到家里，娘已把伯父一条旧棉裤给他改制好，这样，他就又可以暖暖地去上学。

临近元旦时，公社成立了宣传队，在他们南川七年制学校抽了三名学生到宣传队演出，锁柱也被抽在其中。一开始他怕误课，但学校说这是政治任务，必须绝对服从，他只好去。好在宣传队管吃，这又解决了个基本问题。宣传队除抽了部分老师学生外，还在农村抽了一部分爱好文艺的骨干。从年龄上看，锁柱他们最小，宣传队多数以兄弟姐妹相称，锁柱他们就算小弟弟了。他们这些小弟弟又勤又俭又活泼可爱，他们有空就给大哥大姐们打饭、洗碗、洗衣服、拿东递西，那些大哥哥大姐姐很喜欢他们，帮他们排节目，学说普通话，教唱歌跳舞等，整个宣传队团结得像一家人，大家整天乐哈哈地，忘记了很多烦恼事。

宣传队有位叫李娅的姐姐，对锁柱他们非常好。她活泼漂亮，性情开朗，爱说爱笑，总爱在生活上关心小弟弟们，他们都把她当作自己的亲姐姐一样看待。李娅姐姐见锁柱穿着棉衣棉裤上台演出很不方便，又知道锁柱所处的困境，就自己称上毛线，然后一针一针地加班给锁柱赶织了毛衣毛裤，在排练之后正式上台演出前，她给了锁柱要他换上。

锁柱手捧着那沉甸甸的衣裤，顿时泪如泉涌。他没想到在宣传队会遇上这样的好姐姐，更觉得生活中处处有帮助他的好人。于是他在日记中写道：

一个人活在世上，不能单为自己，更重要的是要为别人着想，为别人服务。那样，自己面前才永远是欢歌笑语，才永远会被朋友包围着。

锁柱穿上那毛衣毛裤很合身，自己顿时变得精神了。他含着泪对李娅姐姐说：“姐姐，你就像我的亲姐姐。”哪知李娅笑着说：“不错，不错，一身毛衣就换了个亲弟弟，我还真没弟弟呢！”把锁柱也说笑了。

宣传队很快排好节目，就带着节目下到各大队宣传演出。各大队对公社宣传队非常欢迎，所到之处都是远接近送，锁柱他们受到人们的衷心爱戴，而且是出自内心的欢迎。不论是吃派饭，还是上大灶，生活上都很便宜。平常大队都没电，在他们晚上演出时，大队就给他们点起了大汽灯，把山村舞台照得灯火通明，使人立刻长了精神。白天，他们还可以到处游玩，锁柱他们对全公社的地方都还陌生，这一次算是跑了个遍，觉得也很新奇。

很快，两个月的宣传队演出结束，他们就要分别了。锁柱得到这个消息后，心中十分难过。大家刚刚熟悉，刚刚有了感情就要分别，心中实在不是滋味。就在大家分别的那几天里，相互之间恋恋不舍，那种纯正的革命友谊，把大家牢牢地扭结在一起。于是，平时刚刚强强的小伙子忍不住哭鼻子了，平时一副乐天派性情的人，也一下子愁眉不展。

对锁柱来说，他在宣传队最大的收获就是遇上了一位呵护他的好姐姐李娅。他曾不止一次地表示，以后只要李娅姐姐有用得着他的时候，即使赴汤蹈火，他也在所不辞。因为他在困难之时，是好姐姐主动关心了他、帮助了他，且不求任何回报，世界上没有哪种友爱能胜过无私的友爱，这是真正的友情，锁柱决心永藏心底。

临别，李娅姐姐送给锁柱一个笔记本，上书：

锁柱弟弟：

我没有弟弟，我不知道弟弟该怎样呵护。虽然咱们相处仅两个月，可那真诚的友谊使咱们就像亲姐弟那样亲密无间。如今要分别了，我多么不想。也许此后我们会天各一方，但这两个月的姐弟之情值得我用心珍藏一辈子。友谊，她需要用真诚去浇灌，用真心去呵护，用真情去培养。愿我们之间的友情之树长青！

愚姐：李娅

锁柱从李娅姐姐手中接过笔记本，翻开看了后，心潮起伏，思绪涌动。他马上也以同样的方式回赠。只是回言过于简单了点，因为他此刻再也找不到更加合适的话。

他只是写了一句：

我会时常在心底轻轻地呼唤你一声：李娅姐姐。

他觉得有这一句就足够了。

临别时，他们实在难舍难分，大家一起拍照、座谈。临上路，很少有人不是掉着泪走的。锁柱同李娅姐姐分手时，李娅姐姐大方地伸出手同他握，锁柱顿时怔住了，从来还没有人正儿八经地跟他握过手，是李娅姐姐第一个承认了他的独立人格。恍惚中，他赶快两手紧紧握住李娅姐姐的手，他们不住地嘱咐着对方，一步三回头地分别着。

回家后，锁柱一连几天心里都觉得难受，不时地看着大家的照片，还有李娅姐姐的笔记本，眼中常常掉泪。娘发现后，不无惋惜地说：

“可惜她比你大好几岁，要不，给你做媳妇该多好。”

锁柱立刻止住娘说：

“娘您不懂，敬爱的、可爱的和亲爱的不是一码事，哪能让友好的女朋友都做媳妇。”

娘仍然满怀期待地说：“有啥不能的，有啥不能的。”

返回学校后，临近期末考试，锁柱因在宣传队耽误了两个月，数学、工业基础知识、农业基础知识等课已经无法弥补。就是他拿手的语文课，也因耽误变得不理想了。考试后，眼看同学们名次都排到他前边，他心焦火燎，十分难受，不由得请求栗老师，以后尽量别让他参加这类长时间的活动，否则，误了课就得不偿失了。栗老师对他的请求予以重视。

放假之前，锁柱又一次向团组织递交了入团申请书，并找到团支部书记，说明了父亲所受审的情况，希望团组织对无辜的他予以理解和接纳。团支书表示很理解，所顾虑的，主要还是他父亲的影响。团支书说，话虽说是“出身不由已，道路可选择”，但现实中人们总还认为“老子英雄儿好汉，老子反动儿混蛋”。同样是入团，你同家庭出身好的人就无法比，你必须得认识到这一点。对这明显的不平等，锁柱一概想不通。但不管怎样，谁也阻挡不了他政治上要求进步的迫切愿望！

恰在这时，他们一连一排出了事，学校发现了他们排里男女同学各自组建了自己的组织。那些参加组织的男女都是些平时不爱学习或学习不好的同学。男同学的组织叫“光棍委员会”，女同学的组织就叫“寡妇委员会”，委员会主任分别由胆大泼辣，调皮捣蛋，经常胡作非为的男女同学担任。参加人数各为十几个人，几乎占去排里人数的三分之二。他们名义上是光棍和寡妇，暗中把光棍和寡妇两两配对，有的情愿，有的不情愿，还有的不知道自己怎么就同异性同学配成了对。他们把所谓的一对男女同学名字互换着叫，多数同学被叫得脸红脖子粗，十分不好意思。也有个别同学喜欢这样，反正有人喜欢这样，就由着性子取乐吧。这两个组织的男女主任借机称王称霸，肆无忌惮地向同学们索要零钱和食物，并有权每天随便穿组织中任何一个同学的衣服，穿脏穿破后就扔给他们再换上别人的。他们可以随便吃别人的干粮，吃饭有人端，吃罢不洗碗，从不参加劳动，成了骑在别人头上胡作非为的恶霸。男同学是这样，女同学也是这样，谁若不服，他们不是挑拨别人打骂人家，就是故意找碴儿污辱人家，再不就把他和她孤立起来，让他们难以生存。

更为可怕的事情发生了。

那次学校搞勤工俭学，组织同学们上山摘连翘。那两个“男王”和“女王”一如既往地不劳而获。就是说他们不干活，等到回学校时，同学们各自把自己摘的连翘匀给他们一些，就算他们完成了任务。他们自己只是在山上游山玩水。这些大家都能够理解，谁让人家是王呢？但是，谁也未曾预料到的是更为出格的事情发生了。那天，正当大家完成任务准备返校时，却到处找不到“男王”和“女王”了，他们只得到处找。突然在一棵大树下，他们发现“男王”和“女王”竟躺在一起，彼此难分难解。眼前这一幕，把前来寻找的两个女同学惊呆啦，吓得她们屏住呼吸，不知该怎么办，只好呆呆地僵在那里等待着事情的发展……一番云雨过后，他们才起身各自穿好裤子，仍然缠缠绵绵地搂抱在一起。两个女同学赶快返身想不声不响地离开。哪知她们的脚步声被“男王”和“女王”发现，“男王”大喝一声让她们站住，并且问她们刚才看到了什么。两个女同学就像商量好了似的，赶忙回声说，她们刚路过，什么都没有看见。“男王”和“女王”听了后立刻相视片刻，将信将疑地想再问她们什么，只见“女王”告诉她们：“如果她们说的是真的，就算了。如果以后她们再发出不同的声音，那就别怪他们不客气了。”两个女同学就像捣蒜一样直点头，一个劲答应，然后如释重负地离开。

事后，两个女同学果然把事情的真相埋在各自心底，一如既往地继续着她们的学业。

即便如此，“光棍委员会”这件众人都知道的事情发展到了实在不能使人容忍的地步后，就自行败露了。校长知道这事后，非常惊讶，很是气愤，叫班主任栗老师查证落实。问题弄清后，学校给予了严肃处理，两名头子给予了留校察看的处分，其他有劣迹的同学一律写出深刻检查。宣布处理结果时，两个女同学吓得低着头，身上直冒冷汗，好像不是在处理“光棍委员会”以及“男王”和“女王”，而是在处理她们似的。

锁柱那段时间恰在宣传队，他根本不知道排里会发生这么严重的事件。在事件查处中，虽然他自己没受什么牵连，但也跟着费了很多心力。那次，他们排里凡要求入团的同学一律放缓，眼看着别的排里同学成了共青团员，大家都十分懊悔。因为离毕业仅有一个学期了，这个学期再入不了团，这事就有可能泡汤，因为以后能不能上了高中还是两回事。

放寒假后，没几天就快过大年了，锁柱就想试探地进城看看父亲。前两次他同伯父一起去看望，看守人员说问题没查清之前概不允见，他们只好说了一通好话，把给父亲的干粮放下就回了。这次锁柱让亲娘给父亲做了许多干粮，伯父还给买了两条香烟，让他带着进城去看望父亲。锁柱出了村庄，背着干粮又顺着清水河往县城走去。一路上北风呼号着，天气奇冷奇冷，昔日的清水河早已结了厚厚一层冰。过河时，脚踩在石头上，还能听到河水在冰下汩汩地流淌。锁柱很想看看昔日欢快的河水此刻藏在冰下是个什么样，就搬起一块石头使劲地砸，直砸得冰屑四溅，仍是徒劳，他只好放弃努力，站起身赶路。

他进城后，先到姑姑家打听了情况，姑姑告诉他仍无消息，看守所可以留点干粮，不准见面。这一来又叫锁柱泄了气。午饭后，他同姑姑一齐到看守所，人家只是收下东西，好说歹说不让见人，他们只好怏怏不乐地离开。

晚上，锁柱去到同学李大桢家。多日不见，大桢一家人对他很是热情。大桢领他到楼上攀谈，大桢妈赶快给他做饭，因快过年了，大桢爸也回来了，虽不熟悉，但听说锁柱就是同大桢是好朋友的那个孩子，立刻显出友好之情。

大桢告诉他，班上的同学们都很想念他。高老师有一次还提起过他，宣传队赵娣老师还责怪高老师为什么一次就把锁柱和玉平两根台柱子给她全拆掉了，弄得她措手不及。锁柱问到他同小霞同学的事时，大桢说，基本上还是那个样，不好不坏，她父母说等七年制学校毕了业再说。不同的是小霞家就准备明天搬到另一处地方。锁柱说，那咱们明天就找几个同学去给她搬吧，大桢说有些不好意思。锁柱说，那有啥不好意思的，同学之间帮个忙，无所谓的事。他们晚上就到小霞家联系搬家的事，恰好小霞出去找人约搬家的事，他俩同她父母说好后就返回来。

夜里，锁柱和大桢躺在一起，把分别后的情况互相诉说，说到伤心和有趣的事时，情绪就随着变化起来。大桢还告诉他，宣传队赵娣老师有可能调离，因她男人在另一座城市里急需她调去。音乐队本来基本上是由老师们担任，随着一些老师的调离，演出也成了问题，加上近来上街宣传不那么时兴了，宣传队还能不能坚持办下去也成了问题。

第二天一早，大桢准备同锁柱吃完早饭就去给小霞搬家，他们还未放下碗，小霞就过来了。她说，听说锁柱从乡下来了，还准备给她搬家，就感激得不行。锁柱虽与小霞半年不见，却见她越发漂亮了，就说："光嘴上感激顶什么用，我仅有一个小小的要求，你答不答应？"

"什么要求，你放心地说吧。"小霞样子挺慷慨地说。

锁柱说："搬完家，你给我当媳妇咋样？"

一句话把小霞说了个大窘，大桢更是吃惊地两眼瞪着锁柱，没想到他会说出这话来。

小霞伸出两手为难地摇摇头，望望他，又望望大桢，不知该说啥才好，嘴里嗫嚅着："你这是啥意思，你这是啥意思嘛。"

锁柱说："没别的意思，我就想尽快把你争取过来，给我的朋友李大桢同学，省得他一直追不到你。"

大桢这才恍然大悟地说："没想到锁柱刚离开几天，就学得这样油头滑脑的。"

锁柱接过话头说："我这不都是为你好吗？"

他们仨人哈哈地笑了一阵后，锁柱就逼着小霞表态，小霞狡黠地说："等搬完家，看看表现再说。"

就这样，他们一齐去给小霞搬家。

锁柱进城回家后，又遇上一件闹心事。

有人告诉他，大队革委会副主任找他有事，他就急匆匆地去到大队部。那个副主任叫尚三贵是他们北庄的，锁柱问他有啥事。尚三贵问了他父亲眼下的情况，还问了他继母韦文的情况。然后告诉他，坐在他旁边的黑才，说他爷爷尚贵秉在世时借过黑才三十块钱，因他爷爷过世时黑才一时疏忽，就没来得及讨要，黑才目下困难得过不了年，要他设法还上。

锁柱一听是爷爷手上的事，就问他爷爷在世时你咋不讨账，黑才说："已经告诉你忘了忘了，一直追问这干啥？"

锁柱说："我爷爷临终免了所有的债权，咋还会有债务？要是忘了，你去找我大吧，叫他给你还上。"

黑才说："我要能见了你大还找你干啥，要找你去找。"

锁柱告诉他："我刚从城里回来，见不着我大，我没办法。"

黑才说："你说得倒好，你没办法，为什么还拿着你北庄老家门上的钥匙？没钱还，东西也行。这副主任在场，让他给估价。"

锁柱说："我当不了家，这家还是我大当，给你拿也可以，你叫我大发话。"

黑才说："你十六岁的娃当不了家，难道你大那还吃奶的娃能当了家？快快快，少啰唆。"

锁柱说："要不我去问问我伯伯（亲爹）？"

黑才说："问他干啥，他能当了你们的家？"

锁柱接着说："要不我去问问我韦姨，你找人家要。"

副主任说："她脚踪踩过你家地没有？你人不大，办法怪多，废话少说，去拿吧，完了让我过眼，让黑才打个条，不多拿就是了。"

锁柱被他二人缠得无法，只得开门去拿。黑才见他开了门，就像恶狼遇上绵羊，这也要，那也要，锁柱挡也挡不住，黑才背起他家两条被子就走。

到了大队部，黑才满意地说："就这，就这。"

副主任说："黑才你可看好，当面两利索，过后不找麻烦。"

副主任这一说不打紧，黑才就把两条被子抖开，里看看，外看看。他突然发现一条被子叫老鼠咬了个洞，就说："哎呀，真晦气！不行不行，再换再换。"

锁柱说："你刚才都看到了，再没什么东西可拿，你还换啥？"

黑才像泄了气的皮球，一下子跌坐在那里，直瞅着锁柱。嘴里不住地说着，倒了八辈子斜霉，倒了八辈子斜霉。突然，黑才两眼一亮，说：

"要不就脱下你身上的棉衣抵了账吧。"

锁柱急忙条件反射地紧裹棉衣说："这可不行，这是我亲娘今年上冬才给我做的，你拿去我穿啥？"

黑才这时像疯了似的跳起来说："你爷爷欠下我的债几十年不还，让我挨饿受冻，如今你这当孙子的都不好好还，还要我等到驴年马月？"

副主任在煤油灯上磕吧着小烟袋，半天没吭声。他见他俩这样，这才慢腾腾地边吐着烟雾，不紧不慢地说："锁柱，多的也给了，少的给不了？能磕了头，作不了揖？要依我，现过现。你要觉着我这个主任办不了这个事，明天叫公安局的人来处理，你看行不？就不信公安局的人也处理不了这件事。你大现在是犯法人员，你作为他的儿子该不给他添麻烦才对，现在你还在帮倒忙，非叫公安局多判他几年不可！"

副主任这一番话，把锁柱说蒙了，也吓住了。他不禁想起那个恶狠狠地踢他两脚的警察来，顿时两腿立时发软，心就咚咚地直跳。更怕因这事再平白无故地给父亲加罪，想到这里，他再没说话。那黑才见他发了软，上去三下五除二就从他身上脱下棉衣，锁柱没再反抗，仅穿着贴身的小褂子逃出了"审讯室"，一路奔跑着，冤屈的泪水撒了一路。他心中在想着：天哪，一人犯法，全家遭殃，这世界还叫人咋活？十冬腊月，寒风刺骨，锁柱紧裹着单衣，仿佛是旧社会刚给地主交了租的穷人，只剩下空空两手，满腹冤屈。视线从流不完的泪水中透过，跌跌撞撞地回到南庄亲娘家。

娘娘见他突然成了这样，忙把他揽进怀里，急问缘由。当锁柱哭诉后，一家人顿时惊呆了。娘娘赶紧把他捂进被子中，她看着瑟瑟发抖的儿子，心顿时气碎了。好像发了疯似的对着门外，对着苍天，气得嘴唇立刻发了紫，半天才说：“欺人太甚！欺人太甚！活人身上剥皮哩！活人身上剥皮哩！”后来，她才从箱子里翻出伯父的烂棉袄给他穿上，替他擦着不住淌下的泪水，好不容易叫锁柱止住了泪水，而她自己的泪水却像断了线的珠子，一个劲地往下掉。嘴里还是不住地重复着那句话：“这是活人身上剥皮哩，活人身上剥皮哩……”

锁柱这时心里想：亲娘啊，儿子是你的心头肉，儿子的委屈只有娘才最理解，可你能擦去儿子腮上的泪，却擦不去儿子心头的血，擦不掉儿子心头的恨那！

亲爹回来后，一见这情景，顿时火冒三丈，他抡起棍子就朝外窜。亲娘见状，死死地拽住他，锁柱也赶快从被窝里下炕，挡着亲爹。亲娘说：“不信天下没有说理的地方，你这样一去，闯下祸端谁去顶，回头我去找支书，看他管不管。”

亲爹被拦下后，直骂那俩没人心的狗东西不得好死。一家人都知道他脾气倔，不出了气就不罢休，亲娘只好独自去找支书。

等到她回来后，她说见到支书，支书批评了那副主任，叫立马退回东西，可那黑才死活不退，副主任也没办法，支书说随后再说。后来，这事情就这样不了了之。

从此，锁柱变得沉默寡言了，心情更加郁闷，性情越来越孤僻。尽管亲娘多方给他宽心，又重新给他做了新棉衣，仍然激不起他的好心情。他始终不解，为什么父亲犯了法，自己会落到这一步，社会上竟敢有人这样明目张胆地欺负他，这同拦路抢劫有什么两样，这不也叫犯法吗？有谁能站出来主张正义，拨乱反正？由于那些横行乡里的“土霸王”的百般折磨，他幼小的心灵受到极大的摧残，时常处在恐惧中，他甚至不断地失眠、健忘，神志恍惚，他所遭受的心灵创伤无论如何也难以抚平。

过年时，一家人见锁柱变得沉默寡言，都劝他往开处想，世上没有绝人之路。大路朝天，一人半边，他走他的，咱走咱的，不信他会一直占着咱的道。话虽这样说，毕竟这一连串的打击使锁柱难以解脱。亲娘设法让他快乐，给他做好饭吃，还把他多日不用的乐器——笛子、二胡上的灰尘抹了又抹，鼓励他该吹就吹，该拉就拉。说着就以一双泪眼相求。锁柱本无心思奏乐器，可又想到由于自己这样，弄得一家人都不快活，辛辛苦苦干了一年，连个快乐年也过不上，自己于心何忍。于是就勉强拿起乐器，苦苦地奏着。由于心情哀伤，演奏的曲调自然悲凉，锁柱常奏《白毛女》一剧中的《北风吹》和时下流行的贫下中农诉苦歌《天上布满星》，那委婉而哀伤的曲调飘出小楼，落在小院，一家人都静静地听着，痛苦地摇着头。

十

过年了。亲爹娘让哥哥弟弟们走访自己的舅舅、姨姨、姑姑等亲戚，而让锁柱走他北庄的亲戚，尤其是他的老舅舅、姑姑、表亲们等，还让锁柱去看望他的韦姨。锁柱问，他为何还要替父亲走亲戚？亲娘说：这就叫顶门当差。你大养活你就为的续香火。过年了，亲戚们见不到你北庄的人，心里会怎么想？你大身不由己了，你已经是十七岁的小伙子了，哪能不走动。这样，锁柱从正月初二开始，挨着他尚家的亲戚一家一户地走，生怕漏掉了哪家。亲戚们见锁柱在自身难保的情况下，还不忘他们，过了年不看自己的亲舅舅而看望父亲的舅舅，都说尚家在积德，说来说去还是他亲娘懂道理，要不是她，锁柱就是心有余也力不足。

这时候，姑姑尚英轩刚生下女儿不久，因为娘家哥哥突然被关，心情十分不快，孩子奶也不够吃，姑姑身体十分瘦弱。锁柱亲娘就让他去把姑姑和孩子接回她家来住一段，让她换个环境，在娘家散散心，或许会好些。锁柱对亲娘这宽广胸怀很是佩服，很是崇敬，也很是理解。他步行进城，抱着小表妹，和姑姑一起回到乡下。一路上，姑姑诉说了自他父亲被关后，自己艰难的处境，以及沉重的心情，锁柱深为理解。他知道姑姑这时的心情也很沉痛，思想也很复杂，就劝她一定往宽处想，车到山前必有路，没有过不去的火焰山。姑姑见侄子想得如此之开，心情也开朗了许多。

当姑姑进庄后，本该往北庄的娘家去，而这时娘家门上锁着大铁锁，无门可进。望着那无门可进、人迹不至的地方，心里十分酸楚，两行辛酸的泪水不免而下。锁柱见姑姑此刻的心情，一定是百感交集，她一定是想到了故去的爹，辛苦了一辈子而不如意；想到了被关的哥，不知何时是尽头；又想到了此时被无奈的生活所迫而已改嫁的嫂子；还想到了远在他乡处境艰难的继嫂以及那名存实亡的家；又看到眼前借以顶门当差的侄子还得返回故园靠亲生父母养育；自己落了个有娘家无门可进的现实，内心酸楚楚的，叫那酸泪淹了心。

锁柱看到姑姑这般情景，就宽慰她说："姑姑，您别多心，我大的问题终会有底，他对自己的案情虽有不可推卸的责任，却不是故意的，他也有自己难言的一面。眼下侄儿已经是十七岁的人了，很快就能顶门当差，有侄儿您就有希望，侄儿就是您的娘家人，侄儿到哪您到哪，这不是希望这是啥？"

姑姑听了锁柱的话，心扉豁然开朗，她快步跟着侄儿走过清水河来到南庄。

姑姑的到来，受到南庄尚家的热情接待。大家都把心态调整到最好，尽一切努力让她愉快，让孩子健健康康地成长。姑姑果然住得很愉快，并没有因为北庄娘家关了门而使她伤心。姑姑一连住了十多天，才又被锁柱送回。

姑姑走后，锁柱回想亲娘让自己走的亲戚都走到了，唯独韦姨家他没去，他也无法去。他想起玉平来，心里也空落落地。玉平随母跟了他父亲，却落到这步田地，也是冤枉得很。眼下从城里迁回乡下，由城里女孩变成乡下女孩，这个过程也绝非不痛苦。自己作为一个男孩子，长期在乡下生活，现在还觉得冤屈，玉平能不冤屈吗？而自己又不能为她做点什么，觉得对玉平这个懂事的小姐姐总像欠点什么似的。但一想到韦姨，特别是玉平的外祖母，她们持那种态度却是太不应该了。且不要说韦平该抚养锁柱而逃避责任被社会上的人们议论、唾弃。好在锁柱有亲生父母，假如没有这层关系，丈夫被关，韦平作为合法妻子就能不管人家未成年的儿子吗？于情于理都不合。亲娘之所以要锁柱去看望人家，是怀着人之常情，难道说一个文盲的农村妇人所能会通的道理，韦平你一个有知识的工作人员想不到吗？想到此，锁柱觉得无论从哪个角度考虑都不该去看望她。

令锁柱没想到的是，突然有一天玉平来到他家。锁柱对玉平的到来自是惊喜，他一家人也为玉平这个懂道理的闺女的到来感到欣喜。锁柱亲娘又是给玉平打水洗脸，又是给她倒水喝，还让她上炉后烤火，并通火给她做饭。玉平对她很是感激，嘴里不住地说：“大娘，您真好。”锁柱亲娘含着笑对玉平说：“是我娃好，我娃懂道理，通人心。”锁柱知道亲娘是在拿玉平同她娘比，心里有说不出的痛楚。

锁柱这时候问起玉平一家的情况来，玉平说母亲心情仍然不好，那个叫男男的孩子倒是挺机灵的，给她姥姥增添了很多乐趣。她自己这学期学习似乎比先前好了些，但还是不能尽如人意。她说她这次带了书本，想让锁柱帮她，锁柱忙说，自己去年冬天在公社宣传队耽误了俩月，很多地方也不会，目前正在补习，力争在上学前补上。他说你要不嫌弃，咱们一同补，玉平愉快地答应了。

锁柱同玉平认真地补习着功课，他们相互切磋，把没学好和拉下的课程一一往起补。在学习中增长了知识，增加了理解，也增进了感情。

总算有空了，锁柱问玉平想不想去看一下他的老家，玉平想了想后点了点头。于是，他们出了南庄，越过田野，越过清水河，来到北庄。进了锁柱的院子，一片死寂。因他母亲已搬走，房子都是空的，锁柱就打开锁让玉平进去看。玉平闻到这些老屋散发出的霉酸味，立刻出来到院子里。她笑锁柱，一个十七岁的娃娃，变成了个少管家，守财奴，守着空空的房子、锈迹斑斑的锁，多没意思。说得锁柱都不好意思起来。他告诉玉平，男孩从来就是顶门当差赓续香火之人。要不，爷爷咋会自小就把他从南庄抢过来，父亲离婚时又为什么收留下他，那就为的是让尚家有根有种，好在日后繁衍生息。哪像你们女孩，从来就不被重视，不被人当一回事，当然也无什么责任在身，可以随风飘荡，飘哪算哪。玉平被锁柱这话早气得红了脸，她说，不信世上的男人离了女人会接续香火，会繁衍生息。锁柱说，女人当初谁也不知道自己会进张家门或李家门，作张大嫂也可，作李二嫂也行。男人则不同，张便张，李便李，如若张变李，那得有个正儿八经的说法，并不是随随便便就可以的。

他们在院子里这样议来论去，玉平突然说，咱们这是干啥，这些破事情哪是咱们今天该谈的。锁柱说，这你又不懂了不是？这些对你们女孩无所谓的事情，对我们男孩顶顶重要。男孩从一生下来就注定了要为宗族服务，就已经深深地打上了宗族的烙印。要不，我们不会受到器重。玉平说，说来说去你还是强调你们男孩重要，女孩无所谓了。锁柱说那是。比如你们家，原先你母亲对你很器重，自从有了这个男男后，她至少有百分之八十的心思就操到他身上去了，有没有你也是无所谓的事。

玉平想想锁柱的话，觉得还真是那么回事。原先妈妈常常搂着她说，她是妈妈的唯一，她是妈妈的主心骨，她是妈妈的命根子，她是妈妈的心肝宝贝，她是妈妈的一切。可自从生下男男，妈妈就把一切精力放到抚养男男身上了。她怕男男饿着、冻着、病着、风着、烫着，还常常说男男命苦，刚来到这个世界就失去了父爱，她要集母爱父爱于一身，让男男好好成长。

玉平告诉锁柱，她这次来找他，也是经过一番苦争苦斗才取得的。她一开始说要来看锁柱，妈妈就说，如今他大犯了法，人家回亲爹娘家了，我们同人家也可以说已经形同路人了，你还要去看人家，人家会怎么看你，别人又会怎么议论你？咱们再没材料也还不至于蠢到这步田地吧。玉平可不管这些，她说，我同锁柱并非一层关系，原先是同学、朋友关系，后来又加了一层姐弟关系。至于这后一层关系你们承认不承认，我是承认的。尚在轩叔叔尽管现下被关，但我们还是一家人。锁柱在伯父家也是暂时的，并未正式回到人家家，凭什么不让我们来回走动？

玉平说她母亲并非不明理之人，只是想借以推卸自己的责任罢了。当然，最终她母亲也没同意她来，是她自己硬来的。她相信母亲不敢追来，否则她会在这难得的现场给她来个将计就计呢。

锁柱佩服了玉平的胆识。他自己在心里说，这事情要是遇上我，恐怕连玉平的一半都做不到。看来，人要是摒弃偏见，就真的能够所向披靡了。

没过几天，锁柱的同学李大桢从县城来乡下看望他。那天，天刚下过雪，大桢说他开始骑着自行车，后来路滑，有些路段又消了雪，泥泞难骑，他就干脆穿着大雨鞋步行而来。锁柱见他跑得精疲力竭，气喘吁吁的样子很是感动。锁柱说，因为自己住在乡下，让朋友大桢三番五次地来乡下看他，心里很是过意不去。大桢说，人家为朋友两肋插刀，我看望朋友何惧几十里山路。锁柱一家同样热情地招待了大桢。锁柱还领大桢和玉平一齐到雪后的山上玩。雪后的大山，银装素裹，分外妖娆，他们在雪地里撵兔子，撵野鸡，很是惬意。他们忘记了所有的烦恼，快活地沉浸在林海雪原中。

晚上回家后，因他们乡下还点着煤油灯，大桢觉得像是又回到了黑暗的旧社会，使他压抑得不行。他问锁柱在乡下这样的环境下能住惯吗？锁柱说自己土生土长，不存在习惯不习惯的问题。他们由此又把话题扯到锁柱父亲和玉平妈妈身上。

大桢问锁柱："在轩叔被关后，你继母回到乡下一定是出于无奈吧。咳，也真是的，人说人言可畏，看来真是不假，光我在那段时间每天听到的就都是这个话题，你想她一个女人能受得了吗？"

大桢转而又说："她苦是苦，毕竟有一份工资，总比锁柱一个穷学生强吧，为啥对锁柱不管不顾呢？"

锁柱怕听这话，又怕玉平多心，赶快止住大桢的话，把话题转开了去。

大桢也随之说："不过依我看，人家玉平很懂理，很够意思。在那种情况下还来看你锁柱，你一辈子都不该忘了人家的好心。"

没等锁柱吭声，就见玉平在一旁伤心了，大桢赶快住口，一时不知道该说啥才好。

接下来他们就陷入沉默中，再没心思谈别的事。

第二天，大桢和玉平都要返回，锁柱就去送他们。为了缓和昨晚的不快，锁柱一路就同他们寻开心。他领着他们从路上下到河里，在结着厚厚冰的河床上锁柱教他俩滑冰。大桢愉快地滑着，玉平刚开步滑，就倒在冰上，跌得她咧嘴直叫。锁柱就叫她坐在一块石头上，自己推着她前行，玉平一下子开心了。

回到县城，锁柱和玉平在大桢家吃过午饭后，就径直去送玉平。他一路上劝玉平努力学习，争取毕业后上高中，玉平对他的期望很感激，并向他保证自己一定会加倍努力。但是到了玉平所在的村里，锁柱止了步。他说他只能送她到此，他不去她家，免得大家都不愉快。玉平没想到他会这样，左劝右劝也不行，左保证右保证也无济于事。最后玉平掉着泪，板着面孔说，你要这样，就是不把我放在眼里。你是不是嫌我到你家太下贱？锁柱连忙说不是，反正我不能到你家去，至少现在还不想去。真的，你要硬生我的气那也没法，你就是怨我、骂我、咒我，我也只好认了。

锁柱说罢，真的头也不回地走了，叫玉平怔怔地站在那里难受，他却全然不顾。

十一

七年级最后一个学期升学后，锁柱觉得应该加倍努力，一方面补起上学期因在公社宣传队落下的课，另一方面为尽快加入共青团组织奠定良好的基础。

他们排学习最好的同学是方萍。上学期期末考试她得了第一，大家称她是化学脑筋——反应快。她很有学习天赋，同样的课程，她只要上课一听老师讲解，就什么都会了，加上她勤奋努力，使得一般同学很难超过她。锁柱把目标锁定在她身上，他要经过自己的努力，力争在毕业之前赶上或超过她。表面上挺谦虚地向她请教，他暗中同她摽劲儿。方萍见排长这样诚恳地向自己学习，却也挺感动。她诚心诚意、毫无保留地帮助他学习。锁柱的学习成绩在很短时间内赶了上来。他自己十分高兴，决心乘胜进击。没想到他与方萍同学的多次接近，遭到了排里个别同学尤其是女同学的嫉妒。他们时常在一起交头接耳，说锁柱同方萍好上了。有时同学们都放学休息了，他俩还在教室里，有的同学为了抓住他俩什么把柄，就暗中盯梢，希望能有他们想象中的什么趣事发生。但令他们失望的是，尽管他们绞尽脑汁，却什么把柄也没抓到。那些同学不死心，就把他俩的名字反着叫，叫锁柱是方萍，叫方萍是锁柱，搞得他俩很狼狈。这一来，他俩再也无法交流和请教学习了，锁柱只好中断了同方萍的交往。

这时，一些热衷于传小道消息的同学乐意了，他们有了传谣的资本，更是变本加厉地传，不仅谣传锁柱，还谣传其他人。锁柱觉得这是一种很不好的风气，想告诉老师，因为牵涉到自己，怕人家说他打击报复，只好听之任之。

一天，天下着小雨，锁柱到二里地外的公社所在地去买文具。碰到方萍同学一人独自在路上走着，见到方萍，他觉得自己怪对不起人家，为了帮助自己，竟让人家背上不好的名声，还添了很多麻烦，实在于心不忍。他就想趁机给她说上几句道歉的话。于是，他紧着几步追上去说：

“方萍，这段时间让你跟着我受了许多误解，都怪我不好，我十分地对你不起，请你不要见怪。”

方萍淡淡地说：“锁柱，亏你还是个大丈夫男子汉，这点毛毛细雨就把你击倒了，你还能成什么气候，以后哪个女生还敢接近你?”

这一下把锁柱说得脸上火辣辣的。他接着又说了许多赔礼道歉的话，希望方萍能原谅他，但方萍就是不理他。他急了，直问方萍，那你让我咋办？方萍不屑地望了他一眼说：

“要依我，歪打正着。我会挺起胸，昂着头，大胆地向他们宣布我们在相爱，关你屁事?”

锁柱无论如何也没想到她会说出这话来，他更觉得脸上火辣辣的。再一看方萍，人家泰然自若，这可使锁柱吃惊不小，他做梦也没想到方萍会把话说到这份儿上。他寻思了半会儿，又接着说：

“容我没你那个气量，咱们以后还是各自为政，好自为之吧。”

方萍冲他笑了笑，再无言语。

恰在这时，从对面走来一个爱嚼舌的同学，他一见他俩相跟，眼睛突然一亮，说：“人家都说你俩好，我还不信，现在看来果真如此。”

方萍停住步，正色道：“好啊，我们就是相好啊，你要怎么样?”

那位同学没想到方萍会这样顶撞他，气得就要论理，锁柱一见这阵势，忙劝解，这才避免了一场争吵。

锁柱这时再也不敢同方萍相跟了，他故意走在后边。方萍受了刚才的奚落，更加不服气，她扭回头对锁柱说："快跟上来，我有话跟你说。"

锁柱本来怕相跟，听了这话，只好又跟了上来。

方萍说："我想过了，与其缩头缩脑怕别人说这说那，自己生闷气，还不如大着胆子面对一切，他也不过如此罢了。今天回去，闲话会立刻滋生，依我看，我们就这样大胆接触，他们爱说啥说啥。凭着咱们的灵通脑袋瓜子和学习成绩，把他们甩得远远的，气死那些个龟孙王八蛋。"

她说着，向锁柱打过伞子，俩人并行在伞下，锁柱觉得实在有些别扭。可方萍坚持这样，他也只得如此。

他们一路返回学校，锁柱终于没能坚持住，有意与方萍错开。然而他们相跟的事早已被那个同学传开，大家一见他们都打趣说，装得还怪正经哩，刚才在路上还相跟得紧紧地，这会儿倒故意拉开了。俩人好就好吧，有什么不敢公开承认的？锁柱气得同他们争辩，方萍挺起胸脯，走到锁柱身边说，我们好，我们就要好，你们要咋样？你们敢怎样？这一来，倒叫别人张口无言，只是羞得锁柱脸红脖子粗。

不长时间后，学校要组织他们到一百多里地外的大山上刨药材，由班主任栗老师带着大家去。他们一大早起床吃饭后就出发，中午刚跑了一半路程，草草吃完干粮后，又继续上路。那里山大、坡陡、弯急，他们从没走过这样的大山路，同学们感到好奇。一路走着，大家就像树林里的鸟儿，叽叽喳喳戏嬉笑个不停，一直到了天黑才到达目的地。

当晚，他们住在那里学校的教室里，大家打了地铺，地铺下铺了干草，头下垫了砖头当枕头，连晚饭也没吃成就呼呼地和衣而睡了。一觉醒来，天已大亮，老师立刻让锁柱吹哨叫醒大家，准备吃饭上山。他们被分成小组，确定了小组长，由小组长负责带领大家上山采集药材。

大家出了村，向山上进发。却发现这地方挺怪，脚下的石头下面流着汩汩的河水，地面却看不到水。山路上草木茂盛，气候清凉，虽然已经快夏天了，却还有些凉意。他们到了大山脚下，就开始刨药材。老师告诉大家药材的苗、根各是什么样子，直到大家识别清楚后，就以小组开始行动向周围刨去。

大家带着干粮，中午就地野餐，渴了就找山泉水喝。那山上据说各种狼豺虎豹都有，听起来叫人毛骨悚然。一些胆小的同学都挤在一起不敢走远。特别是女同学，围着男同学不敢走散。由于上山刨药材季节性很强，他们人多，村庄少，很多人就住在大石崖下，在那里做饭、睡觉。一路上他们常见有一队队人从石崖下钻出来，这时，就有捣蛋的同学招呼大家："你们不是没见过石头缝中能够蹦出人，看看，那块大石头里一下蹦出多少人来?"说完惹得同学们都大笑不止，老师们也被惹笑了。

傍晚，老师要大家早点返回驻地，怕天黑了山上有狼豺虎豹不安全。因此，一到太阳落山，就互相吆喝着要往山下赶。有些回迟的，不是在山上走散了，就是在山上摸索着下不来，因此满山遍野是灯火，是叫喊声，煞是热闹。

晚饭后，当地演文艺节目。由于这地方药材很出名，外省人也来刨药，晚上大家还自由演节目，那些外省人也走上台去喊两嗓子。那怪怪的腔调惹得台下一片笑声，大家觉得倒也有意思，比在学校里热闹多了。

有些同学没到过这地方，上山后光贪玩，误了刨药材，老师就叫他们写检查，有些调皮的同学一连写了几份检查。老师把这些同学都编到一齐，交给锁柱领导。锁柱带着他们上山后，下了任务指标，谁完不成，回来交检查。尽管这样，还是控制不住他们。他们说，听说这山特别高，谁也上不到山头。有些人为了登上山头，早忘记了刨药，从早到晚地爬山，结果一直到下午也还在半山上，药没刨到就赶快往下返，生怕在山上留宿叫狼豺虎豹吃掉。锁柱整天只顾上往一起聚拢他们，哪顾上刨药，结果回来后自己也写了检查。这可气坏了他，他觉得老师把这些捣蛋鬼交给他，无疑是给他出了道难题，顾了刨药，顾不了他们怕出事；顾了他们，又刨不多药材，还要写检查，锁柱觉得当这个排长真烦人。

那一天，他们上山后，由于刨的地方不好，没有刨到多少药材，几个男同学商量后都说，反正今天回去完不成任务要写检查，干脆逛它一逛也不过就那么回事。意见统一后，他们问锁柱，锁柱也觉得自己已写了几份检查了，自他上学以来，还没记得啥时候写过检查，心里也很窝火，就索性默认了大家的想法。

他们事先说好，这事情绝不能牵扯到排长，排长能放任大家就已经够哥们了。他们顺着大山，漫山遍野地跑，有的拿着斧头，见了能做锨镢把柄的或能做担杖的就砍，直到每人都有了一根，当着拐杖拄着。他们还有个想法，就是要坚决爬到山顶，看看这山究竟有多高。在家乡也有山，但那山还没爬就见顶了很不过瘾，比起这山来简直是小巫见大巫了。这里山大，又山连着山，一眼望不到顶。听说到山顶后可以看见黄河，这使他们更加兴奋，能见到黄河，那可是他们想都没敢想的事。因为他们知道自己家乡的河不仅瘦小，而且经常断流。夏季想洗个澡，连个丑也遮不住。而听说那大黄河是从天上来的，其势汹涌澎湃，其状浑黄飞溅，其声震耳欲聋，别说能漂起人，就连那大船都行走自如。听说黄河发了怒，还能掀翻大船。有人说黄河上的大船还能载汽车，有人说是胡说八道，今天如有幸，他们哪怕远远地望上一眼，也不枉上这山上一回。

同学们爬啊爬，一个个满头大汗，都张着口直喘气，累也在所不辞。他们这伙山里娃今天要见大世面了，任是什么艰难困苦都难以阻挡。

突然一个同学尖叫了一声，他大声喊着："蛇，蛇！"其他人闻声望去，只见面前一条黑色大蛇挡住去路，他们被吓得缩成一团。有的主张打，有的主张绕道而行。最后的意见是干脆打死，以免返回时留下后患。他们个个拿起手中的棍棒，三下五除二，一条大蛇被打成几截，大家高兴地带着战利品继续往前走。

一伙山里娃为实现心中美好的向往，在山坡上不懈地爬啊爬。突然，又一条大蛇趴在他们面前的大树上一动不动，见他们来临，嘴里吐着信子在瞭望。这一下他们害怕了。他们以前在家乡见过的蛇都在地下爬着，哪有上树的，他们对这种蛇有些害怕，虽然也有胆壮者要打，但多数人还是主张绕道行，万一打不死，那家伙横空跳下来可是难以招架。

他们再往前走，坡愈陡，树越大越密，脚下虚蓬蓬的，一脚下去就踩下个大深窝，看来这可能就是人家说的原始大森林了。那树粗得要几人合围，有些树虽已死了多年，但那不屈的身躯还挺立着，没有任何人为砍伐的迹象。在他们面前，出现了一种红蚂蚁，它们围着一棵腐朽树桩来回窜行着。那些蚂蚁又大又胖，全不像他们家乡的又小又瘦，他们一下子毛骨悚然。心想，要叫那些家伙咬一口，怕是很疼的。

这时，有的同学实在累了，也怕了，他们不想再往前攀，连那一直兴奋着他们神经的大黄河也懒得去看了。大家看看天色，太阳离落山还有一竿子高，有些同学说在这么高的山上有一竿子，在山下早落山了。想到大家又饥又累又怕，他们决定返回。有些同学仍不死心，说今天回去写检查，连个山头也没捞到，太冤屈了。还有人告诉锁柱："排长，今天回去就说我们走散了，跑错了道，大家怕出危险，相互寻找，才误了刨药。"锁柱觉得这虽是在撒谎，却也不失为上策，心想看来只能如此了。

没等他们下了山，天已大黑，他们摸索着往宿营地返。先期返回驻地的栗老师和其他同学见锁柱他们仍没回来，生怕出了什么危险十分着急。他们连晚饭也没有顾得吃，赶快组织了一些男同学，分头返回山上去找。不久后，他们在山下河边会了面，这下子老师和同学们才放心。当他们把自己事先编好的故事讲给栗老师和同学们听时，栗老师痛快地说，只要人安全回来，其他什么都好说。果然，老师不仅没让他们写检查，还当众表扬了他们，说他们机智勇敢、沉着冷静，有团队精神，并且安全地摸回了驻地，号召大家向他们学习。他们听了心里乐滋滋的，总算来了个一举两得，歪打正着。

那地方有个规矩，到了一定的节令，蛇就会出洞，满山遍野地跑，人就只好下山，否则十分危险。此时他们学校决定下山返校。临回时，因大家都背着自己的行李，在一天内步行一百多里路就已经够呛，那些剩下的锅碗就无法带回。这时，老师们急中生智，让那些在刨药材时无完成任务的同学并结合视写的书面检查的多少，而带相应的灶具返校。这下可苦了他们，但碍着学校的强行规定，也只好服从。锁柱和另一同学分了个大锅盖，他们一开始觉得挺好玩的，在大路上边走边向前滚。可是一不小心顺坡滚到沟里，这一下吓坏了锁柱，他赶快从沟里爬上来，老老实实地轮换着扛在膀上。直到傍晚，他们才累得筋疲力尽地回到学校。回校后便一头倒在铺上，直睡到第二天午后才醒过来，这是锁柱一生中走路最长最艰苦的一次。但是他们见了世面，增长了见识，锻炼了体质，确实收获了很多。

返校休整之后，锁柱觉得他在这次上山的刨药中表现不够好，没有起到栗老师的得力助手的作用。相反，他还自觉和不自觉地助长了个别同学的消极想法和做法，并且还破例写了检查。他向栗老师承认了错误，并当面保证努力改过。

课余时间，锁柱针对乡下没有理发店，同学们理发难的问题，就自学理发。慢慢地，他开始给同学们理发，受到同学们的欢迎。时间长了，技艺逐渐提高，有的老师和教工也找他理发，这几乎把他的业余时间占满了。大家感激锁柱给他们解了燃眉之急，锁柱因此在同学们中间的威望上升，老师和同学都愿同他打交道。

他由于自小练毛笔字，在排里毛笔字拔了尖，栗老师就让他给大家作业本上写名字，还给大家画大楷印格，有些同学还请教他写字技法，他都不厌其烦地教他们。

俗话说，寸有所长，尺有所短。锁柱清楚地记得，在一次老师让他领着大家朗读课文时，他把“羡慕”的“羡”字读成了“次”字，把“寂寞”的“寂”字读成了“叔”字。但那些认识这两个字的同学在复读时，故意把正确读音叫得响响的，听到大家小声议论着，锁柱这才发现自己读错了，脸马上红了起来。下课后他给栗老师说了，栗老师说，还是读书太少。

一句话提醒了他，他便下决心苦读书，找到自己所能找到的课外读物，如《向雷锋同志学习》《欧阳海之歌》《钢铁是怎样炼成的》《红岩》。他还在学校图书馆里找到了一本苏维埃共和国伊萨可夫斯基的诗集《和平颂》，其中有一首《两只鹰》的诗创作于二十世纪二三十年代，这使他觉得新奇，牢记不忘：

在辽阔的大地的上空，
槲树绿葱葱，
树上落着两只可爱的鹰，
他们在谈吐着衷心。

这两只鹰，
人们都知道，
第一只是列宁，
第二只是斯大林。

第一只是列宁，
第二只是斯大林，
在他们的身旁，
还绕飞着无数的鹰群。
……

那段时间，锁柱阅读课外书籍入了迷，达到忘我的程度。这不仅大大提高了他的阅读能力和鉴赏水平，而且对照无产阶级英雄人物，使他的心灵得到净化，思想得到升华。他觉得作为一名无产阶级革命者，就要像毛泽东主席说的那样，要做“一个高尚的人，一个有道德的人，一个纯粹的人，一个脱离了低级趣味的人，一个有益于人民的人”是多么的不易。是必须要经过千锤百炼，才能百炼成钢。联想到他想加入共青团组织也是如此，以往总觉得自己有很多优点，写了很多次申请，眼看别人都加入了团组织，而自己却一直被隔在团组织的大门外，很是灰心丧气。现在他明白了，之所以那样，主要是出发点有问题，光看到自己的优点，而不去想想自己还有什么缺点，还应当朝哪些方面去努力。

明白了这些以后，他放下了包袱，开始轻装上阵。他努力按照毛主席指引的方向去做，使自己一步一步地成为无产阶级革命事业可靠的接班人。

一段时间后，学校响应毛主席“备战备荒为人民”的号召，号召大家打地雷，他们借来了石匠工具，人人学石匠造石头地雷。他们排在那次任务下达后全排齐心协力，超额完成了任务，受到学校的表扬。

学校要拉练了。为了在拉练中沿路宣传，学校组织大家事先排了文艺节目。他们排练了《智取威虎山》中的《打虎上山》一场，锁柱扮演了杨子荣，他穿戴上学校为他借来的蓝大衣、火车头帽、毛围巾、白手套、大皮鞋、黑马裤、白腰带后，还真像杨子荣的样子。那天，他们一大早起床，要到五十里地以外的他乡拉练。天还不亮，同学们都把自己的被子打成背包，背在身后出发。而锁柱为了演出方便，背着扮演杨子荣的大衣和其他服装，同大家一起上路。

一路上他们排着整齐的队伍，打着红旗，唱着响亮的歌声，还蛮像一回事，引来沿途的群众争相观看。到了大村集镇，队伍停下来，宣传队就演节目。锁柱全副武装，开始给大家演出《打虎上山》折子戏。由于锁柱动作潇洒，干净利落，唱腔浑厚，字正腔圆，表演很像那么回事，博得了观众们的阵阵喝彩。

尤其是到了一个村，与也是演出同一场戏的别的学校的拉练队伍相逢。村子里腾出大大的场地，让两个学校演出。结果那个学校先演，锁柱他们学校后演。等到锁柱演出时，观众大声叫好，观众们说锁柱演的杨子荣好，他们同学们就传着，说自己学校的杨子荣打败了对方的杨子荣。锁柱给自己的学校争了光，也很自豪。一路上只要有演出，他就精神抖擞地上场，得到了一次又一次的赞扬。他一次次地为他们南川七年制学校争了光，校长兴奋得一个劲地拍他的膀子，还把自己水壶里的水倒给他喝。

一段时间后，锁柱做了很多好事，为排里在学校赢得了很多荣誉，老师和同学对他的印象好到了前所未有的程度。这时，学校根据锁柱的表现，团支部书记主动把他的入团问题提到议事日程，决定让他递交申请书再次上报公社团委，并由团支部书记亲自到公社团委说明情况，请求上级团委能对锁柱父亲的问题一分为二地看待，把家庭影响同他自己的现实表现区分开来，争取在七年级毕业之前的最后一批入团机会中给锁柱解决。锁柱听到学校这一打算，很是感动。他觉得只要自己做出成绩，组织上是会看得到的，锁柱多么希望入团的那一天能早日来到！

七年级快毕业了，其他的课外活动相对减少，同学们都进入冲刺阶段，因为毕业成绩将决定他们能不能在全公社五所七年制学校中胜出，从而为升入全公社唯一的九年制学校打下基础。

锁柱清楚地知道，前一段课外活动频繁，对他的课程影响很大，要想在全排夺得好名次绝非易事，起码方萍同学那道坎他就很难越过。前段时间，排内同学把他同方萍传了个不像样，把本来很正常的同学之间的学习友谊歪曲到了令人不愿接受的地步，实在是那些不怀好意又抱有嫉妒之心的同学所为。因为这，使锁柱失去了许多向方萍同学请教的机会，同时也使他对方萍同学敬而远之了。久而久之，他们相互间竟产生了一些隔阂。他现在与方萍同学已经到了不打照面、不说话的地步。他猜测着方萍同学对他究竟是真有成见，还是有意避讳？他想探探虚实。

一天夜里，同学们下了晚自习后回宿舍就寝，锁柱打完熄灯铃，也准备就寝。这时，他发现教室里还亮着灯，就走进去想看看是哪位同学还在用功。等他推门而入，发现在煤油灯下用功的不是别人，正是方萍同学。就在方萍同学抬起头视线与他相撞的一刹那，锁柱顿时不知所措。正在他难为之时，对方开口了：

“大排长，是不是打了熄灯铃，来取缔我的？”

“不不不，对爱学习的同学还是应当鼓励的，尤其对你更应网开一面。”锁柱涩涩地说。

“那为什么呢？”方萍抬起头来，脸上有些和蔼。

锁柱也放松了，他说：

“因为你是好同学嘛，还因为……”锁柱卡了壳。

“还因为什么？”方萍紧追不舍道。

锁柱知道方萍的嘴巴很尖厉，常常是不饶人，一时无语。

“大排长，回话嘛。”

方萍又在咄咄逼人。

锁柱只好妥协。他知道无休止地舌战下去，在时间上，尤其是在机遇上他都陪不起，他想知道方萍此时是否愿意帮助他。就说：“我看你实在没必要费那劲，别人不如你也都早早休息了，你比别人强，还下这工夫。你没听老师说，上九年制靠推荐，将来上大学，还是靠推荐，靠关系，学好数理化，不如有个好爸爸，这话你不是不清楚。”

“我才不管他们那一套呢，我只是觉得我应该在学习上胜过他们，把他们甩在身后，看看他们整天说三道四有什么用。哪像你，明明背着黑锅，还一个劲地往红堆里钻，你锅底上那黑谁去给你抹掉，谁又敢给你抹掉，谁又能给你抹掉？”

方萍这几句话就像警钟在他心头敲响，把他近年来做人的坐标狠狠地晃了几晃。他想自己这些年来，费尽千辛万苦，不就是为改造自我，改变现状吗？尽管尚未达到，可那是时间问题。他相信经过自己的努力，社会终归是会认可他的。至于方萍的说法，他无法苟同。他觉得自己在她面前应该提高警惕，说不定站在自己面前的就是个“白专”典型。他应该又红又专，绝不能顾此失彼。想到这里，他诚心诚意地请求方萍，希望她不吝赐教，帮助自己在学业上上个台阶。否则，他既不红又不专，更难以在现实中站住脚，这是他非常清楚的事。

方萍答应了他，她说很快就要毕业了，同学一场，她理解锁柱的苦衷，知道他活得很难、很累，她会尽自己的努力帮他把学习赶上。

锁柱感激方萍，他觉得在全排同学中，方萍是最有头脑、最有作为的人。在女同学中，方萍更是人杰，身上值得自己学习的东西太多了，智慧、气质、秉性、知识，哪一点都堪称榜样，他发誓会努力向她学习的。尽管有的东西可以学到，有些东西并非想学就能学到的。

七年制学校毕业考试成绩揭晓，尚锁柱以第二名的成绩出现，他最终没能敌得过方萍同学。成绩一出来，他就觉得自己实在太窝囊了，竟让一个女同学骑在自己头上耀武扬威，多没面子。然而，他想越过方萍，也确实太难了。他曾多少个日日夜夜梦寐以求地想超过方萍，都已经奋斗到第二名的位置，是任何人都不甘心的。然而不甘心也没能超越，这就是差距，这就是知识的严酷，没勇气承认这个距离看来是不行的。

这时候，学校最后一批共青团员也批下来了，仍然没有锁柱！当他看到又有一批同学兴高采烈地宣誓时，自己的心都要碎了。他为了入团，为之奋斗了一年多的努力白费了，他不知道自己还有多大差距。团支部书记只是热情地同他谈话，希望他正确对待，要以此为新的起点，以更大的动力冲破阻力向前迈进，相信那光荣的一天定会属于他。

谈完话，他心情十分沉重。他不知道自己该向哪个方向努力，也不知道该作何努力。以后的方向很渺茫，是回农村当农民，还是有机会升入九年制学校学习，他没有一点把握。

就要放假回家了，同学们都忙碌着收拾自己的物品，相互赠送着礼品，以作留念。他们赠送礼品很简单，只是买个32开的笔记本写上几句话送给对方了事。另一个人把这页撕掉，又在下一页上写上几句话送给下一个同学，这样前行后效，到了最后一位同学手里那个本子就不剩几页了，只好扔掉。这就是他们穷学生赠品的独特方式。锁柱还从未见过，觉得很有意思。

就在他们临别的前一夜，发生了一件意外的事。锁柱的皮鞋晚上睡觉时在宿舍丢掉了。待他发现了，已是第二天早上，那时宿舍里很多同学都已离校，锁柱光着脚在宿舍里找了个遍，仍没找到。最后只好报告老师，老师发动同学们帮他找了半天，也没找到。最后，老师只好分析说，你穿着父亲的皮鞋，尽管已经破旧，但在乡下已经是很奢侈的东西了。很多农民的儿子连做梦也想有双皮鞋穿，平时在学校不敢偷，现在毕业了，要离开学校回家了，就敢下手了。不过别怕，这双皮鞋，他只能白天穿，不能黑夜穿，只能外边穿，不能里边穿，我们发动大家相互留意，一旦发现情况，立刻给你追回。老师把话说到这个份上，也只能如此了，锁柱只好穿着校长给的一双旧布鞋回家。

一路上，他拖拉着那双大布鞋，一步一挪像个戴脚镣的死刑犯一样往家拖着，稍不留意就掉了。锁柱越想越窝火，他自己这二年是怎么啦，干啥啥不顺，一个劲地往下坡滑。父亲的问题得不到结论，连面也见不着，韦姨带着她的子女们回到乡下，这个家就这样四分五裂了。自己尽管有亲娘呵护着，终因家穷抵不住饥寒，让自己在贫困线上挣扎着。在学校里，尽管自己费了常人成倍的力，最终连共青团也加入不了。这还不算，还有人看见自己好过，竟把他的一双旧皮鞋偷了去，叫他连路也走不了。这不是活活欺负人嘛，还让人咋活？锁柱越想越想不通，一气之下，他脱掉脚上的大布鞋，嗖嗖两下扔到沟里，气愤地说：

“去你的，我没有鞋照样走路，你想偷掉鞋让我就此停步，不再前进，呸！痴心妄想！我不仅要不停地跑，还要跑得更快，让你们追不上！别说没鞋，就是没有脚，我爬也要爬在前，我尚锁柱只要有这口气，任何艰难困苦都阻挡不住我前进的脚步!”

十二

不久，公社成立了九年制学校，这是“文革”中县里停办了初、高中后，教育权下放的新举措。九年制学校招生不凭考试，靠推荐。权力下放到生产大队，由大队根据公社下放的名额自行确定。锁柱他们大队分配了三个名额，有很多人在争取。这时，上不上高中，就成了摆在锁柱一家人面前的大事。

从锁柱本人意愿和学习成绩来看，他十分想上高中，伯父母更是为了争口气，累死累活地要让他念高中，为让那些认为父亲犯了法就该置儿子于死地的人也看一看锁柱的出息，也让那些以权欺负人的人也看一看南尚家是有能力把他又收养回来的儿子培养成材的。这种心愿不仅出自伯父母，也来自兄弟姐妹们。锁柱父亲这时又来了封明信，请求哥嫂让锁柱上九年制读书。这些，都激励锁柱一定要上九年制，决不能打退堂鼓。

但家庭条件又确实太寒酸了，全家十一口人，靠着伯父和哥嫂们的辛勤劳作，靠着娘娘每日三顿搂着个一桶水的大罗锅做饭，还有弟弟妹妹们在后边念书，锁柱确实于心不忍。因为他知道，念两年书就意味着要花两百元钱，这两百元钱按当时农村一个工分分几毛钱来算，就是一个好小伙全年的辛苦费都难以供得起。这是非常不易的事情。然而上学又是锁柱最迫切的愿望。想到这里，锁柱向家人表示，就是借款也要上学，将来钱由他还。就这样，他在家人的努力争取下，成了九年制学校的新生。

新学期开始了，锁柱背着行李愉快地去上学。他们来到公社所在地，这里有新修的校舍。说是新校舍，其实只有两座简易房子，其余校舍正在抓紧兴修。新生报到后，就住在不远处一座人庙里的东西厢房楼上，男生住东楼，女生住西楼，全部打地铺。全公社招收了一个八年级班，有六十多人，算是一个大班，又算是该公社有史以来的最高学府。因此，从公社到各大队再到学校，都是积极支持筹办。老师是在全公社抽出的最好的老师，不过他们的学历也就是中师或高中，却要让他们教高中，以一桶水灌一桶水，难免有些捉襟见肘。好在他们正值盛年，一来有教学经验，二来边学边教，就这样将就着开办起来，总算让农家子弟不出公社，在家门口读上了所谓的高中。如此，学生幸运，家长乐意，老师努力，干部支持，一所崭新的九年制学校就这样开办了。

所不同于七年制的是，九年制学生吃上了周转粮，亦即把自己在大队的口粮标准粜给粮站，再由粮站以非农户标准供给口粮，同学们第一次吃上了供应粮，第一次可以每月享受八斤白面的优厚待遇，人人乐滋滋的。

学校开课了，尚无新桌椅，老师们灵机一动，来了个办抗大式学校的举措，以两块砖头当椅子，以自己的膝盖当桌子，开始上课。据说当年我军在革命圣地延安办抗大时条件简陋，就是这样上课的。这种办法被同学们认可了。学校发出号召，为了尽快把学校办得像一回事，大家要勤工俭学，即半天学习，半天劳动。劳动时，主要是平整场地，帮助正在修校舍的匠工搬砖，还要抽一部分男同学到二里地外的学校砖瓦厂自己先脱砖坯再烧砖。

由于新的九年制学校的校长和老师多数从南川七年制学校而来，他们南川的同学理所当然地得到重用。锁柱仍然当班长，不过，这时候虽说是班长，可比在南川七年制时的排建制大了，原来的一个排有三十多人，现在的一个班就有六十多人，扩大了一倍。一个六十人的队伍坐在教室里黑压压的一大片，站起队来有长长的两行，喊起操来也是惊天动地，他们年龄均在十八至二十岁左右，是正当年的青春小伙子和大姑娘。他们整日散发着青春活力，洋溢着欢歌笑语，让人在这个青春的大集体里忘记了一切烦恼，处处置身在新的生活中。

刚开学时，由于新的桌椅尚未做成，全公社抽出最好的木匠正在加班做，还有三分之二的校舍要自己脱砖坯等待匠工修，劳动就成了他们一半的任务。锁柱和男同学们轮流来到土沟内，自己刨土、闷泥、调泥，然后光着背仅穿一条裤头或七分裤，在太阳地里用力地脱砖坯。

刚开始脱不好，和不好泥，不是软得塌了架，就是硬得裂了缝，实在脱不成还得返工，折腾得他满头大汗、满身泥土。他饿了就吃块干粮，渴了就趴在水渠上喝一肚清水。这样折腾了几天，他就干成了行家。有了经验以后他们第一天下午泡好土，把土与水的比例掌握好。第二天早上盘好泥，大约太阳上来就开始脱砖坯，一斗一斗地脱，砖坯很均匀恰当，并整整齐齐摆下一场，脱百八十斗就休息一会儿。他坐在那里，边吃着干粮，边用瓢舀着清水往肚子里灌着，还哼着如意小调欣赏着自己得意的杰作，心中那美滋滋的味道真好。有时候，他心中忽然冒出个念头：趁着现在有人管饭，提供场地，也具备工具，他一定要好好学，一旦学成行家里手，将来悠悠然地做个泥瓦匠，说不定也能养活了老婆娃娃呢。

这样想过，他心中就笑，口中有时也笑，笑自己没出息，笑自己没志向，竟让这白昼夜晚穿不住裤的活儿拽了心。

锁柱有时还忍不住把这想法告诉身边的同学们，他们有的竟赞成。这事叫教他们的泥瓦匠知道了，就骂他们没出息。他说自己当年爹妈死得早，哥嫂又不待见，被硬撵出来跟别人混饭吃，才走了这路。如今从河南走到山西，连老婆也讨不到，挣不得几个臭汗钱，将来闭了眼还不知这把贱骨头是抛在太行山，还是叫黄河冲回老河南。你们屁大点儿的小狗娃放着正经书不念，倒眼乞了个破泥瓦匠，真正个没出息。

锁柱一句玩笑话倒叫老泥瓦匠骂了个半死，反觉得这事做不得，还是脱完砖坯速速返回课堂才是正道。

他们好不容易脱够了一窑砖坯，就又得把砖坯背进窑里架火烧。那背砖的活儿却不是人干的，背后一条大绳子落在膀上，两手如不死死端住底，那绳子真要勒进肉里。汗水滴叭滴叭地掉在地上，甩成八瓣儿，那汗水不是好东西，趁着你两手不得闲的工夫，使劲往你七窍里钻。钻进眼里，叫你眨不掉，眯住眼看不见道，流进嘴里，咸苦咸苦的不是个滋味。但你必须做，还得趁着晴天把砖塞进土窑里。要不遇上雨天，砖坯泡了汤，半个月的臭汗算要白流，还得从头做起。反正每组一窑砖是必须从土变成砖坯，再把砖坯背进窑，在窑里烧制成后，再热腾腾地背出来，这才能叫同学们担回去垒到房上。直到这时，你这一组才能算完成任务，才能卷上铺盖返回大庙的厢房楼上再去上课。

最苦恼的是出窑。由于学校工地上急着用砖，等不得砖冷却恨不得热着垒上墙。砖刚烧成浸透后，立刻打开窑，一股热浪扑面而来，冲得人气都上不来，就催着他们往出背。那热腾腾的砖在背后滚烫滚烫，同样得用两手端住底，那手除了烧，就是疼。因为砖把手皮早磨得比纸还薄，血洇洇的，随时都有破的危险。令锁柱不解的是，本来第一天就要破的手皮，仅仅用一夜的工夫就长好，又可供第二天磨了。锁柱就觉得人这东西真是个苦虫，活到哪步都有哪步的活法。

好不容易完成了自己的任务，该倒班了。哪知刚搬回铺盖不久，老师却又让返回。原因是下一班掌握不了技术，进度太慢，还得他们再返回去手把手地教。一些同学生气得直骂娘，说这些王八羔子只配吃三碗干饭。老师还让锁柱他们负责教会下一班，否则他们原班人马接着干，反正房子进度不能落下。老师还告诉锁柱，你不正要加入共青团吗，现在是考验你的时候到了，也正是你立功表现的绝好机会，这时候不努力啥时候努力？

再没啥好说的，干吧！

他们直到帮助下一班把砖坯脱好，就又干了半个月。等到返回学校，大家见了他们直笑，都说他们成了刚果、赞比亚式的非洲人——黑油油的，浑身发亮。他们这才觉得与在校的同学们相比，他们真的变成了非洲朋友。这一来学校表扬了他们，说他们为建立新校舍立下了汗马功劳，将来的学弟、学妹，甚至学子、学孙们都该记住他们。他们却高兴不起来，想起一个多月来在砖窑上受的罪来，真正是心里酸溜溜的，实在不堪回首。

锁柱这时候就觉得他应该给团组织递交一份入团申请书了，自从上了高中两个多月来，他觉得自己的所作所为，都是在入团的路子上走，朝入团的方向努力。于是，他认认真真地又写了一份《志愿入团申请书》，恭恭敬敬地交给了团组织，并且向团支书交了心，请求他对自己悉心培养。

一座新的校舍拔地而起，合垄口那天，全校师生围观庆贺，放了火鞭，大家齐声喝彩。因为这房子是他们自己亲手一砖一瓦建起的，对它有着分外不同的感情。这时候，新的桌椅也已做好，他们高高兴兴地搬进教室，摆好一看，嘿！一色黑油明光，每人一桌一凳，完全不像以往在小学和初中时的样子。坐在新的桌凳前，他们别提有多惬意了，忽然觉得自己长大了，成了成年人。是的，他们中间最小的像锁柱他们也已十八岁，年龄大的同学都二十岁了，该是成年人了。

老师从此也不再把他们当小孩子看了。他们个头同老师一样高，有的还高于老师，男同学长了喉结说话都变了音，没有了以前的奶声奶气。女同学两个奶庞子渐渐变大，走路一颤一颤地，她们有了害羞的感觉，与男同学自觉保持着一定距离，稍一接触就脸红，完全不像以前在小学和初中，男女生都傻乎乎的，毫不避讳。

这时候，来了两位新老师，一男一女都很年轻。男老师叫蔡毅，同锁柱早认识，彼此见了都觉得很腼腆。女老师竟是锁柱先前在公社宣传队结识的李娅姐姐。他们一见面，锁柱很惊讶，他做梦也没想到姐会来当他的老师。他打从心底里欢迎她，只是觉得不好意思，太拗口，不知道是该叫姐还是叫老师。为这事，锁柱再三考虑，觉得还是叫老师为好，不能公开他们的这一层关系，免得双方都难为情，也不给同学们制造任何口实。当然，毕竟有那一层关系，两位男女老师都瞅机会个别接触了锁柱。蔡毅老师红着脸简单地询问了锁柱的情况，叫他有什么就找他。李娅老师一见他就亲切地叫他名字，这一叫，一年前那个亲密无间的姐弟关系就又回来了。双方互问了对方一年来的情况，彼此有了一些了解。李娅老师告诉锁柱，她会一如既往地帮助他的。

新的学年正式开始了，在开学典礼上郭力维校长致了开学辞，他要求高一班的同学们以昂扬的斗志，崭新的姿态，投入到新的学习中。他说公社为筹办这所九年制学校，费了很多人力物力财力，为了不辜负新领导的期望，肩负起全乡上万人民的重托，希望全体师生团结一心，共同努力，教学相长，为把这一届九年制学生培养成祖国栋梁而共同努力。

作为班主任，栗甘泉老师也表了态，他说绝不辜负领导、家长和全班同学的衷心希望，集二十年的教学经验，一定倾力带好班级，把全班同学个个培养成有用之才。

班长尚锁柱也代表全班同学表了态，决心不负众望，刻苦学习，勤劳建校，努力成才。

之后，他们在宽敞明亮的教室里开始了自己新的学业。

正在锁柱以新的姿态准备投入学习时，伯父尚崇文又捎来信，说有急事让他回家。他不知家里出了什么事，急忙向栗老师请假回家。回家后，伯父告诉他，他北庄的房子叫别人无端地占了，问他看咋办。这突如其来的家事把锁柱难住了。虽然他也十八岁了，但从未主理过家事，这样的事情叫他束手无策。伯父告诉他，让他进城设法问父亲这事如何办。锁柱觉得事情重大，只好进城问父亲。

他进城到看守所说明情况后，请求见父亲。看守所说事情可以转告，不准见面，他只好在外边等候转告。后来里边传出条子，说父亲坚决不同意别人占住他们家的房子，要他设法找政府要回。这一下可难住了锁柱，他只得返回家找伯父。伯父帮他找到大队干部，经调解，无效。又找到公社，也无效。这下子又难住了锁柱，他不知这事情还该咋办。回到庄上，众人都说对方这是无理取闹，侵犯你的权利。你父亲现下身不由己，你既给人家顶门当差，就得负责任，连房子都叫别人占了，你还顶什么门，当什么差，干脆停下学来去法院打官司。

听别人这样一说，锁柱也感到事情果真该这样，可自己一来要上学，没时间和精力去打官司。二来年龄小，从未跟人打官司闹过事，这种事自己实在不情愿，也实在无能为力。无奈之下，他又向老师请了假，背着米面干粮进城打官司。

在法庭上，法官说这事情很简单，下一纸令，让他给你腾开了事。锁柱满心高兴，觉得官司要赢了。等他第二天满怀信心地来到法庭后，那个法官正在写文，被进来的一个军人叫了出去，不一会儿，法官歪了嘴，说这事原因复杂，一下子说不清，还要下去调查。这可急坏了锁柱，他眼巴巴看见这事出了岔，就觉得是那个军人捣了鬼，可又惹不起人家，眼下军代表是掌权的红人，他父亲又是犯人，咋敢吭声。最后，锁柱想反正这事出了麻烦，索性坚持住。他请求法官传唤他父亲，让父亲亲自出庭。法官这一次如了愿，下午一到庭，果然父亲尚在轩坐在庭上。锁柱一看傻了眼，眼前的父亲，一身灰衣，头发全被剃光，头上戴着瓜皮帽，整个一个犯人相，完全没有昔日的一点影子。

锁柱望着这时的父亲心里就难过，他只好硬挺住，父亲已猜测到了他此刻的心思，微笑着向他点点头，他才挺住。

事情还算顺利，在父亲的据理力争下，房子被顺利地判回给他。最后父亲被看守人员带走，锁柱拿着判决书怔怔地看着变了样的父亲被带去，心里像无数根钢针刺着，很不是滋味。

当锁柱执行完判决书返校后，老师和同学也都知道了他打官司的事，纷纷议论起来。一些老师严肃地对他说，你目前正要求进步，却又费尽心思地去维护你那个没落的家庭，这不是自相矛盾吗？你一边前进，一边倒退，看则进，实则退。看来你这些年算是白努力了，你入团的事可真要成问题了。

听了老师们的话，锁柱心里立刻翻江倒海不是滋味。他一再问自己，是不是又忙忙碌碌干了一件糊涂事？这事对自己产生了多大的负面影响，怕是难以估计的。可不这样做，爷爷当初把他抢回北庄为的啥？父亲对他娇生惯养为的啥？难道说自己顶门当差不该干这事吗？难道说就应该面对别人无端地侵权而不闻不问拱手相让吗？这还叫什么顶门当差，于情于理于法都不合，他觉得不这样，交代不了众人，更交代不了身不由己的父亲，也交代不了自己作为人子的良心。

他想反正事情已经做了，是好是歹让人评说去，好三天，歹三天，他们总不会一直挂在嘴上。

想到此，锁柱反而泰然了。他平静地对待着自己，就像没发生这事一样。

没过几天，是爷爷尚贵秉老人的周年。由于父亲不能回来，只有姑姑来祭祀。之前，锁柱多次想过这件事，爷爷是他最亲的人，没有爷爷抢抱他，他至今还不知道被亲爹娘过继给谁。反正他是个多余的人，命中注定他要被送人，至于送给谁，他都无选择权，完全是听天由命。既然命中注定他要在这样的家庭生存下去，那么命运中的不测他就只好都认了。他知道这事情再向老师请假时，老师肯定会批评他。明摆着，他要前进，要在政治上进步，就必须设法摆脱他这个家，这个始终伴随着他的阴影。如在这个问题上还优柔寡断，迟疑不决，这将意味着什么，他心中比谁都清楚。但是，如果不去给爷爷做周年，他心中不安，灵魂震颤，良心有愧。二者必选其一，何去何从，他选择了后者。

果然，他向栗老师请假时，老师语重心长地对他说："按说，回去给爷爷做个周年也无可厚非。但你的情况不同，你若是这样做，就说明了你在欺骗组织，你在脚踩两只船，你在同组织兜圈子，组织还怎么相信你？还怎么放手使用你？你看着办吧！"

既然老师把此事的利害关系推给了他，无疑是让他自己在是非面前选择。这事情说小一点是个人私事，说大一点，完全是两个阶级、两条路线、两条道路斗争的大事，是一个强烈要求进步的热血青年同落后腐朽的家庭之间不可调和的阶级矛盾问题。

锁柱越想头越麻，现实不允许他再去多想那么多，他毅然回家去给爷爷过周年。

他心中的矛盾没有向任何人透露，自己的事情自己办，自己的责任自己担，与他人无关。

过完周年，他平静地返回学校，栗老师再无就此问题同他提起。他心里清楚，栗老师并无他意，老师那样说，完全是为着他好。否则，他完全可以不管不问。

他想让时间去冲淡一切。

不久，班里有几个同学成为第一批共青团员，锁柱这一次没有悲伤，他真的没有悲伤，他平静地看着这一切，像个局外人。

那天，他写了日记，日记中这样写道：

今天，又有一批同学光荣地加入了青年先锋队组织——共青团。我祝贺他们。如果我没记错的话，从初中到高中，我们班已有三批共二十名同学加入了团组织。我呢，从我写第一份入团申请书算起，二年来我已向亲爱的团组织递交了十二份入团申请书。我至今未加入团组织，若是一般人早放弃了努力，而我不，我要努力。因为我的情况特殊，我有一个至今还被政府关押着的犯了罪的父亲，在不唯出身但讲出身的今天，自己肩上背着黑包袱，脸上抹着黑，就不能同根红苗正的同学去竞争。虽然我也出身于贫农，我的生身父母——尚崇文和尹枝叶也都是苦大仇深的贫农，可我从小就离开他们，叫北庄我的爷爷抢了去，已经深深地打上了他们家的烙印，想洗去这一切怕是很难。我很羡慕那些根红苗正的同学，他们只努力我的十分之一就可以入团，而我虽作了十倍的努力，至今还被隔在团的大门外。从这一点讲，我恨不能返回我南庄伯父家或奔到别的贫农家，从而实现我的政治抱负。可我不能，我在这一点上犹豫不决，优柔寡断，感情太脆弱了。

今后路向何方，毫无疑问，我将朝着既定目标努力下去。无论团组织相信与否，我的心扉一直向团组织敞开着。直到我获取到这一政治生命。

我相信这一天定会到来！

写完之后，锁柱觉得心情畅快了许多。

随着新的校舍不断修建，他们又有了自己的宿舍。宿舍的大铺炕先用木头架子钉起来后，再用山上砍回来木棍蓬上，最后用麦糠泥抹平，待干了后就是炕。这种炕还有弹性，比原来打地铺又进了一步。同学们一高兴，就在上面蹦高高。

学校在一天天地完善，为了使大家生活得到改善，学校在村子里还种了地，同学们在老师的带领下，垒了塄，修成大寨田。从坡下到坡上，层层梯田平展展，等到种上玉米和谷子等秋作物后，绿油油一坡，很是好看。同学们都出生在农家，种地很内行，把庄稼作务得像模像样，村子里老百姓看了，都赞不绝口。学校打下粮食后补给了大家，使这些半大小伙子不再饿肚子，大家对学校越来越产生了好感。

学校扩大了，初中班也搬了进来，越来越热闹。但这时的劳动太频繁，课程总是上上停停，时断时续。劳动多了必然费衣裤。锁柱这时只有一身的黄衣服、蓝裤子。由于过度的劳动，使他的这身外衣已经洗得发了白。他洗衣服时，若在冬季就在夜晚洗了，搭在大灶房，待天明时干了再穿上。若在夏季就在中午洗，待同学们午休时，他走到上游一道沟里，脱下来在河里洗了，搭在沙滩上，上晒下烫，很快就干了，然后再穿上它尽快返回学校，赶上上课。

他的那件黄衣服由于常挑担子，膀子已破了，他想找块黄布补丁补上。到处都没找上，最后在垃圾堆里找了一块蓝布补丁，他只好就把它洗了，自利用中午午休时已在宿舍补上。由于他的手艺不行，那补丁补上总不平整，他拆了再补，还是不行，只好将就着。因为他每天站在同学们对面带队喊操，那黄衣服上的蓝补丁格外显眼，有的同学就私下里议论他，更多的人替他惋惜。一天中午，他又到河边去洗衣服，刚洗了晾在沙滩上，忽见女同学方萍一下子站到他面前，把他吓了一跳，因为他此时光着臂，只穿个裤头，方萍同学毫不掩饰地说：

"锁柱同学，我知道你眼下很困难，我有一件衣服送给你穿，你别见外，我完全没有别的意思。我只是觉得你作为班长，在同学们面前穿着补丁衣服，实在不忍看。"

锁柱并没被她的同情心所感动，反倒多了心。他说：

"方萍，谢谢你的好意，我这样子并没什么，我一不求人，二不受人施舍，反倒心里安然。"

方萍虽口利舌尖，但此时并不想同他多费口舌，她一气之下把衣服扔到锁柱头上，返身奔跑着走了。那件衣服被抛在锁柱头上，遮住了他的视线。锁柱并未立刻去扶，他就这样静静地站着，让这件飞来的衣服连同他此刻起伏不定的思绪一起裹挟着自己。

锁柱站在原地，不知如何是好。等他想过来后，拨开衣服见方萍已走远，他立刻穿上自己那身湿衣服大步追上方萍。见方萍在那里抹眼泪，他不知该说什么好，索性把衣服还给了她。方萍见锁柱这样不识人敬，更生气了，拿起自己的衣服，十分委屈地走了。

锁柱这时站在方萍刚才站着的地方发呆，他不知道该如何处置此事，突然觉得自己又做错了一件事，又把方萍同学的好心当成了驴肝肺，看来自己似乎太不近人情了。但又一想，自己再穷，也不能随便接受别人的施舍，那样子，他会觉得自己太没骨气。

就在第二天早上他穿衣服时，发现他的黄衣服上那块蓝布补丁换成了黄布补丁。他抓着衣服左看右看，百思不得其解。边上的同学像没有发生任何事一样，他想问又不知道该问谁，只得乖乖地穿上衣服。他在同学们面前喊队时底气非常不足，也没人把这事告诉他，这件事就这样成了个谜。

学校成立了宣传队，他们准备排练革命样板戏到全公社各大队巡回演出，锁柱被当作主要演员抽在其中。他们演的第一出戏是革命样板戏《红灯记》，第二出戏是《龙江颂》，配上一些小节目，每到一地就能演两晚上。

老师先让锁柱用蜡版刻剧本，锁柱利用课余时间刻出了《红灯记》和《龙江颂》的剧本，还刻了谱子，每天刻得他背酸手麻，好在他从七年制学校开始就给班里和学校刻蜡版也渐渐习惯了。剧本刻出后，就开始分角色，锁柱在《红灯记》中扮演李玉和，在《龙江颂》中扮演李志田。排练之前，他得背台词而且是大段大段地背，由于两个角色都是主角，台词又多，他就利用课余时间和晚自习后抓紧时间背。在宿舍背时会影响同学们休息，他就和另外三名同学搬到他的朋友吉才佳同学家。他同吉才佳自完小就是同学，关系又好，吉才佳长他一岁，他甘为其弟。而且自七年制学校起，他俩就一直是班里的班干部，在工作中相互切磋，相互配合，很是默契。加之他性情随和，豁达开朗，很讲义气，乐善好施，所以他们情投意合，朋友多年。

吉才佳让他们搬去，一则是为学习方便，才佳可以及时将锁柱他们演戏时所拉下的课程补起来。二则生活上随便，才佳父母和弟弟妹妹们对他们都特别好，见他们肚子饿了，就让他们吃东西。一来二去，他们住在吉才佳家二楼上，就像住在自己家里一样，很舒心随便。吉才佳父母尤其同情锁柱的处境，吉才佳的父亲吉大胜老人是一位老共产党员，老八路军，革命意志非常坚强，他一有空就教育锁柱他们，要从小树立远大理想，学好社会主义文化课，将来准备接革命事业的班，好好为人民服务。锁柱他们在吉才佳同学家里，把他的父母弟妹视为自己的父母弟妹，随着时间的推移他们的友谊不断地加深着。

锁柱很快背会台词后，每天晚上和星期天就抓紧排练。文艺老师鲁才和李娅二人倾全力给他们排练，锁柱和同学们认真学，细心揣摩，不长时间后，他们所排演的两部革命样板戏《红灯记》和《龙江颂》正式彩排出炉。

彩排那晚，公社领导和全校师生以及村子里的老百姓都到大庙的舞台院观看。锁柱把两部戏中的李玉和与李志田扮演得惟妙惟肖，参加演出的师生们都以极大的热情投入演出。演出获得成功，公社书记、主任登台讲话，勉励他们精益求精，还鼓励他们把戏送到各大队去，送到老百姓中去，为宣传群众，鼓舞群众、教育群众做出他们应有的贡献。

此后，他们便利用晚上时间到各村去演。由于带着公社领导的重托，又是全公社学历最高的高中班同学来演出，所以社员们都怀着极大的兴趣前来观看。有些山上的社员放下农活提前来住到亲戚家，还有的社员白天顾不上来，晚上打着灯笼点着火把从周围山山岭岭、沟沟岔岔赶来看。特别使人感动的是那些白发苍苍的老大爷和闪着三寸小脚的老奶奶都从山上沟里赶来看，这令宣传队的师生非常感动。他们决心把自己最好的演艺奉献给群众。为了能让社员们都看全戏，他们灵活掌握演出时间，待社员们都到齐了才演出。

锁柱在演出中倾注着很高的热情和很大精力。比如他在《红灯记》智斗鸠山的那场戏中，同扮演鸠山的李佐同学配合默契，取得了成功，台下为他们不断拍手叫好，把演出推向高潮。在《龙江颂》一剧里，锁柱扮李志田，他主动配合江水英的扮演者惠英同学，整个演出刚柔相济，主次分明，令人咂舌。

在他们演出中，每到一地，学校和当地大队领导要携手上台，互赠感谢信和慰问信，并讲话答谢，使学校和当地建立起深厚的友谊。每场演出结束后，观众们都意犹未尽不舍离去。在他们卸装时，有的观众还走上台近距离地看着扮演主角的同学，还有的伸出手来同他们相握，然后才荣幸地离开。演出结束后，大都有晚餐，负责开餐的社员端着饭就高声叫着，给“李玉和”吃，给“鸠山”吃，给“江水英”吃，那热闹场景令他们一一难忘，是在学校里无论如何也体验不到的。

那时，公社有个修筑河坝的工程队，工程队也有个宣传队，他们有人才、有时间、有经验，排练节目后也到各村演出。两个宣传队有时不免相遇，由于都认识，演出时无形之中就较上了劲。你不服我，我不服你，有时老师还在演出前给同学们打气，要大家振作精神，拿出最好的水平来博得观众的掌声，以此压倒对方。同学们觉得老师们也很有意思，私下里就觉得可笑，觉得我们演出了就完事了，干吗还要同人家较劲，争那个风头做啥。

十三

锁柱近段时间又连着向团组织递交了两份入团申请书。学校团支部经过认真考虑，慎重研究，觉得尚锁柱同学的入团问题应该解决了。他自从七年制学校向团组织递交第一份申请书以来，已经递交了十几份申请书，整个学校还没有出现过哪个同学在入团问题上这样难，这样迫切，这样能长时期经得起组织考验。在连续两年多的考验面前，尚锁柱同学能立场坚定，旗帜鲜明地站在无产阶级革命道路一边，说明他的思想是纯粹的。团支部经研究，全票同意尚锁柱同学加入中国共产主义青年团组织。在向公社团委呈报之前，为了慎重起见，团支部书记鲁才老师还特地向学校党支部汇报了这一问题。校长兼校党支部书记郭力维老师在支委会议上说："尚锁柱同学本人表现是积极的，他政治思想先进，革命立场坚定，学习刻苦，工作努力，团结同学，作风扎实，多才多艺，能自觉地接受组织考验，已具备一个共青团员的条件，所要考虑的是他养父尚在轩的问题。无论尚在轩的问题将来落实到哪一步，都应该是自己的问题自己承担，与儿子尚锁柱无任何牵连，更何况他犯法时儿子尚处未成年阶段。现在他的入团问题之所以一而再再而三地拖着，主要是一些同志思想上仍存在一人犯法，全家受累的思想，这不符合咱们共产党的政策。中国几千年的封建社会存在着一人犯法，株连九族的问题，我们共产党信奉实事求是的思想路线，谁的问题谁承担，不应牵扯家庭成员。我们每天喊着：'出身不由己，道路可选择。’‘重成分，但不唯成份论’，这已经非常清楚了。应当通过，应当上报，决不能因我们对党的政策片面理解而把积极要求政治上进步的每一个同志拒之门外。”书记的意见得到了党支部委员的一致同意。

会后，党支部书记和团支部书记二人专门找到公社团委，把学校党团组织的意见面呈给公社党、团委，请求能顺利批准。

但是，那次会议由于意见尚不统一，仍然没有批准。这令学校党团领导百思不得其解。当然，组织间的这些情况，锁柱是不清楚的。他所知道的一个情况就是公社召开一次全公社积极分子代表大会，学校报的名单中有尚锁柱，而最后唯独尚锁柱没被批准。这又令学校领导大惑不解：难道这孩子连个积极分子也不能当了？这不是置人于死地吗？幸亏是个学生，要是个老师还怎么干。当锁柱知道这些事后，他更加意识到了自己父亲的问题对自己影响的严重性。看来，问题非同小可。不说别的，连个积极分子代表大会都不能参加，更何况入团。

展现在锁柱面前的路已无平坦可言，只能是沿着崎岖不平的陡峭山路一步步地攀越，置荆棘于不顾，披荆斩棘朝前攀，不气馁、不松懈、不停顿才能攻到山头。他记起了那位先哲一言：在前进道路上最高点不是山头，而是我们征服山头的脚！反之，向后一步，便是深渊，它会把你摔得粉身碎骨。那样，你尚锁柱为之苦苦奋斗了十几载的历程就会毁于一旦！想到此，他顿时觉得毛骨悚然，不堪回首，决心重振旗鼓，继续努力，坚信总有一天会感动上天的。

那次锁柱在学校砖瓦窑上值班，那天白天是晴朗朗的天，到了半夜一声震天雷吼，紧接着狂风乍起，乌云密布，一道道闪电照得亮如白昼，顿时大雨倾泻。正在值班的锁柱忙叫醒已熟睡的同学和瓦匠师傅，他们一阵手忙脚乱，总算在大雨中把堆在场上的干砖坯遮住。

他们刚回到窑洞，瓦匠师傅的一根香烟未抽完，就听到背后土崖上哗哗哗的山洪倾泻而下，直朝土坯上冲来。他们急了，赶忙抓铲子，又刨又铲，试图堵住洪水。怎奈洪水十分猛烈，不仅把他们刚刚堆起来的渠塄冲垮，连人都站立不住。瓦匠师傅说这可能是坡头上那大渠破了，不然不会有这么大的水。锁柱知道，如果不能堵住大渠，这一土场砖坯就会全冲毁，他就忙拿着手电和工具去堵。瓦匠师傅说天黑太危险，锁柱大声说："如果不去，水会把砖坯都冲毁的！"他扛起镢头就爬了上去。

锁柱到了山头，在大渠边上又是扒、又是堵，大渠怎么也堵不上。他毫不迟疑地进到大渠中拨弄，突然脚下一滑，让急湍的洪水把他立刻冲出一大截，眼看锁柱就要被洪水冲走，幸好被一根树桩绊住，他死死抱住树桩，才没被洪水冲走。这时他大声叫喊着瓦匠师傅，大家上来才把他救出来。瓦匠师傅一个劲埋怨他，说："小娃家，咋就不怕死？今晚上要是把你冲走，让我咋交代！"

直到后半夜，大雨停了，月亮露了出来。他们这才去睡。不多时，锁柱越来越觉得身上难受，满身火辣辣的，像烤在砖窑里。到了天亮，他就觉得天旋地转，眼冒金星，浑身难以自持。他赶忙叫瓦匠师傅，之后自己就啥也不清楚了。

等锁柱醒来，发现自己躺在床上。他问是怎么回事，身边的好友吉才佳同学才告诉他这是公社医院病房。当吉才佳把情况告诉他后，他大吃一惊，没想到一场雨险些让他丢了命。

后来伯父和娘娘又赶来看他，要接他回家养病。他死活不回，就在好友吉才佳楼上挨了几天。经吉才佳父母精心照料后，他才恢复健康。

这件事在学校很快传开，锁柱上学后全校师生召开大会，班主任、泥瓦匠分别介绍了锁柱的先进事迹。郭校长讲了话，他大力表扬了尚锁柱同学不畏艰险，奋力保护学校财产的动人事迹，号召全校同学向他学习。公社领导和团委书记也被请来，他们亲耳聆听了尚锁柱的先进事迹后，也深受感动，当即表示要把尚锁柱的先进事迹在全公社推广。这一切弄得尚锁柱莫名其妙，他不知道自己怎么就成了先进，更不知道有哪些地方值得大家学习。当大会请他发言时，他红着脸，昔日口齿伶俐的那个他跑得无影无踪。

这时候锁柱才回想起那天夜里确实有点后怕，要是叫洪水冲跑自己或是叫不断塌下来的土崖砸住自己，后果是不堪设想的，可当时哪里顾得了那么多，只想着烧一窑砖太费劲了，哪管得了其他。

不长时间后，公社党委分给九年制学校三个发展学生党员的指标，锁柱的好友吉才佳光荣地加入了中国共产党组织。这在同学们中间震动非常大。大家都说没想到我们九年制学生经过努力还能入党，这可是又获得了更高的政治生命。他们入党宣誓那天，全校震动。一些青年教师也有些眼红，也表示要向他们看齐，争取早日加入党组织。班上的同学们兴奋得不得了，都为自己身边有了党员而自豪和骄傲。锁柱更是兴奋得不行，他整天围着好友吉才佳，仿佛吉才佳一下子成了重点保护对象。

晚上回到家，吉才佳和父母怕锁柱多心，就同他谈心，要他正确对待家庭和自身努力的关系，不要灰心，要经得起组织考验，争取早日加入团组织。吉才佳还表示，他要一如既往地帮助他、介绍他，直到他加入团组织。锁柱本来有些灰心丧气，觉得同是班干部，同是好友，就因为家庭原因，吉才佳同学两年前就第一批入了团，现在又入了党。而自己到目前连个团员也不是，多丢人，多败兴，多么没出息。想到这里，他开始在心里埋怨起了父亲，父亲身陷囹圄，还把他也害成这样。他拼死拼活地努力，就是没人看得见，就是不被人理解，就是不能加入组织。难道说人与人的差别就这样大吗？他又一次陷入了苦恼。

经过吉才佳一家人的劝解，锁柱觉得吉家伯伯娘娘是诚心诚意地开导和帮助自己，自己入不了团是家庭影响，并非自身的过错。想到此，他由衷地感谢了他们，表示会继续努力。

从此，锁柱振作起精神，他要全方位地努力，使自己在各方面都具备条件。在学习上，他不耻下问，课堂上的问题总要弄懂弄通。在所有课程中，他的工业基础知识、农业基础知识以及俄语都学得不太好，主要是对这些课程不感兴趣。但一想到将来考试时各门功课都要评分，哪一门也忽视不得，就只好努力去钻研。最使他感兴趣的是语文课，这是他自小读书时就喜欢的一门课。他热衷得恨不能叫学校停了其他课，把所有的时间都用来学习语文课。每当老师课堂提问，他都对答如流，很少有不会的时候。每当老师让他到黑板上做题时，他不仅把知识能答对，而且字写得也漂亮，得到老师和同学们的一致赞同。他特别爱好作文。作文课是每星期四下午，同学们都在当天下午交作文本，他不仅要写好，还写得长。他向老师请求，能否把他的作文推迟到星期六下午过礼拜之前交，栗甘泉老师答应了他，并且提出要求，要他把每篇作文都力求写成范文，在班上让同学们传阅。这话增添了锁柱写好作文的信心，他绞尽脑汁，决心把作文写好，以优秀的成果不负老师的厚望。

果然，他的作文出现了很多可圈可点之处，超过一半的作文标着“传阅”二字。同学们只等作文本发下来，就抢走他的作文本，争相传阅。最终他的作文本被传得纸片乱掉，他只得糊了又糊，贴了又贴。他也不忘常翻其他同学的作文，从中借鉴好的篇章，因为他不忍叫别人的文章超过他，便密切注视着。

老师所要给同学们准备的课外学习资料都要由锁柱一页一页地刻蜡版字，然后油印出来才发给同学们。这些工作，锁柱都当作分内工作去干，从不感到疲倦。

此外，他自从上了九年制学校后，仍然一如既往地给师生们理着发，因为整个学校包括公社机关都没个理发的，全靠他们自己相互理。师生们多了，锁柱理不过来，学校就让他手把手地教其他同学学理发。时间一长，锁柱这个兼职理发师还真的培养出了几个理发员，基本上各班都有自己的理发员，这样锁柱就可以腾出手来，多给老师们理发。

锁柱开始给老师们理发时，尚觉不习惯，连手指头都不敢挨老师的头，显得非常拘谨。在老师们的一再鼓励下，他才放开胆子理。他理得很认真，生怕把老师们的头发理坏了自己担当不起。一个发总得理上个把钟头，还左顾右盼，前看后照，征求老师的意见。时间一长，便习惯成自然。他用剪刀也有了功夫，就像喜鹊叫喳喳的那种声音，老师们低着头在抿嘴笑，心里也乐开了花。

那次他给郭校长理发，郭校长就问他：

“锁柱，你这个名字真有些封建呀，谁取的?”

“我爷爷取的。”锁柱小心地回答。

“那意思是什么?”郭校长又问。

锁柱告诉校长，他家祖祖辈辈要么单传，要么连个儿了也没有，就到处抱孩子，他自己就是爷爷硬抱来的。抱回来后，就自作主张地给他取了个锁柱，那意思是用大铜锁锁住，不再发生意外，直到长大成人要生子繁衍后代。他说他小时候颈上戴个项圈，项圈上真的锁着一把明晃晃的大铜锁，压得他脖子都有些酸，直到他上学时爷爷都不让卸。他记得当了少先队员后，脖子里既有红领巾，又有项圈经常搅在一起，直到十三岁以后爷爷给他开了锁，才卸掉那项圈。

郭校长听了倒不觉得稀奇，他说过去都那样，他小的时候也不例外。锁柱见校长跟自己说话这样随便，内心既感激，又兴奋。

郭校长突然问：

“你现在同尚在轩是什么关系？”

锁柱不懂得“关系”二字咋讲，正在他难为之时，郭校长说：“是不是还是父子关系？”锁柱这才知道原来关系是这么个意思，忙答：“是，是。”

郭校长说：“你入团的事到现在还没有解决，你有什么想法？”

一听说入团的事，锁柱就满肚辛酸泪不知该从何谈起，他忙说：

“郭校长，我之所以一直入不了团，主要是我父亲对我的影响太大。不过我想他是他，我是我，他犯了法并不等于我也犯了法，组织上应该区分开来，我总觉得该是这样。”

郭校长说：“如果都是你这样想，事情早就办了，可惜没人敢站出来替你说句公道话。在阶级斗争，路线斗争年年讲、月月讲、天天讲的今天，没人敢站出来替你辩护，所以就一直久拖不决。”

郭校长见锁柱半天不吭声，他回过头来，见锁柱用袖子擦着泪水，知道触到了他的伤心之处，又劝他：“不过，你也别伤心，什么事情都不是一成不变的。你应当相信组织，总有一天你会加入的。”

锁柱相信郭校长说的是肺腑之言。他想，要是公社团委也能这样理解，他的问题就会解决。不过，郭校长最后说的两句话对他鼓舞很大，“你应当相信组织，总有一天你会加入的”。他决心等着这一天的到来，也决心为这一天的到来继续努力下去。

冬天来了，一场大雪突然降临，漫山遍野被一场白皑皑的大雪覆盖着，煞是好看。教室和宿舍就要生火了，学校发动大家到十多里地以外的煤矿去担煤。锁柱和同学们踏着雪走出校园，一路欢歌笑语朝煤矿走去。

他们在煤矿担着煤愉快地往回返，拐过一个弯，发现同学们都围成一片在看，锁柱也好奇地快步走了上去。他放下担子挤进去一看，原来是一伙穿着囚服的犯人拉着平车也在拉煤。不知咋的，自从父亲犯了法，成了犯人，锁柱就怕听到“犯人”这两个字。一听到人家说犯人，仿佛就是说他大，甚至是在说他。就在锁柱进退两难之时，突然听到有人叫他，他抬头一看，原来是父亲朝他这边走过来，后面还跟着一个管教人员。

锁柱完全没想到会在这里见到父亲，更没想到会在这时候在同学面前见到父亲，真叫他觉得难为情。可又不得不面对，他只好迎了上去。

父亲问他：“你也来担煤?”

他低声回答说：“嗯。”

父亲说：“我们也来拉煤。”

父亲见他有些消沉，有些不自然，就显出微笑说：“你伯伯和伯母都好吧，替我问候他们。你要好好念书，由于我的问题的客观存在，对你肯定是个影响，你要能正确对待，相信学校老师和同学们会正确理解的，党和政府也会正确对待的。你不必有过多的压力，要放下包袱，轻装上阵。不要自己折磨自己，自己苦自己。有什么想不开的地方，多找找老师，多同你伯伯娘娘他们商量，千万不要想不开。我现在身不由己，你的生活和学习只能靠你伯伯一家人了，你要珍惜他们对你的感情，用好的学习成绩回报他们。你替我谢谢他们，等我以后出去再报答他们。”

父亲见锁柱一直没吭声眼里还噙着泪花，心里也非常难过。父亲努力使自己镇定下来后说：“我看你穿得不好，衣服裤子上还打着补丁，人也很瘦。你随后进城一下，我请示一下管教干部，看能不能见见你韦姨，让她想想办法，接济你一下。”

父亲不提便罢，一提韦姨，锁柱就想起她对自己的态度来，心中一阵阵难过，眼泪也吧嗒吧嗒地掉了下来。锁柱赶快用两手抹去。父亲见他很伤心，立刻问：“怎么，你们闹矛盾了?”

锁柱摇摇头。

“你有空也可以接近接近她，替她多干点家务，对她好一点，她可能就会对你好。”

锁柱不想再听父亲多提及这些事，又不想在同学们面前这样一直难堪着。而有关父亲案件的话一句也不能涉及，于是就问父亲要不要什么东西，有什么事。

父亲告诉他，自己不需要啥，不过，他还是以哀求的目光对管教干部说："是不是可以叫孩子给我点儿烟和干粮？"

管教人员稍稍思索了一下，表示同意。

可现在走在半路上，前不着庄后不着店的，去哪里想办法？他只好告诉父亲随后他弄好亲自给他送去。

父亲他们拉着平车，后面跟着管教干部朝煤矿走去。

锁柱这才如释重负地走开。

同学们关切地围着他问这问那，锁柱全无心思回答，只是随便敷衍着，这个场面让他感到此刻真是无地自容。

回到学校，同学们纷纷议论，说见到锁柱父亲了，他们一伙犯人戴着瓜皮帽等等，锁柱听了抬不起头来。班主任栗甘泉老师听到后，就叫锁柱到他房里去，仔细询问了情况，锁柱一一做了回答。栗老师对他说，老师们在饭场上也议论了这事，很多老师都说，你父亲的问题久拖不决，对你是个很大影响，不仅入团是个问题，将来高中毕业后，就业也肯定会受到影响。如此下去，你的前途会毁在你父亲身上，老师们都替你惋惜。

锁柱问栗老师："栗老师，您说有什么好办法？"

"办法倒是有一些，不知你的意见如何？"栗老师看着他说。

"栗老师，您说吧！"

栗老师说："老师们都说，为了摆脱他对你的影响，最好的办法就是脱离父子关系。因为他只是你的养父，而且他现在已经犯法，自顾不暇，失去了抚养你的能力。你那个继母听说也不能正确对待你，又不管养活你，你现在完全靠你亲生父母养育着。如此，除了担个坏名声，再无多大帮助，何苦呢？"

栗老师正说着，郭校长也进来了，他见栗老师谈着这事，也插话说："其实我原来就有这个想法，上次你给我理发时我就想说，当时看到你感情很脆弱，怕你一时接受不了，我才没讲。人是死的，办法是活的，人总不能死死缠在一棵树上等死。眼看你父亲对你的影响越来越严重，你总不能这样一直无动于衷，任其受害。你有亲生父母这个条件，要是没有这个条件也就不说了。为什么放着活路不走，非得往死路上走不可呢？当然，并不是说你同你父亲脱离了父子关系，你一下子就变得很革命很革命了。但目前就是这个社会，社会就讲这个，人们在思想上就这么一直认为着。这就叫社会，这就叫现实，社会和现实并不是你尚锁柱或者咱们学校老师们能够改变得了的。既然我们改变不了社会潮流，就只能被社会潮流所改变，别无他法。”

郭校长像准备好了似的，一口气说了许多大道理，说得锁柱一点也张不开口。

这时，团支书鲁才老师也进来，他们像讨论过并且互相打了招呼似的轮番进来。他张口就说：“叫我说，干脆同你父亲脱离了父子关系，这个问题不解决，迟早不行。光你这个入团问题我就向公社团委谈了多次。不仅给书记谈，给其他团委委员也谈，人家都不敢担这个责任。人家说放着其他根红苗正的青年不接收，何必叫你加入，让大家替你担这个风险。一旦有人告起来，谁都张不开口。你同你父亲脱离关系的事，你可以亲自同他好好谈谈，也可以托家人亲戚同他好好谈谈。他也是个文化人，相信他会想得通的，绝不应该一人犯法，全家都跟着倒霉。他要真心为你好，就早该主动提出来。现在你提出来，他就更不该拒绝。当然，他要单纯为自己考虑，光考虑自己家庭的顶门当差，传宗接代，接续香火这一摊子事，而不为你尚锁柱的前途和命运着想，那就不好说了。”

栗老师也说：“事情在你头上，你应该反复考虑，拿出主意。老师们都是为你好，都是替你的前途着想才这样说，绝没有其他意思。”

锁柱默默地听了老师们的话，表示谢谢他们，他会好好考虑他们的意见的。

那晚，锁柱回到吉才佳家，他又主动提起这事，他想让吉伯伯和伯母他们一家和同学们替他拿拿主意。

吉伯伯说：“你的事情我也常同我家你伯母谈，觉得你父亲的问题把你害得不轻。你同你才佳哥相比，同样都是好学生，同样都是班长，但政治进步却大不相同。才佳两年前在七年制就第一批入了团，前不久刚十九岁就入了党，进步多快。而你三年了光入团申请书听说就写了快二十份了，还没入了团。班里入团的人都过了半数，唯独班长入不了团，啥问题？明摆着是受家庭影响。倒不是说非入这个团不可，可是以后你们青年人的机会多着呢，万一有个好的机会，在政策上肯定是共青团员优先嘛。我过去在部队也好，后来到地方上也好，共产党员同一般人就是不一样，关键时候就要靠他。你想，你平时连个团也入不了，有了机会或者到了关键时候咋会轮到你。到了那时想起来就迟了，这就叫养兵千日用兵一时。”

吉伯伯的话说得锁柱心服口服，他觉得完全有道理。可他总是在想，爷爷、父亲养了自己这么多年，为的啥？自己半路上跑了，父亲说什么也想不通，他不想在父亲最痛苦、最无奈的时候再去刺痛他的心。

吉伯伯听了他的想法说：“问题是你还是个好学生，你还要追求进步，要考虑前途。你要是个差等生，将来回家种地，他谁还嫌你是犯人的儿子?”

吉伯伯说的确实是这个理。

伯母接着也说：“你这娃太老实，把事情放活点，亲口给你父亲把话挑明，来个明断暗不断，只要能入团入党，将来有份工作干，日后你大出来该咋还咋，他谁吃了饭没事干非要干涉你不可?”

吉伯伯立刻瞪着眼说：“你这话可就差劲了。要革命，立场就得坚定，对组织就得忠诚老实。哪能阳一套阴一套，说一套做一套。让组织上发现了，更不会用你了。”

吉才佳也和同学们说，不能不能，咱不能耍两面派搞两套手腕，那样对组织不忠诚，不行。

锁柱也说：“伯母是一番好意，也是在为我着想，绝不存在哄骗组织的意思，我能理解。我现在如果同他断了父子关系，将来他出来后，一来自己还有儿女可以养活，二来作为叔叔，我和哥哥弟弟们也可以照顾他。”

话说到此，锁柱也觉得是到了该认真考虑的时候了。再这样下去，就要误事。他准备星期天回家跟伯父母商量这件事，看看他们是啥意见。

星期天，锁柱回到家，晚上吃过饭后，他把自己想同父亲脱离关系的想法和理由给伯父和娘娘讲了，想征求他们的意见。哪知伯父第一个站出来反对，他说："嫁出去的闺女泼出去的水，哪能干反悔的事？人家就是没娃才领你去，要是有娃谁还稀罕你。现在有了娃，那是人家的事，咱不能因为人家犯了法就不跟人家了。以前人家好过的时候咱咋不提出，现在难过了就提出走，那就不是人干的事。"

娘娘白了他几眼，忿忿不平地说："你说得绝情绝义，叫什么话，还不如旁人。兄弟几个就数他最有盼望，咱不能眼看着娃因为他大把前途毁了。你不心疼我还心疼哩。"

"有啥心疼的，命这东西难改变，天生四两难求半斤，出不去就在屋里种庄稼。种地的多哩，哪一个累死了，哪一个没过成一家人，照样活一辈子。"

娘娘不同意他的话，她说："别听你伯伯瞎嚷嚷，明儿去问问你舅舅，看他说咋办。"

锁柱知道自己家里大事往往都要征求舅舅的意见，他就打算第二天去问舅舅。

锁柱到了舅舅家，把情况一说，舅舅认真考虑着，半天没吭声，锁柱不知道舅舅会是啥意见就只能默默在一边等着。

舅舅考虑了半天，对锁柱说："一会儿我去你家，跟你伯父母商议一下，看看这事咋办。"

看来事情重大，舅舅这决定性的意见一下子也不好拿，他要慎重对待，锁柱期待着。

舅舅同锁柱一家人商量的结果是同意锁柱同养父解除父子关系，然后再由伯父母抽空到看守所去征求父亲的意见。尽管伯父不同意，但这一次他的意见只能作为个人意见被保留着。

星期天，锁柱同伯父母三人进城看望父亲，并同他商谈锁柱的事。他们来到公安局，同管教人员谈了要谈的事，得到准许后，他们就在接待室里等待。

半个钟头后，锁柱看见一位管教人员领着父亲走来。父亲到了门口，站好了姿势，喊了一声报告，听到"进来"后，才走进来。管教人员简略说明了事由，才准许他们见面。看到这一切，锁柱和伯父都感到辛酸，胸口堵得半天说不上话来。没想到一个好好的人，突然一下子成了一个不自由的囚犯。

伯父把锁柱在学校的学习情况、生活情况、入团情况以及老师和学校领导的意见告诉他，接着说锁柱目前遇到的最大问题就是家庭对孩子进步的影响，想叫他同意与孩子脱离父子关系，以便让锁柱有个好的前途。

锁柱在一旁默不作声，他仔细观察着父亲的反应。父亲先是一怔，继而脸上出现非常复杂的表情，接下来眼睛有些发红，面颊有些不由自主地颤抖了两下，微微闭着的嘴唇这才开启："非脱离不可？"

不用说，父亲留恋这种关系。他所想的总是他的家庭，他自己的利益以及他在心中谋划的种种设想与安排。这突如其来的要求像一石激起千层浪，使他平静的心潮立刻起了涟漪，他以一种本能的力量在试图自卫着，设想以此来堵上这突然裂开的缺口。

"看来不脱离关系是不行了，将来锁柱的前途会成问题。"伯父进一步强调说。

父亲仍以祈求的目光对他一奶同胞的长兄说："让我考虑考虑吧，我随后给你们答复行吗？"

伯父看看锁柱，又看看他父亲，说："可以吧。不过你别担心，将来不会受罪的，有我的眼目在，我随便哪个娃都可以给你顶门。"父亲没吭声，脸上的表情仍然十分复杂。

然后，他们把带来的干粮、香烟和衣服通过管教人员的检查后交给了父亲，尚在轩提着东西返身走出去。

锁柱和他伯父一直目睹着他大走远后才同管教人员告别。临走，伯父惴惴不安地向管教人员说："同志，我想问句话，我兄弟这事为啥一直没个结果？"

"这不是你该问的事，快走吧。"

听了管教人员的回话，他们发觉自己多嘴了，只得赶快离开。

十四

锁柱整整忙了十多天，也没把脱离父子关系的事说成个究竟。只好放下听候父亲回音。这时他的学费越来越成了问题。栗老师很同情他，每月给他评三块钱的助学金，这给他解决了很大问题。他打心眼里感谢栗老师并表示一定要当好班长，在班务工作上助栗老师一臂之力，不让栗老师被杂七杂八的琐事缠身，让他腾出时间来抓好班里的大事。在学习上，他也更加勤奋，各门功课力求齐头并进，争取有个好的学习成绩。只有这样，栗老师才能有更充分的理由给他评助学金，不让其他评不上助学金的同学有闲话可说。

但是，光有助学金还不够，还有学杂费的开支，自己仅有的一身衣服裤子已经洗得发了白，有的地方已经有经无纬地破了，这些都要花钱。看到伯父母那么困难，他又不忍心张口，就想着自己设法去挣点钱。他经过多方打听和托人，终于揽上了一宗活。

星期天，他同也是家庭很困难的吉才佳同学一起，拉着平车去矸窑上挖矸，然后卖给附近的砂锅窑上。听说一平车矸卖两块钱，很诱人的，他们商量好了，就趁休息时去挖。

他俩拉着平车，头顶着呼呼作响的西北风，冻得耳朵直发麻，手直发僵。只好把手装在衣兜里，用胳肢窝夹着平车把，一步一步地向前走着。脚下是冰碴儿，脚一踩上去，哗啦哗啦直响，有时候还打滑，一不小心就能摔倒。他们只有一个心眼，一平车矸可以挣两块钱，就什么也不顾了。

到了矸窑上，只见那矸窑在大石崖下，总共不够一米高。人要想进去挖，只能爬着进去，然后侧倒下身，背朝外，脸朝里，抡起镐头，一镐一镐地挖。由于天寒地冻，三镐五镐都挖不下一铁锹，但他们忘记了一切，有那两块钱的诱惑，什么苦难都置之脑后了。他们侧卧在石崖下，挖啊挖，不一会儿就腰酸腿麻胳膊疼，满身流汗，口里热气直冒，气都喘不过来。只好爬出来，另一个人再进去继续挖。

就这样，他们一个上午总算挖了一平车矸，再一步一步地拉到锅窑上。经过窑主检验后，人家却说不合格，有砂石，不收。这一下子他们傻眼了，好说歹说，“老叔”“老叔”的话唤了足足有一平车，最后才说得那人软了心，算是给了他们一半的价钱——一块钱。就这也行，总算一上午每人挣了五毛钱，他们准备下午早点来，好好干，争取挖一车好矸，每人力争再弄他一块钱。后来，锁柱和吉才佳把那一块钱让来让去，谁都要对方先收下，谁都不肯先收。

他们在吉才佳屋里吃过午饭，天也暖和多了，就赶快又去挖。谁知下午挖顺了，到天黑竟挖了两车。锅窑上也顺利收了，每人挣了两块钱，他们高兴得直乐，每人手里捏着那两块钱看了又看，都舍不得往口袋里装。都说下个星期日再来挖，还要求对方保密，怕别人抢了他们的好生意。

到了第二个星期天，他们继续挖，这一天每人挣了四块钱，一直到天黑洞洞的才收工。他们兴奋异常，窑主告诉他们，如果他们愿意干还可以长期干下去，他们高兴地答应下来。窑主见这两个年轻人干活实在，人缘也好，又问了他们各自的家庭情况。吉才佳告诉他，他家七口人，弟弟妹妹都小，还要上学。父亲又是一个伤残军人，母亲常年有病。家中人口多，劳力少，工分少，秋天分得口粮最低。自己是长子，就想抽空出来干点活，补点家用。当他问到锁柱家庭情况后，锁柱说，父亲犯了法，到如今也没个结果。养母离了婚，带着小妹已改嫁。继母不管他，城里的家被公安局封了，乡下的老家家徒四壁，还常常遭遇那些歹人的滋扰。无奈之下，返回生母家。现在家中十一口人，他亲爹娘上了岁数，身体又不好。亲娘常常一年三百六十五天，一个一桶水的大罗锅就累住了，只凭哥嫂们挣点工分还要照顾他和弟妹们上学。他一身黄衣服蓝裤子，两年多了没离身，第一年新，第二年旧，这第三年补丁摞补丁，人家说他是老虎下山一张皮。他说想抽空挣几个钱，一来糊糊嘴，二来也换换这身破“皮”。

窑主越听越同情这两个苦孩子，末了还给他们提供了一个挣钱的门路。他说他的砂锅是五分钱一套，担到县城是一毛钱一套，每套可以挣五分钱。他们要是愿意干，他可以拨给他们一些。他们一听倒是个好办法，只是自己是学生，平时没工夫，星期天还想挖矸。再说担着砂锅进城，锁柱在大街上见了同学们多丢人，看来这活不能干。

吉才佳忽然灵机一动，他说让他父亲赶着驴车进城，一来卖煤，二来可以卖锅，倒也是个好办法。

吉才佳回家后，把这个消息告诉他父亲，他父亲说可以试一试。结果一试，还行。他们就决定这样干。星期天挖上矸给了窑主，换来锅担回家再进城去卖，这样，出去两个空人，而回来是一担砂锅，还真是能干。

可是砂锅烧出来都在夜里，多数是在后半夜，这就是说，他们得后半夜担着箩头去担锅。为了做成这个买卖，也只能这样了。他们让家中大人夜里叫醒自己，也顾不上冻得浑身直打哆嗦，各人担着箩头，在黑暗的山路上袖着手，朝锅窑上摸去。有时刮风下雪，不是顶着风，就是脚下泥泞难走，为了不耽误买卖，他们可真是风雪无阻。

他们把刚出窑的红锅、热锅摆在场上，等到晾冷才能往回担。往往是天明担回来后，正赶上同学们起床。由于他俩是班长，得给学校打起床铃，所以还得操好这条心，绝不敢因为自己担锅误了全校起床、出操、上自习。那样，他们就担当不起了，私下的买卖就有泡汤的可能。他俩有时风趣地说，咱们搞的这是地下工作，趴在地下挖矸，夜里偷着担锅，有时眼看要起床打铃，只好一人等锅，一人回去打铃。要说累也确实活得累，可这样他们也干得起劲、有盼头，他们高兴，他们愿意。

他们这样干了一冬天，收获还真不小。俩人每人买了一身新衣服，还给吉伯伯买了一顶大棉帽，给吉伯母买了一双新鞋。余下的钱还可作学费。

正当他们干得起劲时，学校接到通知，说冬季征兵工作开始了，要在他们高一班征四个兵。这四个名额一下来，班里像炸开了锅，男同学都纷纷要求去应征入伍。有的自己当不了家，还奔回去请示父母。有的缠着老师坚决要去，还有的在大红纸上写上决心书，贴在校园里。一时间群情振奋，三四十个热血青年都争相去当兵，还有的咬破手指，写上血书交给老师，大有当不了兵就不再活人的架势。

吉才佳父亲是个老军人，首当其冲地支持才佳去当兵，还专门来到学校，找到班主任和校长，当面表明了决心。吉才佳见锁柱信心不高，就私下里动员他也同自己一起去当兵。他说当了兵，在部队管吃管穿管零花钱，只说是吃了饭好好干就行，何必天天发愁肚子饿、衣服破、没学费这些婆婆妈妈的烦心事，何苦星期日挖矸，夜里连觉也睡不成，担着箩头去担锅。

吉才佳说的这些，锁柱何曾不想，又何曾不盼。可自己行吗？吉才佳一是党员，全中国十九岁的党员有多少？二是出身贫农。三是他父亲是老布尔什维克，老伤残军人。四是他是班长。五是学习好……而自己呢？纯粹一个犯人的儿子，光这一条就完了，还不敢说自己连个团员都不是。即使报了名，也只能是凑凑热火垫垫背而已。然而，锁柱还是耐不住老师鼓励、同学激将、才佳硬拉，也只好报了名。

锁柱报名时，校长和老师们急着对他说，叫你早点同你父亲脱离了父子关系，你总是优柔寡断，迟迟下不了决心。现在机会来了，到了祖国挑选人才的关键时候了，你却不具备条件，叫大家干急没法。锁柱在填表时，学校让他在填写养父尚在轩的同时，再填上他生父尚崇文，以此来向组织说明他并非尚在轩的亲生儿子，他骨子里流淌的不是尚在轩被污染的血，而是尚崇文纯净的血。

在向公社领导交表时，学校领导特地说明了尚锁柱的问题，希望他们能正确理解和区别对待尚锁柱的家庭影响问题。

没过几天，带兵的来到学校，他们的到来更加振奋了同学们的精神。看到他们穿着威武的军装，真像“智取威虎山”中的唱词那样：“一颗红星头上戴，革命的红旗挂两边”。他们走起路来雄赳赳，气昂昂，傲视一切。那个威武劲，叫大家看了要多精神有多精神。那些热衷于夸海口的同学又吹又擂，说：“看，他们的今天就是我的明天。赶明儿我到了咱大部队上，说不定比他们还威武呢。干上三五年，提个小干，来个两兜（战士服装）换四兜（军官服装）。到那时返回家乡来，再来看望你们这些革命的红色社员。”

同学们的话无不豪爽风趣，更加激起了大家一心当兵的愿望。体检那天，学校从高一班抽出二十四个精精干干的小伙子，由班长尚锁柱带领，唱着《打靶歌》和《三大纪律八项注意》的歌，迈着“一二一”的口令指挥下的步伐，喊着一二三四的口令，仿佛他们已经成了令人羡慕的解放军战士一样。

他们唱着歌、喊着操，声音此时更加洪亮，气魄比平时更加豪迈，引来全校师生围观。大家在边上指手画脚。有的说张三能行，有的说李四最保险，老师们也在一旁议论着自己心爱的弟子。心想他们终于成才了，终于有机会插翅高飞了。

锁柱比平时更有精神，由于他这时用自己劳动的血汗换来了一身新衣服，加上精神振奋，更加显得不一般。他想，或许自己命运好了当兵的事也有一撞。

锁柱带着他的队伍来到体检站，带兵的军官对他们的到来十分欢迎。他们同带队的锁柱握了手，还赞扬说，你们学生兵就是训练有素，比农村那些疲疲沓沓的散兵游民强多了。

可以看出来，带兵的一眼就相中了带队的尚锁柱。那个带兵的在体检时再次碰上他后，拍着他的肩头说：“小伙子，你叫啥名？”锁柱告诉他后，带兵的拿出名单在他名字下打了个钩。锁柱见带兵的对他产生了好感，就一再请求带兵的能带上他。带兵的笑着拍着他的肩头说：“等体检下来合格，政审过关后，我一定带上你。”

这一下叫锁柱喜忧参半。尽管带兵的还不知道自己的情况，可他自己最清楚自己，即使别的都过去了，政审这一关也很难过。但他很快打消了这个念头。他觉得既然来了，就要认真去做，起码自己已经从全班同学中胜出，到了这二十四个能参加体检的人里就是迈出了第一步，下一步就是那六比一的问题了。

体检结束后，锁柱又顺原路带回参加体检同学。这时大家已不再是来时的单一思想，七嘴八舌地议论开了。有的说自己这不合格，那不合格；有的灰心丧气地说自己干脆就没检查到最后一关；更多的说自己没问题，全都过了。大家这样议论着回到学校，向老师和同学们汇报着。

有个别捣蛋的体检的同学见了同学们就说：“快叫叔叔。”人家问他为什么，他说你没听人家说，农民伯伯，解放军叔叔，工人老大哥吗？大家这才明白了他的意思。还有觉得自己没有希望的同学说："看来咱这辈子当不成'叔叔'了，将来争取当个'老大哥'吧，如果要连个'老大哥'都当不上，只能回家当伯伯了。"说得大家都觉得他可怜兮兮的。

锁柱觉得自己体检没问题，但他对自己政审能否过关心里很没底。吉才佳这时很乐观，他说自己体检没问题，各方面条件都不差，总体感觉还行。他家里人也都为他开始兴奋起来。

吉才佳一家人这时考虑最多的是锁柱，要是他也能顺利录取上，两个苦孩子双双去部队，那该多好。为这，才佳父亲还专门找到带兵的，以一个老兵的愿望，请求部队把俩孩子都带走。锁住知道后，十分感谢吉伯伯对他的关心。

不几天，入伍通知书下来了，吉才佳和班里另外三名同学被批准光荣入伍，而尚锁柱却名落孙山。

当老师在班上正式宣布这一通知时，全班响起热烈的掌声，大家一齐为新入伍的同学们鼓掌喝彩。被批准入伍的同学个个兴奋得脸上闪着红光，有的激动得流着泪花。班里两名党员都被部队选中，另外两名是共青团员。他们都出身贫农，都是品学兼优的好同学，大家也一致赞同他们。

锁柱也同大家一样，心里也为即将入伍的同学喝彩着，尤其为他的好友吉才佳高兴。下了课，他第一个去到吉才佳面前，猛地一下抱住他，俩人久久相拥，以致散开后，眼里都闪着泪花。

锁柱想说给吉才佳一些祝贺的话，此时满肚的话一句也说不出来，只是望着吉才佳痛苦地笑着。吉才佳最清楚锁柱此时的心情，他勉励锁柱千万不要灰心丧气。他说："是金子，总会发光；是好钢，就该用在刀刃上。"锁柱默默地听着吉才佳的话，他边点头边想，才佳这两句话也许是他自己早已准备好的，但愿才佳的话能在自己身上实现。

晚上回到吉才佳家中，他们一家人都为才佳光荣入伍而兴奋着。邻居们、村里人、才佳的亲戚朋友们都来登门庆贺，忙得才佳的父母只有迎送和陪客的工夫。

好不容易打发走了客人，才佳父母这才坐下来，高兴之余开始正视锁柱的问题。二位老人因锁柱没被批准入伍心中总感到有缺憾，一再安慰他别灰心丧气，明年再瞅机会当兵。锁柱对二老的话只是表面上听着，实际上他知道，只要他父亲的影响存在，这当兵的事就永远与他无缘。但表面上锁柱还是顺从地应着，他知道他们一家人都是好心，只是不想把才佳当兵的好心情冲淡了罢了。

第二天上午，吉才佳领到了军装，他自是兴奋异常。锁柱顾不得上课了，他向老师请了假，在好朋友明天走之前，他要陪陪他。

锁柱帮助吉才佳在怀里搂着军装回了家，又帮他穿上。立刻才佳变了样，像个军人的样子了。他在镜子里不住地照着，前后左右地看着那合合适适的军装，满意地笑了。锁柱要他穿着军装在地上走几圈，才佳对着父母弟妹腼腆地迟疑着。他父亲突然说："那怕啥，没这点胆量就不配穿军装，我当年穿上军装就开始上前线。"说着，他父亲不由自主地在地上来了个立正、齐步走的动作，一个老军人形象马上出现在大家面前，这一来叫才佳难为情了。这时才佳的母亲说："才佳，把军装脱下来也叫锁柱穿穿，叫大家看看像不像。"才佳立刻说："好好好，你也来穿穿，权当是预备役部队。"说得一屋人都笑了。锁柱拗不过才佳一家人，只得穿上。他刚一穿上，一屋人都热烈拍掌道："好好好。"锁柱赶快脱掉，递给才佳，边脱边说："这军装是无比高尚的，神圣纯洁的，我不够格，不能胡穿。"一屋人随着锁柱这话，立时静了下来，大家这才各忙各的，分散了注意力，淡化了锁柱的悲伤情绪。

第二天，吉才佳要去他舅舅、姑姑、姨姨家看望。锁柱就陪他去，吉才佳不让，说这样太误课，让他回去上课。锁柱说，咱们自从上完小到现在已经六年，六年来在一起当班长，在一起学习和生活，好得就像亲兄弟一样，手足之情是那样深厚。如今你要走了，咱们就是白昼夜晚不分开，还能在一起待几天？才佳拗不过锁柱，只好同意一道去。其实他又何尝不想同锁柱在一起。一路上，吉才佳还是替锁柱谋划着他的前程。他说："锁柱，我总在想，你必须摆脱你父亲的不利影响，否则，将会影响你一生。别的不说，从你入团、当兵这两件事上就看得很清楚，这一点已成了决定性因素。你不但要下决心脱离关系，而且越快越好。不然属于你的机会一次次跑掉，那多可惜。人生在世，属于自己的机会并不多，有时候抓住一个机会就可能改变自己一生的命运。相反，失去一个好机会，也可能会遗憾终身。就像我这次当兵，我要不是个党员，我要不是有这个好的家庭条件，不可能会轮到我。失去了这个机会，也许一辈子都找不回来，但这一次我抓住了这个机会，就可能从此改变我的一生。我计划到部队好好干他一番，争取多干几年，能提干更好，那样在部队一步步地往上熬，可能比回来更好。因为我的家庭不值得我留恋，我没有好的退路，只好往前闯。父母身体不好，弟妹们多，都需要我这个长子去照顾他们，你说我不混出个样子怎么去担负这些事。早早回来，一要娶媳妇，二又没房子，去哪弄那么多钱，还不愁死我？所以我劝你趁早做到洁身自好，无机会便罢，一有机会搭上时代列车呼呼呼就前进了，比你老是固守在原地强得多。”

听了吉才佳的这番话，锁柱一下子感到他比自己站得高，看得远了。最大的优势是他比自己政治敏锐性强。他懂得无条件地把自己融入时代大潮中去，他懂得把自己的前途命运同国家的前途命运自觉联系在一起。站得高，才能看得远；起点高，才能攀得快。吉才佳启发锁柱道：“一个人放的位置不同，他的高度就不同。比方说沟里的树，山上的草，你说哪个高？肯定是前者，哪个是材，也是前者。但是哪个最先沐浴阳光，不是前者，而是后者。因为你的起点太低了，可能你一辈子都无出头之日。而后者，只因它一出生就长在山头，它可能一生都会占尽风光，出尽风头，令你自愧弗如。”

锁柱细想想，觉得确实是这样。他告诉才佳，前段就他们脱离父子关系一事，他同伯父母去到公安局向父亲当面提出，看来父亲还有思想顾虑，他答应说需要考虑考虑，锁柱也只能耐心等待。因为他觉得，既然父子关系形成已经有十多年时间了，不可能一朝一夕就断绝了。那样，会给他已经身陷囹圄本来就十分悲观的父亲心上再增添新的创伤，他自己也是于心不忍的。

吉才佳提醒他说：“要疼就别断，要断就别疼，总像那样难舍难离或者藕断丝连的，算哪一回事？你呀，你总是心太软，心太软。要早断了，何愁这次当不了兵？”

“哥，你就别挖苦我了。”

锁柱心里实在一阵阵地难受。才佳说的句句在理，句句为他好。而他也能体会到，就是难以做到，他不知为什么。

学校为欢送新兵举办了文艺晚会。晚会上，四位新兵同学一一戴上了大红花，晚会一开始，学校专门写了一段祝贺新兵的话，让锁柱和另外一位女同学惠英一起朗诵。锁柱几乎是抑制着悲伤的感情和悲凉的泪水朗诵完的。他心想，再多有一句，他的泪水就会抑制不住地砸在台上。整个一晚上，他都努力使自己麻木着，不敢看那四名新兵同学一眼，不忍去想自己为当兵带队、体检、政审、落选的每一个环节。他觉得与其是一台欢送新兵晚会，倒不如说是对自己的一台折磨会。好不容易挨到落幕，锁柱快憋不住了，他真想找个地方大哭一场。整个一晚上他心如刀扎，好疼好疼。

第二天，新兵离开家乡要走了，学校师生列队欢送。新兵们胸前佩戴大红花从全校每个师生面前经过，到了他们这一班面前，挨个儿摆手，大家难舍难离。有的掉着泪，有的小声抽泣着，还有的紧紧抱着不放。锁柱作为学校乐队中的洋鼓手，在用力敲击着羊皮鼓，那“咚，咚……”的捶击声，每一下都像敲击在他的心上，令他不堪忍受。吉才佳过来了，尚锁柱无法丢掉鼓槌，只能用力点着头，目送他和其他同学离去。锁住努力显出笑容，他和吉才佳该说的话都已说过了。再有就只剩下泪水了。他不想老这样流泪，就装出若无其事的样子欢送吉才佳上车。

送走吉才佳，锁柱顿时觉得心里空落落的，他控制不住自己，不由自主地去到吉才佳家。锁柱一进门，见才佳母亲和弟妹们都在家中默默地流泪，他父亲在劝着他们。见到锁柱进来，一家人刚擦去的泪水又掉下来。锁柱努力使自己有个好心情，一个个劝着他们，然而劝着劝着，锁柱竟也流泪了，他赶快扭过头不让他们看到。哪知那不争气的泪水一个劲地往下流，才佳一家人反倒哄劝开他了。他们不哄便罢，一哄，锁柱更加止不住，万般伤心事齐涌心头，他索性趴在才佳的桌子上，大声哭起来。大家都哄不住他，才佳母亲说：“想哭就放开声哭出来吧，哭出来反倒好受些。”

锁柱号啕大哭了一场，一哭就是一上午，他很少这么伤心过。直到才佳母亲给他端来中午饭，他才止住声。才佳母亲告诉他：“你才佳哥走时吩咐我两件事：一件事是必须叫你在我家住下去，直到毕业；一件事是把他穿的衣裤只要你能穿的，都给了你。”锁柱心猛地一酸，感激的泪水止不住又涌了出来……

十五

吉才佳当兵走后，锁柱顿时觉得心里空落落的，没个着落。毕竟他们是同窗六年的好朋友，彼此无话不谈，情投意合。他总在想，人这一生处个朋友很容易，成为知己却是很难。一个人在某个环境中有一位知己就够了，就像他在县城有李大桢，在乡下有吉才佳，这些足以让他欣慰。不长时间，吉才佳就从部队上给他来了信，他说坐火车两天两夜到了部队，现在分在新兵连，开始训练。每天除了训练还是训练，练得腰酸腿疼胳膊硬，吃饭时连筷子都抓不牢，头一挨枕头就呼呼睡着了。班长告诉他，训练一段后习惯了就好了。才佳要锁柱放心，自己会照顾好自己的，他说他给家里也写了信，让他给他父母念念，叫二老放心，还说弟弟妹妹都还小，家中有啥事叫他多看望。

锁柱没当了兵，想起那些去当兵的同学们心里非常羡慕，他做梦都梦见自己同吉才佳一起当兵。可是那黄衣服上一块补丁总在肩膀上缀着，使他很懊恼。醒来后发现是个梦觉得又气又笑，常常唉声叹气，泪湿枕头。老师们也在催他，说因为他父亲的问题没早摆脱，失去了当兵的好机会，现在再要不抓紧，马上高中毕业后，面临着很多就业机会，若要不具备条件，错过机遇可是一生的憾事。锁柱感到老师们说的的确有道理，就想到星期天进城催一催他父亲。

他星期天进城后，到看守所找父亲，结果没见到。人家告诉他这段时间有情况，不让相见。他见这样，一下子心灰意冷，不知如何是好。他在大街上百无聊赖地走着，突然想要去看看好朋友大桢。他知道大桢没有上高中，原因是他本人不想念，也没过多地去争取。现在在家干活，已经半年多了没有见到他，不知他现在情况怎样。

他中午在大桢家见到他，大桢完全变了。变黑了，变壮了，胡子又黑又浓，完全像个成年人了。他想，可不是嘛！大桢都二十一岁的人了。大桢告诉锁柱自己现在在工程队跟人学木工，一些简单的木工活他都可以做了，他父亲说将来能当个好木工也是很吃香的。他勉励锁柱要他好好读书，说他是读书的料，自己这辈子对读书这件事算是不能说了。他说这话时显得很坦然。锁柱心想，人各有志，没想到离开三年多，大桢思想会发生这么大变化。大桢接着说："前一段我在街上还见到韦玉平，她告诉我现在也在她外祖母那乡下读九年制。她变化可大了，长高了，晒黑了，皮肤也不像以前那样细腻了，完全是一副乡下女孩的模样。我简单地问了问她母亲的情况，她说她母亲仍然郁郁寡欢，还没有从阴影中解脱出来。她的弟弟男男也会走路了，淘气得很，母亲很疼他，说他命苦，不该来到这世界上。我问她母亲去看过你父亲没有，她说去过一次，玉平也想相跟去看望，她母亲不让去。意外的是，那晚她母亲从城里回来后，心情很糟，看样子像哭过，或者生了气，焦躁中还打了弟弟，她从未见母亲那样打过弟弟。那天不知为什么，她打起弟弟来不顾一切，还口口声声骂着'我打你这尚家小种'，母亲打累了才住手，然后就在一边哭。玉平说她从没见过母亲这样发过火，这样伤心过，她猜想很可能与尚叔叔有关。"大桢接着问他："你后来再没去过她们家？再也没见到过玉平？"锁柱消沉地点点头，看样子还沉湎在刚才的往事中。大桢接着说："看样子玉平对你还不错，还很有感情。她很希望你常去她家走走看看，只是一直说服不了她母亲，她也为此事懊悔，觉得她们一家对不起你，尤其是她母亲不该遗弃你。她让我有机会转告她的这番意思，希望我也给你解释解释，别让你多心，将来尚叔叔出来你们还是一家人。"

大桢说完，问锁柱："你说呢？"

锁柱告诉他："过去的事你都清楚，事情到了今天这个地步，都是大家一步一步走到现在的。既然已经到了今天，谁也没有必要怨恨谁，各人做事各人清楚，最困难的时候都熬过来了，现在已经习以为常了。”

锁柱顿了顿又说：“韦玉平是个很好的女孩，我从七岁见她到今年十多年的时间，无论是作为同学，还是在一个屋檐下生活，我对她都始终存在着好感。她妈是她妈，她是她，应当区别开来，绝不可迁怒于她。那一年，她能亲自跑到我老家看我人，暖我心，我就一辈子不会忘记她对我的好。一个女孩心中受伤，还能以舌舔人之伤，够无私了，在我都是很难做到的。”

大桢听到这话就放心了，这使他一下子从中解脱了出来。他说：“咱们别见面老是谈这些伤心的事，也说点高兴的吧。”

锁柱说：“可以，可以，你都有些啥高兴的事，赶快通报通报。”

大桢说：“锁柱，我有个想法，韦玉平这么好的闺女，我看还不如将来给你做了媳妇，你看如何？”

“这怎么行，这怎么行。”

锁柱几乎要跳起来。

大桢仍慢条斯理地说：“她跟你虽是一家，却没有任何血缘关系，有什么不行的。再说，她母亲跟着你父亲，也无端地受了苦，叫玉平平白无故地受到牵连，也该可怜可怜她了。你想，要不是你父亲，人家闺女哪会有今天？”

“那你也不能这么说，也许我父亲走到这一步，都是怨她母亲的过，那也说不定。”锁柱辩解着。

“咱不说大人们，那些事连公安局几年了都弄不清，咱更弄不清。咱光说你们俩。”

“那也不行。”

“为什么？”

“我才十九岁，现在还不是谈婚论嫁之时。”

“十九岁也是个大小伙了，我爹十九岁早生下我了。”

“那是过去，现在提倡晚婚。”

“可以先谈呀！”

“不谈不谈，一家人哪能说两家话，世上闺女又不是霜打了，叫大人知道，还不骂死我们。”

他们俩一人一句地谈着。锁柱灵机一动，问大桢：“你光说我，你现在同李小霞关系进展怎样？”

大桢显得很超脱地说：“‘别了，司徒雷登’，我们不谈了。”

“为什么？”锁柱吃惊地问。

“人家上高中了，咱干活了，人家将来当干部，至少也是个工人。咱现在是小木匠一个，攀不上了。人贵有自知之明，好合好散，各奔前程，互不连累。不过我们还是朋友。”看得出来，事情发展到这一步，并非大桢的真心，这也是没办法的办法。行业不同，职业不同，人就自然而然地分了等级。大桢想不通也只好想通了。

“那你计划咋办？”锁柱赶忙问。

“我已经订婚了。”大桢很泰然地告诉他。

“跟谁？”锁柱惊奇地问。

“她叫秀芝，乡下人，我一位亲戚介绍的。”大桢简短地告诉锁柱。

“你爱她吗？”锁柱不放心地问。

“淡话，不爱谁定？”大桢笑着对他说。

“好好好，那多会儿能吃喜糖？”锁柱这会儿又急着问。

“到时候第一个告诉你，还让你去给我迎亲呢。”

“好好好。”锁柱高兴的样子比吃了块喜糖还甜。

锁柱从县城返回学校后，学校团支部书记鲁才老师叫他去一下。

锁柱不知道又遇上什么事，心里忐忑不安地叩响了鲁老师的门。鲁才老师见了他，一改往日严肃的面孔，高兴地对锁柱说：“锁柱，告诉你一个特大喜讯。”

没等锁柱多想，鲁老师就止不住地告诉他：“你被学校团支部通过加入共青团组织了！”鲁老师大声宣布着组织的这一决定，还高兴得两手同时拍着锁柱两膀，瞪大两眼望着他。

“真的？”

“真的！”

“我要入团了，我终于入团了！我很快就是个团员了！”锁柱兴奋地说着，喊着，眼泪都掉了出来。突然，他一下子扑到鲁老师的怀里，大声说着：“鲁老师……鲁老师……”

锁柱紧紧地抱着鲁老师，半天没松手，呜呜地哭了起来。

鲁老师尽力哄着他，无奈，他越哭越伤心，鲁老师只好把他让到椅子边坐下，在一旁默默地看着他哭，心情也有些沉重。

郭校长和班主任栗老师听到哭声，从门外进来。他们见锁柱激动得半天都不能自制，在一旁一再感叹着说，尚锁柱的这一天来得多么不易，他是付出了别人十倍百倍的努力才达到的，是够艰难了。栗老师还告诉郭校长，锁柱从七年制学校就提交入团申请书，他在班上交申请书交得最早，入得最迟。三年多了，真不容易。郭校长也勉励他说：“这下子好了，好好努力吧，争取得到更大的成绩。”

面对老师们的热切话语，锁柱不知道该如何感谢一直培养自己的各位恩师。只见他站起身，向郭校长、栗老师、鲁老师挨着恭恭敬敬地各鞠一躬，嘴里不住地说着：“谢谢郭校长！谢谢栗老师！谢谢鲁老师！”

鲁老师这时把《入团志愿书》交给他，让他填写。

他捧着入团志愿书，泪水又流了出来。回到教室，他铺开《入团志愿书》，几乎没加考虑，把早已在心中想了几十遍的话写了出来——

> 我是生长在伟大的毛泽东时代的革命青年。我的成长，全靠战无不胜的毛泽东思想阳光雨露滋润；我的成长，全靠伟大、光荣、正确的中国共产党的指引；我的成长，离不开团组织的长期培养和耐心教育。是这些巨大的政治力量教育了我，鼓舞了我，才使我茁壮地成长起来。
>
> 中国共产主义青年团组织是中国共产党的有力助手和后备军，是用毛泽东思想武装起来的先进青年组织。青年团的指导思想是马列主义，毛泽东思想，最终目的是实现共产主义。为了不辜负党对我们的殷切希望和时代赋予我们的崇高职责，为了接好老一辈革命家的班，为了在世界上彻底消灭人剥削人的制度和在地球上彻底埋葬“帝修反”，为了将中国革命和世界革命进行到底，为了实现“环球同此凉

热”的远大理想，我决心加入中国共产主义青年团组织。首先在思想上加入团组织，在组织上准备最充分的条件，努力争取早日加入中国共产主义青年团组织。

时代赋予我们革命青年的责任，是继承老一辈开创的革命大业，改变祖国“一穷二白”的面貌，参加埋葬“帝修反”的战斗。为了实现解放全人类的崇高理想，我决心做到：毛主席教导记心怀，一生交给党安排，笑迎困难献青春，换得全球幸福来。我向党，向敬爱的毛主席，向亲爱的团组织庄严宣誓：为中国革命和世界革命贡献出自己的一生，为实现伟大的共产主义事业贡献自己的一生。敬爱的党，敬爱的毛主席，敬爱的团组织，生长在你们的怀抱里是我最大的温暖，最大的幸福。今天，我向你们庄严宣誓：

我的理想已定了——为实现共产主义奋斗终身！

我的信仰已定了——战无不胜的毛泽东思想！

我的抱负已定了——“消灭帝修反”，解放全人类！

任何艰难困苦都不能改变我的立场，任何险风恶浪都不能动摇我的意志，任何“香花毒草”都不能腐蚀我的理想。希望团组织再次相信，面对着共产主义的远大目标，我，胸怀朝阳何所惧，敢叫青春献人民，紧跟毛主席的革命路线，保卫毛主席的赤胆忠心，为人民吃苦虽苦犹乐，为人民献身虽死犹生。放眼祖国前途，胸怀世界风云。我决心努力学习马列主义、毛泽东思想，以毛主席“三条原则”为指针，以毛主席接班人五个条件为标准，努力提高三个觉悟，时刻用一个共青团员的高标准严格要求自己。时刻把坚定正确的政治方向放在第一位，时刻以毛泽东思想为动力鞭策自己前进的步伐。在革命的征途上不骄不躁，坚持反骄破满，永远谦虚谨慎，永远把自己放在新的起跑线上。发扬党的紧密联系群众的作风，遇事同群众商量，做到永远不脱离群众。我知道，在我们的革命事业中，正需要许许多多无名的“孺子牛”，所以，我要求团组织在今后的工作中给我分配最艰巨的任务，最繁重的担子。我决心要“自”找苦吃。因为我深知：吃得苦中苦，方为接班人！总之，我要将自己有限的生命投入到无限的为人民服务中去。让生命的火花，在漫长的革命斗争中，迸发出灿烂的光辉！

锁柱一口气把入团志愿书一栏填得满满的，他恨不能把自己聚集了四年的话全都讲出来，把自己一颗赤诚的心掏出来交给团组织。与其说他是蘸着钢笔水写出来的，不如说他是蘸着泪水和一腔热血写出来的。

他填完后，恭恭敬敬地交给团支部书记鲁才老师，等待着公社团委的正式批准。

不久，公社团委终于客观公正地批准了锁柱的请求，当团支部书记正式通知他后，他兴奋得半天说不出话来。他向团支部表示一定会加倍努力，不辜负组织对自己的培养。

锁柱迅速写信把这一消息告诉千里之外的吉才佳。因为吉才佳和团支部书记鲁才老师一直是他的入团介绍人，他不能忘记他们对自己的热心鼓励和长期帮助。

他还把这一好消息迅速告诉了家人和亲朋好友，让大家和他一起分享他的幸福。

十六

尚锁柱入团了，亲朋好友为他高兴。他回到家里，伯父捋着自己花白的胡须微笑着对他说："你总算入团了，不容易，你姐姐，你哥哥他们上学时都是共青团员。"锁柱对伯父说："要不受我大的影响，我三年前就入团了，说不定现在也是党员了。跟上我大，看看把我害成个啥了。就这个样，你还不让我和他脱离父子关系。早要脱离了，现在别说入团入党，说不定也在部队穿着黄衣裳当兵哩。"

尚崇文听着儿子的数落，没再多言语，这个一向呆板孤僻的人，从来跟人说话算数，吐口唾沫就是钉，从没反悔的时候。现在也觉得自己当初想得太简单，老这样下去是不叫一回事了。因此上再没多反驳儿子的话。

锁柱的娘娘也心疼地数落起儿子来："听说星期日你去钻到大石岩下挖矸石，那地下三疙瘩石头夹一疙瘩肉，万一有个三长两短，可说上个啥。没有钱，咱回来还有你伯伯，你哥哥，总不能叫苦了你个念书的娃娃吧？我还听说你和同学吉才佳半夜三更去担砂锅卖，黄衣裳补蓝布补丁的事……唉，咱屋里多会儿也是穷的，一日三餐一个一桶水罗锅就把我累住了，早迟出不了门，要不是旁人告诉我，我啥都不知道。唉……"

娘娘说着，就用破破烂烂的衣襟去拭泪，再也说不下去了。

锁柱赶紧接上口道："娘，你别多说了，我来这世上本就是个多余的人。还在你肚子里我就被别人订走了，即便不在此庄，也到了山后亲戚家，反正你和伯伯不会把我这个累手养在咱家。你已经养得够多了，你想养活也养活不了了，只好给了人去讨个活命。我后来也明白了没儿的家也难。捞住个人儿就像在大海里捞住根救命稻草一样，死也舍不得放。就像我，被爷爷抢回北庄后，爷爷同奶奶俩人天天端在手里地养活，真是端在手里怕摔了，噙在嘴里怕化了。他老人家给我取了个锁柱的名字就不许旁人改一个字，不就是为把我死死锁在他们北庄的尚家门庭，而叫我给尚家传宗接代吗？所以，我也知道这名字不好，常叫别人取笑，但我在北庄尚家停一天，我就只能一天不改名。因为每当别人唤我尚锁柱时，我就感到了我的神圣使命，我就想起了爷爷。反过来说，给人为儿更难，因为我大的问题，这几年我错过了多少进步的机会，有些机会可以说是能够改变我一生命运的机会，可我只能眼睁睁地一次又一次地放弃。为什么，不就是怕做人的良心谴责自己吗？"

锁柱觉得他说这番话伯父母有些是听不大懂的，可他们作为自己的生身父母，这话不给他们说给谁说？想到这里，锁柱心里的话像开了闸门的河水直泻而下："我大犯法后，继母翻脸不认我，我一个十五六岁的孩子能去哪里？我想来想去只好投靠你们。可是，你们也难以容纳我，你们要是能养活了我，就不可能把自己的亲生骨肉给了人家。我知道在你们锅边上，再添张嘴无论如何是不该的，可我这是没有办法的办法。我就想，在我最困难的时候你们收留了我，这恩情比生我的恩情还大。我这辈子都不会忘了你们，将来我一旦成人，我会用全力去赡养您二老。所以，当我肚子已饿得叽咕叽咕乱叫时，我不是首先想到要回家来向你们要干粮，而是自己想办法解决。同样的，当我那老虎下山的一张‘黄皮’破了后，我知道您也给我弄不来那块黄布补丁，还不如我在垃圾堆里拣一块自己补上，也省得叫你们作难。老实说，但凡我有一指奈何，我就不想给你们增加负担。在我心目中，我只是把你们这个家当作个象征性的家来看，我不想全部靠它……”

锁柱说着，已泣不成声，亲娘早已泪盈双目，就连昔日被锁柱认为铁石心肠的伯父这时候也动了容。

锁柱等娘平静了后，又以笑脸对娘娘说：“娘，我还有个想法，班上有个女同学，她父母就养她一个，她曾经动员我到她家当倒插门女婿，她家是贫农成分，父母都是共产党员。她说要是我能去她家后，给我找份好工作，或者保送我去上大学。我说不行不行，她说我别死脑筋不开化，她说只要二老愿意，她还答应以后还侍奉您二老呢。我想反正我现在这样子死不死活不活的，还不如同北庄尚家脱离了关系，去别人家里，省得一辈子抬不起头活受罪。”

锁柱说完这话，娘娘还没吭声，伯父立马下了断语：“你说什么，往出招亲？亏你想得出来。你是一个人，不是一样东西，想给谁就给谁，想叫谁用就叫谁用？就是个闺女，也不能今天去王家，明天去李家，别说是个给人顶门当差的娃。不行不行，趁早死了这条心。”

锁柱见伯父这样毫无商量的余地，那股犟劲也上来了，只见他腾地站起来，走到伯父面前说：“你这也不行，那也不行，那我要你给我找工作，叫我入党，叫我上大学，你能给我办一样不能？你要能给我办一样，我依了你。你要办不了，能不能完全依你还是两说哩。”

“说得还反了你，你骨头硬了是不？你翅膀硬了是不？你想上天还没人给你搭梯呢！”伯父真是动火了。

娘娘见势，急忙把锁柱按下，说着他伯父：“娃也是同你商量哩，咋就动那么大的火，他要一个人说了算，还给你商量啥？”

“反正招是不行的！”他伯父撂出这一句就破门而出。剩下娘娘和锁柱面面相觑，不知道该说啥才好。

锁柱见伯父一去不回，知道他是生自己的气了，他就对娘娘说：

“娘，我就知道伯父的话难商量，我有事宁可自己在外面靠朋友帮忙，也不想回来。你即使不同意，也还可以慢慢商议，为啥一怒之下走了不回来？我是个人，不是一样东西，咋能说一犯脾气就不管呢？”

娘娘对锁柱说：“你伯伯那脾气又不是一天两天了，别人都知道你还不知道？”

娘娘停了停又试探着说：“锁，我看咱还是不要招吧，怕惹人笑话，人家会说咱尚家连个娃也养活不起，今天给人，明天招出，咱不听那闲话。如今你也这么大了，毕了业就要成家了，啥罪都受过来了，到了这时候咱再去招，有些架不住。”

锁柱见他娘这样，也心平气和地说：“可是要不招，跟上北尚庄那样的家庭叫我念了高中，上不了大学，更找不上工作，而且也不好说媳妇。你说咋办，娘？”

锁柱这不硬不软的话把娘娘问得张口无言。娘娘最后还是叫他有空去请示请示舅舅。锁柱知道再说下去也不会有个啥结果，就只好作罢。

后来，锁住的哥尚会山对他说，有空要同他一起去跟舅舅商量，脱离关系的事可以考虑，但招出的事不要考虑。

就要毕业了。之前，班里开了会，班主任栗老师在会上特别强调，要大家进行毕业阶段的最后冲刺，毕业成绩要存档，考试成绩要出榜公示，让全社会都能了解公社九年制学校首届同学的学习成绩，这不仅是个露脸的机会，而且关系到他们日后升学和就业的大事。老师们要求大家安下心来抓紧复习功课进行最后的冲刺，争取都有个好成绩。

锁柱自然能理解这次毕业考试对于自己意味着什么，他放弃了那些个令他心烦的家务事，把全部心思都用到学习上，争取拿到好成绩。他知道自己各门功课学得不均衡，就想利用这个机会齐头并进地赶一下，争取把各门功课都赶上来。因为只要有一门功课垮了，整个成绩就得后跌，名次自然上不去，那对自己影响肯定很大。他白天在校复习后，晚上回到吉才佳家的楼上，仍然挑灯加班学习，总要把不懂的问题弄懂弄通才肯罢休。

毕业考试开始了，锁柱全力以赴地投入进去，一门一门，一题一题，一分一分地争取。直到全部考完才长长出了口气。他觉得毕业考试总体感觉还差不离。又一想，管它三七二十一呢，考个五八是四十，焦虑也是它了，放松也是它了，只等着成绩出来了。

那天，班主任栗老师在课堂上公布了考试成绩，尚锁柱考试排名全班第二名。在别人看来就已经不错了，然而锁柱觉得很有意思，同七年制学校毕业考试一样，都是第二名。班主任栗老师下课后让他带着毛笔去写榜准备往出公布毕业考试成绩。锁柱走进栗老师办公室，只见栗老师并非开玩笑地对他说："尚锁柱，你初中毕业考第二，高中毕业还考第二，你把第二名买下了？那第一名你就不敢问鼎？"

栗老师的话把锁柱说得脸红脖子粗，锁柱觉得栗老师从初中把他教到高中，他最终都没能令栗老师满意，他觉得十分对不起栗老师的栽培，只好不无感慨地说："栗老师，我已经尽最大努力了，要让我超过第二名去拿第一，是很难很难的。也许这就是差距，这就是不足，不承认这个差距是不行的，我服了。"

考试之后，紧接着进行操行评定，这些软指标都好说，老师们也都一律开恩，来了个你好我好大家都好。这时的老师们也不管了，同学们好不容易解放了、自由了。都是些二十岁左右的青年人，一解放开来就再也收拾不住了。男同学个个手头夹着香烟，可着劲儿抽，抽得教室里乌烟瘴气。老师进来看见这个样，也笑着说，大家就要毕业了，自由点儿吧，可以抽了。于是，一些胆子大的同学就走上前去给老师敬烟，老师微笑着真的接住了。这一来，就有很多同学都上去给老师敬烟，老师无法，都是弟子，彼此不分厚薄，要接都接。不一会指头间、耳朵后、嘴巴里到处是烟，活像一个耍魔术的。惹得大家哈哈大笑，老师们也都跟着笑了。

接下来就是照相，班集体照了几组集体照，男同学合照了就女同学照，大家你邀我照，我邀你照，甚是热闹。

再下来就是赠送纪念品，各式各样、五花八门。有些男同学还三三两两地到饭店去喝酒。

到了晚上，可就复杂化了。主要是男女同学之间的行动。高一班男同学占三分之二，女同学就成了抢手货。岂不知，一些男女同学平时搞地下工作，这时候一下公开化了，才发现原来是他跟她好，她跟他有意。一些平时老老实实的男同学，这时候看见没“货”了，在一边干着急，于是就变着法子捣乱，企图破坏他们。整个前半夜，暗处、树林里、操场上，凡是他们认为最适合处，就都作为约会地点进行交谈，大有不谈成不散场之势。

锁柱看到这一切，他笑了。他想自己平时光顾了上进，考虑前途，在这些问题上根本没多考虑。虽然也有个别女生试探过自己，但他都以冷面孔回敬了人家。从此，便没再碰到。

晚上，他和同学们热闹了一阵，就顺路回才佳家。他走着走着，突然觉得有人往他口袋里塞了个啥，他刚把头回过来，那人就已不见了。他掏出一看是个字条，由于天黑看不见，也不知道上边写的是什么，紧张得他心咚咚直跳。他回到才佳家，掏出纸条一看，上面写着：

锁柱同学：

咱们学业二年就要结束了，我想同你谈谈，你同意吗？

方萍

锁柱一看，紧张得出了一身汗。虽然他也是个十九岁的小伙子了，可这种女孩子的约会他还是第一次遇到，他不知道该咋处置。心想管她呢，她一没写时间，二没写地点，我到哪里找她谈。想到这里，他撕掉纸条就准备干别的。

正在这时，方萍从门外进来，她一进门就问锁柱欢迎不欢迎她。锁柱见方萍人到，想到上次在河边洗衣服得罪了人家，这次再不能失礼了，况且就要毕业了，同学一场也不容易，就赶快说：“欢迎欢迎，只是我这窝太乱，你随便坐吧。”

方萍就势坐在床边上，对锁柱说：“这次不再赶我走了吧！”

一句话说得锁柱脸上怪不好意思的。

方萍接着开口说：“锁柱，咱们同学几年，我发现你是个很正派的人。老实说，我很喜欢你这种人，我就喜欢跟正派人打交道。上次在河边你别误会，其实我确实觉得你很可怜，心想你作为一班之长，穿那么件破衣服，叫人看了心里该多难受。于是我才从家拿来一件，想背地里给你，我也就只有这个意思，谁知你一点面子都不给，叫我好伤心。”

锁柱说：“咱不谈上次了，那次是我对不起你。我向你道歉，请你原谅。单说这次吧，你准备同我谈点啥？”

“这一次我可要谈点出乎你预料之外的事呢，你猜是什么？”方萍还在试探。

“方萍，咱们是同学，我这人喜欢直来直去，有啥话你就直说吧，我不会怪罪你的。”

“那好，那我就直说了，我想同你交朋友。”

方萍说完这句话，两眼直直地望着锁柱，在看他的反应。锁柱摊开两手说：

“好啊，咱们同学二年，大家都是朋友。”

“装什么洋蒜，我说的是那种独一无二的朋友。”方萍堵住了锁柱的退路。

“你不嫌我们家黑吗？你不嫌我穷吗？你是独生女，你爸妈在工作，你家条件可是咱们班一等的呀。”

“我要的是你的人，其他的我都不在乎。”

“可我并不是一个独立的人，我是有着家庭属性的，且这种属性根深蒂固，不是轻而易举地就能撼得动的。”

“那首先要看你的态度了。人的因素第一，世界上只要有了人，什么人间奇迹都可以创造出来。”

“可站在你面前的这个人恰恰是一个优柔寡断、一个十分不争气的人。”

“我不相信他会这么心甘情愿地堕落下去，除非他是傻子！”

“他主观上并不想当傻子，但现实已逼得他非当傻子不可了。”

他们一递一句的看似不着边际实则又千方百计地有所指地说着。

突然，方萍提高嗓音说：“尚锁柱同学，赶快从泥潭中拔出腿来，你不觉得你正是一个时代的落伍者吗？”

“我想拔，可又不能自拔。”

“只要你甘心情愿，我来帮你拔！”

方萍似乎已下了决心，使锁柱一下子震惊得两眼望着她出神。

方萍在夜色中离开了。

锁柱彻夜未眠。

毕业了。同学们都打点起各自的行李同老师们分别，同自己亲手建造起来的崭新校园分别，同日夜相伴的男女同学分别。那心情分外复杂，从此人各一方，脚下的路通向哪里，谁也难猜。也许有的要进入高等学府继续深造，有的要投靠三朋四友找份公职干干，有的从此回乡将一辈子固守着先辈们为他们划就的地盘上与土为伴、以土为食。高中生啊，其前景是那样的叫人捉摸不定，成了一个人一辈子职业分类的一条天然分水岭！

十七

锁柱和同学们一样，打点了行李，整理了自己的杂物，准备返家。他临回之前在同学吉才佳家与其父母告别时，动情地感谢着他们一家人对自己的深情厚谊。

两位老人对他从吃到穿，从冷到暖关怀备至、情似爹娘，让锁柱一想起来就感动，就心酸，就要掉泪。他说，要不是两位老人对自己百般照顾，自己能不能把书读到如今还真不知道。他说别的不说，就每天上晚自习后回来肚子里饿得叽咕叽咕直叫，有那一碗小米稀饭或一个窝窝头，就把自己安慰住了。要不然，饿得肚子可怎么入睡？仅这一点就够他一辈子报答了。弟弟妹妹同样热情有加，他们把锁柱像自己的亲哥哥才佳一样看待。只要一回到家，那不离口的“哥哥”二字，叫人听了特别亲切，心里像吃下蜜糖，甜蜜蜜的。

一家人都不叫锁柱回，叫他再留一宿，锁柱经过再三请求都不行，弟弟妹妹还把他的东西藏起来，说你走吧，只要你能不拿东西。弄得锁柱哭笑不得，真拿他们一个个没办法。两位老人也说不让回，让他晚上替自己给才佳往部队写信。锁柱对弟妹们可以骗哄，对两位老人必须要以诚相待，他只好留了下来。

正在锁柱和才佳一家人说笑之时，学校里郭校长差人来叫他，说有话要说，锁柱就随同学来到学校里见郭校长。

他一进学校，立刻就有一种不同的感觉，觉得眼前的学校突然离自己远了，虽然仅仅几小时，就变得生分起来。眼下，班里的同学们都已离开，那种热热闹闹、打打骂骂、追追跑跑的场面一转眼都不见了，教室周围一片寂静。他路过自己的教室，门上静静地挂着一把大铁锁。突然，钟声响了，这截被他当了两年班长打了两年铃的钢轨，此时正由他的学弟在敲响，那声音似乎也不同了。总之，重又返回来的学校，叫他这个亲手参与建造学校的人有了十分异样的感觉。

他走进郭校长办公室，郭校长热情地给他让座，同样仅隔了几小时，连校长也对自己有了异样的感觉。郭校长问他："锁柱，毕业后有什么新打算?"

锁柱被郭校长问得张口难答，说实话他还真没想过这个问题。

郭校长接着说："如果没有什么新的打算，学校准备叫你留校教学，咱们六年级班缺一位语文老师，学校想叫你来代课。以后你如有什么好的机遇学校不耽误你，如没什么好机遇，就暂时教着学，你的意见如何?"

郭校长说完，望着锁柱。

"郭校长，感谢您的厚爱。"

锁柱没想到刚毕业还没回家，就有这等好事临头，他一时不知该怎么感谢对自己知根知底的郭校长。

"要没什么，你暂时回去，等候通知。"

郭校长是个说话干脆的人，锁柱即刻告别。他把郭校长的话兴奋地告诉栗老师，栗老师说他知道，这是老师们在一块共同推荐的他。栗老师要他以后好好干，不负领导和老师们的厚望。

锁柱离开学校，向吉才佳家走去，他要尽快把这个好消息告诉二老和弟弟妹妹们，也让他们分享一下自己的幸运。

锁柱一进门，一家人就关切地问他，锁柱立刻把这一消息告诉他们。大家顿时兴奋起来，都为锁柱能得到这么个好差事而高兴。两位老人不住地说：“这就好了，这就好了。”两个弟弟高兴地把他给抱了起来，嘴里不住地说：“真好，真好。”大弟弟还说：“哥，怎么样，要不是我们留下你，哪有这好事，还不快感谢我们。”

“感谢你们，感谢你们，感谢你们一家人。”说着，他又动情了。

那晚，他在给吉才佳写家信时，也把自己的事情在信中告诉了才佳，让他在千里之外的军营也为自己高兴。

次日回到家，锁柱把自己留校的事告诉家人，伯父母和哥嫂弟妹们当然为他高兴，都说这是校长老师们对他的器重。一个班几十个人，能独独地把你一人留下，真该庆幸。高兴之余，锁柱告诉家人先别声张出去，自己还没去，别让庄邻们知道了说咱烧得不行。大家都说是该这样，做人做事得稳稳当当，不能心焦火燎。

心中有了数，锁柱就想在家跟父兄们干些农活，一来能锻炼锻炼自己，二来也能给家里挣几个工分。晚上没事了，他就在院外大杨树下吹笛子、拉二胡。他这时的心情特别愉快，几年来的压抑，使他本来活活泼泼的一个人变得少年老成，他想不论怎样艰难困苦，高中阶段的学业总算完成了，以后还能不能再进入大学，只能走着再瞧。有机会能升了，就高高兴兴去念，至于学费，走一步说一步，天无绝人之路。就像念高中，本来穷得连衣服裤子都穿不上，哪有钱念书？结果七苦八累也熬了出来。要是不能深造，能有份差事干也行，眼下还没什么好差事，要么替学，要么招工出外，除此，再无他事，只能先干着瞅机会再说。

锁柱一会儿吹着笛子，一会儿换成二胡，那悠扬的音乐旋律把自己的思绪带上树梢、带到大山头，带去更远的地方。

劳动之余，他就想进城去看看父亲，打听打听，看有什么新的情况。

他来到同学李大桢家，大桢告诉他自己就快结婚了，已经送了彩礼。他向大桢祝贺之余，问能给大桢干点什么。大桢说，算了吧，你一个穷学生能帮上我什么忙，说得锁柱怪不好意思的。

当晚，李大桢说，今晚上我叫唐春建、黎明咱们同学们在我家聚聚，玩一玩，高兴高兴。锁柱愉快地答应了。

晚上，同学唐春建和黎明果然来到，大家一见面自是亲热，又是握手又是拥抱，三年多没在一起闲聊了，有说不完的话。大家紧紧地挨在一起，都问锁柱这些年的详细情况，锁柱就把自己求学、入团、当兵甚至挖矸石、卖砂锅的事都一一细说给他们，引起大家一阵唏嘘，都为锁柱这些年来的遭遇而唏嘘。锁柱还告诉他们，自己在乡下学校又有个好朋友吉才佳，他待自己就像亲兄弟，现在在部队当兵，十九岁在校时就入了党，说得大家都羡慕得不行。

锁柱还详细问了他们的情况，当得知他们也都顺利地从高中毕业后，也为他们高兴。锁柱说："你们城里娃不怕没事干，吃着供应粮，毕了业就算是待业青年，吃了饭在家玩、在大街上逛，等着爹妈给自己找上工作了，还要挑三拣四的。我们乡下农村户口的孩子，即使辛辛苦苦念上个高中，毕了业照样回家修理地球。遇上家中有个在外工作的亲戚还能拉自己一把，到外边谋个差事，或者老子是大队干部，儿子也不愁被推荐招工、上大学。最怕的是老农民子弟，一无权二无后门，找工作的事想都不敢想。"同学们听了，觉得乡下孩子就是苦，就是难，就是不容易。锁柱告诉他们，这就叫命，老百姓常说：命啊命，天注定。说得大家都笑了。

锁柱问李大桢："李小霞现在和你还有来往吗？"

大桢说："你提这干啥，人家是高中生，咱是个初中生，哪攀得上？再说咱都有媳妇了，还同人家来往啥。"

锁柱说："大桢你这话就差劲了，男女同学之间有来往就只能是婚姻关系？除此，还能是朋友关系、正常的同学关系嘛。"

唐春建说："那次我还专门问过李小霞，人家说是你李大桢自作多情，人家什么时候看不起你了。依我看，也就是大桢你这人自卑心理太严重，老把自己的想法强加给别人，这可不对。"

黎明也说："我看咱们今天同学凑在一起不容易，尤其是锁柱也从乡下来了，还不如叫过小霞来咱们好好聊聊，叫大桢同小霞也消除一下这个误会，免得以后同学见了面互相难为情，像仇人似的，那多不好。"

锁柱听了举双手赞成，他说："好好好，叫来李小霞，三年多没见，我看这大闺女长成个啥模样了。大桢你说呢?”

李大桢听了锁柱的话，脸有些发红。他说：“我怕人家小霞不好意思来，再说是晚上，她妈不会叫她随便出来的。”

唐春建说：“那怕啥，同学们叫她，又不是外人，再说她也是个高中毕业二十岁的大姑娘了，总不能连这点自由权也没有吧。”

黎明说：“春建，走，咱俩叫去。”说着他俩出了门。

临出门，大桢又补充道：“要是人家李小霞不好意思来我家，咱们换个地方也成。”

黎明说：“看来你还是内心想见人家闺女，她要不想来你家，就去我家。”

他们就这样说定了。

屋里只剩下大桢和锁柱后，大桢问锁柱：“你说李小霞会不会来?”

锁柱想了想说：“我看会的，小霞也是个爽朗闺女，她不会拒绝的，再说也不是你一个人，还有这么多同学，她不会不给大家面子的。”

不一会儿，李小霞被唐春建和黎明叫来了，身边还多了个叫史苗青的女同学。他们一进门，锁柱就拍着手说：“老同学，欢迎欢迎。”立刻站起身，给小霞和苗青两位女同学让了座。

她们落座后，锁柱对大桢说：“大桢，怎么样，我没说错吧?”

唐春建问：“什么没说错?”锁柱要回答，李大桢拽了拽他的衣角，意思是不让他说。锁柱说：“那怕啥，同学之间还客气什么，刚才李大桢说小霞不会来，我说他说错了，李小霞绝不会是那种人。怎么样，我们李小霞同学够意思吧。不过，还带来个护兵史苗青同学，也好，大家瞎侃吧。”

李小霞完全没有他们想的那样小家子气，她大大方方地说：“大桢是自作多情。自己没上了高中，见了我们就觉得低人一等，其实那是你自己的想法，我从来没有那样想。咱们总还是同学，总还是从小就要好的朋友，我怎么能忘记你呢？关于你说谈对象的事，也许是你年龄较我大两岁，就觉得有些急躁，其实到现在我都没往这一层想过。当然，也许是我也做得不对。现在你已经有媳妇了，你是咱同学中第一个找下对象的人，大伙应该向你祝贺，别的都在其次了。”

李小霞说罢，带起头来鼓掌。大伙都拍起巴掌弄得李大桢一阵脸红脖子粗。

锁柱这时转了个话题说："我看咱同学们都高中毕业了，说说各自的打算。"他见大家没人先说，就说："史苗青同学，你说说你自己打算怎么办？"

史苗青同李小霞相比，是个不善言辞的女孩，她还没张口，李小霞倒替她说开了："苗青不好意思说，我替她说。苗青有个表哥在南方当工人，前段她妈说她那个南方表哥想娶她，还说也帮她在人家那厂子里给她招工哩。前段她表哥回来一趟，俩人会了面，关系就算确立了。男方正在紧锣密鼓地办哩。等到这事办成了，苗青就成了南方工人了。咱们想见一面可不是件容易的事喽。"

李小霞一席话，把本来就腼腆的史苗青同学说得越发不好意思了。大家都觉得史苗青命好，刚出学校门就有了工作，真是有福。

唐春建说："史苗青同学，真有好命，一下子来了个双喜临门，将来去了南方，可别不认咱们北方佬啊。"

史苗青说："小霞是瞎说哩，这事八字还没一撇哩，她倒说得有鼻子有眼的。"

李小霞抢着说："苗青，这可不是我瞎编排的，这可是那次我去你家找你，你不在，你妈亲口给我说的，不信咱现在就问去。"

锁柱说："苗青，那怕啥，这是好事又不是坏事，谁不想往好处想。也不错，眼下嫁个工人挺吃香的，你没听人家说吗，眼下找对象是一工二干三军人，誓死不嫁庄稼人。你挑了个头等婚姻，还不赶快答应人家还等啥。"

锁柱的话说得大家都乐了起来。他接着问："李小霞，你光说人家史苗青同学哩，你自己目前是啥打算？"

李小霞说："我没啥打算，刚毕业，我还想上大学，不知道能不能轮到咱。如果上不了大学，就找个工作瞎混吧。"

史苗青接着小霞的话说："小霞，对着同学们，快把你的秘密告诉大家吧。"

大家听了，都问李小霞是啥秘密，李小霞莫名其妙地反问史苗青，说有啥秘密，自己为什么不知道。

史苗青说："小霞她表姐的老公公是咱县革委会副主任，人家副主任的哥哥是行署核心小组副组长，小霞表姐的老公公正给人家侄子牵线搭桥，叫咱们小霞跟人家哩。"

这可是一条爆炸性新闻，大家都替小霞高兴，同学们都说小霞攀得不低，将来一准儿有好工作干。

李小霞矢口否认，她说："那只是表姐在一旁瞎嚷嚷。你想，人家行署干部的儿子会看得起咱这土老帽？你们别听史苗青瞎说，她纯粹是报复我，嫌我揭了她的底。"

史苗青追问："小霞，你说有没有这回事，你只说有没有吧？"

苗青的一句话把小霞问得张口结舌。黎明说："我看这是好事嘛，咱们小霞同学人长得又标致又好看，那浓眉大眼，小鼻子小嘴巴哪个长得都标准，哪个安得都是地方，这样的俊闺女真该人家大干部的儿子享用，叫咱们这土老巴子娶了算是糟蹋了，你说是吗，李大桢同学？"

"你说你的，关我什么事，为什么老往我身上扯？"

李大桢分辩着，大家只是笑，而且是开怀大笑，笑得前仰后合，都说还是黎明同学聪明会说话，会渲染气氛。

黎明得到大家的表扬后更加精神了，他又穷追不舍地问大桢："李大桢，你说是不？"

大桢站起来要往背地躲，黎明拽住他的手说："你说咱们李小霞嫁给大干部子弟好不，你只说一个字，好不好？"

"有啥不好的。"李大桢说完把凳子搬到了黎明背后。

"李小霞，听到了没有，李大桢都表态了，你嫁给大干部子弟，叫他说，就一个字，好！"

李小霞也叫黎明说急了，忙说："黎明，你说得嘴酸不酸，坐下歇会儿，大家不会把你当哑巴卖了。"

黎明说："我又没吃醋嘴酸啥，是有的人这会儿钻到我背后暗地里吃醋了。"说着，他闪过身，把李大桢从黑暗中亮给大家看，李大桢又重把黎明身子搬回原位，遮堵住自己。

锁柱说："没想到两位女同学有这么好的姻缘，真是可喜可贺。"他说着，又转向唐春建和黎明俩人说："春建，黎明，你们打算今后咋办?"

黎明说："唐春建不怕，他爹是大队贫协主任，在大队说一不二。现在是贫下中农扛大旗，春建爹给大队支书主任早下了话，他春建要是出不去，别人也休想。"

大桢这时发了言，他说："唐春建这也算个办法，扛着大旗一切都不怕，说干啥就干啥，谁也不敢惹，有了好机会自己挑着拣着。"

唐春建说："不管咋说，咱一个穷老百姓，能有个啥好差事。明摆着，要么当兵，要么有机会招工出去当个工人，还能有啥好干的。"

锁柱说："那也行啊，总比在家修理地球强吧。"他说着，又问黎明："人家都有指望，你打算咋办?"

黎明说："你们都有办法，女同学不愁，嫁个好女婿连工作都有了，春建爹在大队说一不二，也不愁没事干，最没办法的就是我。我爹死得早，娘又有病，咱亲戚里头都是一伙扛锨镢的，除了农民还是农民，只会修地球，别的啥也干不了。今天晚上在这里跟你们瞎侃哩，明天还不知扛上镢头上东坡哩还是去西洼哩。"

大家都觉得黎明同学说的是实话，确实他也是最没办法的。大家都互相告诫对方，以后谁有了本事，一定帮黎明一把，他绝不会忘了你的好。黎明也拍着胸脯说："就是，谁要是能帮我找份好差事，若是男同学，我娃将来唤你干爹；若是女同学，我娃将来唤你干妈。"

唐春建说："你这意思是想叫人家将来也给你娃找份工作吧?看不出来，黎明这人还挺有野心哩。"

说得大家都笑成一团。李小霞笑着说："尚锁柱，大家都谈了，就该你这城不城乡不乡的人啦。"

锁柱接过小霞的话头说："你还真说对了，我大要不犯法，我这会儿也跟大家一样，是个城里娃。虽说不是供应粮，也是干部子弟，谋个一职半差的还有个想头。可现在我大犯了法，我们家被封、人走散。我无可奈何只好返回乡下亲生父母家。我那个家总共十一口人，我母亲每顿蹴在炉上的那口大罗锅就能添一木桶水，你说怕不怕。再说我伯父人倔，从不会给人说好话，我家倒也是贫农，可我伯父不会用，不像人家唐春建爹会用，把个贫农也是屈枉了。再说他即使会用也轮不上咱，咱从小就跟了人，家中成分高，办不了事还坏事。我一个犯人的儿子，这几年在乡下可没少受连累，处处低人一等，别人不努力或稍微努点力就能办到的事，我得做出十倍的努力也未能做到。不论别的，光我入个团，从城里转回乡下后就写申请，三年写了不止二十份申请书，临高中毕业才加入，还说别的哩？我想当兵，作为班长的我带了二十四名同学去体检，被带兵的一眼就相中，提名要我，可人家一政审，发现我父亲是个犯人，就一笔勾销，让多少机遇都错过去了。你们说黎明同学苦，我承认，他的家庭虽给他帮不了啥忙，却不会坏事，但我的家庭不仅给我帮不了忙，还帮倒忙。家庭对咱们的影响，用咱们数学符号来比喻那就是你们是正数，黎明是零，我是负数。”

李小霞没想到自己这一问，勾出锁柱无限的伤心，她关切地问：“那你下一步打算咋办呢？”

尚锁柱不无悲伤地说：“难啊，确实难，我可恨我自己。我要是个庸而又庸的人，干脆回家跟父兄们种地作务庄稼，还怕啥？我父亲再是犯人能坏了我啥事，还能不让我种地？还是会不让庄稼长？可偏偏我这个人想读书，我一见了书就啥都忘了，你可以从我嘴里抠去那一顿饭，也可以从我身上脱去那件破衣，你却不可以从我手里夺去我心爱的一本书，我也不知为什么？今天在座的都是同学好友，大家都是自己人，我不怕你们见笑，真的，我就是这么个人。我也知道，有我父亲的阴影笼罩在我头上，我就是心有天高，到头来还是命如纸薄，什么工作也轮不到我干。在乡下，老师、同学、亲戚朋友们多次劝我甚至是要求我同我养父脱离父子关系。在处处碰壁之后我也清楚地知道确实需要这样，可我就是下不了这个决心，总是一阵下了决心，一阵又动摇了，反反复复没个准，到头来坏了一事又一事。大家都是朋友，你们说这事该咋办？”

锁柱无疑是想听听同学们的意见，看看他们有什么高招。

唐春建说：“干脆断了，你父亲犯了法，他这辈子就不说了，你再不理智，前怕狼后怕虎，平白无故地把自己搭进去，犯得着吗?”

黎明听了也说：“况且他现在也失去养育你的能力，让你亲生父亲养着你，却背着他的黑锅，何苦呢？因为你有这个条件就可以利用，你要是他的亲生儿子，那也就只能自认倒霉了。现在是血统论，老子英雄儿好汉，老子反动儿混蛋，不管你三七二十一，只要你先人有问题，你子子孙孙一概否定，叫你浑身长着嘴也说不清。虽然人家心中也清楚是怎么回事，就是没人敢站出来给你说句公道话，叫你干着急不出汗。”

大家听黎明这一说都点头称是。

李大桢这时不无忧虑地说：“你们可能没同他父亲打过交道，我常跟锁柱到他家，也听锁柱常说他父亲的为人来。其实那是个好人，心地善良又待人热情大方，善结识朋友，对锁柱也很好。我同锁柱认识那么长时间，并不知道他是领养的孩子。现在他父亲一下子犯了法，叫锁柱因为前途问题同他父亲脱离关系，锁柱左右为难也在情理之中。”

“咱并不是说他对锁柱不好才叫锁柱同他脱离关系，要那样的话，我想锁柱早脱离了，不会等到今天。是说他现在的身份，已经不自觉地影响到锁柱，而且无形中把锁柱给害了。”

“其实，只要他父亲从心底里对他孩子好、替他孩子考虑，就应该主动提出这个问题，反而等锁柱提出来了，他还犹豫着，就不应该了。他不该为了自己而不顾别人嘛。”

李小霞说了后，身边的史苗青随口附和着。

尚锁柱听了同学们的话，不无感慨。他觉得同学们说得很实在，很在理。只要自己那样去做了，肯定能改变自己目前的境况。可不知为什么，他一想起盼孙子如命的爷爷，一想到待他不薄的父亲，不知怎么，心中本来已下了的决心就又动摇了。他这会儿就处在这种状态中，像两腿插进沼泽地，不能自拔。他怕再这样下去，同学们催促他下决心，他反倒觉得难堪，就告诉同学们：“谢谢同学们这么多年来还没忘记我，还这样厚爱我，只是我自身原因难以克服，一时难以同养父脱离关系，走着瞧吧。不知道这样拖下去是祸还是福，听天由命吧。只要大家过得比我好，我就心满意足了。今后你们有用得着我的地方，还望多开口，只要我尚锁柱能做到的，决不推辞。”

同学们听了锁柱的话，面面相觑，不知说啥是好，只好默默地不吱声。临分别时，不仅两位男同学同锁柱握了手，两位女同学也破天荒重重地同锁柱握了手。锁柱同女孩子握手，显得很局促，又很沉重。

锁柱耳边不断响起李小霞同学的最后嘱咐：“父子关系尽管是你自己的事，何去何从是你们父子说了算，我们无权干涉。但你尚锁柱的前途命运却不是你个人说了算，要想叫当今社会认可你、接纳你，你就必须适应社会大潮。否则，一个被社会拒之门外的人，无论如何也难以登上社会大课堂。”李小霞的几句话说得大家目瞪口呆，大家没想到李小霞会说出这么深刻的话来。李小霞沉不住气，她立刻向大家抖开了包袱：“这话并不是我的发明，这是毕业前在一次座谈会上，咱们郑老师提起尚锁柱同学时的一番议论，我只是把它带了过来。希望能引起尚锁柱同学的深思，毕竟我们大家同学一场，都不愿意看到你从此一步步消沉下去罢了。”

锁柱心情很复杂，送走了同学们，他同大桢同寝一床。夜里他几番辗转难以入眠，脑海里一再回响着同学们的话，尤其是李小霞最后说的那些郑老师的话在他耳边一遍遍响起。听到床板咯吱咯吱直响，李大桢朦胧中觉得锁柱尚未入睡，就安慰他别多想，明天再说。

十八

尚锁柱怀着焦躁难耐的心情从县城回到家。第二天，他准备好农具，跟随父兄下地干活，他想在劳动中忘记这些烦恼的家事，至少也想用劳动的汗水洗涤思想上那些不该留存的东西。那天他担粪，从河下往二里地外的山上担，他们那小山庄条件甚差，正应了那位说书艺人的顺口溜：山高石头多，出门就爬坡。不是人担担，就是驴驮驮。

那羊肠小道窄得两人都错不开身，陡得一不用劲就会倒回来。大热天，膀子上压着百把斤重的担子，锁柱一步步登上陡峭的山坡，不一会儿便气喘吁吁、汗流浃背。汗珠子直往眼里钻，锁柱用手帕不住地擦着，不一会儿，一块小手帕早被浸得可以拧下水来，脸上也被擦得火辣辣地疼。父兄们都劝他少担点，他刚出学校门的人有个头没力气，不能同庄上的青年人比，他们早已练下功夫，他还得好好锻炼。父兄们越是这样说，锁柱越不甘示弱。他不想少担，不想让他们说自己骨头软，可那担子好像同他作对，他越不服它越沉，锁柱真拿这活儿没办法。甚至连那些庄上的嫂子们也同他开玩笑说："是担担子轻省还是念书轻省？看来你天生的不是庄稼行里的料哇。"锁柱嘴上没说啥，心中却不服这个劲。他想，自己好歹是个男人，只不过缺乏锻炼，比不过男人还比不过妇女？因此，他憋着一股劲，紧追她们不舍。几趟下来，锁柱渐渐败下阵来，那些妇女好像存心要看他的笑话，穿梭似的来回窜着，把锁柱远远地甩在后边。

锁柱这时腰酸膀疼腿打战，身上的汗已出透、出干，干冒火；嗓子里冒烟，恶心得干吐没唾沫。他不由得只好放下担子，心想，要是一辈子落在这山坡上，算是苦得没个尽头。

回到家里，他一口气喝了两大碗水，还是觉得嗓子干，亲娘关切地给他擦汗、倒水、拿馍，鼓励他慢慢磨炼，农村活不是一下子能干得惯的。见他嗵的一声倒在炕上，就让他歇歇，别干了。他这时浑身像散了架，哪里都疼，哪里都重，他不知道下半晌自己还能不能干得动，又怕就此倒下众人会取笑他，顿时他陷入两难境地。这时候，脑子里不由得又冒出父亲、入团、当兵那一摊子闹心的事来，直叫他焦躁不安。他想，看来自己不是个庄稼行里的料。其实这样并非第一次，以往学校放假，他都设法利用机会在田地里磨炼自己。无奈，他总是赶不上别人，总是不如同龄人。他每每总想，自己反正做不了庄稼活，总得设法在学习上高人一筹。否则，文不文，武不武，很难活人。因此，他暗暗下决心，要学得更多的文化知识，为自己将来离开农村拿资本，为能够胜任工作打基础。可现在呢，纵然自己浑身是学问，遇上一个拉后腿的父亲，一切都完了。再这样下去，非庄稼汉莫属，他不敢多往下想，加上浑身累得要命，他这样想着就一头睡了过去。

等到亲娘把他唤起来时，父兄们已从地里回来准备吃饭。他不知不觉就睡了半晌，觉得很不好意思。直到发现大家并无异样感觉时，他才拖着疲惫的身子去吃饭。下午，娘娘要他留在家休息，她本来的好意，反倒使他不好意思起来，他担上担子还是下地了。

一连几天，他咬着牙总算挺了过来。庄上人告诉他，“三天胳膊两天腿”，只要能坚持，三两天就适应了。他按照大家说的去做，果然渐渐好转。锁柱这时候又想，毛主席他老人家号召知识青年要自觉接受贫下中农再教育，看来也很有必要。自己毕竟是生在农家，长在农村，就应该无条件适应农村生活。如果连自己都不能适应，那从城里来的知识青年该咋办？假如这辈子没有机会出去工作，就要在农村一直干下去，不趁早扑下身子锻炼怎么行？这样，随着身子骨渐渐适应，他思想上也逐渐想通了。

其实在农村，社员们都把他当学生待，队长和大家尽量给他派轻活，那些脏活苦活累活很少让他干。只是大家干活歇下后，把他当有知识有学问的人，问这问那。这些社员们顶顶关心的政治问题和国际形势，可惜锁柱以往在学校很少关心和了解。在大家一再追问下，他忽然觉得自己在这方面得多学点儿，以便满足大家的好奇心。从此下工后，锁柱就找来报纸，买来收音机，边听边记，以便第二天在田间地头给大家“贩”。时间一长，他觉得社员们对国际、国内形势是那样地渴求，以致在他滔滔不绝地向大家讲述后，让他突然觉得大家是那样地渴望、信任、尊重他，那样地离不开他，又是那样崇拜他争着替他干活。这让他在其中找到了乐趣，找到了慰藉，找到了空间，找到了平衡。甚至在上工时，大家要他带上报纸、收音机，以便歇息时翻阅、收听。锁柱觉得农村不是不需要文化，而是缺文化，社员们非常渴求知识。他想顺应社员们的这点愿望，把自己学得的丁点儿知识反馈给大家，也算自己对父老乡亲们的一点回报。

就在尚锁柱逐渐适应了农村生活时，那天上午，郭力维校长打发两位同学来给他送信。他从地里回家后接信一看，是让他正式返回母校教初中语文课的。他一时激动得不知说什么好，内心深深感谢着郭校长。要知道，自从离校时郭校长给他谈了教学的意向后，他无时无刻不在等待。他何尝不乐意，但内心又没几分把握。因为全班六十名同学，论家庭政治条件，个个都比他强，能轮到他吗？他不敢过多地奢望，心里想，权当是郭校长给的一个心理安慰罢了。没想到这话真的实现了，他深为郭校长和母校老师们对他的器重所感动，捧着这一纸书信，他激动得热泪盈眶，半天说不出话来。乃至那两位送信的同学离开好一会儿，他都没发现。他后悔自己不该这样激动，竟没招待两位送信的同学，这大热天，又跑了很远的路，多么对不起人家。让郭校长和老师们知道了，真要笑自己没能耐哩。他装起信，朝村前追了一大截，对着俩同学的背影大声喊，要他们歇会儿再走。俩同学扭头给他摆了摆手继续走去，他这才返回。

回到家，他把这个事告诉娘娘，娘娘一下子乐得胳膊和腿都不知该往哪儿放。尽管她不识字，还是不时从儿子手中要过那信，两手捧着反复地看，直到眼睛湿润了，她才丢下信努力掩饰着。娘娘问他啥时走，他说明天，娘娘就不由分说地给他准备起来。锁柱告诉娘娘，行李还在同学家放着，自己是去当老师，又不是去上学，不需要那些吃吃喝喝的东西。娘娘却不听他的，她自有她的一套准备。

中午，父兄们从地里回来，没等锁柱开口，那消息就从娘娘嘴里传给全家，又从这个暗无光泽的农家传遍全庄。人们在各个角落议论着，都说尚家娃不简单，刚当罢学生又返回去当先生，没有两把刷子可真轮不到他。庄上一些要好的青年人都来看锁柱，见面后都向他表示祝贺，他们的那个惊奇样，像他作了朝廷命官似的。锁柱再三告诉人家，自己只不过是去当个代课的，说不定干三天两后晌就解雇回家了，还和他们一样修理地球。不管锁柱怎么轻描淡写的不当回事，但人们很看重他这份工作。都说万丈高楼平地起，谁都有个当初或第一，只要干得好，代课的就能转民办，民办的就能转公办，公办的还能改行当官。干得好，就是一碗饭，那前途远大着哩。大家的话，把锁柱也说了个晕晕乎乎，他一人难拨众人口，只好由着他们。青年们临走都说让他下午好好准备，晚上还来同他打扑克，非打三千分不散场。他们说，也许这一玩就成了永久的纪念，以后怕再也没机会同他玩了。他们很在乎这些，锁柱满口答应了。

当晚他们果真来了，足足来了两桌人。锁柱见人多就推让大家玩，自己给他们服务。青年人哪里允许，他们不仅要锁柱玩，还要他轮流陪两桌人玩。他们又不是非要打牌不可，而是专门要找锁柱玩。锁柱完全服从大家，他们说咋办就咋办。

娘娘给年轻人倒上大碗茶，还拿出一盒烟来，叫锁柱发给大家。客人们都说你家祖祖辈辈不抽烟，咋还有烟。娘娘说我锁柱有了干的，喜得不行，请你们给贺贺，大家热闹热闹。

直到庄上一干青年人热热闹闹地离去也就快午夜了，锁柱见伯父和哥嫂们都未入睡，知道他们有话对自己说，就主动静下来听候。

果然，伯父开口了："我反复看了你校长来的信，让你去教书是好事，全班六十个人独独抽你一人去，看得出来学校看重你，你也给咱尚家争了光。我文化浅，干不了事，一辈子只能种庄稼。你哥虽念了中学，遇上'文化大革命'，学校乱得翻了天，也没能找份差事干干。如今你出门去，要为咱尚家争口气，也算你大没把你的路挡住。可见天无绝人之路，好好干，说不定这就是一碗饭。"

哥哥尚会山也说："出去好好干，不管挣多少钱，咱都不在乎。只要学校能把你留下，比啥都强。屋里的事，你一概别顾念。"

嫂嫂也拿出一双鞋说："知道你要走，我加紧把给你做的一双鞋收了口，你看合适不。出了外边好歹是个干工作的，穿得要像个样，别让人家寒碜咱，你挣下钱顾你，别多想家。"

娘娘没吭声，她为儿子上路总有着一直做不完的活。

无论是庄上人还是家中人都使锁柱一直沉浸在喜悦和满意之中。在父兄们面前，他一直是毕恭毕敬没有更多的话要说，只是在心中记下他们说的每一句话，时时不忘。

第二天早饭后，一家人把他送到庄外河边。他告别了家人，独自上路。他路过北尚家庄时注目他那已人去屋空的家，一阵寒心。他想不通这个昔日红红火火的家为什么说散就散，冷清得无一丝炊烟。而在县城，父亲苦苦经营的家，又被公安局封得死死的，同样是妻离子散。对此，那个身不由己的父亲做何感想？自己又该从中悟出点什么？他不知道自己这个家将来发展下去会落个啥结局，更不清楚自己最终会在这个破败的家庭中充当什么角色。

锁柱这样想着，不觉二十里路早被他两脚丈量光了。他径直找到郭校长办公室，门开着，却无人，他只能怯怯地等待郭校长回来。此刻，他虽然离校时间不长，但一旦离开，再返回来就有种异样的感觉，尽管并非完全物是人非，仍然觉得不踏实，有一种很不自在的感觉。此刻，郭校长不在，他既无法去问其他老师，更怕其他老师进来，自己难为情。他连坐也不敢坐，像一个犯了错误等候老师惩罚的小学生，恐慌不安。

直到下课铃响过，郭校长才手捏着书回来，但他一见尚锁柱，就笑着欢迎他，还和他握手，锁柱没想到郭校长会同他握手，惊得他背着两手直往后躲。郭校长说："别怕嘛，以前咱们是师生关系，现在你来教学，咱们就是同事了，握手是很正常的事。"锁柱赶紧说："郭校长，咱们永远是师生关系，在您面前我永远是学生，请您一如既往地把我当学生待吧。"郭校长笑着说："以后你慢慢就会习惯的。"

接着郭校长给他说明了情况。现在初中六年级一班缺语文老师，学校决定聘他来代课。刚才自己就是去代课的，他来后，工资待遇是按国家规定的高中毕业生任职标准，每天九毛钱，一个月是二十七元的工资，国家和大队各负担一半。在老师小灶吃饭，粮食也可按品种自带，也可按价格付款。虽然他在教学上是新手，但是按他的语文水平，教学应该是问题不大。当然教学方法很重要，所以让他住在他的高中语文老师栗甘泉老师隔壁，利用这一便利条件向栗老师多请教、多学习。语文课中的知识一定要弄通教准。对于字词句段章，一定要认真领会、深刻把握、准确教授。一定不能出差错，一定不能让同学和老师小看了你。要以出色的教学成绩为自己的学校争光，为自己的老师争光，当然也为你自己初为人师打个好基础。郭校长还说了许多注意事项，那认真负责的样子，就像他们以往在学校篮球竞赛出场时教练千叮咛万嘱托一样。锁柱对郭校长的叮嘱认真听着、仔细记着，生怕遗漏一个字。

郭校长最后笑着问他："怎么样，有信心吗？"

尚锁柱抬头看看郭校长，以犹豫不定的口气说："郭校长，说实话，我心里很没把握，我试一试吧。"

郭校长面对锁柱不自信的样子，爽朗地笑了，拍着他的肩膀，鼓励他说："锁柱同学，不，应该叫你锁柱老师或尚老师了。既然老师们推荐你、学校决定聘请你，说明大家信任你，你就要用劲干好。我可以坦白告诉你，这工作只能干好，不能干坏。否则，我们大家都无法向社会交代，更负不起误人子弟的罪名!”

离开郭校长的办公室，锁柱在学校的安排下，很快一切就绪。去取行李时，同学吉才佳一家人多日不见他，热情得不行。一边向他祝贺，伯伯娘娘二老还硬要留他吃饭不可。无奈，锁柱实在不想伤了二老的感情，只得为难地告诉二老和弟妹们，自己刚来，郭校长就安排他明天上课，他现在还没见课本，要赶快去领课本备课，千万不能误了明天上午八点钟上第一节课。尽管如此，弟弟妹妹们还是不由分说替他扛上行李送到宿舍，直到给他安排好才恋恋不舍地离去。

中午，锁柱抓紧时间领到书本和办公用品，老师们一一来向他祝贺。锁柱见到老师们仍是那么可敬，那么亲切。他知道，没有班主任栗甘泉老师和其他老师的极力推荐，没有郭力维校长的斡旋，他是没有今天的。报答老师们唯一的办法，就是教好学。

送走诸位老师，尚锁柱赶快安下心来备课。他先反复看了课文，又看了教学参考书，但是展开备课本，半天写不出一个字来。说实话，以前他也经常看老师们的备课本，咋就没注意该怎样备课，先写什么后写什么?他准备在栗老师午休后就请教他，现在利用这段时间，先好好看看课文。他反复看课文，一个午休下来，他虽没在备课本上写出一个字，却有了意外的收获——他竟能熟背下课文来，这倒使他感到好笑。

午休后，他去请教栗老师，顺便把自己已能把课文背下来的收获告诉他。栗老师笑着说：“看来你劲头不小哇，可现在不是要你当学生，而是让你当先生。当学生只要自己吃饱就行，可当先生，自己吃饱才有了一半，另一半就是要把自己肚子里的知识吐哺给学生，让他们人人吃饱，这可不是件容易的事。这要讲究方法，教学方法与知识同等重要”。然后栗老师展开他的备课本，一一讲给锁柱听，又结合他要讲授的语文课，提出了要点，一一教给他做。

整整一个下午，锁柱按照栗老师的指点和要求，认真去做。晚饭后，他拿着备课本去向栗老师汇报，栗老师看了听了后，对自己弟子的聪明才智给予了肯定，对一些不足之处加以提出，并让他晚上继续修改。

晚上，锁柱拿着自认为满意的备课方案，又一次去向栗老师汇报。岂料栗老师说，自己从初中到高中一直代他的语文课，今天他要对自己的高徒进行检验。他自己当一回学生，让锁柱试着当一回先生，给他讲一堂课，并说他自小就不是安分的学生，每有不懂的问题，必要向老师提问，直到弄懂弄通才能完事。他要自己的小先生今天试着教一教他这个老学生。

尚锁柱万没想到他当老师的第一堂课竟然是要面对他一向钦佩的恩师，这让他一下子冒出了汗，真有些进退两难，不知如何是好。栗老师鼓励他说，别怕，万事开头难，谁都有个开始时，只不过他希望他的弟子第一步能迈得好一点罢了。

锁柱知道栗老师教学上是好把式，在全公社老师搞进修时，还聘请他来教语文课。既然老师点到他头上了，是骡子是马只好出场遛遛。

锁柱一开始结结巴巴难以出口成章，说一句就看老师一眼，仿佛要得到老师的许可才能说下一句似的。而栗老师神情泰然，脸上看不出有什么表情来，更看不出他有向自己发难的意思。渐渐地，锁柱的眼不再光顾老师了，他一本正经地讲述，直到“一节课”完毕。

“下课”了，他收拾好课本和教案，忐忑不安地望着栗老师，不知道自己这堂课老师满意不满意。这时候，栗老师缓缓有了一些较为愉快的表情，他轻轻点点头说：“嗨……差不多，差不多。”

接下来，栗老师向他提出几个需要进一步注意的地方，让他回房间加工。

锁柱满以为栗老师听了他的课，会发一通高谈阔论，因为按照他一贯的作风，他发表自己的意见绝不是轻描淡写的，可是今天栗老师对他的表现仅仅是点评七个字就结束了，他不知道老师是真心实意的，还是另有顾忌。他再三请求老师多提意见，直到老师许可他离开他时，他仍然觉得栗老师意犹未尽，可是老师再没说什么，他只好带着疑问回自己房间，点起罩灯，挑灯夜战。

那一夜，锁柱直到凌晨才上床，倒不是单纯因为教学的事，而是因为他突然想起家事，使他久久没有睡意。他想到父亲，很长时间见不到父亲，不知父亲现在怎样，他想到待自己领到工资后，就去看父亲。他又自然想起继母韦文来，但他没有多想她，很快又想到韦玉平。说实话，玉平给自己的印象很好，她不仅长得漂亮，心肠也好，锁柱并没因为她母亲韦文不养活自己而迁怒于她。他知道玉平是无辜的，按说她现在也已经高中毕业了，何去何从他一点也不清楚。说实话，他想去看看她，毕竟他们已经走向社会，不该老去顾忌那些男女之间授受不亲的老封建传统，但碍于玉平妈是继母韦文，锁柱几次想去看望玉平都未能成行。

那一夜他的思绪胡乱翻腾导致第二天一早起来，他觉得头死重死重。他知道自己一夜未休息好，就用凉水浸了头，又到操场上跑了步，一切都为八点钟第一节语文课做准备。

早饭后，尚锁柱在自己房间里早早做着准备，他最后一遍念了备课笔记，说实话这些他都可以背下来了。他觉得眼下最需要的是情绪，能否有个稳定的情绪是他上第一节课的关键。他努力使自己处于平静状态，他对着镜子，整了衣装，还把衬衣掖进裤子里，这样显得更精神些。他经常演戏，知道怎样出场效果好，也知道怎样抓台，以往这些经验都派上了用场。一切准备好后，还差一刻钟，他来到郭力维校长办公室，他知道校长要送他进班的。

郭校长见他打扮得精精神神的，满意地露出笑容。他说："好，送你上讲台。"说着同他一起走出办公室。

校园对锁柱来说再熟悉不过了。两年前，学校仅有两排教室，除此之外是一片荒草地。是他们这高一班同学用自己的双手，一天天地改变了学校的面貌，直到几个月前他们毕业，才算把这座初具规模的学校留给老师和同学。为此，学校老师和同学们十分感谢他们，都说他们班六十名同学个个是建校功臣。学校要把他们的功劳永记在册，在同学们中届届传下去，让他们都知道高一班老大哥的丰功伟绩。如今同学们都回家了，除了几名当兵的同学外，就算他是够幸运的了。他一定不辜负老师们对自己的提携，一定继续为高一班同学争光。

他这样想着，跟在郭校长的身后，不知不觉地来到初中六年级一班门前。早已知道新老师要来的同学们，个个交头接耳，贼眉鼠眼地望着他，还小声议论着，他全当没看见。当年自己也曾这样议论过无数的新老师，不足为奇。同学们见校长站到教室门外，还没等上课铃响，就都匆匆奔进教室各就各位，眼巴巴地看着门外。

郭校长站在教室门外，一动不动，吓得教室里的学生们顿时鸦雀无声，包括站在校长身后即将当老师的尚锁柱都两腿不停地打战。此刻，锁柱才知道什么叫威望。郭校长很守时，直到上课铃声响起，他才领锁柱走进教室。

郭校长刚走上讲台，一声“起立”，这一声一直被锁柱喊了多少年的口令，此刻竟被他忘到脑后，着实吓了他一跳。郭校长扭回头，见锁柱并没跟上来，招呼他到自己身边，这才示意让同学们坐下。

郭校长说：“同学们，现在你们班缺语文老师，一直由我代替。从今天开始，学校给你们配备了新的老师，可能你们都认识。他就是不久前从咱们高一班毕业的班长，高才生尚锁柱同学，以后大家就要称呼他尚老师。尚老师语文功底很扎实，相信他一定会把大家教好，希望大家要尊重尚老师，你们师生共同努力，把六年级一班变成全校的先进班级。”

郭校长讲罢向尚锁柱笑了笑，示意他可以上课了，自己头也不回地走出教室。

尚锁柱在几句简单的开场白后，就开始上课。他要同学们翻开课本，开始上新课。他左手拿出一支粉笔，扭头在黑板上板书课文标题。由于用力过猛，那粉笔连续断掉，就有个别同学在下边窃窃私语。他虽没扭头，但知道下边的反应。对于新老师的到来，尤其对他这个不久前还是本校学生的新手来说，无疑是一场考验。这种情况下，任何一点差错乃至不雅都会成为同学们的笑柄，他清楚这一点。

他让同学们翻开课文要给他们朗读课文。说是朗读，其实锁柱通过一下午一晚上的反复审读备课，早已把这篇不长的课文背得滚瓜烂熟。这会儿他让同学们看着课文，他自己连翻都没翻课本，就一字一句地以背诵代朗读。

也许是这一招显了灵，同学们一个个大眼瞪小眼，目不转睛地盯着他。教室里除了他抑扬顿挫的朗读声，没有一丝杂音。他心里清楚是什么在起作用，他故作无睹，仍然高声朗读课文，他要看看自己这样做的效果。这时同学们除了看他，就是交头接耳小声议论，大概没见过他这种做法，发出一片啧啧声。锁柱停下来对同学们说："请同学们看着课文，一要解决生字，二要注意感情。不要一直看我，以后咱们天天见，有你看得不想看的时候哩。"这样一来把同学们逗笑了，下面又有了议论声，大概是方才他们一直憋着气，现在要借机会缓和一下情绪。

锁柱一口气把课文背了个精光，同学们还在注视着他，也可能是不知道已背诵完毕，也可能还没看过瘾。锁柱知道这一遍朗读等于是一场表演，不起多大作用。他接下来翻开课文，照着课文一字一句地给大家读，这才把大家的注意力吸引到课文上。当然，他看得出来，也有一些同学还想让他再表演一次，只是这希望落了空，锁柱晓得应当适可而止。

课堂秩序还算不错，毕竟是十几岁的孩子，他们懂得给新来的老师一个好的印象比什么都重要。好学生不用说，从朗读课文、提问和自觉回答问题中，已经可以看出部分同学基础还算不错，也很愿意同新老师配合。即便是差一点的同学，也努力达到老师的要求，他们并不想在新老师刚来的第一堂课中，自觉或不自觉地把自己打入另册。锁柱努力做到了因材施教，既要大力支持好同学积极表现，又要热情鼓励差同学努力赶上。从他的主观愿望讲，他不希望班上有一个同学掉队，他真的希望全班同学齐刷刷地往前进，那样多好。当然，这想法只是后话，眼前的任务是努力上好第一节课完成教学任务。因为他知道下课后他还应该去向栗老师和郭校长汇报。

就在已完成教学任务等待下课的过程中，教室里出现了一个小小的风波。坐在后排的一个个头不低的男同学低着头，突然把一个空墨水瓶吹响，那声音是那样刺耳，呼的一声吸引了全班同学的注意力。大家循声望去，发出低低的笑声，有的同学还互相递着眼色。最终，全班同学把目光对准了新来的老师，那意思很明白，有人破坏课堂秩序，你新来的老师管不管，怎样管？锁柱本打算随便问一问，如果那位同学是无意的也就算了，如果他真是有意的，课后再个别解决。因为初来乍到，他还真缺乏处理突发事件的经验，万一那同学不给他面子，在课堂上同他硬碰硬，咋办？这第一节课岂不砸了？但是此刻全班同学的眼光就是无声的抗议，或者说是激烈地发问：新老师究竟是不敢管还是无能力管？锁柱明白，纪律是学习的保证。没有好的纪律，一切都无从谈起。如果这第一炮打不响，让学生们把你看扁了，往后你说啥也白搭！

想到这里，他决定管一管，哪怕是失败了，起码说他对歪风邪气敢于出手。他下了讲台走到那位同学座位旁正准备开口，出乎预料，那位同学自觉地站了起来，并主动交出了方才吹响的那个墨水瓶，默默地听候他处置。说实话，如果说刚才锁柱是真的痛恨他给自己有意出难题的话，现在面对这位同学这一连串的动作，锁柱反倒有些感激他。因为这同学分明是在向他认错表示忏悔，你总不能置他于死地吧。用老百姓的话说：好汉不打圪蹴汉。人家已经认输了，你还有啥同人家过不去的？想到这里，锁柱以温和的口吻问那同学："是有意的，还是无意的？"

他分明在给那同学台阶下，引导他说是无意的，然后就放他一马。果然那同学说是无意的。但声音并不大，估计同学们也都听到了，锁柱还是温和地问他："声音大点，是有意的，还是无意的？"

"无意的。"

声音似乎大了点，却并没大多少，但这重复的话语无疑在向全班同学昭示：人家是无意的，你要把人家咋样。

事情到此，得想法收场了。锁柱用商量的口气对那同学说："你说这墨水瓶咋办？"

那同学几乎想也没想，或者说从交出墨水瓶时就想好了，说："你说咋办就咋办。"

"我说把它摔烂，省得它再吸引你的嘴巴。"

那同学略一思索，很痛快地随手拿起墨水瓶子交给锁柱，那意思是随你咋处置。

锁柱仍然以温和或者说是商量的口气同他说："最好是你自己摔烂它。"

那同学二话没说，就把瓶子摔到地上，无奈那瓶子格外结实，在砖地上奔来奔去就是不烂，还引起全班同学的哄堂大笑。那同学捡了几次，随着同学们的笑声，他也觉得好笑，但他还是克制住了。他站在那里停止了摔，手里拿着瓶子目视锁柱，那意思是说，这家伙就是不烂，你说咋办？你总不能让大家这样一直取笑我吧。

锁柱也感到棘手了，脑子里急速转出个念头——换个场合。他告诉同学："外边摔去。"

那同学果真识相地到外边去了。锁柱与其说在焦急中给了那同学个台阶下，毋宁说是给了自己个台阶下。他总算松了口气，这事情还算处理得不错，互相间都不失面子，又整饬了纪律。

下课铃已响了一大会儿，锁柱说了几句要引以为戒的话就匆忙下课。他出了教室门，东瞅瞅、西望望，他在找那个出去摔墨水瓶的同学。不知道他出门后就随便丢弃呢，还是真的去摔，说不定他会选择后者，他觉得那位同学很好笑。

下课后，锁柱把第一节课的情况向栗甘泉老师做了汇报，栗老师听后忍不住笑了。他说看来你第一节课还遇上了点小麻烦。不过，这事情处理得够鲁莽了，幸亏那同学买了你的账，他要在课堂上同你顶起牛来，你咋办。搞不好让你收不了场，同学们会咋看你。因为这里边最大的问题是你还不了解班上任何人的情况。如果你是个老手那又不一样，你一个新手贸然与同学在全班同学面前较量，玄不玄，搞不好会吃败仗的。以后遇事要冷静，千万注意方式方法，切不可感情用事。

栗老师的话给了锁柱很大的警醒，他回想起来也确实够玄的。想到这里，他打消了原本想去向郭校长汇报的念头，心想，如果郭校长要问起时再汇报吧，反正今天出师不利，没啥好张扬的。

尚锁柱此后认认真真地抓了两个礼拜教学和纪律整顿，初步见了成效，稳住了阵脚，他觉得顺手多了。教学上他边干边学，凭着他的一股子干劲，还算不错的口才，自认为可以的板书，较好的记性以及整洁的服饰，干练的作风等把他的学生们征服了。锁柱在班风上让大家服气的，不是以师压生，而是以情动人。他教导同学们认真学习社会主义文化课，将来接革命事业的班，并以他们高一班学习好的同学和当了兵、入了党的同学为榜样，加强前途教育，引导大家向前看。他还设法与同学们交朋友，他说，我资历浅，没有老本可吃，没有经验可谈，教学相长，我有不对和不足的地方，请大家一定当面提出，知错就改不败兴。当面觉得不好意思，个别提也行，只要有利于教学、有利于咱们这个班级，怎么都行。为了征求到意见，他还请同学们选代表给他集中反馈意见，当面不好提，就以组写出来，让班长收起来给他。这样子，他还真收到了不少好的意见和建议。

为了与同学们处好关系，他承担起了给班里同学理发的任务。别看这小小的活儿，在条件差没有理发店或者虽有理发店也舍不得掏那两毛五分钱的农家娃看来，很乐意新老师的这一做法，对新老师的这一点，表示乐意，一些家长也很在乎。因为经过锁柱的剪理，同学们个个都精精神神的，有的与以前判若两人。他们打心眼里爱起老师来，因为就理发这件事，每个同学每个月就要找一次老师，锁柱还可以利用这个机会同每个同学谈谈心，解决了很多思想问题。时间长了，不但男同学找他理发，一些女同学也试着找他理。这可难住了锁柱，他以往从没给女同学理过，于是就试着给她们理个“鸪鸬鸡”头，好在女同学们要求不高，她们只要求理短了就行。就这一点，班里同学都在学校炫耀，让大家欣赏他们六年级一班的风采。

时间一长，锁柱与同学们交起了朋友，他很乐意这样做。他说，反正我充其量也不过就比你们大上三五岁，咱们本来就是哥哥和弟弟妹妹的关系。只是在学校这个大范围内，碍于师道尊严那老一套，我才需要板着面孔做人。否则，整日嘻嘻哈哈的多热闹、多轻松活泼。锁柱因此提倡同学们与他上课团结紧张加严肃，下了课尽可以活泼，所以师生关系处理得轻轻松松。尽管他这样要求同学们，大家仍然对他尊敬有余，他想也许是长久以来的风气吧。他总想改变那死气沉沉的教学关系，使师生间产生一种轻松愉快之感，毕竟他们都是十五六岁的青年人了，没必要像对待小学生那样死操心，操死心。在他的倡导下，师生间的关系改善了许多，他和同学们之间轻松了许多，相互间也信任了许多。

那天，尚锁柱刚上课，突然郭力维校长推门进来。锁柱赶忙迎向郭校长，没等他启口，郭校长举手示意要他正常上课。自己径直走到教室后排坐下，随手从腋下拿出一本他们班的语文课本，对照旁边同学的页数翻了开来，锁柱这才知道校长是突然来听他课的。

他尽快调整好情绪进入状态，继续讲课。实话讲，刚才校长的突然来到，把他吓得出了一头汗。尽管他在备课上扎扎实实、一丝不苟，在授课中也是不遗余力，但当他面对校长还是有些说不清的紧张。好在这紧张很快过去，他开始精精神神地讲课。

这一课的中心议题是实词和虚词。锁柱从实词部分的名词、动词、形容词、数词、量词和代词又讲到虚词中的副词、介词、连词、助词和叹词。等把这十一种词讲完，时间大概不足十分钟了，锁柱要同学们在最短的时间记住这十一种词，哪位同学记住了就举手示意他，他要通过记词来检验同学们的熟练程度。

约莫五分钟后，有同学开始举手示意他，锁柱就让这位女同学站起来背诵，果然那女同学流利地背了下来。然后，陆续有同学举手，有些可以背下来，还有的漏掉了一两个词，更多的同学是把词序颠倒了，有的把实词和虚词篡了位。直到最后几位同学勉强举起手来后，这时时间过去近十分钟，锁柱挑了其中一位同学，这位同学并没真正背下来。他索性不再难为同学，他提高嗓音，给同学们介绍了一种快速记忆法，即“口歌歌”记忆法。

他说，实词虚词是种很枯燥的东西，且内在联系不大，又没有什么好的具象思维可找，全靠死记硬背。但这种死记硬背是很不牢固的，不信，即使是记得最好的同学，一个月后我再问你，很可能你会记不全。我现在给大家介绍一种既能快速记准又不容易忘记的办法，那就是把每种词的打头字连在一起，记成一句“口歌歌”，又快又准又难忘。这口歌歌就是：“名动形容数量代，副介连助叹”。前实后虚，记得快的同学大概只需十秒钟，最长的可能会不超半分钟，这样效率可提高十倍，不信大家试试。

锁柱话音未落，同学们已经开口念了。随后，很多同学接连举手，锁柱挑同学们背诵，他们起身就念，很轻松，很愉快。乃至最后几个同学举手也不过半分钟。这样一来大家兴趣很高，口中不停地念着，觉得很好玩，又记得十分快。大概有的同学觉得锁柱这办法不错，就扭回头看校长，那意思好像是说我们老师这办法很绝。看到校长脸上分明露出愉快的神情，锁柱知道自己这节课任务完成得还算不错。下课后，班上同学们很有礼貌，直到把校长和自己的老师目送出教室，然后又饶有兴味地哇哇念起方才那“口歌歌”来。

课后，郭校长约锁柱反馈听课意见。郭校长高兴地肯定他的课上得不错，课备得充分，对教材熟练，讲得也不错，在一些方面有创新。比如以“口歌歌”方式让学生记忆实词虚词，不仅让学生产生了浓厚的学习兴趣，还收到了事半功倍的教学效果。今后就在这方面多动脑子，光用“口歌歌”的办法就可以记忆很多看似枯燥无味而又必须记忆和掌握的东西。同时，也指出了一些应该注意的问题和努力方向。总的说，郭校长对这次搞“突然袭击”的结果还算满意。这使锁柱增强了信心，他表示要向老教师学习，努力实践，取得教学上的好成绩。

教学上顺当之后，他这才想起这些天来只顾了教学，淡漠了很多事情，有些事情是该处理一下了。

锁柱给同学吉才佳去了信，告诉他自己已返校任教，别让他再为自己的前途操心，自己会安心在这里干下去的。对吉才佳已在部队当了连部文书表示祝贺，锁柱要他在连首长身边好好干，珍惜这个机会，争取提干。锁柱知道，吉才佳十九岁入党，在政治上很可靠，加上他有一股子拼劲，干什么工作都走在先，不干出个样子决不罢休。他那个急性格使他永远也不会消极，这种气质是军人所应有的。他的路子走对了，相信他的前途应该十分光明。

他星期天骑着自行车进了越城。他先到了看守所，看望了父亲。不知怎么，自从返校教学后，一方面因为工作忙；另一方面可能暂时有了工作可干，他锁柱淡化了脱离父子关系的想法，父亲先前对他的种种好处时常在他记忆中泛起。他想到父亲很无辜、很可怜，就想方设法去看看父亲，给父亲送一些干粮和烟等。他知道父亲每天劳动，干粮是必需的，加之突然失去人身自由，思想总也想不开，焦躁、烦闷、困惑总会围绕着父亲，抽烟似乎可以解愁、解闷、解烦。他曾亲眼见过犯人拾烟头抽，那样子很贪婪，也很无奈，令看守人员都不忍制止。父亲是不是也那样，他不得而知。但他怕，他真怕那样。

当他提着东西被允许进看守所后，照例通过登记、检查等一套例行手续后，父亲便被看守人员顺利地领了出来。父亲看见他后闪过一丝只有当儿子此刻才能觉察出的情感，是惬意、自慰，还是企盼、无奈？好像都是，又都不是。锁柱此刻难以说准父亲这瞬间所透露出的表情。

父亲照例中规中矩地喊过报告，在经看守人员同意并在一旁例行监督的情况下，父子俩一问一答着："听说你教学了？"

"嗯。"锁柱惊奇父亲是怎么得到这消息的，看来他虽身不由己，仍时刻关心着自己。

"你要好好干，不要辜负校长和老师们的帮助。"

"嗯。"从父亲的话语中，锁柱隐约觉得父亲对自己的情况了解得是很清楚的。

"你伯伯娘娘身体还好吧？"

"嗯。"父亲每次见面后总要问他这些，一来因为他们是一奶同胞，他不得不关心；二来兄嫂为他操心带儿子，他不得不由衷地感激。

"不知道你对玉平印象怎样，她是个好闺女，你要把她同她妈区分开来。"

听了父亲这话，锁柱不知所云。他抬起头来，父亲两眼正和善地看着他，似乎希望他回答什么，又似乎有另一层什么意思。锁柱一时难以琢磨透，毕竟他已二十岁的人了，他隐约感到父亲话语中包含着另一层意思。他难以回答，无法回答。

"玉平妈也准备给她找个教学的差事干，你们从小曾在一起生活过，彼此间至少也应该有个生活感情，有空可以相互走动走动。"

父亲似乎在把话一层层挑明，又仿佛在用左右两手把他们俩往一起拉，借以维系这个支离破碎的家。锁柱感觉到了这一点，他不敢再看父亲，也许父亲的目光此刻正火辣辣地射向他，想从儿子口中得出一言半语。锁柱的脸突然红到脖子根，他重重地低下了头。

父亲没再为难儿子，他又问了一些琐碎事，说了几件让锁柱操劳的家事后，就没话了。

锁柱想问父亲的事啥时候才能有个结果，但碍于看守人员的面，知道这事情不该问。父亲似乎看出了儿子的心思，他说："我的事情你不要多操心，我会向政府坦白的，也是会自觉接受改造的。"

锁柱听了父亲这话，立刻心里酸酸的，眼眶发了潮。他怕自己情绪不稳定，赶忙用手背揉了揉两眼才止住。父亲也许怕悲伤的一幕出现，就说："没啥了，你就回吧。"

那声音同样是颤颤的。锁柱知道父亲在他面前是千方百计克制着自己的情绪。其实父亲在背地不知流过多少泪，按父亲的情感，此刻他恨不得抱着儿子大哭一场，而此时此刻父亲不能流露真情，只能佯装大度，压抑住内心的真情实感，这一点锁柱十分清楚。

"大，您还需要点啥？"

也许是锁柱这一声不经意的称谓，冲决了作为父亲心灵情感的防护大堤，尚在轩扭转头向儿子摆着手，口中说着："走吧，走吧……"

随即拿起东西随看守人员进了铁大门。

锁柱一直望着父亲的背影，直到黑铁大门"咣당"一声关闭后，他才扭转头，怅然若失地走出看守所。

中午，尚锁柱来到同学李大桢家。得知锁柱当了老师，大桢一家人向他祝贺，为他高兴。高兴之余，大桢妈李姨告诉锁柱，大桢准备近日结婚，说他是大桢最要好的朋友，让他到时候与他的同学都来庆贺。

锁柱听说大桢要结婚了，高兴得一下子抱住大桢久久不放。他为大桢高兴，提前祝贺他。高兴之余，李姨拉着个女子问锁柱认识不，锁柱左看右看说不认识。李姨说这闺女你可得认识了，她是大桢媳妇。这一来，把那女子说得红了脸，低下头。锁柱见她眉目清秀、朴实无华、和颜善眉，忙向大桢说："般配，般配。"大桢说："你又没说过媳妇，知道啥叫般配？"锁柱说："没说过媳妇，就不会看媳妇了？"说得一屋人都兴高采烈的。

李姨让大桢和他媳妇陪着锁柱闲聊，自己去做饭。跟前剩下他们仨人后，锁柱问那女子："敢问嫂子尊姓大名？"

那女子只是笑，不吭气，大桢回答说："她叫秀芝，姓郑，乡下人。"

锁柱说："我问人家，谁问你李大桢，看把你急的，就怕人家不知道是你媳妇。"

锁柱才转向那郑秀芝，道："哎，嫂子，告诉小弟你的名字。"

那女子腼腆地说："就是他说的那。"

"谁说的那？"锁柱穷追不舍。

"他。"女子笑着用下巴示向大桢。

"他是谁，他没有名字？"锁柱毫不放过她。

"他是你。"女子说完就笑了。

"他是我？噢他是我，那好，那好，那你给我当媳妇了。大桢，你听好了，你媳妇愿意跟我，你看咋办？"

"那你吃过饭引回去吧。"大桢爽朗地笑着说。

"听见了吧，吃过饭跟我走了，啊？"锁柱仍然笑着逼她，那女子只是痴痴地笑。

锁柱见状对大桢说：

"人家不答应，看来心里不愿意跟我，人家是冲着你这城里娃来的，谁跟咱乡下娃？"一句话说得他们都笑了。

锁柱打住笑后问大桢："到时候需要我干啥，需要通知咱们同学谁来，你快说说。要知道你可是咱们同学们中间第一个结婚的人，来看热闹的人一定不少，来取经盗宝的人也一定很多，你好好准备吧。"

大桢听了锁柱的话，只是笑，他媳妇见他笑，也露出牙笑。看得出来，这郑秀芝也同李大桢一样属于那种沉稳、持重之人，绝不是那种浮夸、张扬之人。锁柱觉得他们很般配，将来的幸福一定是属于大桢秀芝这对憨厚之人的。

下午，锁柱独自去找了要好的同学唐春建、黎明，还找了李大桢曾经追求过的女同学李小霞以及女同学史苗青等。大家在一起共同议论了给李大桢办婚事的话，都表示要尽朋友之情，把李大桢的婚事办得热热闹闹的，让大桢高兴，让他媳妇郑秀芝高兴，让他们全家人因为同学们操办得好而乐上添乐。

同学们最后还向尚锁柱提议，到时间也通知韦玉平来参加，并且把这任务交给了他。锁柱说自己完不成这个任务，除此，啥都可以干。大家一致把这个任务交给他，说非完成不可。锁柱十分为难，又别无他法，他不知道今天为什么父亲和同学们一再向他提起韦玉平、韦玉平的。

当晚，尚锁柱骑着车子回学校，摸黑走了一截路。他突然发现走错了，没有朝学校方向走，反而朝着韦玉平家的方向去了。他立刻扭转头往学校走，心里不断地诘问着自己："为什么这样？为什么这样？玉平家是你应该去的吗？"

十九

在学校教师中，多数教师对锁柱来说都应该是"长"字辈，他们中很多人都教过锁柱，锁柱对他们尊敬有加。老师们对锁柱既关心，又帮助。即便是那些没有直接教过锁柱的老师，由于先前锁柱上学时他们就是本校的老师，他们同样也属于"长"字辈，锁柱同样尊重他们。因此，他在老师们中间，只能以一个"小"字辈出现，时常显得拘拘束束。尽管一些老师在会上或饭场上不那么注意，开一些又素又荤的玩笑，锁柱都尽量装作没听见或者避开，全然不能正视。

一天，学校突然来了一位女教师，她叫柳月琴。父亲在县城工作，她跟随父亲在县城上学，高中毕业后没多长时间，也来到本校代课。她刚来那天，郭校长把锁柱叫去，问他认识她不，锁柱看了看那女子，高个头，大眼睛，嘴角溢着笑，乌黑乌黑的两个齐肩辫子随着头摆动着，像个拨浪鼓。锁柱目光同她接触后，她向锁柱投来友好的一瞥，锁柱也以同样的表情回敬，他告诉郭校长："有印象，不太熟。"

郭校长说："她叫柳月琴，准备安排在你们班代数学课，以后你们就是搭档了。锁柱你来得早点，情况了解，多向月琴介绍。月琴要尽快熟悉情况，协助锁柱这个班主任搞好班级工作，希望你们同心协力，把这个班带好。"

临出门，郭校长加重语气对他们说：“年轻人，好好干，可别给我把班带垮了啊！”

锁柱和柳月琴边点头答应着，边退出校长办公室。锁柱本想关心一下新来的老师，他们是同龄人，又是同事，彼此应当关心一下，却被她婉言谢绝。她说自己有人帮忙，随后再到他办公室看他，既如此，锁柱只得作罢。

当天，柳月琴整理好宿舍后，果真来到锁柱办公室。锁柱给她让了座，接下来他们闲聊了起来。她告诉锁柱，她对他有印象，在他从城里转回乡下之前不长时间，她从乡下转到县城。在县城学校，她听同学们多次提过他，说他怎么怎么聪明能干，却不料突遭厄运，被迫回到乡下过着艰苦的生活。她久仰于他，只是没有机会见识。这下好了，有了在一起工作的机会，她请他多帮助她，工作甚或是生活方面，如有不对或不妥的地方，还请他多指点。无论什么问题、什么方式方法，只要是为了她好，她都会乐意接受的。

听着柳月琴这么谦虚的话，锁住赶忙说，其实自己很一般很一般，并不像她听说的那样。他在教学上也仅仅才几个月的工夫，帮不了她什么忙，倒是希望她多帮他。他们互相说了些谦虚和客气的话，算是初次接触。

李大桢婚期快到了，锁柱还记着一件事，那就是同学们一定要他通知韦玉平。他虽觉得难，但总不敢扫了同学们的兴。他打听到韦玉平现在也在她所在的乡里教学，于是他给她写去一信，请她届时参加李大桢同学的婚礼，还说，接信后务必给他回信，以表明她接到通知和做出的决定。

时间不长，韦玉平果然给他来了信，信是他的同事柳月琴交给他的。那天，柳月琴神神秘秘地走进他的办公室，告诉他自己来给他送信，让他猜是谁写的。

锁柱说：“是我父亲来的吗？”

柳月琴摇摇头。

锁柱又回答：“是我当兵的同学吉才佳吗？”

柳月琴仍摇着拨浪鼓似的头。

“噢，我想起来了，一定是韦玉平的。”

锁柱突然想起这一桩来。柳月琴问：“男的？女的？”

“当然是女的了。”锁柱毫不掩饰地回答。

柳月琴听了这话，脸色突然变得粉红红的。她停了停，不好意思地问：“敢问她是你什么人？”

“我姐，一个仅大我两个月的姐。”锁柱笑着回答。

柳月琴奇怪了。她问锁柱是不是他表姐，锁柱否定。并告诉她是一家人。这下子柳月琴吃惊了，她忙问：“你怎么可能有大两个月的姐，要么大两岁，要么顶多大两个时辰，大两个月怎么可能。”

锁柱这才一股脑儿把他们家的情况说了个分明，柳月琴一本正经地听着，不住地点着头，这才有些了解。

末了，柳月琴说：“既是这样，那你赶快拜读你姐的信吧，别把你的大事、好事耽误了。”

锁柱说：“柳老师，你这话说得就有意思了，不信，你拆开看。”

柳月琴回答：“私拆别人信件是犯法的，这谁不知道，你自己快看吧，我走了，别妨碍你。”说着，她把信放到锁柱面前，做出要走的架势。

“我允许了，当着我的面，你有啥不敢拆的。”锁柱说着，一下子撕开了信，让她看，并告诉她，自己同学李大桢最近结婚，邀他们参加，他们是相互转告的。锁柱大体告诉了柳月琴后，就把信递给柳月琴让她看。

柳月琴敏感地缩回手说：“你姐的信我怎么好意思看，别是情人之言，那我才难为情哩。”

话虽这样说，她还是接过了信，认真而仔细地读着，像在字里行间寻找着自己感兴趣的东西。嘴里不住地称赞着“好字”“好文才”。锁柱在一旁介绍着，人家在学校也是高才生呢，只不过跟上我父亲同样倒了霉。加上现在找工作的机会不多，招工很少，上大学又得锻炼够两年，还得是贫下中农，大队、公社、县里能推荐上你，凭的不单是知识，而主要是机遇和关系。在这种情况下，不少乡下缺教师，有知识的人自然流向这个岗位，这是很自然的去向。

锁柱的话引发了柳月琴的同感，她边看信，边应承着他的话。她告诉锁柱：“咱们好好干两年，两年之后都设法去上大学，你有这信心吗？”

他无精打采地说：“那是你们这些贫下中农、干部子弟的事，像我这种情况，能一直教学不被赶回家就算万幸了。”

柳月琴说：“那你设法改变环境，弃暗投明嘛。”

锁柱问她有何高见，她说不就是换个环境吗？锁柱怕她触及自己的伤痛，立刻转了话题。

不久，学校进行了期中考试，他们俩所代班级在全乡考试成绩名列第二。郭力维校长对他们六年级一班的考试成绩非常满意，对尚锁柱和柳月琴两位新手的教学成绩给予充分肯定。并热情鼓励他们百尺竿头更进一步，向着全公社第一名冲刺。两位青年教师也向校长表了决心，力争在暑假期末考试中拿第一，校长对他们的决心给予了赞扬。

同学李大桢结婚时恰好是个星期日，锁柱在大桢同学家高兴地见到了韦玉平。很长时间没见，玉平越发出落得靓丽了。锁柱在瞬间即刻对她产生了倾慕之心。好在锁柱不善张扬，他随即在心里压下了这种感情，但还是很热情地同玉平进行了交谈。玉平感激锁柱的盛情相邀，她说能一起参加大桢同学的婚礼，分享他们新婚夫妇的幸福，在她看来是再快乐不过的事了。她说前段时间临近毕业，又面临择业，为了使自己有个好成绩，以便毕业后有个好的去向，就主动放弃了一切社交活动，包括同锁柱的来往。她在此之前就知道了锁柱教学的消息，她为他高兴。锁柱问她听谁说的，她说是在看望尚在轩叔叔时听说的。锁柱问她父亲怎样对她说的，她说：“那次，我母亲突然要带着我和我那已会走路的弟弟男男一起去探望尚叔叔。见面后，尚叔叔见到自己的亲生儿子男男，就高兴地要抱他。哪知男男见到尚叔叔那样子，吓得直往母亲怀里钻。尚叔叔一再要抱，男男就大声哭起来，弄得尚叔叔很尴尬。他手足无措，深感内疚，不觉掉下泪来。尽管母亲告诉男男说，他就是你爸爸，可男男却一个劲儿地躲着他，看都不看他一眼。尚叔叔望着自己的亲骨肉而不能亲近，自然十分难过。那次，母亲给尚叔叔带了很多东西，尚叔叔关切地问我学习情况和毕业之后的打算，他说要母亲一定为我找个工作。他说这事本来是要他来操心，无奈身不由己，只能靠母亲。他告诉我你已教学，让母亲设法给我谋个教学的差事先干着。他还要我多同你亲近，并说一家人别说两家话，要团结好，别让外人见笑。说到这里，他还对我说是他影响了我，害了我们母子仨，问我恨不恨他。说实话，我心中也曾怨恨过他，但看到他当时那样子，又怜悯起他来，只好闭嘴不吭声。”

玉平说到这里，显出欲言又止的样子，停了停她又说：“那次出乎意料的是，母亲竟然向尚叔叔提出了离婚请求。也许尚叔叔早有思想准备，他只是怔了一下，随即显出笑容。当然那笑容里多数是无可奈何的成分。母亲说，由于他的影响，自己从城里回到乡下，整日遭人白眼，闲言碎语不绝于耳。自己整日思想郁闷、情绪低落、烦躁不安、度日如年。几年了，总也盼不出个头来。眼看玉平高中毕业面临着决定前途的事，因为他的事情，非受影响不可，特别是男男，以后更要受影响。想到这一切，她几回下决心，觉得长痛不如短痛，干脆走开了之。以后各自顾各自，谁也不影响谁，各人做事各人承担。母亲见尚叔叔一直很痛苦的表情，她又进一步说，我知道这件事对你打击太大了，你会非常痛苦的。可你不能光为自己着想，还得替我们母子想想，总不能为了你，让我们大家都跟着受连累吧？你是明白人，现在的政策、现在的形势你不会不清楚。请你看在咱们夫妻一场的面上，可怜可怜我们母子吧，同情同情我们母子吧，让我们母子讨条生路吧。母亲说着，潸然泪下，同时尚叔叔也落泪了，我也落泪了。我想制止母亲，可我又鼓不起那个勇气。时间静静地挨着，直到管教人员催促我们时，尚叔叔才对母亲说，我同意离婚。我尽快写个申请传给你，所有财产归你，两个孩子归你抚养，锁柱归我。最后，我们就那样郁郁而散。”

玉平是个一向性格开朗能说善笑的人。但此时，她说着这悲凉的事情，情绪一下子低落下来。锁柱见她这样，实在不忍心再问下去，又急于想知道事情的结果，就问：“后来呢？”

“后来我母亲拿着尚叔叔亲笔写的同意离婚的申请找到法院，人家说，在案件未审判之前，不允许离婚。这一下，我母亲茫然了，只能等待着审判，整日受着煎熬。”玉平悲悲地说。

锁柱了解到这里，知道了大概情况，为了不再影响玉平的情绪，也为了高高兴兴给大桢庆贺婚礼，他对玉平说：“现在忘掉悲伤，愉快点儿，为着大桢的婚礼，为着同学们之间真诚的友谊，准备干杯！”

玉平是个快乐的女孩，无论悲与喜，都是个能拿得起放得下的人。她立刻高高兴兴地随锁柱投入到同学们中间，一起为大桢的婚事奔忙起来。

来参加李大桢婚礼的同学们很多，凭这就可以看出大桢的为人来。加之他是班上第一个结婚的人，大家都想先睹为快。尤其是女同学热情更高，可能她们先天就比男同学在这方面富有好奇心吧。同学们分成两拨，一拨人以男生为主，随大桢到乡下去迎亲。一拨人以女生为主，在家帮助大桢父母——李伯李姨操办。锁柱被李姨点名在家布置结婚典礼现场，和他在家的还有唐春建等男同学。韦玉平、李小霞、史苗青等女同学也都主动给大桢收拾新人房，还一起商量着要在大桢媳妇来后给她施加点增加乐趣的小“诡计”。

一切准备停当后，家中里里外外的人都在等候新人的到来，大家等不及了，就三三两两地来到路口等待。由于锁柱和玉平二人不经常和同学们在一起，而且大家都知道他家中的变故，自然就对他们关心得多点。李小霞说：“锁柱，那天我在街上走着，还碰到你父亲他们一伙犯人拉着平车在劳动。你去看他了没有，怎么这么多年还没判？”

“去看了，我也十分焦急，可这事情我父亲又不让我问，他说是规定。”锁柱随口答应着。

“韦玉平，你叫他父亲什么，你是不是也去看他了？”李小霞接着问玉平。

“去看了，我叫他尚叔叔。”玉平回答着李小霞。

在一旁的史苗青同学问韦玉平道：“玉平，你现在在乡下干什么，住得惯吗？你打算以后干什么，还回不回城来？我们大家都盼着天天和你在一起。”

玉平告诉她们自己现在在乡下一所小学教学。在乡下住不惯又有什么办法，原先不习惯，好在这么多年过去了，也不在乎了。至于能不能回到城里，她又何曾不想，只是自己并不敢多奢望，以后的事听天由命吧。

几个同学都为玉平的不幸或者说无辜受害感到惋惜，李小霞快人快语，她说："尚锁柱，要说这都是你父亲害了人家玉平一家。要不是他，人家玉平和母亲还不都在县城吗？"

锁柱听了这话，觉得很难为情，李小霞的话叫他难以回答，也叫他觉得在同学们面前有些难堪。可又一想，李小霞一向快人快语，她并非存心出他的洋相，咋能怪她呢？他正为难不知该如何回答李小霞时，一旁的玉平开口了："小霞同学，咱们都是朋友，恕我直言。这事情我当初也这么想过，甚至怨恨过尚叔叔，可现在我不这么认为了。说我母女怨他，那锁柱更应该怨他，大家都怨他，那他怨谁呢？大家都是无辜者，那是他存心要走这一步吗？事实上他也很冤，但事故既已出了，他是当事人，又是分管校长，只能由他来承担，更别说法律上还有个无过错责任呢。因为不这样，那十条活生生的人命总不能白白送掉，人家都失去了女儿，有的甚至是独生女，想想人家后半辈子咋过，咱们为此担点责任受点牵连应该能够想得开。"玉平说到最后又格外强调了她的话语："真的小霞，我现在想开了，不是受连累，而是咱命不好。要不然，当初我母亲若不同尚叔叔结合，哪有这事？可人都往好里想，谁知道会出这事。现如今，尚叔叔和我母亲都生下了孩子男男，还分什么你呀我呀，想分也分不开啦。"

玉平的一席话说得大家无话可说。锁柱听见这话，胸膛怦怦直跳，他觉得玉平虽在说她自己，同时也是在提醒他。大家都是患难与共之人，实该同舟共济，要是大难来临各奔东西，那只能是离心离德，妻离子散，家破人亡。只是这话叫玉平说了并扭转不了局面，要是她母亲韦文也这样想，这样做，这样人道，这样顾全大局，事情可就会大不一样。可惜这局面未能出现，也难以出现。锁柱清楚。

李小霞转了个话题说：

"玉平，既然你们都是一家人，都是难姐难弟的，干脆让锁柱娶了你吧。不管是同舟共济、同心同德，还是同学同伴、同病相怜，我觉得你俩人也挺般配的。"

旁边的史苗青等同学都拍手称好，她们说李小霞聊着天就牵了红线，李大桢才结婚，尚锁柱就要有对象了。

锁柱和玉平自然制止了她们，说咱们今天给李大桢贺喜，别转移大方向。具体理由嘛……也就在这时，李大桢真的娶回了新娘，同学们立刻随人流拥上前去使尽浑身解数，在一个劲地戏弄着一对新人。

大家在街口上，就要大桢媳妇骑在大桢脖子上，然后蒙着大桢双眼让他转圈子往回走。两位新人开始不肯，新娘还趁大家不注意往前奔，大家立刻把她追回来，并说："怎么，着急了，急着往婆家奔？"说得新娘怪难为情的，只好就范。

大桢一路东碰西颠地转着，不时还被大家往回拖着，可转了大半天并且转得晕头转向、大汗淋漓、精疲力竭，等到睁开眼，几乎还在原地，搞得大桢哭笑不得。要想前进一步，非得让新娘骑在头上转着走不可，只好从头开始。直到家里人一次又一次来说好话，才算解救他们回家。

紧接着，举行结婚典礼。锁柱是司仪，唐春建是主持人。开始几项主要是以答谢为主，向来宾、向同学鞠躬，两位新人鞠躬时弯腰幅度必须大于九十度，有人检验。只要众人不认可，就得重来。轮到给父母鞠躬时，两位老人早已被他们的同龄人化妆化得反了个个儿。把李伯化装成老太，把李姨化装成老头，他们一出场众人都哈哈大笑，新郎新娘也止不住笑了。有人呵斥新人不准笑，新娘赶快用手捂着嘴巴，这时立刻就有人拿开她的手，见她未来得及止住笑。就问她是笑公公还是笑婆婆。这一来众人又一阵儿哄堂大笑，他们老小两辈人被众人臊得哭笑不得，两位老人纷纷要求退场，同辈人哪里肯放过他们，最后简单到老小两辈人互相问候一句为止。李姨对新娘说："我娃好。"李伯也接口说："我娃好。"众人说那怎么行，不能说一样的，他们同龄人就有人问李伯，你娃有多好？搞得大家又一阵儿大笑。

好不容易剩了两位新人在场，青年人更加放肆了，要他们对着众人做一些不雅的动作，谈一些带荤味的恋爱经过。大桢是个沉稳人，而新娘一反常态地毛手毛脚，在众人的调戏下，一再出错，场上笑声不断。

婚礼一直持续到太阳落山。

之后，亲戚和同学们要陆续离开，玉平和女同学们也要离开。她们纷纷同大桢说了些祝福的话后就要动身，大桢问玉平怎么回乡下，当得知她一个人返回后，就要锁柱骑自行车去送她。玉平再三说自己可以回去，但敌不过大桢非要锁柱去送她不可。锁柱和玉平见大桢如此坚决，只好依了他。

在去乡下的土路上，车子颠颠簸簸，玉平时不时不自觉地要抓锁柱的衣服一下。锁柱被玉平抓得心里毛毛的。这时候，他们不约而同地想起了下午李小霞说的要锁柱娶了玉平的话。两年前，锁柱亲娘对着他俩也说过这话，但那时他们都还小，没多往那一层想。前一段父亲又有意识地给锁柱提了醒，锁柱当时听了，还以为自己是自作多情，也没多往这方面去想。直到今天上午玉平再一次透露出父亲的意思后，他才真正觉得父亲的话是有意识地引导他们。

平心而论，自从锁柱七岁时同玉平在一起生活，被她母亲韦文无意盖在一条被子下，又被小学同学们传出后，锁柱就对玉平有了好感，只是从来没想过要她做自己媳妇。自打他同玉平阴差阳错地生活在一个屋檐下后，他对玉平渐渐产生了好感，这种好感从感性发展为理性，他觉得玉平人好心好、热情大方、不拘小节，她应该就是他心目中的偶像。

但是，就在锁柱对玉平的感情向健康发展时，他们的组合家庭随着父亲的倒霉而自然解体。尤其是玉平之母韦文对待锁柱的态度，一下子发生了天壤之别的变化后，锁柱对她妈心寒了，且自觉不自觉地迁怒于玉平。渐渐地，随着生活的逼迫，他们之间失去了应有的联系，变成大难临头各分飞了。好在由于玉平的主动结攀，才使锁柱的心渐渐复苏，渐渐地可以把她们母女俩区别对待。

玉平此刻也同样在内心回顾着他们的从远至近。锁柱自小给她的第一印象是聪明、机灵、好学，如果再加一点的话，就是遇事有点子。她自从接触他以来，对他印象一直很好，究竟怎么个好法，她没去仔细想过。但有一点是清楚的，那就是母亲在接纳尚叔叔时，不知怎么，她玉平似乎也在内心反复琢磨开锁柱了，也试图在接纳他。正因为锁柱被她在内心顺利接纳了，这或许增添了母亲乃至她自己在内心接纳尚叔叔的筹码。对尚叔叔，她几乎没去多想，就在内心通过了、接纳了。并不是因为尚叔叔有多么优秀，而是因为尚叔叔有一个还算优秀的儿子。反过来，如果她不能相中锁柱，她会因此向母亲无端地发出抗议，坚决不同意他们的结合，直到母亲认真考虑她的意见，并做出应有的抉择为止。现在想起来，这是多么的本末倒置。锁柱的好坏，仅仅是一个不足以影响大事的因素，而尚叔叔——这个今后在她们家当家、主事、掌舵的人，才是她母子最应该关注、最应该慎重考虑的人，而这个事关重大的问题玉平当初却很少去考虑。不知为什么，那时她也已十六岁，应该是到了考虑问题的年龄了，却没有往该想的地方去想。

现在回想起来，锁柱每个时期都给她留下了较好的印象，以至于他亲娘两年前当面要她做锁柱的媳妇时她都没反感，但也是说说而已，并没往心里去。同样地，锁柱也没有多大反应，他很可能也只是当作了耳旁风，吹过而已。直到最近尚叔叔拐弯抹角地提醒，今天下午同学李小霞的当面点将，才使她对这个问题上了心。她在心里反反复复思考着，是不是真到了谈婚论嫁的年龄了，按说自己才刚刚二十岁，却为什么他们接二连三地提起，她不得不开始思考。

当这念头在心中久久挥之不去后，她再一次认真注视起眼前的锁柱，立刻觉得他一下子变得英俊、高大、帅气起来。那黑油油的头发随风飘逸，有着无限的魅力，宽厚的背似乎可以承担一切，连此刻蹬着自行车喘出的气息，都是那样粗壮，有力量，令人陶醉。加上在这颠簸不平的土路上，每一震颤都使她不由自主地去抓锁柱的衣服，猛然间抓到他敦厚坚实的肌肉，手感热乎乎的、汗津津的，她赶快缩回手，生怕他有丝毫反感。

这时候，锁柱发话了："路不平，颠得厉害，你抓着我吧，安全些。"

锁柱的话，让玉平显得难为情，她脸颊顿时发热。幸亏是在他背后，不然一定很窘。玉平现在听了锁柱的话，反倒不知道该咋办。抓住他，是不是会显得自己轻浮？不抓他，他是否会不悦？他的真心实意是啥，令一向聪慧的她匪夷所思。

等到又一次颠簸时，玉平索性抓住他，再没有放开。就在玉平抓上去的同时，锁柱方才还活动自如的腰背，一下子僵直不动了，整个上身显得那么僵硬，只是两腿在下边用力蹬着。玉平对锁柱此刻的姿势显得好笑，她真的在他身后偷偷笑了。她笑一向活泼伶俐的他为啥顷刻间变得这样呆板，这样耐人寻味。

她的性子使她憋不住话，方才的一切使她憋得难受，她终于开口了："锁柱，那个李小霞两年多没见，还是那样快嘴快舌，直通通的性子，说话一点也不留面子。"

"这样的人好，我就喜欢直性子人。"锁柱在前边边蹬车边说。

"可这直性子毕竟少，有时还惹祸。"玉平说。

"我看你就是个直性子人。"锁柱说。

"直性子人好吗？"

"好。"

"是嘴上话，还是心里话？"

"是嘴上说的心里话。"

"你真逗！"

"你不喜欢逗人吗？"

"喜欢。"

……

天快黑了，路上行人稀少。一阵山风吹来，带着凉意，锁柱敞开怀任山风使劲吹，他此刻是那么惬意，嘴里不由得哼起了小调……

上坡了，锁柱本来要使劲蹬，可玉平一下子从车上跳下来。锁柱问她为什么，她说何必呢，推着车子上坡要省劲。锁柱只得下来，一手推着车，一手在敞衣擦汗。玉平接过车子自己推着，她要锁柱歇会儿。

锁柱用手帕擦着汗，此刻他那不经湿的手帕已全湿了。玉平见状，就从口袋里掏出自己的小手帕递给他，要他擦。他迟疑了一下，他的湿手帕早被玉平给换成了她那干手帕。他抓在手上没有急着去擦，甚至在想要不要擦。等到热汗浸上头后，他才不由自主地去擦。立时，一股淡淡的清香扑鼻而来，他这才又意识到手中早已不是自己的手帕了。事已至此，他索性使劲擦起来，还有意把她的手帕捂在鼻子上使劲吸，那总也吸不绝的清香味一直顺着他敏锐的感官浸入肺腑，然后在周身荡气回肠。他晕了，醉了。而他不敢扭头看玉平，她现在还是他的玉平姐，他一向对她尊敬有加。虽然他此刻也有过一丝冲动，但他不敢越雷池一步。他们还是事实上的一家人，尽管这个家已经形同虚设。

下坡了，玉平说他骑车累了，她可以带着他骑一截下坡路。锁柱顺从了，坐在玉平背后。锁柱一手抓住车子，一手不停地用玉平的手帕在自己的脸上擦着，那股子清香味又浸入他的感官。他注意到玉平上车时，顺手已把他的手帕装进她的裤兜里，是有意还是随意，他说不清。而他呢，是否也打个马虎眼装起了之，他没有多想也顺手装进裤兜。他想，先装着，她要时再说。

到了玉平的学校，天已经黑了。玉平学校还有两位老师，他们给玉平提来开水并让他们吃饭，锁柱谢绝了。两位老师趁送水的空儿，有意识地多往锁柱身上看了两眼。锁柱注意到了，他没在乎，玉平也注意到了，等他们走后玉平淡淡地笑了。

玉平要给锁柱做饭，还说天已黑了，让他住宿。锁柱说，大桢晚上还等着他回去闹洞房，他必须尽快赶回去。说到这里，玉平显出一丝惆怅，但她还是愉愉快快地打发锁柱返回。玉平把他送到大道上，说让他常来，还说："你不要老是记恨我妈，她是她，别人是别人。"锁住嘴上"嗯"了一声，就飞快地上了路。

一路上，他一直回想着玉平在路上给他说过的话，又回味着玉平刚才送他上路时说的那句话，他不知道玉平是否也想到了那一层，但至少她是愿意同他保持关系的，欢迎他来的。想到这里，他一阵惬意，在月光下用力蹬着车，他想尽快赶回去，以免大家等他。不一会儿他就汗流浃背，擦汗时，又有一股清香扑鼻，这才想起装回了玉平的手帕，他心中掠过一丝甜意。心想一定得保存好这手帕，说不定玉平真有了意呢。想到此，他又装回手帕，他怕自己那臭汗搅浑了那淡淡的清香，他要好好地保存着它。

返回李大桢家，同学们都已准备好，只等他回来。他没顾上休息，向大家说了几句道歉的话，闹洞房就开始了。

他们一伙同学一直热闹到半夜，才意犹未尽地去休息。几个同学还鼓捣着锁柱下半夜听新人的窗，锁柱说他明早还要赶回学校上课，这才没参加。

二十

农村学校时常与农村有联系。夏秋之交，太阳红似火，村里大秋作物旱得很厉害，公社开会号召全社大抗旱。锁柱所代的六年级一班也参加了学校举行的支农抗旱工作。全班同学抬着水桶，到学校对面的地里给生产队抬水浇玉米。

柳月琴也和尚锁柱一起，随同学们来到地里，从早到晚地干。他们当老师的并不亲自担水，只不过要指导学生浇地。由于是野外作业，学校还特别强调了要注意学生的安全。锁柱觉得带着学生出来，责任很重，他不敢有半点疏忽。

当然，活儿主要是学生们干，他们老师只要布置下去，就在一旁指导着。太阳很毒，他们在地边一棵大树下乘凉。

月琴一到野外，整日教学的那股子疲惫劲一扫而光，她显得心情舒畅，情绪很好。劳动中，她虽是个女同志，却十分能干，不一会儿就出了满头的汗，她只好同锁柱一起来到大树下歇息。他们漫无目的地聊着，话题突然转到锁柱的家庭上。月琴问锁柱："听说你同你父亲正在脱离关系，有这回事吗？"锁柱立刻警觉地反问她："你怎么知道的？"

"我不仅知道这，我还知道你因为你父亲入团很难，整整三年，写了二十多份申请书，才被批准。我还知道你因为你父亲没有当了兵，连带兵的都相中了你，却因政审不过关而被刷下。就连你现在这份工作，要不是郭校长和栗老师以及其他老师们力荐，甚至郭校长在公社主任那里力保的话，你今天还到不了这个位置上。听说有人找公社领导，要推荐别人来替换你。这些你都知道吗？"

柳月琴不仅知道得很多很细，最后这个问题就连尚锁柱都不清楚，她是怎么知道的。锁柱不禁反问她："你听谁说的，真有人找我的茬儿吗？"

"你别管谁说，消息绝对可靠，你应该及早考虑，加以防备，否则等到问题出了，饭碗打了就迟了。”柳月琴提醒他。

“我不相信真有其事，我怎么一点儿都不知道？”锁柱摇着头否认。

“有些事情宁信其有，别信其无。我再郑重其事地告诉你一遍，确有此事，只是你还不清楚罢了。我以同事的身份劝告你，你信也得信，不信也得信。”

柳月琴的话使锁柱一下子陷入了困惑之中，他突然就心烦意乱，烦躁不安。她见他这样，安慰他说：“我是真心为你好，在这个问题上你需要我给你帮什么忙，尽管吭声，我在所不辞。”

锁柱又一次看着柳月琴的脸，觉得她是一本正经的，不像是在撒谎。尽管他希望柳月琴此刻在向他撒谎，但他怎么看也没看出有半点撒谎的意思。

听了柳月琴这突如其来的话，锁柱整个下午都心神不安。他想去打听虚实，看看到底有无此事，但想到还有一个班的学生在田野里干活，他必须操心。父亲的教训够惨痛了，万一有半点闪失，后果不堪设想，那才叫自认倒霉哩。他好不容易熬到太阳落山，收工后就和柳月琴领着学生回校。

晚饭后，他先去问了栗老师，得不到消息，他就只好冒着胆子去问郭力维校长。郭校长听了他的话，既不肯定，也没否定，只是两眼一直盯着锁柱不放，反问他听谁说的。当锁柱如实告诉他后，郭校长让他只管放心地教学，一切事情由他顶着。锁柱得不到真实消息，心里不踏实，还想再问郭校长点什么，郭校长见他有不罢休的样子，又松了口气说：“这问题有也好，无也好，都可以理解。现在的家长，把孩子好不容易供得高中毕了业，待在家没事干，工作机会很少，就业门路很窄，谁都着急。找找领导，说几句赌气的话也可以理解。但无论怎样，还是我那话，你是咱们学校的学生，老师们都了解你、理解你，也同情你。有什么事我们担着，你放心干就是了，拿出一流的教学成绩来，那才最有说服力。”

从郭校长办公室出来，回到自己房间后，锁柱才意识到是真有其事，尽管郭校长在极力掩饰。不一会儿柳月琴来到，她进门后，并没去证实此事，她知道锁柱刚找过郭校长。她见锁柱默不作声，自己也如此，只是默默地帮锁柱整理着略显凌乱的家，她这破天荒的奉劝行为叫锁柱很惊奇，而又百思不得其解。

过了一会儿，柳月琴试探着问锁柱："现在的事情明摆着，消除不了你父亲的影响，就无法同别人竞争。"

"我宁愿回家种地，也不同我父亲脱离关系！"锁柱看着门外，像同谁赌气。

"这是你的真心话吗？"柳月琴直言不讳地问他，倒把锁柱噎住了。她接着说，"我觉得现在的社会就是这种血统论的潮流，社会大势不是你我能够改变的，我们只能顺潮流而走，绝不能逆潮流而动。你们父子并无血缘关系，是可以也能够脱离开的，要真正脱离不开那算没治。放着这条活路为啥不走？难道非要把自己置于死地不可吗？"

柳月琴说罢，不等锁柱有任何反应，就夺门而去，令锁柱猝不及防。他突然觉得自己冒犯了月琴，才引起她这样的不快。可自己因为心情的缘故，并非和月琴有什么过节，人家一片好心，自己岂可违拗？

第二天，柳月琴请了假回她县城的家。听说她爸是哪个部门的领导，她妈也在县城工作，她们家是三口之家，父母视她如掌上明珠。关于柳月琴的情况锁柱所知道的仅此而已。她临回时给锁柱打了招呼，说耽误一天，锁柱让她放心地去，班里的事由他操心。

天仍未下雨，这种夏秋之交的旱灾对庄稼来说被称为"卡脖子"旱，是最要命的旱。队里仍然请求学校帮忙，虽也知道仅靠同学们担水解决不了大问题，但还得干。一方面是响应公社号召，另一方面是想能救活一棵是一棵，谁也不能眼巴巴地看着即将到口的庄稼就这样白白旱死。

锁柱带领学生们努力干着，学校分配给各班的浇地任务，得保质保量按时完成，不得怠慢。锁柱觉得无论是教学，还是劳动，自己都要努力走在前边，让老师们觉得他还是块当教师的料，也让郭校长对自己放心。

昨天的事，经过昨晚的考虑，一时也没什么好办法，唯一的办法只能是按照郭校长说的办，干好工作才有说服力。想到这里，他挽起衣裤，和学生们一道干起来，借以忘掉那些不愉快的事。

当晚，柳月琴返了校，同来的还有她母亲。月琴约锁柱到她房间，给他泡了茶，同他闲聊。她母亲第一眼看见锁柱，就眼前一亮，现出异常高兴的神情，热情地接待着锁柱，还拿出自己买来的水果等给锁柱吃。锁柱一再推辞着，柳姨非给他吃不可，弄得锁柱很难为情。在月琴同锁柱闲聊时，柳姨在一旁不住地插话，亲切的目光一直停留在锁柱身上，叫他怪不好意思的。

过了一会儿，柳姨干脆自己问起锁柱的家事。问了他父亲、他继母以及韦玉平，甚至那个未成年的男男。末了，柳姨显出非常同情又非常惋惜的神情对锁柱说，听女儿月琴说，他是个好孩子，错过了许多好机遇，当学生时如何出众，现在当老师又是如何认真负责，现在又面临着困境等等。柳姨特别强调说，这样好的孩子本该好好发展，却让这些乱七八糟的事给缠着不得前进，多可惜。柳姨甚至自言自语地似乎也是对锁柱说："我要有这么个好孩子，我绝不会去影响孩子的前途，说什么也得叫他往前走。可惜了，可惜了。"

柳姨一个劲儿地夸赞和惋惜着锁柱，一旁的柳月琴不停地数落她妈："自己没儿子，见了男娃娃就没命了，总想把人家当作自己的儿子去考虑，你老是这样自作多情，人家哪个男娃会像你这样去想！"

柳姨似乎并不理会女儿的话，仍然按照自己的思路去想、去说。她说到激动处，就对着锁柱打起了保票："娃，你要不嫌弃，认我作干娘，我保证给你找份好工作。"

柳姨的话让锁柱十分感动，看得出来，柳月琴也随了她妈妈，都是那热心肠、攒不住话的人。锁柱不知道该说什么好，只是会心地笑笑。

一旁的月琴又数落她妈："不要说人家锁柱还不见得同意，就是同意，他那家庭拖累咋办？总不能在履历表上不填父亲母亲而填上干爸干妈吧？"

月琴说着自己先笑了，她母亲也觉得自己这样说很好笑，也跟着笑起来。月琴母亲说，帮帮忙总是可以的吧？

锁柱见状说：

"月琴你也别抱怨柳姨，她也是一番好意，她的心意我得领。"

"就是，就是。还是人家娃通人心，懂道理，我就待见这样的娃。"

柳姨话刚落音，月琴就笑着对她妈说："待见这种娃，那你明日就照着人家这样子给你找上一个。"

“我给谁找？我是为你操心！你要能给我找个这样称心如意的娃儿，妈真要谢你了。”

柳姨同月琴这样一句来一句去地说着，像是平常母女俩在一起说话，很少顾及锁柱的存在，这倒使锁柱感到很失落。多少年了，自己何曾在这样一个温暖的家庭里生存过？

锁柱临走，月琴母亲告诉他，要他明天中午到她家吃饭，锁柱笑着谢绝了她的好意。月琴母亲说不行，非要锁柱来不可，还说他要不来就是看不起她，她可要生气了。弄得锁柱左右为难。

次日中午，锁柱刚劳动罢回校，月琴就来叫他，锁柱仍是推辞着，他觉得虽与月琴是同事，和人家母亲仅有一面之交，人家让饭只是个礼节，自己何必当真。再说，学校老师们都在灶上吃饭，他一个人突然离开去一个女同事家吃饭，叫别人怎么理解，自己又如何解释？他越想越不能去，就再三向月琴解释。哪知月琴死活不依，她说她母亲那人别人还真不了解，她说干啥就非办到不可，他要不去她母亲真要生气了，待会非亲自来叫他不可。

这一下子叫锁柱更为难了，他不知如何是好。随后月琴真的去给他止了伙，他只好跟着月琴羞赧地来到她家。

锁柱的到来，使月琴母亲分外高兴。她又是给锁柱让座，又是递茶，又是备饭，忙得不亦乐乎，叫锁柱又感动又生分又难为情。月琴小声告诉他，别不好意思，她母亲就是那么个人，自己没个男娃，见了男娃就没命了。

柳姨边忙活边说：“我就知道我娃会来的，你要不来，姨真要生气了。其实也就是吃顿饭，姨不常来，一点心意罢了。赶明儿我回城后，你可要多关照月琴。她出门少，懂得的少，你在工作上可要多帮她。衣服脏了让她给你洗，别客气，青年人相互帮助，才是理儿。”

锁柱边吃着饭，边应承着柳姨的话，他想早点结束这场应酬，免得其他老师和同学碰见说闲话。一个青年人，在一个异性同龄人家中做客吃饭，让别人传出去总不太好，锁柱心中一直这样认为。

也许是出于上述想法，锁柱风卷残云般结束了进餐，就想谢过柳姨走开。月琴看出了他的心思，没有多留。柳姨却意犹未尽，总想借机多跟他拉拉家常增进感情。锁柱又想尽快走，又怕这样做不近情理，只是心不在焉地应承着柳姨的话，最后还是月琴从中作梗，锁柱才得以起身。

临走，柳姨进一步说：“一回生两回熟，你柳姨我相中了你这娃儿，和你在一块儿说话柳姨高兴。下回瞅个星期天，你要不嫌弃我们一家人，就跟月琴一同来我们家逛逛。我说的可是真话，你要不来，就是看不起我们，柳姨我可要生我娃的气啦!”

面对柳姨喋喋不休的话语，锁柱只能顺着她声声答应，然后择机而辞。

天终于下了一场透雨，使旱情大大缓解，学生们终于可以回校上课了。离放秋假不远了，学校开了会，郭校长要求各班抓紧时间，把前段因支农耽误的课程补起来，力争在放假之前考出好成绩，在全公社争头功。

锁柱参加完学校的会议后，就动脑子考虑班里的教学工作如何才能突飞猛进。因为他是班主任，班级教学成绩的好坏，很大程度上取决于他，因而他格外操心。他召集来代课老师，大家共同商议如何科学合理地安排教学，力争自己的班在秋假之时，能在全公社会考夺得第一。老师们信心很足，事实上这个班已经在期中考试夺得第二，要想突破也只能破釜沉舟，背水一战了，别无退路。尤其是代语文、数学两门课的锁柱和月琴，更是信心百倍，决心拿出好成绩，让学校对自己更信任。

锁柱和月琴因教学接触得相对较多，除了谈工作，其余时间也相互谈家庭、理想、信念、人生等话题。在多次交谈中，锁柱了解到月琴对目前的教学工作并不满足，她还盼望在锻炼两年之后，能被推荐上大学，那样才能实现自己的远大抱负。她不仅自己这样想，还鼓励锁柱也朝这个方向努力。

锁柱对此何曾没想过，只是觉得自己条件太不足备，常常是想到一定时候就畏首畏尾地灰心丧气，自己也不知道该朝哪个方向努力。心想，当一天和尚撞一天钟吧，老是那样好高骛远地去想，对自己来说太不现实。

柳月琴却不这么想。她说，一个人活在世上，要没理想、没精神、没追求，那就一切都完了。就好比爬山，如果站在山下光抬头望，觉得难登难攀，就因此丧失登山信念，未必太可悲了。要紧的是坚定信念、一鼓作气、坚韧不拔、寻找机缘，哪怕是迂回，也要攀登不止，最终胜利就会属于你。一句话，胜利是属于攀登者，而绝非是观望者！

锁柱没想到柳月琴还有这么远大的志向，而且语言是这么的犀利、这么的令人不寒而栗。相比之下，自己作为一个男子汉缺乏远大志向，满足于小有即安，在困境面前畏首畏尾。如果说人家柳月琴具有鸿鹄之志，而他只是蓬蒿黄雀，在这一点上真是不能同日而语。

锁柱不无自卑地告诉柳月琴，你根红苗正风正当帆，只管乘风破浪朝前进吧。我是老子反动儿混蛋，不想那么远，也不费那大劲，听天由命，走到哪说哪，哪黑哪宿。

柳月琴没想到面前的尚锁柱竟是这般地没血性。她气愤地说："难道你真的就那样消沉，就那样死心塌地甘拜下风吗？作为一个青年人，为什么不能去堂堂正正地接受祖国挑选，踏踏实实地为国家效力，而是囿于自己的小家庭，总也拔不出脚来。当初听说你因为入团曾经百折不挠，奋斗不止，不达目的誓不罢休。现在那股子劲哪去了，入团就是终点站吗？入了团就革命到头啦？你再这样下去，祖国对你会失望，革命事业对你会失望，连身边的人也会对你失望，你将从此从革命阵营中消失，最终你也只能是个小你了，永远也成不了个大你。"

月琴的话像无形的鞭子，一声声抽打着锁柱的肌肤，令他战栗、令他疼痛、令他难以应对。面对月琴的不避不嫌，锁柱从内心感到她是真心实意地替自己着想。在他的印象中，真正能够这样铁面无情，能够这样鞭辟入里地剖析自己的思想根源，给自己指出锦绣前程的人还不多。他觉得在这个事关自己前途命运的大事上，月琴算得上一个知己。于是他就索性把自己的家事向她倾吐，以求帮助。

月琴听了锁柱的倾诉后，对他的家事和他目前的畏难情绪了解得更透彻了。她在做了一番认真思考后，为他设计了多条路供他选择。大前提是他必须同他养父脱离父子关系，彻底摆脱这种无为的负面影响，使自己放下包袱，轻装上阵。他可以回到他生父家，还可以独立，真要不行还可以招亲。如果他尚锁柱不嫌弃，她柳月琴的家庭可以敞开地接纳他。她做这种设想，固然有为她自己的一面，但在很大程度上还是为他。只要他愿意走出这一步，她的家庭可以保证他前途光明远大。无论是上大学，还是找工作，她的家庭都具备这个条件和能力。当然，对于他养父，她并不要求他忘恩负义，该报的恩情还要报，该尽的孝道还要尽，她绝不因此而落个夺人之子的嫌疑。她要对得起他父子，要落得个你我两全的名声。

柳月琴的这个设计，很出乎锁柱的意料。他的第一反应就是，原来她和她母亲对自己的关心和热情，是为了她自己的家庭。看来真应了古人那句话，人不为己，天诛地灭。锁柱不禁脱口而出："你不觉得你们这样想太自私了吗？"

月琴听了这话，并不生气，还饶有耐心地说："锁柱同志，请你仔细回想一下，我方才给你指明的路其实是三条，并非一条，而且让你到我们家是第三条路，就算它是下策你不愿走，说白了你是有难以割舍的养育之情，这我理解。别说你，任何人都会难分难舍。但你不走第三条路也得走第一、第二条路。如果你连第一、二条路也不走，你的面前将是一片黑暗。不信，你可以想、可以访，也可以试，只是我劝你别拿自己的前途命运当儿戏。至于我和我的家庭你大可不必为我们发愁，你可能会因为我母亲对你过分热情而在心里鄙视我们。其实我们无儿的家庭并不那么下贱，凭着我自身还不算差的条件，我完全可以招得男孩到我们家。即使不招，我出门嫁人，凭着我父母的条件，我们也不是生存不下去。我这样说，你可能觉得此话有点大，或者会说我在吹牛，其实你只要进一步地考察考察我们家，你就会觉得我这话一点也不夸张。还是那句话，我是真心实意地为你着想，你若不把我的话当回事，或者干脆认为我在勾引你，你大可不必在乎。不过，我敢说，最终苦的还是你。"

锁柱清楚地记得，那次柳月琴说了这番话后，一双犀利的眼睛直射了他足足一分钟，然后扬长而去。

月琴的不欢而去，使锁柱一下子觉得怅然若失，陷入了苦苦的思索中。

细细想来，月琴的话不无道理，要说她有私心这并不假，但人家只是给自己提供了一条条可走的路，并不强求咱。反过来说，自己并没多高的条件，更没有值得挑剔和高傲的地方。大不了就是一介高中生，一个今日不保明日的代课教师。凭着月琴那样的秀美人才，那样好的家庭条件，自己能如愿，那算是高攀了。自己之所以当时有些反感，还是对父亲情有难舍，一时怪了她。看来，方才是自己错怪了月琴，得找个机会向她道歉。至于招亲不招亲，人家并没有强迫，没什么好怕的。他决定找个合适的机会主动找月琴好好谈谈。

后来，锁柱找月琴谈了后，月琴并不责怪他，还说那次自己也有些操之过急，让他别见怪，要他一定认认真真多想想。事关自己的前途、婚姻大事，别人说了都不算，只有自己定夺。

锁柱见月琴这一次这样心平气静，完全没有以往那种盛气凌人、强人所难的气势，反倒觉得心中空落落的，不是个滋味。锁柱在月琴房间坐也不是，站也不是，看到月琴在那里一本正经地打着红毛衣，就无话找话地问她："你在给谁打毛衣，那样专心。"

"给情人。"月琴说着脸上显出红晕，头也没抬地瞟了他一眼。

锁柱心顿时跳得咚咚地，在分析着她这话的可信度。他宁可否认，说："敢情是在哄人吧!"

"我哄你干吗，我爸都快五十岁的人了，还穿红毛衣？我一无哥二无弟，你说给谁打?"

月琴的话实实在在吓了锁柱一大跳，他将信将疑，又没法再往下证实，心中忐忑不安。又不死心地问她："敢问情人尊姓大名?"

"对不起，此属保密范围。"柳月琴头也没抬，样子狡黠地回答他。

锁柱虽然越听越不是滋味，但还是停了口，他觉得这个属于人家个人私密的问题是不能够再追问下去了。他也不知自己说了句什么，就退了出来，只听月琴在身后很开心地笑着。

那个星期天，班里一个女学生因病已经三天未到校了，她是个品学兼优的学生，只是性格内向不怎么说话，为了不使她多误课，以免影响期终考试，锁柱决定去家访。

到了那家，他见这女孩还病着。原因是她家太穷了，父母无钱给孩子看病，让她在家硬扛着。他一听就用自行车带着她到了公社卫生院看了病，用自己的钱给她买了药。然后又把她送回家，告诉她抓紧时间吃药，病好后尽快返校上课。临别，那女学生有些感动，一把揪住他的衣服，嘴里说了句："尚老师……"之后就再也说不出什么来，泪水簌簌地落了下来。锁柱掰开女孩的手，亲手给她喂药后，让她躺下，自己才告别了刚才一直围在她身边的女孩的妈。

从那个女孩家出来，锁柱路过同学吉才佳家。他想近日学校忙，一直没顾上去看看吉伯伯和娘娘，就顺便买了点东西进去。

吉伯伯下了地，只有娘娘同弟妹们在家，锁柱向娘娘问了好，并问了弟妹们近段的劳动和学习情况。娘娘责怪他很长时间未来，他告诉她近段又是抗旱，又是赶课程，忙得很厉害，就没顾上过来。娘娘听了很快明白，吩咐他一定好好工作，自己只是随便说说，并要他中午在家吃饭。他愉快地答应了，并同弟弟妹妹们一同帮厨。

中午，锁柱返校后刚进门，就听柳月琴在外边叫他，让他快出来看是谁来了。锁柱一掀帘，猛地怔住了，原来站在他面前的是韦玉平！他无论如何也没想到她会来。他一边让她快进屋，一边兴奋地问她："姐，啥时候来的？"

锁柱也不知道他为什么这样称呼玉平姐。以往都是叫她玉平，顶多叫个玉平姐，这一次对着月琴，他有点语无伦次。玉平告诉他，中午已经在柳老师家吃过饭了。她说着，向柳月琴友好地笑笑。柳月琴说："我来过两次你都锁着门，我还以为你今天不回来呢。"

锁柱还想张口给月琴介绍玉平，月琴说："别介绍了，你的姐把啥都给我说了。你们在，我走了。"说着就笑着退出。

家中剩下他们俩时，却都哑了口。锁柱一时不知道该说点啥，两人只是你看看我，我看看你，相互对笑着，最终还是玉平开了口："上次送我返回大桢家，一定摸了个大黑吧？"

"还算好，正好赶上闹洞房。"他说着又笑了，"同学们真有意思，把个大桢和他媳妇耍了个没样。"

"应该，应该，新娘子刚到，这时候不高兴啥时候高兴？"玉平说着，突然想起什么，"哎，你看李大桢高兴吗？"

"高兴啊。"锁柱有些疑问。

"大桢以往可是想死李小霞了。无奈，癞蛤蟆没吃上天鹅肉，人家小霞终于另有所攀了。”

听了玉平的话，锁柱有些不快，也许他同大桢关系太好了，他一听玉平把大桢比喻成癞蛤蟆，觉得十分不妥，就说：“你们女孩子也太清高了，竟把自己当成天鹅，把不中意的男孩叫作癞蛤蟆，也太小看人了。当初不知是哪个缺德人说出了这句话，一定是你们女人！”

玉平也意识到自己的比喻不恰当，就说：“要说李大桢也怪伤心的，他们从小青梅竹马、两小无猜，有情人终未成眷属，怪可惜的。你可能还不知道，小霞她们家有什么苦活脏活累活都叫大桢去干。大桢从没有怠慢过，直到小霞一家人明确了小霞不跟大桢了，大桢都没有反感过小霞一家，还是有忙必帮。大桢真是厚道，够意思。我们女同学常在一起议论，自己要能在这辈子找大桢这么个忠厚人，也算有福气。”

“不过，要找大桢那么厚道的人，的确得打上灯笼。”

锁柱话音刚落，玉平问他：“要是你，你会怎样呢？”

“我啊，我会嫉恶如仇，骂她忘恩负义，这辈子不再理她。”

“好怕，看来这才是你真正的尚锁柱。”玉平不无相信地说道。

他们由谈论同学们，落到谈论自己身上，锁柱问玉平：“你母亲提出同我父亲离婚，是真心还是假意？”

玉平略一沉思，回答他：“我母亲也是迫于无奈。你要知道，在我母亲同我父亲离婚后，我父亲就远走天涯海角，我母亲已对他不抱任何希望。尚叔叔在这之后就或隐或显地走进我们的生活中。说实话，尚叔叔为了能同我母亲结合，做出了天大的努力，他甚至不惜一切代价，不惜离开了自己的结发妻，不惜抛弃了自己半辈子、其实是你们家祖祖辈辈苦心经营起来的那个家，从而满足了你母亲提出的任何条件，从中彻底解脱了自己，达到了自己认为理想的结局。然而，好景不长，几乎是一夜之间，他为之营垒起来的卧巢就走向破灭。我母亲包括你和我万万没有想到我们这个终于完整的家，顷刻之间会被颠覆。我们大家都为之痛惜、为之震惊，但现实毕竟是现实，需要我们去理智地应对。在这个过程中，正如大难临头各分飞一样，我母亲首先想到的是她自己和她的亲生儿女。她遗弃了你虽属不该，但作为一个女人，即便你超负荷地让她挑起担子，她也有撂挑子的时候。虽然我知道从此你会终身痛恨她，而我也不止一次地加以劝说她，甚至不惜用眼泪去浸泡她，但终究没能如愿。为此，我觉得我母亲对不起你，欠下了你一生永远也难以弥补的养育债。你恨我们，怨我们都无所谓，不管我母亲至今还是怎样地不回头，我是要千方百计地来挽回，这可能就是我一次次主动亲近你的缘由所在。”

玉平喝了一口水，她不允锁柱插话，又接着说下去：“我母亲之所以要提出同你父亲离婚，全然是为的我们母子。你想，我母亲四十岁开外，属于她的日子还很长，她不可能把自己的后半辈子托与一个身陷牢狱之囚犯，以此换来社会和众人的白眼，在歧视和冷落中生存。更不会无端地让我和小弟男男受牵连。权衡利弊得失，也只有这样做了，顾不得那许多。形势就是这个形势，社会就是这个社会，我们不能逆转潮流，就只能顺应潮流了，以此来减少那些无谓的牺牲。我母亲已下了决心，离婚只是个时间问题。”

锁柱听了玉平的这一番话，也自怨自艾地说：“事到如今，也只能这样了，这是无办法的办法。你们有条件就只管从苦海中往岸上爬吧，上不得岸的，活该淹死。”

玉平立刻敏锐地感到锁柱的话意。她紧接着说：“其实你不说我也明白，这正是我这次要来找你的真正目的。我母子可能随着离婚而脱离苦海，你呢？你也是无辜者，你同样不该身受其害。我想过，只当是权宜之计，你也可以随我母亲而脱离你父亲，哪怕走个形式，也得走。否则，你仍一如既往地跟着他，将会毁了你一生的。我自己就是这样认为的，你若同意，我就去做我母亲的工作，到时候咱们一同逃离苦海，回头是岸，重见光明。”

玉平的话对锁柱来说，早已是老生常谈，只需要自己下决心就可以。只是他突然觉得剩下他父亲一个人在苦海里苦苦煎熬未免太苦，自己太不忍心。

玉平见他心存顾虑，就进 步说：“其实尚叔叔是个明白人，他只要出于爱心，不会光考虑自己而不顾我们大家。我一再想，尚叔叔让我多关心你，多同你接触，不就是觉得你孤单吗？我也时常替你惋惜，我觉得我们都是患难与共者，就应该彼此多关照。锁柱，我说一句我不应该说的话，对咱们父母和咱这个家庭而言，其实我们两个是可以大有作为的。”

玉平说罢这话，立刻打住，她在等候对方的回应。看得出来，她说出这番话是做了很大努力的。

玉平的话打动了锁柱，他在心中下决心摆脱父亲的阴影。他答应玉平就按她说的办，因为除此别无选择。这样子，会出现两个难点，一是玉平能否说服她母亲，二是他父亲会不会痛痛快快答应。就这两点，他对玉平说，让她负责做她母亲的工作，他父亲的话到时候大家一同说服。他把这意见告诉玉平，玉平认为可行。

他们俩晚上说话时，就有一些青年教师来串门，有意无意地瞄着玉平。锁柱怕他们有误会，赶快说明了他们的关系。夜已经很深了，锁柱让玉平在自己房间休息，他到其他老师家搭伙。玉平敏感地说这样不好，让他休息他的，要他送自己到柳月琴房间休息。锁柱说那太难为你了，玉平毫不在乎。他们来到柳月琴门前发现她还没休息，就推门进去。月琴说她也有等她的意思，相互开着玩笑各自去休息。

次日一早，锁柱刚起床，玉平就来到他房间给他把房间收拾得干干净净、整整齐齐，小家顿时放了光。锁柱心想，自己每天也收拾家，从来都没有玉平收拾得这么干净利索，看来女孩收拾家的确比男孩强。玉平告诉他，她上午给锁柱洗洗衣服，下午回去。锁柱再没什么可说的，只是按她说的办。

上午课间活动时有的青年教师就问锁柱，是不是他媳妇来了，锁柱立刻向大家解释，可仍有的人不大相信。锁柱急了说，不信你问月琴。柳月琴笑着说，是不是你的媳妇我咋能说得清，人家昨晚同我睡了一晚是真的，可不见得给我说的都是真话。锁柱实在给他们说不清，只好由着他们去瞎猜胡说。

回到房间，锁柱把大家的话给玉平学了一遍，惹得玉平咯咯直笑。她说：“没想到你们学校的老师们还怪有意思哩，你告诉人家实话不就完了？”

锁住说：“我说了你是我姐，人家说我哄人，明明是妹，偏要说是姐。

好像是妹就会怎么样的。”

“小妹妹容易是情人，姐姐就不可能嘛。”玉平笑着对他说。

“为什么姐姐就不容易是情人?”锁柱问玉平。

“只听说小妹妹是情人，谁听说过大姐姐是情人?”玉平反问他。

“可你是小姐姐呀，一个仅大我两个月，可以忽略不计的小姐姐呀!”锁柱分辩着。

“看来我在你心中没分量了。”玉平问他。

“此话咋讲?”锁柱不明白。

“忽略不计嘛。”玉平瞪着眼说。

“我是说你比我大两个月的时间可以忽略不计，对人可是不敢。”锁柱赶忙纠正道。他们这样打着口官司。玉平又问锁柱：“其实你也没有正儿八经地叫过我几声姐，有时叫也是敷衍，是应景，是专让别人听的。”

“对，没人时咱们就直说话，但有人时我可不含糊。比如昨天刚见你不就是亲亲热热一声姐吗?”锁柱这样说道。

“随你的便吧，反正已经是忽略不计了。”玉平说着又笑了。

中午过后，玉平乘坐了过路班车返回去，锁柱直到把她送得看不见才返回学校。

不长时间，县视导组来到学校，要对学校工作进行全面视察。郭校长给老师们开会，要求各班认真做好准备迎接视导，且不得出现任何差错。锁柱和月琴在一起商量了他们六年级一班的对策后，就分头行动，认真对待。那天，郭校长在汇报中特别提到了六年级一班，说两位代课新手身手不凡，夺得全公社第二的好成绩，并且正向第一挑战，已经引起视导组重视，点名要听他们二人的课。

这下子他们二人吃了一惊，心想自己是新手谈不上有教学经验，万一在讲课中出了纰漏，影响自己是小事，若影响了学校可真担当不起。因此，他们加紧备课。锁柱多次请教了他的恩师栗老师，栗老师从多方面给了指点，连一些细小情节都替他想到了。

那次讲课获得成功，视导组对两位代课教师的讲课加以肯定，并对他们班取得的成绩给予表扬，让他们不骄不躁、继续努力。在视导组表扬后，郭校长也乘兴表扬了他们，赞扬他们为教学出了力，为学校争了光，锁柱暗暗告诫自己要经得住表扬，绝不能翘尾巴，以免引起其他老师的反感。锁柱把自己这想法告诉了柳月琴，她也同样这样认为。他们无资本，比不得其他老教师，只有兢兢业业、埋头苦干，才能站住脚。

送走视导组，那是个星期六的晚上，锁柱晚饭后无事了，就操起小提琴拉起了悠扬的曲子。他先拉了一曲《白毛女》中的曲子，觉得太忧伤了，又改拉《红色娘子军》中的进行曲，继而又转向他上学时演唱的京剧选段。他拉着那一曲曲感情充沛的曲子，不由得回想起了上学时同学们在一起演唱革命样板戏的情景。想起了那些多年同窗的好友们，他们有的参了军，进步最快的吉才佳同学早已在部队当上了连部文书，好好干下去就有提干的可能；还有的在部队当上了班长。那些在家的同学们，有几个当了大队会计，有的当了大队副主任，大队准备培养他们当接班人，还有的正在被培养入党。总之，一年来，同学们各有长进，也有几个在准备锻炼两年后被推荐上中专、大学。相信在两年之后，他们会有人如愿的，当同学们来学校看他时，把这些消息告诉他，他同大家一样感到兴奋。当然，大家也都当面夸了他，觉得他刚出校门就被母校召回，让同学们个个羡慕。还有的同学问他打算一直这样干下去，还是准备另谋他路。他如实告诉大家他受家庭的客观影响后，大家也都替他捏把汗，劝他走一步看一步。每当这时，锁柱就会不由得陷入阴影，内心一阵不快。虽然有时候也千方百计去排解，比如用乐器演奏，以唱歌的方式等去宣泄，但总是“借酒消愁愁更愁，抽刀断水水更流”。

锁柱只顾忘情地专心演奏小提琴，不知道身后突然有人进来，直到月琴听他演奏完一曲后，才猛地叫了他一声。他吓了一跳，扭头见是月琴，就说：“月琴，唱支歌吧，我给你伴奏。”

月琴当仁不让，说，就唱一曲你刚才奏的曲子吧。说着，让锁柱拉了前奏曲就唱了起来。锁柱没想到月琴还有一副好歌喉，于是就更加起劲地拉着进入了忘情阶段。

一曲唱完，锁柱立刻大声夸奖着月琴，说没想到她还有这么好的嗓子，就催着要她再来一曲。月琴又问他会不会拉她唱的曲子，她一说曲名锁柱自然会拉，这样又进入了演唱。其实，十年动乱那年头，就那么八个样板戏，几十首人人耳熟能详的曲子，只要是爱好者，人人张口就会。

他们直到尽情唱过一阵儿后，才停下来。彼此十分高兴。锁柱说："没想到你还有这么好的嗓子，早知道这样，咱们有很多难挨的时光都可以用音乐打发。这下子好啦，以后咱们有时间就一块配合，让这单调的日子增添一些乐曲的音符，怕是更加有滋有味哩。"

月琴望着锁柱那情不自禁的样子，知道他此时高兴到了极点，找到了宣泄之处。他是那样的激情澎湃，又是那样的活泼可爱、可亲可敬。通过音乐，她看到了锁柱独具魅力的另一面，不由得自己也感到爽心。其实，音乐对她自己来说并不是爱好的事，只是上学时随意学习了一点，仅能应付场面而已。

几曲下来，月琴见锁柱兴致尚高就让他继续独奏，自己也好欣赏欣赏。锁柱在月琴的催促下又奏了几曲，他见月琴只是甜甜地笑，自己也感到很舒心。末了，锁柱邀月琴再唱，月琴婉言谢绝，他也只好停奏。

锁柱放下小提琴，用毛巾擦着手，发现桌子上报纸包着一团东西，就问月琴是什么。月琴让他猜，他猜了几样都没猜着。她告诉他，要是自己亮出来，他要喜欢就收下，不喜欢也别见怪，自己还可以带走。他让她尽快摊开。

月琴把报纸慢慢展开，像要魔术一样，把它轻轻在空中一展，竟是一件红毛衣。他高兴地问："谁的这东西？"

月琴反问他："你喜欢吗？"

他马上搓着两手说："当然喜欢了，只是怕空喜欢了。"

"给你织的，穿上看合适不？"她说着就往他身上套。他赶快叉开两条胳膊，一穿正合适，兴奋地说："这么说，真是给我织的？"

"不是你的，就让你穿？"她笑着反问他。

他像是想起什么，就问她："你怎么知道我的尺寸，什么时间织的？"

"给你洗过几次衣服的收获。上次你问我给谁织的，我不早就告诉你了吗？"

听她这一说，他才明白过来。上次她说是给自己情人织的，他想到此，赶紧脱下来。一来是天热捂出了汗，二来是激动得有了汗，他款款叠好说：“柳老师，真正担当不起，我怕不配。”

她一听立刻生气了，板起面孔说：“难道我是怕你不叫我老师，用毛衣换吗?”

他赶快解释说：“不是，不是，完全不是这个意思。”

“那你说不配是指什么，是毛衣，还是人?”

面对她咄咄逼人的话，他张口无言，他知道就她那性格是推辞不掉的，就说：“那我给你出钱吧。”

“我是卖毛衣的?”她又逼问了他一句。看来，她没想到他会这么客气，这么不自在，她最后干脆发话，“赏脸就丢下，实在为难就立刻拿走。”

他直到听出了她道是无情却有情的话才再无吭声，拿起那件毛衣款款地放到床头。她见状，顿时破愁为笑。

那晚月琴走后，锁柱又展开那红彤彤的毛衣左看右看，让他犯了难。这毛衣果然是人家的一片心意，她把一团团线一针一针织在一起，凝聚了多少心血，多少深情厚谊，且是在繁忙的工作之余在秘密状态下进行的。可世界上没有无缘无故的爱，她这么爱他，完全是有条件的。要是他不答应人家的条件，人家会咋办？而答应她的条件又是那么的困难。说实话，韦玉平在他心中早已有了分量。他们自小接触，又在一起生活过，彼此都很了解，互相又很倾心，锁柱在心里对她已经有了默许。他之所以还没有表达出来，一是对她母亲的态度总也改变不过来，使他感情上疙疙瘩瘩的。二是父亲的事总是难以结案，他无心提及此事。他想，同玉平的心思表白是迟早的事。谁知道眼前又突然冒出个柳月琴。同样是美貌倩影，心地善良，情热似火，就像前段那火辣辣的太阳光，叫人难以抵挡。要说月琴的家境那肯定是没的说，投入到她们家，靠着她父母，自己的婚姻、工作，以及经济状况等等自然没话说。在舒适优美的环境中生存，是任何人都向往和追求的。可是那样子，自己岂不是背叛了二十年来所依存的家庭吗？那样子人家会说他没出息，没脊梁骨，必然会遭到人们的鄙视、唾弃。一想到这里，他犹如芒刺在背，不敢再想下去，只好暂时打消这个念头。然而要一下子拒绝月琴，等于往红火里泼凉水，月琴那火热的心肯定会炸裂的。他只好采用缓兵之计，冷处理了。

不几天，他们到县城参观一个展览，柳月琴让锁柱用自行车带着她前去。参观完展览后，老师们自由活动，月琴让锁柱送她回家。这事也许是月琴有意而为，也许是她随意如此，而对锁柱来说却显得十分为难。自己既已从心里下决心不和她再继续深交下去，又为何去人家家里，况且那个热情有余的柳姨一定又是盛情款待，自己如何能去受用？如若这样一步步发展下去，何以自拔？可是，如果他提出不去，月琴肯定会伤心，伤了这样热情女孩的心又是他所不应做也不能做的事。他犯难了，但又不能表白心迹，只好撒谎说要到同学李大桢家去。月琴说那你也在我家吃过饭再去，或者至少把我送回家你再去。锁柱同她说好只送她到家门口，自己就返回，然后才上路。

从大街转到小巷，刚到月琴家门前，月琴妈像是知道女儿要回来似的，就站在门前等。她一见锁柱骑车带着女儿来家，一下子高兴得不得了。一边让他们进屋，一边高兴地说着："我就知道你娃儿会来的，我就知道你娃儿会来的，快进屋，快进屋。"

锁柱手抓着车子，赶快告诉月琴妈，他要到同学家去有急事。月琴妈哪里肯依，抓着车子非要他进屋去，并说已经到了家门口不进家，算哪一回事？怎么能成？不行！不行！这一下叫锁柱为难了，他边解释，边用眼神求救月琴。月琴也向她妈解释，可她妈一个劲地责怪她。说人家娃儿到了咱门上，哪有不进去的道理，你不给我帮腔，也还这样，真的气人。说着更坚决了，月琴一看不行，就折中道："我妈非让你进去不可，你就进去转一下吧，不然她不依。有现在误得这一会儿时间，你也出来了。"

锁柱见状，只好支起车进家。

月琴家住一处单门独院，从院子到屋里都收拾得井井有条、干净利落。家里更是富丽堂皇。特别是那簇簇花团正在怒放，那花养得很不一般。锁杜虽不养花，也见过一些家养花卉，还从未见过这样夺目的花草。看得出来这家人的高雅。再环顾整个家，陈设很不一般，给人一种十分殷实的感觉。锁柱真像刘姥姥进了大观园，看见啥也高贵，啥也新奇。特别是迎面墙上挂着一幅字画，书写装裱很考究，上书：

功名利禄身外事，荣辱不惊天地宽。

那字写得何等流利，何等有功夫，对锁柱这个喜好书法之人，真是一次绝妙的享受。他想这次进来权当又参观了一次展览，值！再从那条幅的语意推测主人，怕也能代表其心迹吧。他突然又想到，这条幅不也代表着自己的心迹吗？

锁柱这样看着，想着，身边早已泡好的茶水散发出一缕缕清香。在月琴的催促下，他呷了一口，觉得十分惬意。月琴此刻正随着他的目光所到处为他介绍，就像上午参观时的讲解员一样。

锁柱忽然想起什么，他正准备去向月琴妈辞别，恰在这时，月琴爸爸回来了。他见月琴给他介绍过后，就主动同锁柱握手，还对着月琴说："我听你妈妈上次回来说过，一个很好的小伙子，可惜受了家庭影响。"

他说着就给锁柱让座，锁柱受宠若惊，站在地上说，自己还有急事要去办，想辞别。月琴爸爸说已中午了，有事吃过饭再去办。锁柱想再解释，可厨房里已出来了端饭的月琴妈，她说："已经给你做上饭了，你不吃，叫谁替你吃呀？"说着哈哈笑了。

月琴见状，忙向锁柱解释着："这可不是我有意留你，完全是我妈这样做，你就吃过饭再去吧。"

话已至此，锁柱只好恭敬不如从命。只是他很少在别人家做客，很生分，也很不自然，又很难为情。饭局中，月琴一家人把他待若上宾，悉心招待，这使他羞愧难当，与其说是吃饭，倒不如说是在受罪。

吃饭时，月琴妈把锁柱当学生时的学习情况和留校教学成绩的情况给月琴爸爸一再通报，极尽赞扬之能事。说得锁柱都不好意思起来，赶快否认着。末了，月琴妈对月琴爸爸惋惜地说，就是这么个好娃儿，因受他养父的影响，害得光入团就写了二十多份申请书。他带队和学生去体检，又因家庭影响当不上兵。好不容易在老师们的推荐下留校教了学，而且教学成绩在全公社还数一数二，可又有人眼红，说三道四，害得这娃儿不能顺利教学，你说可惜不可惜。她又对丈夫说，你好歹是个领导，设法给娃儿帮个忙，我想他怎么也不会忘了你的好吧。

月琴爸爸一边听一边剔着牙在思考，一直没吭声。月琴见她爸这样，也赶快求他给锁柱想想办法。她说看在我们是同事的这个份上，看在我妈妈一片热心上，您就给帮帮忙吧。

月琴爸爸点燃一支烟，深深地吸了一口道："问题的根源是他父亲在影响着他。现在的社会，家庭影响可以决定一切。你根红苗正，不行也行；你出身不好，行也不行。我们单位有个大学生，本事没得说，就因为家庭出身不好，一直在一旁冷落着，无人敢用。锁柱这问题很明显，要改变处境，就得改善环境。否则，不好办。"

月琴妈一旁急了，数落着丈夫："你别在家里打官腔，说点实用的！"

月琴爸爸不紧不慢地吸着烟，又说："我已把利害说清，至于人家娃儿要走哪条路，咱们不能强求。比如，同他父亲脱离关系之事，要说是养父，也有脱离的条件，可这是人家家庭内部的事，外人咋好越俎代庖？"

月琴妈听了，赶快对锁柱说："我说娃儿，你叔叔说了，我看你就考虑考虑同你父亲商量商量走这条路吧，青年人，前途要紧！"她见锁柱没吱声，又对丈夫说："要是人家娃儿同他父亲脱离了，看在咱月琴的面上，你可得给人家娃儿帮这个忙，找个工作也行，想法儿推荐上大学也行，无论如何得帮这个忙。"

月琴听了她妈的话说："妈，看把你急的，像是人家已经走到那一步似的。"

"就得走那一步哩，就得走那一步哩。"月琴妈一个劲儿地重复着自己的话。

"个人前途问题，应当慎重对待。"月琴爸爸不愧是当领导的，说话很有城府。

锁柱觉得自己该告辞了，他又一次同他们告别后就退出来。走到门外，锁柱对月琴定了下午他们返回的时间，他让月琴在家等着，他到时来叫，然后就同热情相送的月琴妈告别。

来到大街上，锁柱面对茫茫人流，心想，自己谎称去同学李大桢家，其实并无事，只不过是托词。现在真的来到大街上，却不知该去哪。时在中午，大桢家人在休息，自己不该去添乱子。想了又想，干脆躲到新华书店看一中午书，借以消磨时光吧。

书店的人稀少，其实这年头可供看的好书并不多，多数是政治类的，锁柱喜欢的文学类书籍寥若晨星，他只能随便翻翻看。

下午，锁柱叫上月琴准备返校。临走，月琴妈仍然热情相邀他下次光临。并说，这一下他就知道她家了，以后进城就来，别客气，他们随时欢迎他。锁柱以同样感激的心情谢了月琴妈，之后就骑着自行车带着月琴上了路。

一路上，锁柱想着很快就要放秋假，想到郭校长要求他们班级要夺全公社考试成绩第一的重任，就同月琴边走边谈了他的想法，又研究了很多对策。月琴同样有信心。她说，夺取全公社第一，是咱们站稳脚跟的关键一招，一定要努力争取。她已同父母说了，父母都很支持。她准备近期不回家，一心扑在工作上，锁柱也做了同样的表示。

上坡了，他们推车步行在路上。看到沿河西岸的大片绿油油的庄稼，锁柱随口说道，前段天特旱，只想着今年要减产，没想到近段雨水跟劲，庄稼返得这么快，看来今年还是个丰收年。月琴对庄稼不懂，也无兴趣。她说自己自小在农村停的时间短，很早就进了城，对庄稼很生疏。接着她说了她的家事。早先，她父亲一人在县城工作，她母亲还在乡下工作。她随着祖父母在家。她母亲生有她姐弟二人，按说一个家庭有男孩女孩，该是个幸福美满的家庭。谁知那一年祸从天降，弟弟那天随别的孩子在一起玩耍，兴奋中他们忽然来到河中捉鱼鳖。弟弟只顾在水池边捉着，一下子不小心滑进深潭，边上几个孩子一看弟弟半天没出来，个个急了，大声哭喊着回村叫她爷爷奶奶。等到爷爷奶奶们赶来，弟弟早就没命了。这下子，爷爷奶奶在河边抱着弟弟哭得死去活来。后来有人说把孩子搭在牛背上让空肚子里的水，可任大人们怎么摆弄，弟弟都未活过来。为此，父母闻讯赶回家，哭得肝肠寸断。后来，母亲一心想再生个男娃，终未能如愿，那些年，父母整日闷闷不乐，为孩子的事发愁。

月琴走着，用脚尖踢着路边的小石子，又说，后来有位好心的亲戚给我家抱来一个男孩。我母亲见了高兴得不行，又是给那孩子买吃的，又是买穿的，为防不测我们全家搬进条件较好的县城。后来发现那孩子并不健康，颜色黄巴巴的，父母赶快把他抱进县医院，一查，有肝病。这下子可吓坏了母亲，也急坏了父亲。你要知道，要人家的孩子不容易，比自己的孩子更得操心。经过我父母千辛万苦、千方百计地治疗，那孩子的病日见好转。后来病好了，出院后，我母亲还专门请了假在家专心伺候那孩子。一段时间后，那孩子吃得白白胖胖的，我们全家人脸上又有了笑容。为了使孩子的亲生父母放心，我父母还把孩子抱到乡下，让他们看。那家父母见孩子恢复了健康，高兴得都哭了，我父母想人家毕竟是亲骨肉，情有所致，就没在意。几天后，我母亲准备带孩子回家，那家人说孩子这段把我母亲累得不轻，提出要帮母亲带几天孩子，让母亲回去休息几天。我母亲是个快性人，想也没想就照办了。走时还千吩咐万吩咐要他们注意孩子，那家人再三让母亲放心。

月琴说到这里，有些气愤地说，一个礼拜过后，我母亲正准备去乡下接孩子，谁知我那个当初传话的乡下亲戚来到我家，她说人家那家人告诉她，人家不愿意给孩子了，要我们家另想办法。这怎么行，我父母随即同我那亲戚二话没说，就去领孩子。谁知到了乡下，狡猾的那家人早把孩子转移了，我父母跟他们理论了半天，也没说出个子丑寅卯来。他们两口子互相吵闹，女人说当初自己就不同意，是男人自己做的主。明明是胡说八道，我父母整整同他们好说歹说了一整天，都没个结果。无奈，还找到大小队干部来说，仍没个结果。我母亲当场气得休克了，我父亲才把她赶紧弄回。回来后，我母亲就一病不起，整日以泪洗面。我父亲好说歹说，总算说服了我母亲。等到母亲病好后，孩子的事也已无从谈起了。母亲抱着我，哭着说，看来她命中本该无男儿，以后我就是她唯一的命根子了。

锁柱听着月琴的话，一路上心情一直压抑着，非常同情月琴一家人。再一看，月琴早已泪流满面。她告诉锁柱，这就是她母亲不光是见了锁柱亲热，见了所有男孩都眼馋的原因。锁柱细想想，觉得也是。

接下来，锁柱不由得由此想到了自己。看来，天下没孩的人真难，难怪自己提出同父亲脱离关系的事，他是那样难以决断。

二十一

距离放秋假越来越近，学生升级考试也越来越紧张。为了达到在全公社夺第一的目标，锁柱和月琴以及其他本班代课老师都在加紧工作着。大家都觉得上学期已经拿了第二，这一学期也只有往前冲了，已经努力到这个份上，也只是百尺竿头更进一步的事。否则，就会前功尽弃。学生们在老师的鼓励下，也都信心十足，力争实现目标，促成这一为学校、为老师、也为自己争光的事。

果真，他们六年级一班经过刻苦努力，终于在全公社考了个第一，虽然只是微弱的优势。这一来，学校师生十分振奋，都说两位语文、数学主课老师作为新手出手不凡。班里同学们更是群情激昂，全班同学个个以优异成绩升入七年级，无一留级生。为此，班里开了庆祝会，邀请了校长和各位代课老师来参加。班主任尚锁柱还在黑板上书写了“六年级一班夺取全公社期末考试第一庆祝会”的大字。会上大家踊跃发言，谈收获、谈体会、谈打算，人人洋溢着无限的喜悦。最后郭力维校长在一片掌声中讲了话。他盛情地赞扬了全班师生为努力教学所做的贡献，夸赞了学生们为学好社会主义文化课打下了深厚的基础，肯定了每位老师在自己工作上达到了新的目标，表扬全班师生为学校争了光。并热切希望大家在下个学期戒骄戒躁，再接再厉，取得新的更大的成绩。

会后，师生们围在学校公示的大红榜下，显出一片自豪感。一些家长和社会上的人也纷纷驻足观看，发出一片赞扬声。公社陶主任百忙之中也来到学校同郭校长攀谈，郭校长还向他介绍了为校争光的班主任尚锁柱。陶主任一见是个小青年，特地向他握手祝贺，感动得锁柱头上冒了汗。

学校放了秋假，绝大部分老师们的家属在农村，所以放假后也要同学生一齐回到农村去帮助秋收。而公社要求学校在秋假期间成立宣传队，到乡下去宣传、鼓动和激励社员们尽快收完秋庄稼，及早进入大寨田建设。

这样，学校决定在高中、初中班抽一部分学生搞宣传，在学校食宿。集中半个月时间排练节目，然后下乡去演出。

学校宣传队以鲁才老师和李娅老师为正副队长，另外在初中老师中抽调尚锁柱和柳月琴二人协助他们共同工作。柳月琴本来计划秋假期间回城好好放松一下，她家在城里是非农户，没有必要到农村去搞秋收。谁知学校放假不放人，她不想搞宣传，找到郭校长推说自己不会搞文艺。谁知郭力维校长说，他曾听到有一天晚上尚锁柱拉着小提琴，柳月琴唱着歌，从大歌到小歌，从京剧、豫剧直到蒲剧，唱得有滋有味，谁说不行，还可以当骨干呢。

柳月琴被郭校长说得闭了口，再也不敢多说一句话，悄悄退出来去找尚锁柱。她对锁柱说，郭校长早注意到她会唱歌唱戏，那他究竟还知道他们之间多少秘密，也很难说。看来咱们青年人以后做事可得提防着点，别让领导在暗中抓住他们什么把柄可就麻烦了。锁柱听了这话，不由得在心里打了个问号，努力回想着自己是否有过什么越轨行为被校长捕捉到。直到确信自己并无任何出格的行为后，方才心安。不过，他在心里暗暗告诫自己，以后做事，特别是在同女性交往中，说白了就是目前在同柳月琴的交往中，千万要检点，别让别人发现了什么蛛丝马迹，以便自己有口难言。

鲁才老师先给锁柱分了刻印蜡版的任务，要他把已经选好的节目全部刻印出来，分发到每个队员手中，以便大家尽快地熟悉背诵台词，练唱，然后进入排练。柳月琴的任务是协助锁柱刻印节目单，这样，他们接触的机会相对多了。在锁柱忙忙碌碌不分白天夜晚刻写一页页蜡纸时，月琴不离左右地给他服务，递蜡纸、印节目、装订演出本，忙得不亦乐乎。有时还给他沏茶，递毛巾擦脸和手，拿扇子，拉窗帘遮阳。晚上替他点灯，包括打饭、洗碗都由她包下来。锁柱开始并不让她干这些，但月琴以他工作忙、时间紧为由，不由分说地替他干起这一切。这使他开始还以工作忙为由接受着，渐渐地他感到了月琴有一份难以言说的情意在里边。因为这一切她干得是那样细致、体贴、柔情、无微不至，超出了一个同事所能做的程度，所以他就有些惶惶不安了。他几次制止，都未果。她仍然一往情深地为他做着自己该做和愿做的一切，锁柱从心底里感动，从而产生了一种暖意，一种甜蜜蜜、乐滋滋的感觉。他一边刻着蜡版，一边在内心深处体味着这种深情。当一次次感情冲动时，他重重地告诫自己：千万克制，不得莽撞。这样，在那一周的刻蜡版的时间里，他像暖水瓶一样，内热外冷地任她百般柔情地侍奉。

节目分下来了，其中有两个节目是锁柱和月琴需要合作的。一个是月琴独唱《忆苦思甜》歌，由锁柱以小提琴伴奏。另一个是表演中国和阿尔巴尼亚两国友谊之歌，由三对男女演员结伴而唱。锁柱和月琴结为一对，他们结伴而舞，像一对矫健的海燕飞越大海，飞到天涯海角，抵达友谊的彼岸。舞蹈中，男女演员须左右手在背后紧紧相挽，步调、动作、表情一致地在舞台上交叉相舞。两人如果不能紧密地协调一致，则舞蹈就表演不成功。他们开始时并不习惯，甚至在老师和同学们面前感到十分羞赧。在鲁才老师的解释和说服下，尤其在鲁才和李娅两位老师的示范表演下，他们才渐渐模仿着去做。开始，锁柱并不好意思去拉月琴的手，这样反而引发了老师和同学们的笑声。月琴见锁柱一个男人是如此封建，自己反而主动拉起他的手，紧紧地攥住不放，这才勉强去表演。就在月琴拉锁柱手的那一刹那，锁柱像中了电，浑身发麻。也难怪，他长了二十岁，还从来没有这样同异性接触过，是那样的不自然，那样的心慌意乱，那样的不知所措。渐渐地，那两双手攥得出了汗，双方的体温在频频地交流着，包括他们背部的接触，更让锁柱胆战心惊。好不容易表演完成，锁柱不知不觉地浑身热汗淋漓。再看月琴满面通红，汗流不止，额头上的刘海也被披散开，越发显得楚楚动人了。

节目排好后，他们在公社大舞台举行了彩排，郭校长特邀公社陶主任等干部来观看。村里的社员群众听到锣鼓声也赶来。虽是彩排，由于台下人多，演员们都拿着劲，就像正式演出一样严格要求着自己。在大家共同努力下，演出获得了成功。

彩排结束后，郭校长陪着公社陶主任等干部走上台，与大家一同见面握手祝贺。一阵热烈的掌声中，陶主任讲了话。他说，在秋收的大忙季节，不少老师、同学们放弃休息和回家秋收的机会，在极短时间内排练出一台高质量的文艺节目，可喜可贺。从明天起，你们就要带着这台鼓舞人心的文艺节目下到各生产大队去进行巡回慰问演出。相信你们的演出，必将会极大地鼓舞全社人民的斗志，激励人们抓紧秋收，颗粒归仓，并尽快投入到秋季深翻土地、建设高标准大寨田的运动中，把我社农业学大寨运动推向更新高潮……

陶主任讲得很带劲，看得出来，他对这台文艺节目的作用抱有很大希望。师生们以往在校园里很少听到领导讲话，现在一下子当面听到公社领导的高度赞扬和热情鼓励，个个兴奋异常，受到莫大鼓舞。决心把公社领导的关心和关怀送到社员们中去，以实际行动为农业学大寨运动推波助澜。

果然，他们到了各生产大队，社员们听到演出的消息，个个奔走相告。一些偏远山庄窝铺的老人小孩早早地来到演出地点，放好坐凳，让人看守着，才轮流回家吃晚饭。天刚黑就又说又笑地在台下等待。那些在地里忙着秋收的社员们，也被生产大队早早放了假，洗净脸、梳光头，换上新衣服，像走亲戚，或者说倒像是他们社员群众自己来演出一样地看重着。演出开始前，激越的锣鼓声铿铿锵锵地响彻上空，传遍山山岭岭，唤醒了村村庄庄，招来了更多的男男女女，把一个小庙里挤得水泄不通。演出开始了，台上人欢快地演着，台下人目不转睛地看着。有些观众还情不自禁地随着剧情发展，脸上显出喜怒哀乐的各种表情，嘴里还念叨着什么。有的如醉如痴地面部僵持着保持一种表情，让人看了觉得好笑。一些新演员发现这一奇特的情况后，小声传递着又共同关注着，觉得十分有趣。

演出到中场，各大队都惯以打着锣鼓乐器，由大队干部走上台，把一张大红纸上写着的感谢信送给宣传队，并现场讲几句感谢的话。每到这时，主客双方都以锣鼓乐器表示热情感谢，演出达到高潮阶段。

宣传队到各大队演出，为了以实际行动支农，大家还拿出半天时间帮助生产队搞秋收。多数师生对农活并不陌生，样样都能拿得起放得下。也有少数女队员干不了农活，像柳月琴很少在农村待过，就显得很生疏。看到大家前边走了，她在后边急得团团转。每当这时，贫下中农就热情鼓励她，慢慢来，干多少是多少，并说七十二行，行行出状元。你虽干不好农活，可你有文化会教书，有嗓子会唱歌。比如那首诉苦歌，让台下的人听得心里苦苦的，眼软的人都掉了泪。这就不简单，这就是本事，这就是能耐。

每当这时，锁柱总是同她在一起，教她、帮她、鼓励她，才不使她在众人面前掉队。对锁柱的帮助月琴打心眼里感激，她觉得他们在事业上是搭档，在生活上要能成为伴侣，那才真合适不过了。只是不知道他近段这样忙，是不是早已忘记了处理家事。她想凑个空问一问，无奈近段这样忙，实在无空坐下来谈。

那天锁柱同月琴在一户人家吃派饭，那家年轻的两口子一见是他们，客气得不行。因为月琴的独唱和锁柱的小提琴伴奏给他们留下了深刻的印象。这家人说，昨天晚上他奶奶拄着拐杖去舞台看演出，看了面前的月琴唱的穷人旧社会是如何受地主剥削的演出后，他奶奶在舞台下一个劲地哭，一直到月琴唱罢下了台老人家还在哭。他们问她为啥一直哭，老人说台上那闺女唱得太对了，就像是在唱她，使她想起了她家在旧社会受的苦难来……月琴想，自己虽未经过旧社会，看来旧社会真是人吃人的社会，富于同情心的月琴也跟着老人一同哭起来。那顿饭她就那样哭着吃了几口。锁柱见状，赶快哄她，最终自己也动了情。此后，月琴每当唱起这支歌，就想起那个老奶奶。老奶奶的面容和她一家人的悲惨遭遇，总在她眼前晃动，使她不禁泪流满面，引起台下阵阵掌声。每当这时，锁柱连一眼也不敢看月琴，生怕自己也被感染。后来，这支原本平平常常的歌，没想到竟成了重头戏、压台戏，成了台上台下最能引起共鸣的表演。

事后，锁柱对月琴说：“没想到你这个人生就一副菩萨心肠，一支歌会勾出你那么多泪水，让我在台上都替你捏把汗，生怕你哭得止不住，重唱二遍。”

锁柱的话倒把月琴说笑了，她说：“尚锁柱呀，尚老师，我柳月琴再没材料，也不会为博观众几下掌声而再去重复吧，你也太小看人了！”

锁柱赶快制止说：“不不不，我丝毫没那想法，我真的是疼你，疼你每晚为唱好那首歌，流那么多的泪水。”

从月琴唱歌掉泪这件事上，锁柱真的觉出了她是个感情充沛、富有同情心的人。这样的女子不正是他锁柱所喜爱的性格吗？他为有这样的同事而高兴，为有这样的朋友而愉悦。他真想把自己此刻的心情向她表述，就说："月琴，说真的，你是我遇到的为数不多的富有同情心的人。作为女人，这点很重要，也太珍贵了，往往会被男子看重。真的，我不骗你。"

月琴听了说："说实话，我也不知道自己是为什么。开始唱时并没什么感觉，只是随便唱唱，或者说完成任务。自从那位老奶奶诉说了她的苦难家史后，正印证了我唱的歌词：天上布满星，月牙亮晶晶，生产队里开大会，诉苦把冤申。万恶的旧社会，穷人的血泪恨，千头万绪，千头万绪涌上了我心头，止不住的辛酸泪挂满襟……

每当唱到这儿，我不由得在脑海里想起那老太太，泪水一下子就涌上来。好像它们在泪囊里排队，一个劲地往外挤。说实话，其实我最怕流泪，倒不是我舍不得那几颗泪蛋蛋，我怕大家说我。说我是小题大做，说我在用眼泪取悦观众，说我出风头等等。其实，我在一上场就一再告诫自己：不许流泪！不许流泪！甚至我开头并不用心去唱，我怕太专注到时候把眼泪给唱出来。无奈，唱着唱着，就陷进去了，就忘我了。我常想，不知道是哪位作者写的这歌词，这么苦，这么痛，这么能打动人，这么让人流眼泪。你知道，为了避免流泪，我曾经再三请求鲁才和李娅二位老师，让他们取消这首歌，以免让我每晚上台去出洋相。可他们二位说啥也不肯，他们说任凭取消其他节目也不能取消这个节目，这是压轴戏，不能没有。你说说，这不是故意在看我的笑话吗？"

月琴说了半天，显得一脸的无奈，锁柱相信她说的都是真话，也相信她的眼泪是无可奈何之物，并非为了哗众取宠。他对月琴说："月琴，我总在想，假如你妈在台下，你也会这样掉泪吗？"

"要是我妈在台下，我的眼泪会更多，我会在谢幕后奔到台下抱着我妈哭个够。"

锁柱相信这也是实话。他又转了个话题对她说："你要知道，你这一哭，把台下多少小伙子哭动了，心拴住了，他们说不定会在心中一直想着你的倩影，甚至在梦中还想着你啊！"

月琴故作惊讶地问："是吗？那你说我这是一箭双雕了？一首歌竟有那么大的感染力？你先说说你吧，你心动不心动？"月琴一连串的问话，把锁柱口堵上了。他没想到月琴会把皮球踢回他脚下，他真的不知道该怎么回答她。

月琴接下去说："我真的没想到会歪打正着，如果这眼泪真的打动了人，我最希望的不是打动台下人……"

月琴话到此，故意停住了，两眼的火光灼灼地射着锁柱，像是在发问。锁柱像被月琴追在悬崖边，赶快问她："……那该是谁？"

"——台上人。"

月琴毫不掩饰地告诉他。锁柱方才虽隐约想到自己，但还是被月琴的话噎得没了词。他知道月琴所要逼他回答的问题，真正是一个十分棘手的问题，并非一句话而已。但又不能伤了月琴的一番苦心，就是也非也地告诉她："什么事情都得有个过程，你说是吗！"

"过程得有，但也不能老是无限期的。"月琴的话叫锁柱哑口无言。

宣传队把全公社所有大队转了个遍，每到一个大队，都有锁柱的同学，大家都很热情地邀他去家吃饭住宿，使他感到还是十年同窗的同学情真意切。他在台上演出时，由于有同学们的撺掇，下面也有人对他进行议论。有说好的，也有说歹的。有的说他学习如何刻苦用功，高中毕业留校代初中课。也有的说他父亲尚在轩当校长因为学校出了安全事故，一下子死了十个女孩，至今被关在看守所。他的养母如何，他继母又如何如何等等。他出场后，在人们交头接耳，指指点点的情绪中，他完全可以意识到这一点。当然这些话他有时也可以听到，有些认识或不认识的社员见了他的面就直问他，叫他无言以对，只能敷衍而过。还有的当面对他的家事进行议论，褒贬不一，让他听了很不舒服，可又无可奈何。一个家庭出了这么大的变故，人们不可能不议论，无论你爱听与否，那都是不争的事实。锁柱开头也想不通，干吗这样遭人议论呢？习惯后，再想想，也就坦然了。当然，更多的议论还是从同学和月琴他们口中得知的，锁柱一概一笑了之。

好在宣传队把全公社各大队转遍后就解散了，大家各自回家休假，锁柱也回到伯父母家。

几个月没有回家，果真是因为学校忙，要说还有客观上的原因，那就是自从锁柱返居伯父家后，总有一种寄人篱下的感觉。虽然他的根在这里，也许真像人家说，嫁出的闺女给出的孩，就像泼出的水一样，是难以收回的。尽管锁柱的家已经分崩离析、四分五裂，可是锁柱仍然把自己当作这个家的一名不可或缺的成员。因此，他总觉得回到伯父母家是非情愿的，是迫于无奈的，也是暂时的。过去当学生时，实在是自顾不暇，不依靠不行，现在自己经济上稍有独立，就不想再去给伯父母添麻烦了，毕竟自己是飞来之客。虽然伯父母和兄嫂们从未有过半点见外，甚至在更多的时候、更多的情况下还偏护着他，生怕他已经受伤的心再去无端地受伤，但他总还有些多心。

回到家里，一家人一如既往地热情相待，大家都关切地问他工作情况、生活情况以及他父亲的情况，他都一一道来。看得出来，一家人为有他这个教学的老师而兴奋。

俗话说：秋忙夏忙，绣女下床。为了帮助家里人搞秋收，锁柱立即换了衣服，投入到秋收中去了。

到了晚上，闲坐下来后，娘娘就细细地向锁柱问话。比如他父亲的问题对他工作是不是有影响，那个韦玉平现在同他关系怎样，他对自己的工作有什么打算等等。总括起来，无非是工作、家庭和婚姻这些娘娘一直最关心的事。锁柱就如实给娘娘做了汇报。

谈到他父亲的问题，他说对他工作肯定有影响，现在虽已留了校，可前段就有人到公社找，说他这样家庭出身的人不合格。幸亏校长给担着，这怕是个随时都会有麻烦的隐患。有关他同韦玉平的关系，在向着健康的方向发展，玉平向他求爱的事他最终还没吐口，他不知道这样合不合适。现在的问题是又出现了个柳月琴，同样以很火热的情感向他发起进攻。但前提条件是他必须同他父亲脱离父子关系，到她家去当倒插门女婿，其余工作前途等问题统统不用他考虑，她们家保证他前程似锦。当说到这里时，锁柱明显看到娘娘的心头咯噔了一下，看来她是吃了一惊。她最后问儿子，哪个闺女你更相中？锁柱笑着说，都挺好的，都中意。

接着，娘娘把这些事一一向伯父说了，在一个全家人都参加的正式场合，伯父首先向锁柱发了难："同你父亲脱离父子关系的事，我不答应。过去人家过得富裕时，你怎么不提出脱离？现在人家遭了难，我们就提出这种要求，让他怎么接受？我俩是一奶同胞，这事我不答应！再说，让你当初去给人家顶门当差，现在半路再回来，就像那嫁出的闺女泼出的水，没有返回的道理。"

锁柱见他伯父把话说得绝情绝意，就说："过去是你把我给了他，并不是我自己的选择。现在你要我硬留在他家不拔腿，是眼巴巴地把活人往火炕里推，我一千个想不通！一万个想不通！你如不要我，有人急着要我当儿，我有路可走。我不能一头撞到南墙上，抱着一棵树吊死！"

"你以为你是谁，你想给谁当儿就给谁当儿，你能丢起那个人，我还败不起那个兴哩！"

伯父果然不同意锁柱招亲。双方一开场就剑拔弩张，搞得气氛一下子紧张起来。

娘娘见势，忙劝双方："都没歹心，有话好好说，咋来你怒我怨的。"

听了娘娘的话，锁柱放缓了语气，对伯父说："现在有人以我父亲的问题向公社领导发难，要让清退我，你说咋办，总不能眼巴巴地把我清退回家吧？"

"是真是假还是两回事，真要到了那一步再说，庄稼也是人种的。我种了一辈子庄稼，也活得好好的！"

伯父的话自然不见软，锁柱无论如何不能接受："您说我还骗您？您种庄稼是您没文化，我念高中不是为了种庄稼，我还想上大学哩！你们也要把我后腿拉住不放？"

"这事情反正我想不通，真要那样做了，你大会怎么说我？众人会怎么议论我？"

"您管您兄弟，管众人，管您自己，就是不管您儿子？"

锁柱也频频向伯父发起攻势，他还从来没有这样过，看来是不顾一切了。

伯父尚崇文有他的处世哲学，封建礼教那一套在他脑海里还根深蒂固着，要轻易改变那是很困难的。锁柱因此没有打算去轻易地在短时间内改变他。但他知道，伯父的很多见解在很多时候是行不通的，或者说是失败的，只不过他难以改变自己那固执的思维方式而已。锁柱决定把实现自己想法的希望寄托在娘娘身上，如果娘娘也束手无策了，那这个家通常到最终是由舅父尹枝树来当的。

娘娘说："为了工作，为了前途，要是你大实在影响着你，那也只得考虑。只不过不要太伤感情，不论怎样他养活了你十多年。至于为了工作、为了媳妇离开我们大家去招亲，去改名换姓，去做倒插门女婿，那我可想不通。人家会说我们尚家人没本事，离了别人连个孩也养活不了，去给人家当招女婿，这事情咱可不能干。你说呢会山？"

虽然娘娘比起伯父来，有了开通的一面，但仍有她难以接受的一面。她有她的办法，她不去硬拿捏儿子，她动员当哥哥的会山来说服弟弟。哥哥尚会山听了母亲的话，也说："我同意娘的说法，为了工作和前途，我们可以去说服你父亲，相信他一个文化人，比我们懂得更多。至于为了这一切就到别人家去，我看大可不必。刚才我同你嫂子也商议了，我们都是这个看法。"

锁柱一向尊哥敬嫂，加上哥哥也是个有文化的人，他相信哥在一些问题上是有主见的。只是他们都众口一词不让自己去招亲，这就把他常常做的一个好梦给打碎了。因为从柳月琴那方面来说，无论是她个人也好，家庭环境也好，她父母亲也好，都是自己所羡慕的。至于说一个姓氏，那算个什么，不就是个符号吗？横竖有什么不可以的。但是，看来他们都把这个看得很重。

锁柱试图再去改变他们，就说："你们都不清楚，那个柳月琴，不仅长得好，而且人品更好。我无法辜负她那一片柔情蜜意，你们让我同她隔断，我觉得很难。"

伯父刚要说话，就被嫂子抢了过去：

"事情总不是死的，该放活一点。如果你们感情真到了难舍难分的地步，不一定非要咱们招过去不行，她也可以嫁过来。以后她的父母咱们给她养老送终，再让她柳门后辈有人继承也是可以的。"

嫂子这个主意虽折中，也不失为一个好办法，只是人家柳月琴家庭条件那么好，不会轻易放弃而屈从咱们的。锁柱说："我从来都未向这方面想过，我看难说。人家在城里有家，而且一家人都有工作，只有咱们攀附人家，人家不可能屈从咱们的。"

"那就看你锁柱的能耐了，就看那个柳月琴是不是真心，就看你们爱情的力量能不能冲破一切羁绊，最终实现自己的目的了。"

娘娘完全没想到当嫂子的会有这般见识，她说："也行，就以这个为砝码，去跟那个月琴谈。她要是一片真心，就会去做她父母的工作，她要也没这个能耐，那就不要单纯怨咱。"

锁柱见娘娘以此作要挟，就急着说："你们哪能这样，我同人家交往，人家从来没有什么二心，咱们反而同人家斗心眼，那多没诚心、多没意思。"

嫂子说："青年人懂啥，你敢保证人家是铁了心跟你？要是你不招亲，人家愿意不愿意还是两说哩。"

嫂子的话像是提醒了锁柱什么，他没再分辩下去。

娘娘这时对他说："我还是觉得那个玉平最合你的意，那女娃热情、大方、能干，哪点不配你，为啥半路上又冒出个什么月琴来。"

锁柱说："我并没有说玉平就不行。只是现在又出现了个月琴，而且人家一心爱咱，行不行的我们总得给人家个说得过去的答复吧？我一人做不了决定，这不是提出来让你们帮助我共同拿主意吗？"

娘娘说："我还是同意玉平，我就相中了那闺女。"

娘有娘的主意，或许她还想利用玉平去维系那个破败的家。联想到父亲也是这想法，锁柱不得不去考虑他们的意图。

家庭意见难以遂愿，锁柱只好把这事埋在心里，先帮助家人搞秋收。庄上人见锁柱又回来同他们一起劳动，一些青年人格外高兴，同他在一块又说又笑又玩，只让他干轻活，这让锁柱很感动。他觉得还是本庄好，还是本庄人厚道、淳朴。人们还像以往一样，向他打问国内国际形势，这些既严肃又简易的问题，只有老百姓才能想得出来，锁柱只能尽其知道的回答。

二十二

忽一日，庄上有人从城里回来，说大街上贴出了布告，明天审判尚在轩他们那一案。这一来，小小山庄立时像开了锅，人们纷纷传说着、猜测着、议论着，都要求队长给放一天假，进城去看审判人。因为多少辈了，多少年了，他们尚家庄还没有人犯过法。

尚崇文一家人自然要去，自己的胞弟发了案，等了几年，总能有个结果了。不论社会上的人们怎么说他、议论他，甚至恨他，作为同胞兄弟，他们一家始终从内心同情他、怜惜他，在众人面前始终保持着缄默。

锁柱自从听到这个既盼之又怕之的消息后，脸上一下子火辣辣的。两耳不敢听众人的议论，两眼不敢看众人，心里跳得咚咚的，像是他自己犯了法，又像是他自己将要接受审判一样，心中横竖不是个滋味。

这一天，他们一家人都默默地待在家。自从听到这个令人毛骨悚然的消息，他们一家人都不约而同地聚回家，算是避开了众人询问的目光，破天荒地整日未出工。

娘娘对全家人说：“明天全家人都去进城看你叔叔，给他带点吃的穿的，带点零花钱。这一判也不知道要多少年，也不知道得走多远，更不知道多少年才能见着面。明天都去，锁了门。”

锁柱知道，这些事情通常是娘娘当家，她安排了全家人，大家都分头去准备。

第二天，全家人起了个大早，早早吃过饭准备上路，他们是想躲避众人的目光和口舌。虽然尚家人在庄上人缘很好，很少有人会当着他们的面说什么，算起来大家都是一个尚字掰不开，谁笑话谁？但亲戚有远近，朋友有厚薄。同是　家分远近，他们家同尚在轩是打碎骨头连着筋，同别人不一样。要疼，他们最疼，虽是同样进城看审判，他们的心情同别人完全是两码事。

他们一家骑着车子，走那几十里土路，很得些时辰。一路上行人稀少，他们早早来到城里。

一进城，太阳刚露头。不时传来的警笛声，早已把空气搞得紧张又恐怖。沿路和大街小巷站满了执勤民兵，他们头戴钢盔帽，臂戴红袖章，上边印着“执勤”二字，扛着枪，各自走向自己的执勤地点。还有一队队的民兵向着城周围的山头上进发，看来，整个县城被严密控制了。伯父年纪大，经事多，他小声告诉一家人，旧社会审判人怕劫杀场，就在山上站岗，布下天罗地网，防备意外。新社会谁敢？谁又有那本事？尹枝叶见丈夫多嘴，忙小声阻止着：“就你懂得多，一天不说话谁会把你当哑巴卖了？”尚崇文极不情愿地瞪起绿豆眼看了看女人，哼了一声，住了口。

他们来到县城大舞台，这里是审判的大会场。法院的人正在布置会场，那黑色的幕布黑色的横幅以及黑白对联，把会场笼罩得庄严肃穆。公安人员在来回走动，民兵们全副武装，各就各位。人们从四面八方齐聚而来，不一会儿，黑压压挤满了舞台周围。

尚崇文一家人缩在一角，尽量不被人注意。因为他们一直认为审判自己的亲人，是一件很没面子的事，尽量躲过别人的眼球，最好不要碰到熟人。

这时候，一队警车呼啸着驶来，后面跟着大卡车，卡车上警察们押着犯人。犯人们一个个剃着光头，戴着六瓣布帽，穿着一色囚服，个个低着头，很难辨认谁是谁。犯人们被押解到一溜儿摆开的大卡车上，审判大会开始。

审判人员严厉高亢的声调，把一个个被审判的人点名示众。每点到一个，就卸了刑具，仰头示众。尽管他们极不情愿，也只能听从摆布。尤其那个杀人犯，更令人紧张。突然他们听到在叫尚在轩的名字，然后让他示众。尽管只有那么一刹那，都让尚崇文一家人看得立刻低下了头。他们想看他，又怕见他，想到好好一个当校长的，一夜之间就沦为囚犯，任谁都接受不了这个事实。他们这会儿顾不得多想，一个个伸长脖子，听候着审判。当念到审判尚在轩时，他们用心听着，生怕漏掉一个字。那审判词的大意是说他作为学校分管后勤的领导，在工作中不负责任，对学生宿舍尚属危房的事，有失检查，未及时处置，失职渎职，以致造成十名女生丧生。给人民生命财产造成重大损失，社会影响极坏，鉴于本人认罪态度尚好，被判处有期徒刑十年！

十年！当尚崇文一家人相互印证后，确认是十年时，个个心头感到有些可怕。这时候，随着对他们这一案的个个涉案人员进行宣判时，台下立刻显出骚动，还夹杂着哭声。听身边的人说是那十个死难女生的家属在哭喊。他们平白无故地付出了性命的代价，很多家庭因此无依无靠，怎不使他们万分悲痛？虽然事隔几年，家属们的悲痛之心仍然不减，从这点上来看，尚家对别人家的遭遇也自始至终深表同情。想到人家，自家人为此承担罪责也是理所应当的了。

往后的审判他们没多去关心，也无心再去关心。审判会很快结束，接着游行。犯人们在警车押解下缓缓驶向大街，人们纷纷涌向街两旁，驻足观看。尚崇文一家人不敢面对这个现实，他们纷纷缩到街边上站在人们不易发现的地方，在尽力搜寻着尚在轩的身影。

游行结束后，大街小巷虽已解除了武装，但人们仍在三三两两地议论着审判的事。尚崇文一家人越过大街，来到其表妹尚英轩家歇脚。见到英轩，大家共同通报了所听到的关于尚在轩的审判情况，人人心中像压上了铅块，闷闷不乐。毕竟得为一时疏忽而付出沉重代价——十年牢狱之苦。人生能有几个十年，丢了为之奋斗了十多年的工作，散了为之苦心经营了多年的家，大家你一言我一语地议论着。当说到韦文时，大家都认为人家算是熬到头了，离婚是肯定的，不会因此继续为他所累。这样子就落了个妻离子散，家破人亡的结局。剩下他自己，也是人身不自由，想起来好凄惨。

这时候，姑姑尚英轩问起锁柱："人家韦文母子离你大而去，你打算咋办？"

锁柱心中此刻乱如麻。平时考虑自己工作和前途时，下决心要同父亲脱离父子关系。可今天见到父亲那凄凄惨惨的样子，自己内心实在不是个滋味，又从心里同情起他来。想到韦文母子即将离他而去，他心中必定难受，自己再离他而去，真正成了众叛亲离。他心里一定难受至极，等于是往他滴血的伤口上撒盐，叫他难以忍受。想到这里，他回答姑姑："考虑考虑再说吧。”

姑姑深情地望着他说：“你大也够恓惶了。”

“是的，人不能落井下石，得让他过得去。”尚崇文在一旁答话。

“对，哥哥是主。虽然我同在轩是兄妹，哥哥你同在轩哥才是一奶同胞。这家事还得你和我嫂做主，让大家都有个归宿。”

尚英轩说着，把目光投向崇文和枝叶兄嫂俩，他们也都表明等下午去看守所见到在轩时再细述。话题到此打住。

下午，他们一同来到看守所，表明想见亲属尚在轩。看守所人告诉他们，犯人下午休整，两天之后再探视，这样他们只得各自回家。

两天之后，他们又一次来到看守所探视。很快，尚在轩被领到亲属们面前。大家原先都相互叮嘱，见到他都不准掉泪，以免叫他难忍。出乎意料，面前的尚在轩一身轻松，一脸悦色。这使他们都很轻松，尽管他们知道他这样子是强装出来的。

尚在轩面对众人，几句寒暄后，首先对着儿子尚锁柱看了看，问道：“锁柱教学还顺利吧？”

尚崇文说还差不多，尹枝叶说公社说因为他大的影响，有人告状。

尚崇文立刻接过话头说：“有人告是正常的，只要他让咱干，就不要多提那些。”

尚在轩清楚他哥说的“那些”指的是啥。他说：“哥的心情我理解，但我的问题对娃的影响也是明摆着的。说不影响那是嘴上的话，这问题我反复考虑了很长时间。从内心讲，我实在不想叫我娃离开我，我舍谁也不舍他。因为尚家自古人首稀，当初我爹在世千吩咐万吩咐要我守好尚家之门，现在我落了个人身不自由，再叫锁柱跑了，我对不住尚家列祖列宗。尽管韦文也生有一子，但那能不能靠得住还是两说。即使能靠住，尚家也不嫌儿多。可是我的问题又影响着锁柱，总不能叫我影响了他的前途。因为我知道锁柱不笨，不是个种地的料，不能因为我坏了他的事。韦文已先你们来见我，首先提出离婚，我已同意。玉平还向我提出要她妈离婚时也把锁柱带上，我想这闺女是够聪明了，她自有她的想法。我觉得这也是个好办法，省得我再连累锁柱，对外人来说这个家还不散。当然锁柱不可能情愿跟韦文，那就让她挂个名，锁柱还同伯父母在一起生活吧。虽然韦文当时没表示同意，我想有玉平，这工作也可能做得通。”

尚在轩在回答了哥嫂其他事情后，又特别提到锁柱的婚姻之事。尚崇文他们没提柳月琴和她的要求，怕那样太伤在轩的心，就着重说了玉平，双方都认为玉平应该是比较理想的女子。

尚在轩对儿子说：“玉平这孩子我是从小看着长大的，她聪明、活泼、懂事、大方，又极富同情心。我很喜欢这孩子，也一直把她当作亲闺女看待。别看她年纪轻，她在很多问题上较她妈想得远，看得宽。比如在对你的看法上，她就时常提到你，说你可怜、清苦、艰难，无依无靠。对我，她同样同情、关爱。加上这孩子外表出落得也俊俏，给你做媳妇我看是可以说得过去的。当然你韦姨对你可能会有看法，相信玉平会有这个力量说服她妈的。其实你韦姨对你原先的看法并不坏，只是在我身陷囹圄之后她自顾不暇，不愿抚养你，才有意疏远。现在你已成年，自己可以顾了自己，不会拖累她，我看她是会丢掉这个戒心的。你可能对她抱有成见，这也情有可原。但是，眼下已时过境迁，有我这个因素在，大家都应忘记过去，都该一心向前看。千错万错都是我的错，大家把一切怨气都出到我身上，一切罪过由我来承担。你们都应放下包袱，轻装上阵。各人做好各人的事情，青年人要考虑前途，为国效力，不要辜负党和人民对自己的培养。只要你们都团结了，我在监狱里就能安心改造。我的问题我开始还有些想不通，自己并无犯罪的故意，为什么被关？可是想想那么多如花的生命，在我们的疏忽下丧生了，她们才是无辜者，我们才是真正的罪人，是不可饶恕的罪人。过去，我一直想着自己如何如何，很难想得通。近来，我常常想起那一家家的不幸，很多家庭可能会因此断了后辈人，他们怎么生存？法院判我十年，听起来很可怕，坐起来更难熬。可是想想那十名无辜的女孩子，就当是对她们每人谢罪一年，想到这里，我无任何怨言。”

尚在轩说不下去了，他真的动情了，看来他把公事私事想全了，虑周了。身边的人再无更多的话要对他说，只是劝他好好改造，争取早日自新。

尚在轩镇静了后，又对着其兄尚崇文和嫂子尹枝叶说：“哥，嫂，多谢你们给我照料了家事，养育了锁柱。兄弟眼下仍要相求，请你们继续为我照料锁柱。孩子有情绪，这我知道，还望你们多疏导。他的工作和婚事就拜托你们了，还有会山和你媳妇你们这些当哥嫂的，要多教育多帮助锁柱，希望你们小兄弟俩就像我和你爹这老兄弟俩一样，团结和睦、相帮相助。俗话说，只有这辈兄弟，没有再辈兄弟，盼望大家和好始终。”

尚在轩说着，就向面前的哥嫂深深地作了一揖道：“哥，嫂，我的家就是你的家，我的娃就是你的娃，我的事就是你的事，南北两尚字不分，全全相托了！”

尚崇文被手足之情感化得已经无言以对。他看了妻子尹枝叶一眼，对着兄弟在轩说：“你放心顾自己吧，心头别挂任何事，家中的一切由我来承当，我会对得起兄弟你的，也会对得起姑姑姑夫在天之灵的。”

尚在轩最后问儿子还有什么话要说，锁柱见父辈们把话说到这份上，终有千言万语也顷刻化为乌有。他望着父亲含泪欲滴的双眼，轻轻摇了摇头，算是做了回答。

会面到此结束。尚在轩被带回看守所，随着黑色大铁门咣当一声响，内外顿时隔绝。尚崇文一家人被这咣当一声响，惊得心中咯噔了一下。虽然他们从未见过监狱，更未进过监狱，但心里都能想象出监狱的可怕来。尚崇文领着一家人一直默默地走出监狱，才扭头对他们说：“看你叔走的这路怕不怕，以后活人可得小心，千万别走到这一步。人最怕失去自由，没了自由，一切都枉然。”

二十三

尚在轩他们发生校难一案的公开审判，在社会上重又掀起一股风浪，使本来已经平静的事情，又掀起了波澜。人们纷纷评说，凡是认识的人，都相互传说着。说尚在轩一案被判，尚在轩被判了十年，人们在议论他的同时也议论到他的儿子，就有人愤愤不平地说，尚在轩既然已成了罪人，要在封建社会就得株连九族。新社会虽说不那样了，不惩罚他们家庭就够可以了，总不能还去照顾他们，还让他儿子教学吧？

果然有一天，有人亲自找到公社领导陶主任办公室，直问陶主任：“贫下中农的孩子得不到照顾，犯罪分子尚在轩的儿子尚锁柱却能被照顾，你们公社党委的觉悟哪去了？”

一句上纲上线的话，把陶主任问了个张口结舌。尽管他给那人解释了大半天，终归不能自圆其说，那人临走撂下话：“在秋季上学之前，在教师队伍整顿之时，请你们公社党委给个明确答复。否则，我就到上边去讨个说法。”

这一军把陶主任将住了。他把这个意见通报给其他领导，大家都觉得人家提得有道理。在现阶段，这是个带有方向性、路线性的大是大非问题，来不得半点含糊，必须尽快纠正。最后党委会议研究的结果只能是清退尚锁柱。

会议决定后，陶主任通知中学校长郭力维到他办公室，把公社党委开会研究的决定通知他：清退尚锁柱。

郭力维校长以为自己听错了，当他又问了陶主任一遍，证实自己的耳闻后，瞪大双眼问陶主任为什么。陶主任把别人的反映向他重复了一遍，又把党委会上研究的情况向他复述了一遍，显出一副爱莫能助的态势。

郭校长说：“陶主任，尚锁柱是我们自己培养的学生，我们最了解。而且他的教学成绩在短短一个学期内就夺得全公社第一，是最有说服力的。这些情况你是清楚的，你也是肯定过的。这样的同志我们不用，还有怎样的人才是我们可用的？”

陶主任拍拍郭校长的肩膀让他坐下，然后平静地对他说：“你说的这情况我都了解，而且在党委会上我也给大家讲了多次，可是面对尚在轩的问题，面对当前的形势，谁敢站出来替他说话？”

郭校长继续争辩着：“陶主任，这件事我是一百个想不通。我们学校要的是教学质量，我们要重视人才，没有人才哪会有质量？我是当教员出身的，我是搞教学的，我只懂得抓教学、抓质量，不懂什么政治。我不相信一个二十岁的小青年，会受他父亲多大影响。实际上他父亲犯罪时他还是个未成年人，他懂什么。说句实话，他父亲的所谓罪责也有些屈。只能说是死了十个无辜的女孩，在死者面前我们说什么都是多余的罢了。平心而论，尚在轩不冤吗，可他给谁说去？他只能打掉门牙往肚里咽，活该自己倒霉。反过来，我们再去怨人家孩子，这不是在活活难为人吗？我认为我们应当把尚锁柱同他父亲尚在轩区别对待，这才是马克思主义的唯物观。如果不分青红皂白，一概而论，那我们共产党员究竟还讲不讲‘认真’二字？”郭校长说到这里有些激动，他站起来走到陶主任面前说：“陶主任，我请求你们重新召开党委会，如果允许，我到会上给委员们当面讲，我不相信大家都会不实事求是！”

陶主任又一次让郭校长坐下，给他倒了一杯水说：“你也是个老校长了，不要激动吗，党委会不会为了一个代课教员一再开。我知道你不舍你这个学生，你的心情我理解。人同此心，心同此理，这道理大家都不难理解。关键是心里清楚眼里花，谁会站出来给你说句公道话？我看咱们变通一下子吧。听说这孩子是尚在轩的养子，他亲生父母家庭如果没什么问题，是不是可以叫他同尚在轩脱离父子关系，回到他亲生父母一边。你们如果能叫他做到这一步，我们还可以设法叫他再干。”

郭校长品了半天茶，只好回答陶主任说：“如果你认为只能走这条路的话，也只好试试了。”

陶主任肯定地说：“我把话给你说成个这，他要能做到，这事情我去想办法。”

郭校长无话可说，只好郁郁闷闷地走出陶主任办公室。

回到学校，郭校长思考再三，觉得这事情很棘手，就叫来几位学校领导，把公社党委和陶主任的意见直陈给大家，让大家共同来拿意见。几位领导听了，也都觉得惊奇，纷纷表示不满，并提出他们要同郭校长一起去找公社领导，请求把尚锁柱留下来。

郭校长思来想去，还是制止了大家。事已至此，只好按陶主任说的办。如果锁柱有难处，大家可以帮助他，给他当参谋，最终保住这份工作。

晚饭后，郭校长叫了尚锁柱，说有事同他谈。锁柱在去郭校长办公室的路上一直猜测着，想不出会是什么事。及至他到了校长办公室后，他最担心、最害怕、最不愿听到的话最终被郭校长说了出来。他因为父亲的问题被公社党委清退。锁柱一听愣了，半天不知道该说啥。他一下子低下头，心里十五只吊桶在打水——七上八下，理不出个头绪。郭校长知道他一下子难以接受，就又把陶主任让他同养父脱离父子关系的办法讲给他，希望他能做到，以挽救此事。锁柱听了十分困惑地问郭校长："郭校长，非这样做不可吗？"

"目前看来也只有如此了，否则，于事无补。"

锁柱又一次陷入困境。郭校长不无耐心地对他说："我知道你此刻的心情，十多年的父子感情，放在谁身上都难以决断。可是事已至此，形势逼迫你又必须这样做不可，我看你还是同你父亲好好谈谈，相信他也会理解你、支持你的。"

锁柱求情一般地告诉郭校长："我父亲刚刚被判刑，十年刑期对他来说等于是头上压上了一座大山。在这种情况下，我再去提出脱离父子关系，那不等于雪上加霜落井下石吗？虽然我也知道你们的一番好意，可我难以做到这一步。说实话，在这个问题上，我自始至终准备脱离关系，但真正到了关键时候就心软了，实在觉得父亲孤单、可怜。现在，我也只能辜负您和其他老师们的一片好心，放弃工作回家了。这样，你们也不会受连累，我也不再受煎熬了。"

郭校长又问他："锁柱，难道你说的是真心话吗？为什么放着活路不走，一再要钻死胡同呢？你是个灵通之人，这难道不是自己跟自己过不去吗？你回去好好想想再来回答我。"

锁柱回到自己房间心乱如麻，浑身骨头像散了架，难以支撑。他一头倒在床上，两眼直勾勾地望着天花板发呆。刚才郭校长让他好好想想，想什么呢，该想的都已想过千遍万遍了，现在不是想的时候，而是到了行动之时候，光想不动等于零。真的就这样脱离父子关系吗？十几年的父子关系就这样说断就断吗？他还是不由得在心里一千遍一万遍地拷问自己。假如真的脱离了，父亲会怎样想？亲戚们会怎样想？众人会怎样评论？他不敢再往下想，那可能会是千夫所指的事，从此巨大的社会舆论压力可能会朝他重重地压下来，使他稚嫩的肩膀难以承受。到那时，他可能会成为众矢之的，巨大的社会舆论压力会使他抬不起头来，更使他里外不是人。可是不这样呢，很简单，从此离开工作岗位，今后一切工作与己无缘。回到尚家那几百年的老屋里，从此销声匿迹，心甘情愿去做那家的守护者，同土坷垃打一辈子交道，做一个面朝黄土背朝天的农民。

他无法再往下想，简直钻进了死胡同不得转身，他起身去找他的恩师栗甘泉老师，请他帮助决断。

他见到栗老师后说明来意，栗老师说他刚才与郭校长谈了，郭校长说“你的学生你多帮助他一点”。栗老师正准备找他谈论此事。

栗老师语重心长地对锁柱说：“人生关键时候只有几步，走好了一顺皆顺，走背了后悔一辈。你是我的得意弟子，我总认为你是个聪明人，你该具备应有的学识。我是过来人，在我这辈子的道路上，我和我的同龄人一样，也有过很好的机遇，但是在这机遇面前，人家把握住了，前程似锦，平步青云。而我没有把握住，至今仍是个教书匠，天天啃书本、嚎嗓子、吃粉笔末。论我的知识，别的不敢说，在语文水平上我还算过得去，可又有什么用，一些不如我的人不是照样混得比我强吗？为什么？说白了一句话，人家应了时，咱背了时。古人云：识时务者为俊杰，确是有感而发的。你的命运也同我一样，不佳。这就注定了你一生的路必定是不平，总是坎坎坷坷、挫挫折折。你刚刚步入社会就这样多灾多难，以后更不堪预料。这就要求你必须付出较常人十倍百倍的努力，才有希望到达理想的彼岸，否则，你将一事无成。”

锁柱听了恩师的话，深感颇有见地。其实这道理他懂得，只是下不了这个决心。就问恩师，如何才能下了这个决心。恩师告诉他：“这决心肯定难下。一要忍痛割爱，不免心上会滴血；二要做得值，否则又何必如此；三要承受众多的舆论压力，毕竟咱们是农村，这样的事情还不多见。而你等到什么时候才能痛痛快快地去做呢？可能到了其他同学都各奔前程时，你就会着急；到了在农村苦得实在活不下去时，你就会后悔。现在无比较、无压力，你当然难下决心。”

栗老师很客观地分析了这事情的成因，说得锁柱无言以对。栗老师最后给他提出了一些可供操作的办法，供他借鉴。

次日，郭校长叫锁柱，问他考虑得如何，锁柱左右为难，无法痛快地答复。郭校长对锁柱说，他上午又见到公社陶主任，陶主任又催问了此事，并且强调，只有做到那一步，才有可能保住工作。否则，真的爱莫能助。郭校长回复说，给锁柱一段时间，让他去办。并且告诉锁柱，行李和用具全部放着，事情办妥后回来告诉他，他再去找陶主任。

离开郭校长，锁柱想，此番回去，还存在着很大的家庭阻力，能不能达到目的还是两说。如果办不成，那就只好主动辞职，别再让郭校长和老师们为难。他作了最坏的打算，因此，他决定当天晚上趁老师和同学们上晚自习，趁校园里没人，他就悄悄离开学校，带上行李回家去，不去惊动任何人，不再给任何人添麻烦。

主意拿定后，他就关起门，一个人偷偷打点着行李，做着离校前的一切准备。整理衣物时，他一下子发现了柳月琴给他织的那件红毛衣还原封不动地放在柜子里。这时，他才又一次想到临回前还非得见月琴一面不可。月琴对自己是诚心诚意的，她十分地希望他好。他们相处半年多，她给了他十分美好的印象。看来，此一去，今后很可能同她要成为路人，想到自己辜负了她和她一家人的一番好意，就觉得十分地对不住人家。人生难有几知己，可偏偏月琴的家庭离不开她，自己的家庭又像有一具无形的枷锁套在自己身上，为了各自家庭需要，他们以往的美好愿望也只能是一句空话了。他尚锁柱从来对人诚实讲信用，看来此事要落空了。既如此，就早点从月琴的眼中消失，免得再耽误人家。她要想不通，她可以随便发泄，恨、怨、哭、骂、咒，都由她去吧，反正我已不由我了。我实在难以主宰自己的命运，就让命运来捉弄我吧。想到这里，他准备在走之前，迅速地去见她一面，然后把那件毛衣还给她。跟她道一声别，再迅速地离开她，离开这所自己亲手建造又让自己伤心的学校，回到自己那人烟稀少的小山庄去，一辈子默默无闻。

整整一天，他不动声色地做着自己临行前的打算，尽量不露出蛛丝马迹，以免引起不必要的麻烦。好不容易挨到晚上，夜幕降临了，他必须迅速行动。他用袋子装好那件红毛衣，去找柳月琴。门虚掩着，他轻轻敲了敲门，无人答应。他伸手推开，屋子里灯亮着却无人。他想月琴可能去上晚自习了，这样也好，省得当面作难，于是就轻轻把那件红毛衣放在月琴床头。心想，自己已无享用这毛衣的福分了，代替自己的将会是谁？不得而知，但愿那人能尽快出现，唯愿月琴这好人一生平安，愿月琴在那如意郎君的陪伴下度过温馨的一生……

他没敢多想，迅速从月琴房间退出来，如释重负地了却了一桩心事，想尽快离开。又一想，就这样离开月琴吗？不管怎样，临走也得道声别，否则，太不够意思了。这样，他又不由自主地来到教室旁。教室还是那个教室，只是学生是新招的，他对他们尚未建立起什么感情，不存在什么难舍难离。只是望着此刻正在讲台上讲课的、他即将失去的、以往的同事柳月琴，心中顿觉恋恋不舍。这场所，这身份，从此与自己无缘了。再看此时的月琴，是那样的靓丽，是那样的迷人，是那样的叫人难分难离。看来他不能走进去同她告别，那样子他难以驾驭那个场面，可又不能不辞而别。他干脆返回月琴房间，在一块小纸上迅速写下一行字：

再见了，柳月琴老师，请您永远忘记我！

尚锁柱

即晚8时

之后，他像做了贼一样，又迅速退出来，赶忙回到自己房间。他见校园里没人，急忙拎起行李，朝校园外走去。

还好，一路无人，他一直走到学校大门口，在即将跨出大门的那一刹那，他不由自主地扭回头来，环顾了夜幕下的整个校园。这座刚刚诞生不过三年的校园，是他和他的同学们一锨一镐、一砖一瓦地建设起来的。这里凝结了他们无数的心血和汗水，如果说他们作为莘莘学子十年来忙于学习的话，那么他们也利用课余时间在短短的两年内亲手建造了一座崭新的学校。正因为是自己亲手建造的，才对它有着深厚的感情。他本想能在这座学校里继续实现他人生的美好理想，没想到命运同他开了个大大的玩笑。这里当初热情地收留了他，如今又要无情地抛弃他，这使他难以接受，也难以忍受。如今，他就要跨出校门，这辈子还有没有机会再跨进来，很难说。即使来，又会以什么身份出现，不清楚。这真是一片造就他的热土，又是一块成就他的沃土，如今却要变成埋没他的坟土。他爱它、恋它、又恨它。想到此，一股热泪夺眶而出，他狠狠地抹了一把，又重重地甩了去，然后扛上行李扬长而去。

这一路，锁柱的热泪就一直未断流，他不停地甩着泪滴，一步步艰难地行走在大街上。路过公社，他扛着行李歪过头朝里看了一眼，这个主宰他命运的社会最基层的机关，此刻大门开着，却无一人走动，死一样的沉寂。他不知道决定他命运的官们此刻都到哪里去了，他只知道自己从此以后再也不会令官们头疼了。他同样不知道找陶主任反映问题的那个人，是何等人，又是出于何等想法。他尚锁柱一介耿耿书生，从来与世无争，却为什么会遭到他的嫉妒，是出于公心，还是有着私欲，他不得而知。

管他呢，此一去必定凶多吉少，属于自己的机会必定十分渺茫。遥想当初扛着行李返校从教时，也曾在心中吟过李白的诗句："仰天大笑出门去，吾辈岂是蓬蒿人"。他是那样的春风得意。岂料好景不长，仅半年，却又来了个小道士卷铺盖倒回寺院。人世间的事真是此一时彼一时呀。此番回家，必是一介农人无疑。这年头，上大学靠推荐，招工靠走后门，当兵要根红苗正，无论哪一样，首先要过政审关。一个人在娘胎里就深深地被打上了政治烙印，来到这个世界上就命该各归其位。这种"胎记"已深深地烙记在各人身上，要想改变，那是难上加难。想到此，锁柱想，罢罢罢，死心塌地当农民有什么可怕的。中国七亿人民五亿农，没听说哪个当农民的累死，也没听说哪个当农民的饿死。以往老怕当农民，老躲着农民，其实农民怎么了，农民不也是个堂堂正正的中国人吗？农民何时低了人一等？毛主席老人家说，农村是一个广阔的天地，在那里是可以大有作为的。人家北京、天津那些大城市的知识青年不远千里还到他们农村来插队，咱自己土里生土里长为啥不能归队？以往老觉得有点知识就不想种地，社会主义新式农民正需要文化，以后说不定文盲当农民还不合格呢。

他这样想着，反倒想开了。此刻皓月当空，从公社所在地离家要二十里地，他一人走在寂静的山路上，路上无一个行人，身旁只有叮叮咚咚的小河在流淌。以往他匆匆忙忙地行走，从无发觉小河是这样的欢快，这样的有情，这样的伴你了寂。此番他人落了难，真是人世无情山水有情。在这政治标签既定画地为牢的时代，从今以后只有家乡的山山水水将与他为伴，共伴他度过岁月中的日日夜夜。

上了盘山岭，已经快到尚家庄了，锁柱身上热汗津津。他把行李放在路上的一块大石头上准备歇歇脚。此刻，如盘的月亮挂在当头，如银的月光洒在家乡的山山岭岭，犹如白昼。时已深秋，一阵山风吹来，浑身凉飕飕的，他不禁打了个寒噤，就势坐下。

望着面前的尚家庄，遥想当年，感慨万端。当初，尚家庄老祖先从黄河古道中原迁徙而来，在此住了脚，安营扎寨，开荒造田，繁衍生息，想来创业一定艰难。他们靠的啥，靠的自强不息，奋发图强的坚强信念，靠的不屈不挠，勇胜万难的过人毅力。唯此，才造就了尚家庄，才繁衍出尚家庄这几十户人家百十口人。千百年来，尚家人勤劳朴实，以土为本，眼不离庄稼脚不离土。从未出过什么干工作的，更未出过官。只是到了中华人民共和国成立后，才有了念书的、干工作的，像他父亲尚在轩算是第一代工作人员。然而好景不长，一场不虞之灾突落头顶，一切努力皆化为灰烬。他自小立志，发愤图强，最终也落得个面前的惨景。人常说，水往低处流，人往高处走。世人谁不想干大事，做大官？即使做不了官，讨个脑力劳动者也比体力劳动者舒心。如果连这份差事也捞不着，那就只能自认倒霉。尚家祖辈有训：有福不可不享，没福不可不藏。意思就是若有本事，你就干工作做官享清福，没本事就缩头收脚守本分。随遇而安，不显山露水为谋士；能蓄势待发，图谋东山再起乃人杰。自己有没有这份能耐，此番已到了检验的时候了。

又一阵山风吹来，深秋凉意已盛。路边唰地响了一声，他立刻毛骨悚然。会是什么？他顾不得多想，赶紧拎起行李走为上。时已接近午夜，在他二十年的生涯中，虽独自在这山路上走过无数次，但夜里行路还是第一次。他听说山中有狼，庄上人说狼豹不相容，有豹无狼，有狼无豹，还说狼有吃人心无吃人胆，豹有吃人胆无吃人心。无论是狼还是豹，得多提防着点。看来，山中的狼虫虎豹此刻也在吓唬着他、考验着他。他侧耳细听，再无响动。又一想，刚才是他过虑了，兴许是兔子类的小动物。但不管是啥，小心为上。他立刻在路边顺手拎起一根粗棍，在地上重重地捣着，还重重地咳嗽了两声。自我壮着胆，脚下加快了步伐，迅速赶回村里。

直到进了村，他才放慢了脚步。走到家门口，他轻轻敲了门。敲门声惊动了熟睡中的娘娘，当她知道是儿子锁柱后，赶忙起身、点灯、开门。及至发觉儿子扛着行李返回来后，便立刻明白了几分，惊恐地问着为什么？为什么？锁柱简单地给娘叙说了原委后，便借故困得要睡，一头扎进被窝，任娘娘再问啥都不再张嘴，立刻呼呼呼地打着呼噜佯装入睡。

锁柱的样子是在睡，其实他哪里能睡着？耳畔响起伯父母的争论声："看看，叫你早点想办法，早点想办法，你总是不见棺材不掉泪，光顾虑你兄弟，不顾虑儿。现在好了，书都不能教了，你看着办吧！"娘娘分明是在数落伯父。

"回来就回来，世上种地人多的是，哪个苦死累死了？"伯父仍坚持己见。

"种地会有啥出息，念了书再种地，你不嫌丢人，我还嫌败兴哩。"

"种地有啥败兴的，七十二行，行行出状元，人家大寨陈永贵是不是个种地的——副总理！"

"世上有几个陈永贵？"

伯父母你一言我一语地争辩着，最后还是伯父卡了壳。稍停，他也来气了："是哪个瞎眼没良心的去公社告了状，考了第一都不能教，谁还能教？明个我去公社问问，看看是哪个乌龟王八蛋放的这屁，我非当面让他说清不可！"

"马后炮，雨后伞，人都回来了，还说那顶啥用，早点脱离了父子关系哪会有这事？"他俩继续愤愤不平地争着。

锁柱越想越窝火，再加上耳旁一声声传来伯父母的争辩声，他越想越气，一气那个到公社找茬的人。二气伯父至此还是固执己见。于是他烦恼地叫了一句："都后半夜了，你们还叫人睡不睡了？"

顿时，屋里死一样的沉寂。

二十四

次日一早，锁柱还未起床，娘娘就把他从被窝里叫起来。锁柱正觉得窝火，忽见床边直挺挺站了个柳月琴，像是从天而降，叫他大吃一惊。锁柱羞得在被窝里探出头，赶忙问她咋回事。月琴说：“咋回事，你一个纸条让我永远忘记你，把我吓得一夜没合眼，我还以为你寻了短见呢！”说着又气又笑。锁柱听了才放宽心，他说：“咱们这样显得我多没礼貌，你是不是先出去一下，让我穿上衣裤？”

“我背过身是不是也行？”月琴说着自己正经背过了身，锁柱说可以，可以，等我穿好再通知你。说着，他赶忙套衣蹬裤，然后边从床上跳下来边说，好了，好了。他立刻把月琴让到椅子上，这才问她怎样寻到他家。月琴告诉他：“别说你回了老家，你就是躲到天边，我柳月琴也能找到。”

说着她告诉他，她一早起床，问了郭校长，就骑着自行车找了来。她说，郭校长说他只有尽快办理脱离关系之事，才有机会返回学校代课。还批评了他为什么急匆匆带回了行李，年轻人真是沉不住气。锁柱告诉月琴，自己之所以做了最坏的打算，主要是考虑着这事情太难办，万一办不成，咋有脸去学校收摊，所以就主动先撤了回来。月琴问他打算咋办，他实话告诉她，自己先同家里大人们商议一下，看来脱离关系的可能性太小。

月琴见他连自己信心都不足，如何谈得上去说服别人，于是她又好言相劝了锁柱一番。末了，又转向锁柱亲娘，做了她一番工作，希望她要从远处着想，不要影响了锁柱的前程。锁柱亲娘边点头，边答应，并说月琴这闺女站得高，看得远。

月琴临走之前，又拿出她为锁柱织的红毛衣说：“这毛衣是我送给你的，不附带任何条件，你放心地穿吧。”说着，又重重地塞到他怀里。

锁柱急忙告诉她：“我怕辜负了你一番情意，索性把它还给你。它虽是量身而做，却并非布衣服做成不会变了，将来你还可以拆了给别人量身而织嘛。”

月琴见他如此而语，气得满脸通红。说：“你以为这是可以随随便便、织织拆拆的？当然，它固然可以拆，但我不再拆；它固然可以织，但我不再织！这是我的心血凝聚，你怎么不体谅别人的一番心意？尚—锁—柱同志！”

月琴真的生气了，说罢，头也不回地扬长而去。

锁柱见状，赶忙推出车子，随后追去。

他们俩就这样一前一后地默默骑着自行车行驶在路上，锁柱一直把月琴送得快到学校了，他再也无法前进了。而月琴故意看他咋办，在前面头也不回。锁柱想给她说一句告别的话，他见月琴头也不回地一直走到学校大门口，才下车看他。那意思是要他回学校来，锁柱一直站着不动，月琴也只好站着，最后见校门里有人走出，锁柱不得不骑车返回。

回家后，娘娘又试图说服他，并夸奖那个月琴也是个好闺女，是那样有情有义，叫他别辜负了人家的希望。锁柱见他娘娘被月琴动了心，就说，人家要我招亲，你舍得吗？一句话又把她将到两难境地。

锁柱整整在门前的河滩转了三天。家里人见他闷闷不乐，很是为他担心，又劝不住，只好让他随意转悠，都说能散散心也好。

第四天，锁柱去找大队支部书记和主任，他说他有个想法，想开发尚家庄沿河滩地。先打坝，后垫滩造地。让专业队伍来干，然后组织社员们利用农闲时间造地，这样利用三年时间可造地600亩，把他们尚家庄的耕地全部转移到河滩，再逐步把山上那斜坡地栽上各种经济林，三五年内见效。河下地设法在上游修渠引水，这样变山地为河地，变旱地为水地，叫他们尚家庄来个大翻身，不知道两位队干支持不支持。

两位队干部听了，几乎没思索，就异口同声地表示赞同。他们说，前些年，看到公社组织专业队打坝造地，他们就心痒痒过。可是会上大家都说咱们穷得连顿饭也吃不饱，哪有钱去河滩折腾，这事情多次提起，又多次放下。

锁柱说：“正因为咱们穷，才要想法变。毛主席老人家就说过，穷则思变，要干，要革命。当年公社打坝时他们也没钱，还是全靠各大队民工投工。咱们也来个以工代赈，从各小队抽调一批青年人，组成河坝专业队，常年干，就能成就百年大计，让咱们尚家庄子子孙孙不再受苦。不然，青年人读了书，都怕回来爬南坡登北梁受苦，想方设法往外跑，村里连个文化人也没有，恶性循环，只能代代受穷。”

不久，大队干部组织各小队社员讨论，大家对尚锁柱这小青年有志于带头改变家乡的穷山恶水举双手赞成，这事情就这样很快定了。

大队确定锁柱负责修河坝，在各队抽了些学校毕业不久的青年人，又配备了一些能工巧匠，一支浩浩荡荡的打坝大军一字儿摆在河滩。工地上红旗招展、人山人海，山风刮来，红旗猎猎作响。红旗下，青年人个个生龙活虎，拉着平车来回窜。

锁柱忙得不可开交。说实话，他当初只是憋着一肚子气抛出了这个想法，谁知这个愿望很快变为现实。动工后，很多现实问题都来了，需要他一个个地去解决。图纸要绘、材料要备、资金要筹措、生活要安排，幸好大队支书主任坐镇帮着他，才使工程如期进行。

正在锁柱忙得不可分身之时，郭校长亲自来找他，再次催他办好自己的家事。锁柱指着面前偌大的工地对郭校长说：“感谢老校长对我的精心栽培和苦心调教，眼下我正接了大队这个工程，这工程是在我倡导下干起来的，工期三年。我想在家乡这荒滩上实现我人生价值的第一步。去学校的事我不打算考虑了，让人家公社另行派人吧。”

锁柱的话先是寒了郭校长的心，继而又热了他的心。他见自己的学生能文能武，有志于在家乡改变穷山恶水，造福于家乡父老乡亲，他就勉励锁柱在广阔天地好好作为。

送走了郭校长，锁柱立刻投入到工程中。他没像以往去费尽心思地考虑那些婆婆妈妈的事，他胸中装着改变家乡山水的蓝图，他觉得只要能实现了这个目标，就是成就了一件大事，比在学校里提心吊胆做那个教师意义大多了。

他们河坝坝基挖成功后，就开始拉石头砌坝。那天上午，石头供不上用，锁柱见拉石头的人手不够，他就拉起一辆平车飞快地运石头。他们一阵猛赶，石头被源源不断地运到坝基，就在锁柱飞快地拉上午最后一趟石头时，平车一边的轱辘辗上了石头上，又由于下坡速度飞快，车身一下子倾斜了。他试图用力压住，结果车还是翻了。锁柱被压在翻倒的车身下，一块大石头压住了他腿部。他开始并不觉得疼，等到大家把他从车下扶出，左小腿立刻肿了，疼得他一步也不能走。大家急了，把他扶到平车上，拉到公社医院。经过透视，好在没伤着骨头，民工们又拉着他返回家，安顿他休息。

锁柱休息在家，娘娘不离左右地伺候他，他躺在炕上十多天不能下炕。这期间，除了大队支书、主任和河坝工地人轮番来看他外，最让他没有想到的还有他想见又怕见的韦玉平和柳月琴。

那天玉平上门来，其实她并不知道锁柱受伤的事，她只知道锁柱因他父亲的影响回了家。她听后焦急万分，就去看守所见了锁柱父亲。她把这意外情况告诉了他，还把自己让母亲同他离婚时连锁柱一齐带离他的想法又一次重复说过，尚在轩已初步同意。只是让锁柱亲口对他讲后再最后决定。锁柱听了后很平静地告诉玉平，如果她要随母亲同他父亲分离，他干涉不着，那是她们自己的事。但他不打算离开他父亲了，至少目前不打算那样做。他已一无所求。难道说一个当农民的还怕家庭影响吗？他们能清退了他的工作，却无论如何也开除不了他的地球籍，他要按自己的既定目标干下去。

玉平没想到锁柱的思想一下子来了个一百八十度的大转弯。她想，他以前想脱离父子关系是那样的迫切，那样的不可阻挡，现在随着身份和地位的变化，他的思想变得是那样的快，那样的不可思议，真是此一时彼一时啊！

对于玉平，锁柱要她按自己的思路办。毕竟她目前还教着学，要接受他的教训，一定不要受了影响。一个女孩子，得有一份相对固定舒适的工作，比不得男孩子，室内室外、山南海北、天上地下、山上河下都可以打拼。

他还委托玉平回城后去看守所见他父亲一面，把自己的想法告诉父亲，这至少在他就要去外地监狱改造之时是一个莫大的慰藉。

当玉平临走试探地问他有什么长远打算时，锁柱说，长远规划目前还拿不出，但至少有了三年的近期打算。那就是三年打坝，造水地600亩，把全大队社员的口粮田搬到河滩，彻底改变他们的生存环境，建设起崭新的农村，当一回社会主义新型农民，也让那些诋毁他的人看看他尚锁柱究竟有多大能耐。

玉平见他有这么大的雄心壮志，深为他高兴。可又马上担心地问他，那你婚姻问题咋办？锁柱说目前不打算考虑，三年以后再说不迟。玉平被他说得怅然若失。她想了想又问锁柱，要是我也申请来加入你们这改天换地的战斗，你同意吗？锁柱马上鼓起掌说，欢迎，欢迎，热烈欢迎。说完他又不无担心地说，我这是没办法的办法，走投无路了才逼到这一步的。你有份工作，千万不可头脑发热，要好自为之。将来有机会再继续深造。玉平见锁柱已铁了心，也不好再说什么。她最后告诉锁柱，不管他自己如何塑造自己，她会常来看他并关注他的。锁柱欣然答应。

事有凑巧，玉平刚走不到一个钟头，柳月琴就来到。锁柱在心头直打鼓，不知道她俩碰面了没有，相互间在心中做何感想，锁柱尽量回避着这个疑惑，他想，等月琴问起时再说。

月琴听别人告诉她，说锁柱在河坝上拉石头负了伤，被人用平车拉着到公社医院检查。她听到后，赶到医院打听，人家说伤得虽不轻，却未伤及骨头，休息一段就好了。她这才放下心，就趁没课来看他。她告诉他，学校老师们对他的被辞退非常惋惜，都说这是屈了才。就连他们原来教过的学生们也都去向她打听他们尚老师的下落，柳月琴望着孩子们稚嫩的脸庞，疑惑的神情，心里一阵阵地发酸。

月琴在看他的同时，又提起了他的前途问题。锁柱见月琴如此关心自己，他打心底里感动。他又把自己先前对玉平说的打算如实告诉月琴。月琴听了锁柱的话，心里咯噔一下打了个颤，稍停，她笑着对锁柱说："别耍你那犟脾气了，凭着一时的冲动还可以顶一阵子，要顶三年，那是不可能的，更不敢说你能在农村待一辈子。"

锁柱毫不含糊地告诉她："我下这个决心并非一时头脑发热心血来潮的，我是经过深思熟虑的，当然也是被逼到这一步的。既然已经走到这一步，摆开了这个阵势，就得干成个样子。否则，惹人见笑，败兴也不能败在野河滩，败在家门口，叫父老乡亲上来下去路过见笑。"

月琴见锁柱决心已下，也不好再说什么，就鼓励他说：

“但愿你努力实践诺言吧，能把野河滩变成绿洲，变成米粮川，那可真是成就了千秋大业，也算你读了十年书回报了家乡。不过，农村毕竟是农村，青年人总得想远点，将来有机会能取得乡亲们的赏识，推荐上大学是再好不过了。”

锁柱说：“眼下还没想到那么长远，将来能不能取得乡亲们信任，全在于成绩，我眼下考虑最多的还是打坝造田的事。”

月琴问他：“你对自己的婚姻之事有何打算？”

锁柱回答：“三年之后再考虑。”

月琴又问：“真有那么大的决心？”

锁柱回答：“不信咱走着瞧。”

月琴这时想把她的心里话告诉锁柱，又怕他见笑。想了想，还是忍不住脱口而出：“我从内心是看上了你这个人，真心话也是想叫你脱离开你这个家庭而从属我家。看到你现在这个决心，我看你脱离你家庭的希望不大，我也无法强求。我还有个想法不知当讲不当讲。”

“你说。”锁柱答道。

月琴接着说：“自从咱们相识以来，我就觉得你是我心目中应该追求的那个人。为了得到你，我说服父母，并要他们答应为你找工作。我这目的固然有个人私心，因为我家无男孩，我父母特别是我母亲想男孩想得都快发疯了，所以只要有合适的男孩到我家，是我们全家求之不得的事。为了得到男孩，我母亲曾多次说服我，说我们家无男孩，让我在找对象时主动降低条件，毕竟人家养活二十大几的男娃不容易，人家能愿意到咱门上招赘为婿，顶门当差，咱们屈尊求全总是应该的。现在看来，虽经我多次催促你，你都不肯。面对这种情况，我也曾劝告过自己，忘记你，重新开始，生活中不乏我要寻找的那个人。我这样规劝自己，最终没能成功。因为在这段时间里，我一见到同我相仿的青年人，就试图从内心去接受人家，但努力来努力去，就是爱不起来。你在我心目中的位置一直占据上风，别人无论如何也无法替代。虽然我们之间从来还不曾说过一句‘我爱你’，从来还不曾有过任何轻浮的举动。我现在也想开了，即使你不打算到我家去，我也愿意同你相爱，不知你是不是觉得我这个人有些贱？”

锁柱听了一直在想，他觉得这是月琴掏心掏肺的话，但他眼下还没从丢掉工作的阴影下把自己解脱出来。他此时并无心谈婚论嫁，他所看重的仍然是眼下为之奋斗的事业。鉴于此，他毫不做作地告诉柳月琴，他佩服她的勇气，尤其是在他遭受磨难之时，她能一如既往地看重他，实在令他感动。但他不是那种只顾自己不顾别人的人，他看问题很现实。尽管人们常说爱情是不附加任何外在条件的，但他认为人生活在现实中，总会被无情的现实所左右，绝不能心血来潮，凭一时冲动而不顾后果。他对柳月琴也坦诚地说：“月琴，咱们关系到了这一步，你对我坦诚，我对你也不瞒着。实话告诉你，那个较我长两个月的韦玉平也一直在追求我，我们自小就在一起，可以说是青梅竹马，彼此很了解。老实说我们相互间也很倾慕，包括父母都有这个意思，但同你一样，我最终没有答应过玉平任何事情。为什么？并不是我自视清高，老实说我目前一无所有、一贫如洗，没有任何可资骄傲的地方，我这样说并不虚伪。而你们目前好歹还有一份相对稳定的工作，下一步还有升入大学的强烈愿望。我觉得这很好，你们都很聪明、很优秀，你们有那个条件，应该抓紧时机朝前走，而不应该左顾右盼。我呢，目前充其量也就是个小小的高中生，一介不合格的农民，我没有任何值得你们眷恋的地方。我知道我能称几斤几两，姑且把咱们之间的关系称为朋友关系吧，能让你们当作朋友，我就心满意足了。而你们不应被路人所拖累，应该一股劲地朝前走，最终达到自己理想的彼岸。”

月琴听了，仍然不为所动，她告诉锁柱：“如果你心中的位置确实让那个韦玉平占了，这只能是我的悲哀，我不能去做对不起人家的事。如果正如你说的那样，我也绝不会改变初衷。”

锁柱听了，很耐心地对她说：“月琴，我看咱们这样，玉平也好，你也好，咱们目前都是同志式的朋友，不存在孰轻孰重、孰厚孰薄的问题。你们真要从内心看得起我尚锁柱，咱们就以朋友相处。在爱情和婚姻问题上，暂时不提及。大家如果有心，三年之后再去谈。我并非在拒绝你，对玉平我也是这种话。你如果不放心，咱们立个君子协定，三年内我尚锁柱如果谈情说爱，算我不够朋友。三年后我要谈婚论嫁时，不事先通报朋友，算我欺骗了你们的感情，你们可以随便说我的不是，一辈子都恨我。”

月琴知道锁柱说的是真心话，而且从他的个性来讲，他是能够说到做到的，她再无话可说，遂友好地返回。

锁柱在家休息了一个月，这期间，父亲尚在轩调到几百里地外的监狱去服刑，他都因腿疾无法去相送。韦文在这期间同他父亲正式离婚，从此摆脱了他的影响，走向了自由。玉平和男男都由他们母亲来抚养，依据锁柱的意见，他仍然跟随他父亲。这样的结果令父亲喜忧参半，算是在他启程之前，在这令他走进囹圄的伤心之地，留下的难平之事。

家事就算是这样子了。俗话说有父不显子，这些都不是锁柱所能够左右得了的。自从修开河坝后，他的心思已不在这里，这些对他来说似乎已经无所谓了，随他们咋处置，他都不在乎了。

锁柱此时所担心的事就在河坝工地。由于他的受伤，进度慢了下来，但他第一年打坝任务和造地二百亩的计划绝不能落空。他伤未痊愈就又返回工地，红红火火地继续着他的事业。

在一次全公社工作大督查中，公社陶主任带着一干人来到锁柱他们河坝工地。见他们工作干得很出色，又听了大队支书主任的介绍，就当面夸赞了锁柱。说他这个青年人能文能武，不留恋教学工作，自觉返村搞工程，胸怀大目标，献身大事业，要全公社青年向他学习，为改变家乡面貌出力流汗做贡献。

锁柱不好意思地回应陶主任，说自己刚刚开了个头，能不能实现既定目标，还有待于大家的拼搏努力。希望陶主任他们能多多支持他，直到他们的打坝造田任务完成。陶主任兴奋地拍着他的膀子说：“小伙子，有志气，好样的，好好干，等到你的工程干成后，我亲自来祝贺你们，给你披红戴花发奖。”

锁柱感谢陶主任对他的鼓励和鞭策，他说决不辜负公社领导和全大队社员的殷切希望，不达目的誓不罢休。

果然，第一年他们圆满完成了打坝任务。大队干部及时组织各小队社员群众，男女老少齐上阵，用了一个冬春的时间，垫起了二百亩高标准的水浇田。社员们看到了希望，纷纷要求加大筑坝力量，提前完成任务，力争三年任务二年完，把尚家庄生产大队的口粮田尽快从山上搬到河下，把人们从爬山越岭的繁重劳动中彻底解脱出来。望着这齐塄塄的大坝，这平展展的水浇地，想着尚家庄不久就要发生的新变化，尚锁柱笑了。这笑，是他多年来真正发自内心的慰藉。

2005年8月初稿

2021年6月定稿